UN ÉTÉ À TUER

Traduit de l'anglais
par Marie Cambolieu

Titre original : *Black rabbit summer*
First published by Penguin Books
© 2008 by Kevin Brooks

Cet ouvrage a été réalisé par les Éditions Milan
avec la collaboration de Ccil et Hélène Duffau.
Mise en page : Petits papiers
Création graphique : Bruno Douin

Pour l'édition française :
© 2009, Éditions Milan, pour le texte et l'illustration
300, rue Léon-Joulin, 31101 Toulouse cedex 9, France
Loi 49-956 du 16 juillet 1949 sur les publications destinées à la jeunesse
ISBN : 978-2-7459-3608-0
www.editionsmilan.com

KEVIN BROOKS

UN ÉTÉ
À TUER

MACADAM
MILAN

À la merveilleuse Sarah Hughes

UN

Pour moi, l'été a débuté par un jeudi brûlant de la fin du mois de juillet, au coucher du soleil. À ce moment précis, j'étais occupé à ne rien faire : allongé sur mon lit, j'observais le plafond. Je n'avais donc pas vu le soleil décliner, mais j'étais à peu près certain qu'il se trouvait là, quelque part. D'ailleurs, tout était là, quelque part : l'horizon zébré de soleil, le ciel d'un rose fané, les étoiles, la lune et le reste du monde... Je refusais juste de m'en soucier.

D'ailleurs, à cette époque, je ne me souciais de rien.

Tout ce que je voulais, c'était rester sur mon lit et regarder en l'air. D'où me venait cette léthargie ? Je n'en savais rien et je m'en fichais. Mais durant ces trois semaines depuis la fin des cours, j'avais apparemment pris l'habitude de buller : une habitude difficile à perdre. Me lever tard, traîner dans la maison pendant des heures, m'installer un moment au soleil, lire un livre... ou pas... Quelle importance ?

Les jours et les nuits continueraient à s'écouler, que je m'occupe ou non. Les matins passaient, les après-midi se dissipaient, les soirées devenaient nuits noires... et sans comprendre comment, je me retrouvais sur mon lit, à observer le plafond, à me demander où était passée la journée, pourquoi je n'en avais rien fait et pourquoi je ne faisais toujours rien.

Il n'était pourtant que vingt et une heures trente. J'aurais pu regarder la télé, ou un DVD avant de me préparer pour sortir.

Mais je savais que je ne bougerais pas.

Je me contentais de ne rien faire.

Étais-je content pour autant ?

Je n'en sais rien.

J'imagine que j'étais contenté.

Bref, voilà à quoi ressemblait ma soirée lorsque le téléphone a sonné et qu'enfin l'été de cette histoire a débuté. Sur le dos, le nez au plafond, mon esprit vagabondait dans le vide. La sonnerie ne m'évoquait rien de particulier. Un bruit comme un autre, une trille nasillarde qui résonnait dans le couloir, au bas de l'escalier… Et je savais que ça n'était pas pour moi. Probablement mon père, qui appelait du boulot, ou l'une des copines de ma mère, qui voulait papoter.

Rien qui vaille la peine de réagir.

Rien qui vaille la peine de quoi que ce soit.

Rien qu'un son, qu'on écoute.

J'ai entendu ma mère sortir du salon puis traverser le couloir, en se raclant légèrement la gorge, avant de décrocher…

– Allô ?

Un silence. Puis :

– Oh ! Bonjour, Nicole. Comment vas-tu ?

Nicole ? Mon cœur s'est mis à battre un peu plus vite. *Nicole ?*

– Pete ! a appelé ma mère. Téléphone !

Pendant quelques instants, je n'ai pas bougé. Je restais allongé, là, à contempler la porte de ma chambre en essayant de comprendre pourquoi Nicole Leigh m'appelait à neuf heures et demie du soir un jeudi. D'ailleurs, pourquoi m'appelait-elle tout court ? Elle ne l'avait pas fait depuis des lustres.

– Pete ! a crié ma mère, un peu plus fort. Téléphone !

Aucune envie de parler. Et si je lui faisais dire que j'étais sorti, que je la rappellerais ? J'ai réalisé qu'il me faudrait de toute façon descendre ; ma mère voudrait savoir pourquoi je ne voulais pas parler à Nicole, je devrais trouver un prétexte...

Trop de complications.

Mais tout de même... Ça n'était pas n'importe qui à l'autre bout du fil...

C'était Nicole Leigh.

Je me suis levé, faisant quelques mouvements pour m'étirer, et je suis descendu.

En bas, ma mère tenait le combiné, une main sur le récepteur.

– C'est Nicole, a-t-elle soufflé de manière exagérée, articulant chaque mot comme s'il s'agissait d'un secret.

– Merci, ai-je dit en prenant le téléphone.

J'ai attendu qu'elle retourne au salon, puis j'ai collé le combiné à mon oreille.

– Allô ?

– Bonsoir, Monsieur, a gazouillé une voix faussement précieuse. Suis-je bien au numéro de monsieur Boland ?

– Salut, Nic'.

Elle a ri.

– Merde ! Comment tu as su ?

– Télépathie. Je pensais à toi quand le téléphone a sonné.

– Menteur ! C'est ta mère qui a vendu la mèche, hein ?

– Exact.

9

Nic' s'est remise à rire. D'un rire agréable, doux et un peu rocailleux. Un rire qui rappelait des souvenirs d'une autre époque, que je pensais avoir oubliés.

– Je ne tombe pas mal, au moins ?

– Non, pourquoi ?

– Rien... Tu as mis un moment avant de prendre le téléphone. J'ai entendu ta mère mettre la main sur le combiné et te murmurer quelque chose.

– Elle fait ça tout le temps, ça ne veut rien dire. J'étais dans ma chambre...

– Seul ?

J'imaginais Nicole sourire.

– Oui. Seul.

– D'accord.

J'observais le mur et, dans ce silence forcé, à l'autre bout de la ligne, je sentais sur son visage une expression amusée, empressée, charmeuse et mystérieuse à la fois.

– Alors Pete, comment vas-tu ?

– Ça va.

– Qu'est-ce que tu deviens ?

– Pas grand-chose. Et toi ?

– Depuis trois semaines, je suis dans les cartons ! Tu le crois ?

– Dans les cartons ?

– Oui, tu sais... Le déménagement à Paris.

– Je pensais que c'était pour la fin septembre ?

– C'est vrai, mais mon père et ma mère vont s'absenter quelques semaines. Ils veulent terminer les préparatifs avant leur départ. Il y a des cartons et des vieilleries partout. J'ai l'impression de vivre dans un entrepôt.

– Ça a l'air marrant.

– Ouais...

Je n'ai rien dit pendant quelques secondes, pour laisser le silence s'installer. J'attendais de connaître la véritable raison de son appel. Nicole n'avait jamais donné dans le bavardage et après tout ce temps, elle ne m'appelait sûrement pas pour me raconter ses histoires de cartons. J'ai donc attendu, en observant le mur.

Enfin, elle s'est décidée.

– Hé, Pete... Tu es toujours là ?

– Oui.

– Qu'est-ce que tu fais samedi soir ?

– Samedi ? Euh, je ne sais pas... rien de particulier. Pourquoi ?

– Tu vois la fête foraine qui s'est installée sur le terrain de jeux ?

– Oui.

– Ils sont là jusqu'à samedi soir. Je pensais qu'on aurait pu tous se retrouver et passer la soirée ensemble. Rien que tous les quatre : Éric, Pauly, toi et moi. Tu sais, comme au bon vieux temps.

– Comme au bon vieux temps ?

– Oui, tu sais bien... Notre petite bande... la bande des quatre. Après tout, ça n'est pas si vieux... J'ai pensé que... tu vois ?

– Que quoi ?

– Qu'on pourrait se retrouver avant qu'il ne soit trop tard.

– Trop tard pour quoi ?

– Tu vas changer de lycée pour suivre ta filière, Éric et moi partons pour Paris, Pauly va sans doute quitter l'école et chercher du boulot... C'est peut-être notre dernière chance de tous nous retrouver.

– Oui, j'imagine.

– Allez, Pete... Éric et Pauly sont déjà d'accord. On a prévu de se retrouver à la vieille cabane ?

– À la cabane ?

Elle a ri.

– Oui... Tu sais, l'autre jour je repensais à l'époque où nous l'avons construite... Je me disais que ça serait l'endroit idéal pour se retrouver – comme lorsqu'on y organisait des soirées ! On pourrait apporter quelques bouteilles... S'amuser un peu. Puis aller tous ensemble à la fête foraine et vomir dans le grand huit !

De nouveau, elle a ri.

– Il faut que tu viennes, Peter. Sans toi, ça ne serait pas pareil.

– Et Raymond ?

Nicole a hésité.

– Raymond Dagget ?

– Eh bien oui. Nous n'étions pas seulement quatre dans la bande. Raymond était presque toujours avec nous.

– Oui, je sais bien, mais... Ça n'est pas vraiment son truc, à Raymond...

– Qu'est-ce que tu veux dire ?

– Eh bien... Sortir... Aller à la fête foraine, revoir Éric et Pauly. Il ne sera sans doute pas d'accord.

– Pourquoi ça ?

– Écoute, Pete... a soupiré Nicole. Je ne veux pas l'empêcher de venir...

– Alors quoi ?

– Rien... simplement...

– Quoi ?

– Rien. Ça n'a pas d'importance.

De nouveau, elle a soupiré.

– Si tu veux proposer à Raymond de venir…

– Je ne suis même pas sûr de venir moi-même.

– Bien sûr que tu viens !

Elle avait repris sa voix enjouée.

– Tu n'oserais quand même pas me dire non ?

– Non.

Cette fois, son rire semblait contraint. Comme si elle se forçait à plaisanter, tout en cherchant à parler sérieusement. Je ne savais pas quoi en penser. Il y avait presque, dans son intonation, des accents d'intimité. Si je ne l'avais pas si bien connue, j'aurais pu croire qu'elle flirtait. Mais je la connaissais trop. Nicole Leigh ne flirtait pas avec moi. Nous étions passés à autre chose depuis longtemps. Nous n'étions plus proches. Chacun évoluait désormais dans des cercles différents. Chacun faisait des choses différentes. Nous n'avions pas les mêmes amis. Tout ce qu'il nous restait en commun était la mémoire d'une époque où nous faisions les quatre cents coups avec Raymond, Pauly et Éric. Les souvenirs de la bande, de la cabane, des longs après-midi passés au bord de la rivière ou dans les bois… Des réminiscences de baisers naïfs et fébriles, de tâtonnements maladroits dans l'ancienne usine, ou au détour du Chemin de traverse.

Des souvenirs… rien de plus. Des trucs de gosses.

– Pete ? a repris Nicole. Tu m'écoutes ?

– Quoi ?

– J'ai dit : n'oublie pas la bouteille.

– Pardon ?

– Apporte une bouteille. De l'alcool. Samedi soir.

– Ah, oui. Bien sûr.

– Rendez-vous à la cabane à neuf heures et demie, OK ?

– La cabane du Chemin de traverse ?

– Oui. Celle au sommet de la berge, près de la vieille usine. En face des tours à gaz.

– OK.

L'espace d'un moment, elle a paru hésiter.

– Tu penses toujours venir avec Raymond ?

– Pourquoi pas ?

– D'accord. Mais tu ne vas pas passer ta soirée à t'occuper de lui, hein ?

– Raymond n'a pas besoin qu'on s'occupe de lui.

– Ça n'est pas ce que je voulais dire. Je voulais simplement...

Ses mots se sont perdus. Elle allumait une cigarette.

– Bref, après la fête foraine on rentrera tous chez moi. Mes parents seront partis donc... enfin, si ça te tente de passer la nuit, tu es le bienvenu.

Elle a marqué une pause avant d'ajouter, plus doucement :

– Ça n'engage à rien.

– OK.

– Neuf heures et demie.

– Neuf heures et demie.

– Parfait. À samedi.

– Oui, à plus.

Vous connaissez cette impression, lorsqu'on parle à quelqu'un et que, sur l'instant, on n'est pas certain de ce qu'il essaie de nous dire, mais après coup, on réalise qu'on n'a pas la moindre idée de ce dont il voulait parler ? C'est exactement ce que j'ai ressenti après avoir raccroché. Je suis resté debout, comme un imbécile, à fixer le sol et à réfléchir.

Le bon vieux temps ?

Les soirées dans la cabane?
La fête foraine et le grand huit?
Où voulait-elle en venir, avec tout ça?

J'étais toujours planté au même endroit, cinq minutes plus tard, lorsque ma mère est ressortie du salon.
– Tout va bien, chéri?
J'ai levé les yeux.
– Oui... ça va, oui.
Elle a jeté un œil au téléphone, puis m'a regardé.
– Comment va Nicole?
– Bien. Elle déménage bientôt. Son père va travailler à Paris. Il doit reprendre la direction d'un théâtre, ou quelque chose du genre. Ils partent tous en septembre.
J'ignore pourquoi je lui racontais tout ça. J'étais sans doute toujours un peu surpris, abasourdi. Je parlais pour parler, pour faire du bruit.
– Nicole voulait que je l'accompagne à la fête, samedi soir, avec Éric et Pauly.
– C'est une bonne idée, a dit ma mère.
J'ai haussé les épaules.
– Tu ne veux pas y aller?
– Je ne sais pas...
– Ça te ferait du bien, pourtant.
Elle m'a souri d'un air triste.
– Tu devrais sortir davantage, Pete. T'aérer un peu. Tu ne peux quand même pas passer toutes tes journées enfermé!
– Je ne passe pas mes journées enfermé... parfois je sors m'allonger dans le jardin.
Elle a secoué la tête.
– Je ne plaisante pas, Pete. Je me fais du souci pour toi.

– Il n'y a pas à s'en faire.

– Mais tu ne fais plus rien! Tu ne sors pas, tu ne t'intéresses à rien, tu restes allongé toute la journée à dormir ou bien planté devant la télé.

Son regard était inquiet.

– Avant, tu avais des activités.

– Lesquelles?

– Le foot! Tu jouais tous les samedis. Il y avait aussi le groupe de lecture, à la bibliothèque. Ça te plaisait beaucoup.

De nouveau, j'ai haussé les épaules.

– Je lis toujours autant. J'ai toujours un livre à la main, mais ça ne m'intéresse pas de m'asseoir autour d'une table pour en discuter.

– D'accord, a dit Maman. Mais la guitare? Tu n'y as plus touché depuis des mois… Elle prend la poussière dans un coin de ta chambre. Avant, tu t'exerçais tous les soirs. Tu faisais de gros progrès.

– Non, je ne progressais pas du tout. J'étais nul.

– Si tu avais un problème, tu m'en parlerais, n'est-ce pas? a-t-elle insisté en me dévisageant.

– Je n'ai aucun problème, Maman. Je t'assure: tout va bien.

– Quelque chose t'inquiète?

– Non.

– La perspective de la rentrée, peut-être?

– Maman, je t'ai dit que je n'avais aucun problème. Je vais très bien. Je suis simplement… je ne sais pas… un peu fatigué.

– Fatigué? Fatigué comment?

– Je ne sais pas.

Elle s'est approchée et a examiné mes pupilles.

– Mais non, Maman, ai-je soupiré. Je ne me drogue pas.

Elle s'est reculée, sans cesser de m'observer.

– J'essaye seulement de t'aider, Pete.

– Je n'ai pas besoin d'aide.

– Tu n'as aucune raison d'être fatigué et déprimé comme ça, a-t-elle déclaré en secouant la tête. À ton âge, ça n'est pas normal !

– C'est probablement juste une passade, ai-je répondu avec un sourire. Les hormones, un truc dans ce genre.

Elle a voulu me rendre mon sourire, mais elle n'a pas réussi. J'étais soudain très triste. Je n'aimais pas la perturber.

– Tout va bien, Maman, lui ai-je murmuré. Vraiment, il n'y a aucun problème. Je me sens juste un peu bizarre en ce moment... comme si je n'étais pas très sûr de savoir où j'allais. Ça n'est pas grave, je suis simplement un peu...

– Bizarre ? a suggéré ma mère.

– Oui.

Elle a hoché la tête.

– D'accord. Mais si ça ne s'arrange pas...

– Je t'en parlerai. Promis.

Elle a levé un sourcil interrogateur.

– Croix de fer ?

– Oui, ai-je répété en souriant. Si je mens, je vais en enfer.

Ce soir-là, j'ai mis du temps à trouver le sommeil. J'observais les ténèbres. Une masse de pensées m'obstruait le cerveau si bien que je les sentais suinter à travers mon crâne. Poisseuses, salées, elles me ruisselaient par les oreilles, les yeux, la bouche, la peau.

Des pensées, des images, des souvenirs...

La voix de Nic' : « Si ça te tente de passer la nuit, tu es le bienvenu... Ça n'engage à rien. »

Des images se formaient dans ma tête : Nic' et moi, à une fête... On a treize ou quatorze ans. Enfermés dans la salle de bains, on ne sait pas vraiment ce qu'on fait, mais on essaye quand même.

« Tu n'oserais quand même pas me dire non ? »

En nage, je me suis levé et j'ai regardé par la fenêtre ouverte. L'atmosphère était oppressante, étouffante ; la nuit, chaude et immobile. Je ne portais ni pyjama ni sous-vêtement : il faisait bien trop lourd. Aucune brise ne filtrait par la fenêtre, mais je sentais la sueur rafraîchir ma peau.

J'ai frissonné.

Un chaud-froid.

C'était le petit matin. Deux heures, trois heures, peut-être... En bas, la rue restait déserte et silencieuse, mais des sons lointains me parvenaient de la route principale : une voiture de temps à autre, des fêtards qui rentraient chez eux, un cri étouffé, des voix éméchées...

Le bruit de la nuit.

J'ai observé la maison de Raymond Dagget, plus bas dans la rue. Elle était plongée dans l'obscurité : les rideaux tirés, pas une lumière. À la lueur du lampadaire, je distinguais l'allée qui mène à l'autre côté de la maison, ainsi que tout le bazar encombrant le jardin : les cadres de vélo, les cartons, les palettes de bois, les sacs-poubelles. J'ai fixé la fenêtre de la chambre de Raymond. Était-il endormi ?

Raymond ne dormait pas toujours dans sa chambre. Parfois, il attendait que ses parents soient couchés pour se glisser à l'extérieur, et passer la nuit dehors avec son lapin. Son animal avait un clapier, près de la remise au fond du jardin. Lorsqu'il faisait froid, Raymond l'emmenait dans la remise et se pelotonnait avec lui dans un sac de toile. Mais par une nuit chaude comme celle-ci, il le sortait simplement du clapier et tous les deux s'asseyaient, tranquilles et satisfaits sous le ciel estival.

Je me demandais s'ils s'y trouvaient à ce moment-là. Raymond et son lapin noir.

Tout commença le jour de ses onze ans, lorsque ses parents lui offrirent un lapin. C'était une petite chose chétive, toute noire, au regard vitreux, une queue ébouriffée et une fourrure mitée. Je crois que le père de Raymond l'avait acheté à un type dans un bar. Ou peut-être qu'il l'avait trouvé... Allez savoir. Raymond fut plutôt surpris de recevoir un lapin pour son anniversaire, pour trois raisons. D'une, c'était la première fois de sa vie que ses parents lui offraient quelque chose qu'il n'avait pas demandé. De deux, ses parents oubliaient généralement son anniversaire. De trois (Raymond me l'avoua plus tard), à l'époque, il n'aimait pas les lapins.

Mais il ne laissa rien paraître. Ses parents n'auraient pas été contents. Et Raymond avait appris depuis longtemps à ne pas les énerver. D'un sourire maladroit, il les remercia donc et serra le lapin dans ses bras pour le caresser.

– Comment vas-tu l'appeler ? demanda sa mère.

– Raymond. Je vais l'appeler Raymond.

Il mentait. Il n'avait pas l'intention d'appeler son lapin Raymond. Il n'avait pas l'intention de l'appeler du tout. Pour quoi faire ? C'était un lapin. Les lapins n'ont pas de nom. Ils n'ont pas besoin de nom. Ils sont petits et pas très malins.

Environ un an et demi plus tard, Raymond me confia pour la première fois que son lapin s'était mis à lui parler. Au début, je crus qu'il faisait l'imbécile, qu'il inventait l'une de ses histoires bizarres – Raymond inventait souvent des histoires bizarres –, mais je réalisai après coup qu'il était sérieux. Installés seuls au bord de la rivière, nous observions les rats d'eau et faisions ricocher des cailloux... les jeux habituels. Et lorsque Raymond se mit à me parler de son lapin, je vis à son regard qu'il croyait dur comme fer à ce qu'il racontait.

– Ça va te paraître débile, déclara-t-il, et je sais qu'il ne me parle pas vraiment, mais c'est comme si j'entendais des choses, dans ma tête.

– Quel genre de choses ?

– Je ne sais pas... comme... des mots, je crois. Mais ce ne sont pas vraiment des mots. C'est plutôt... un genre de murmure qui flotte dans le vent.

– Alors comment peux-tu savoir que ça vient du lapin ? Ça pourrait très bien être un truc bizarre qui se produit dans ton cerveau.

– Il me dit certaines choses.

Je le dévisageai.

– Des choses comment ?

Raymond haussa les épaules et balança un caillou dans l'eau.

– Des choses... Parfois c'est : « Bonjour », « merci ». Des trucs comme ça.

– C'est tout ? « Bonjour » et « merci » ?

Son regard, perdu dans la rivière, semblait lointain. Lorsqu'il se remit à parler, sa voix résonna d'une manière étrange.

– « Ciel magnifique ce soir ».

– Quoi ?

– C'est ce que Lapin Noir a dit hier soir. Il m'a dit que le ciel était magnifique ce soir.

– « Ciel magnifique ce soir » ?

– Oui… Et aussi : « Vert est frais comme l'eau. » Il a dit ça, aussi. Et l'autre jour, il m'a dit : « Bonne vieille maison en bois » et « paille sent le ciel bleu ». Il dit des tas de choses.

Raymond se tut et je ne voyais pas quoi répondre. Un moment silencieux, immobiles, nous observions les eaux boueuses de la rivière.

Au bout d'une ou deux minutes, il se tourna vers moi.

– Pete, je sais que ça n'a aucun sens et je sais que ça paraît bizarre… Mais ça me plaît. Chaque jour, en rentrant de l'école, je descends au fond du jardin et je lui donne à boire et à manger, je le laisse se dégourdir les pattes pendant que je nettoie sa cage… C'est comme avoir un ami qui me raconte des choses agréables. Des choses qui ne me font pas mal, qui me font même du bien, parfois.

Deux ans plus tard, lorsque le lapin mourut des suites d'une infection fongique, Raymond pleura comme jamais il ne l'avait fait auparavant. Il pleura pendant trois jours, non-stop. Il pleurait encore lorsque je l'aidai à enterrer Lapin Noir dans une boîte de céréales vide, au fond du jardin.

– Il m'a demandé ne pas pleurer, hoqueta Raymond à travers ses larmes, alors que nous rebouchions le trou. Mais je ne peux pas m'en empêcher.

– Qui ça ? lançai-je, pensant qu'il parlait de son père. Qui t'a dit de ne pas pleurer ?

– Lapin Noir…

Raymond renifla bruyamment avant de s'essuyer le nez.

– Je sais ce qu'il faut faire. Enfin… je sais qu'il n'est pas mort.

– Qu'est-ce que tu veux dire ?

– Il m'a dit de le ramener à la maison.

Sur l'instant, je ne compris pas ce dont parlait Raymond, mais le lendemain, en lui rendant visite, je découvris qu'il avait acheté un autre lapin noir dans une animalerie… Évidemment, je ne comprenais toujours pas ce qu'il me racontait, mais je commençais à réaliser où il voulait en venir. Car, pour Raymond, le lapin qu'il venait d'acheter n'était pas différent du premier. C'était le même lapin noir. Mêmes yeux, mêmes oreilles, même fourrure d'un noir d'encre… même murmure.

Raymond avait fait ce qu'il lui avait demandé : il avait ramené Lapin Noir à la maison.

À nouveau, j'ai frissonné. Sur ma peau, la sueur avait séché et mon corps s'était suffisamment rafraîchi pour que je retourne me coucher. Mais je suis resté encore un peu près de la fenêtre, à songer à Raymond, à me demander s'il était bien là-bas… assis dans le noir, à écouter les murmures dans sa tête.

« Ciel magnifique ce soir.

« Bonne vieille maison en bois.

« Paille sent le ciel bleu. »

J'ai repensé à ce qu'avait dit Nicole au sujet de Raymond. Elle pensait que la fête foraine samedi soir ne serait pas son truc, et elle avait sans doute raison. Si nous avions été seuls tous les deux, l'idée l'aurait probablement tenté, mais je n'étais pas sûr de sa réaction concernant les autres. D'ailleurs, je n'étais pas certain de la mienne. Nicole et Éric ? Pauly Gilpin ? Tout ça me paraissait si… Comment dire ? J'avais l'impression de replonger dans le passé : retour au collège, assis tous ensemble, au fond de la classe. Retour à l'école primaire : dans la cour, à la récré, on se serre les coudes, on joue ensemble après l'école, on passe ensemble nos week-ends, nos vacances...

À l'époque, nous étions amis. Nous avions des liens : Nicole et Éric, les jumeaux. Nic' et moi, les faux amoureux. Pauly admirait Éric, Éric protégeait Nic'...

Des liens.

Mais c'était une autre époque, les choses avaient évolué. Nous étions différents. Nous étions des gosses et depuis, nous avions grandi. Au collège, nous avons eu treize ans, puis quatorze, puis quinze. Puis seize, au lycée... Petit à petit, tout avait changé. Vous savez comment ça se passe : le monde s'élargit, les choses se distendent, vos meilleurs amis deviennent « des copains d'enfance ». Au fond, vous les connaissez toujours, vous les voyez tous les jours, vous les saluez encore... mais ils n'ont plus la même importance.

Le monde s'élargit.

Mais tout ne change pas.

Raymond et moi n'avions jamais changé. Notre monde ne s'était jamais élargi. Nous avions toujours été amis. Avant de l'être avec les autres, en même temps qu'avec les autres, sans les autres et, de bien des manières, nous étions restés amis en dépit des autres.

Notre amitié avait survécu à celle des autres.

Voilà pourquoi cette idée de sortie tous ensemble à la fête foraine semblait... juste bizarre. Un peu angoissante, peut-être. Un peu vaine, même. Mais en même temps, palpitante. Si on aime ce qui est angoissant et vain.

Je me suis détourné de la fenêtre et j'ai regardé le lapin noir en porcelaine, posé sur ma commode. Cadeau de Raymond pour mon seizième anniversaire. Un lapin noir en porcelaine, à taille quasi réelle, assis à quatre pattes. Il est magnifique : vernis et lisse, avec des yeux d'un noir luisant, un collier de fleurs autour du cou. Son museau exprime une sorte de perplexité. Le lapin semble se remémorer un souvenir lointain, triste, qui le hantera toujours.

Je m'attache rarement aux choses, mais lorsque Raymond m'a offert cet objet, j'étais très touché. Les autres cadeaux que j'avais reçus n'avaient rien d'original : mes parents m'avaient donné de l'argent, une fille avec qui j'étais sorti une ou deux fois m'avait fait passer une nuit inoubliable et les copains au lycée m'avaient offert des cartes à collectionner, des cadeaux gags... Le genre de choses qu'on s'attend à recevoir pour ses seize ans. Mais ce lapin... c'était un véritable présent. Un cadeau sérieux, choisi avec attention et sensibilité.

– Tu n'es pas obligé de le garder, marmonna Raymond, gêné, en me regardant le déballer. Je veux dire... je sais que c'est un peu... enfin, tu vois... si jamais ça ne te plaît pas...

– Merci, Raymond, répondis-je en examinant le lapin en porcelaine. C'est magnifique. Il me plaît beaucoup. Merci.

Il baissa les yeux en souriant. Ce que j'avais ressenti alors valait tous les plus beaux cadeaux de Noël et d'anniversaire réunis.

J'ai regardé le lapin : son corps en porcelaine scintillait sous la lune et ses yeux noirs et tristes luisaient dans l'obscurité.

– Alors Raymond, ai-je lancé tout haut. Ça te dirait d'aller à cette fête foraine ? De faire un petit saut dans le passé ? Ou vaut-il mieux rester cachés dans nos petits mondes respectifs ?

J'ignore ce que j'attendais, mais le lapin en porcelaine ne m'a pas répondu. Il est resté prostré là, avec ses yeux noirs et tristes, à observer le néant. J'ai commencé à me sentir parfaitement idiot, debout au milieu de la nuit, nu et seul, à causer à un lapin en terre cuite.

Ma mère avait raison. Il fallait que je me décide à sortir davantage.

J'ai secoué la tête et je me suis recouché.

DEUX

Les maisons de notre rue, Hythe Street, sont presque toutes identiques – des pavillons mitoyens, avec une pelouse devant et un jardin derrière. De mon côté de la rue, les jardins s'adossent à une butte broussailleuse qui mène à la rivière. Ceux du côté de chez Raymond donnent sur une ruelle commune, une vieille église en ruine et sur la route principale, parallèle à Hythe Street. Cette route principale, St-Leonard Road, relie le centre au sud de la ville, jusqu'aux docks, au pied de la colline, à environ huit cents mètres de Hythe Street.

La ruelle qui débouche à l'angle du jardin de Raymond n'a rien de sympathique. D'abord, elle est exiguë au possible : elle est bordée de chaque côté par de grands murs de briques qui bloquent la lumière du soleil, si bien que même en été, elle reste humide et lugubre. Des barbelés et des tessons de verre surmontent les murs croulants recouverts, pour une raison incompréhensible, d'une épaisse couche de vieille suie. La ruelle sert aussi de dépotoir. Elle est donc toujours encombrée d'ordures : d'énormes sacs-poubelles noirs pleins à craquer, des poubelles à roulettes qui débordent, des bouteilles vides, des canettes de bière, des merdes de chien… tout un tas de saletés. Comme je le disais, l'endroit n'est pas du tout sympathique, mais c'est le chemin que j'empruntais lorsque j'allais voir Raymond et lui faisait de même lorsqu'il venait chez moi.

L'itinéraire qui nous menait l'un à l'autre.

Il devait être midi, ce vendredi, lorsque j'ai descendu la rue pour me rendre chez lui. Le soleil brûlait au zénith, emplissant l'atmosphère d'une brume lumineuse et trouble. En traversant la rue, le goudron amolli collait presque à la semelle de mes baskets. C'était l'une de ces journées où la chaleur est telle que tout paraît alangui et liquéfié. Tout, y compris votre propre cerveau. Faute de sommeil, le mien fondait littéralement. En dépit de tout cela, je me sentais curieusement reposé. J'avais changé de vêtements (pour la première fois depuis trois jours), j'avais pris une douche, j'avais même réussi à démêler un peu mes cheveux. Qui sait pourquoi je m'étais donné cette peine. J'allais seulement voir Raymond, qui ne s'était jamais préoccupé de mon apparence. D'ailleurs, je crois qu'il ne s'était jamais préoccupé de l'apparence de personne.

Mais j'étais en forme, et même dans cette étroite ruelle, où régnait l'ombre moite des murs de briques noirâtres, je me sentais bien mieux que ces derniers jours.

Lorsque je suis arrivé, le portail sombre du jardin était fermé. Ses deux vieux battants de bois, trop hauts pour les curieux, m'empêchaient de voir si Raymond était ou non dans le jardin. Je n'entendais aucun bruit. Mais je savais qu'il était là. Je le devinais toujours. Je m'étais trouvé si souvent là, depuis tant d'années, que d'une certaine manière, j'arrivais à sentir sa présence, ou son absence. J'ignore d'où me venait cette impression, mais je ne me trompais jamais. D'ailleurs, j'avais une telle confiance en mon pressentiment que si je ne sentais pas sa présence, je tournais aussitôt les talons et rentrais chez moi sans l'ombre d'une incertitude.

Ce jour-là, il était chez lui.

J'en étais certain.

Le portail ouvrait sur le fond du jardin et, en jetant un regard vers ma droite, j'ai aperçu Raymond, assis sur une vieille chaise en bois branlante, près de la remise. Il ne semblait pas m'avoir remarqué. Il était assis là, à regarder la pelouse, les yeux braqués sur le vide, et la tête parfaitement immobile. Le seul mouvement que je distinguais était un vague frémissement des lèvres, comme s'il se murmurait des secrets à lui-même. À part ça, il était aussi statique qu'une sculpture.

Près de lui, le clapier était vide, la porte grillagée grande ouverte. J'ai embrassé le jardin du regard (un désordre broussailleux d'herbe desséchée et de plates-bandes à l'abandon) et j'ai soudain aperçu Lapin Noir, à l'ombre des lilas. Lui aussi était tranquille : assis dans son coin, il observait les alentours en fronçant le museau sans conviction.

– Bonjour, Pete.

Je me suis retourné, et Raymond me souriait.

– Salut, ai-je lancé. Ça va comme tu veux ?

Il a hoché la tête, sans cesser de sourire.

– Oui, tout va bien… il fait beau et chaud.

Il a levé les yeux puis m'a regardé à nouveau.

– Ciel bleu, a-t-il dit.

– Ouais…

En m'approchant de Raymond, je n'ai pu m'empêcher de sourire, comme toujours. Son visage me faisait sourire, son sourire me faisait sourire. Tout en lui éveillait ma gaîté. C'était très curieux, d'ailleurs, car la plupart des gens prenaient Raymond pour un gamin bizarre… sans doute l'était-il un peu. Avec sa tête trop grande pour son corps, son regard un peu dingue et sa façon de s'habiller, il semblait perpétuellement trop petit pour son âge. Pourtant, il ne s'habillait pas comme un gamin. Il n'en avait pas non plus l'apparence. Mais ses vêtements semblaient toujours le rapetisser. Avant, je pensais que c'était à cause de ses parents, qui l'habillaient dans des friperies en prenant toujours une taille trop grande, histoire que ce soit profitable plus longtemps. Mais, au fil des années, Raymond avait porté toutes sortes de vêtements – des chemises neuves à sa taille, des manteaux informes, des shorts trop larges, jusqu'au jean moulant (que sa mère l'avait forcé à porter) – et j'ai fini par comprendre : vieux ou neuf, trop large ou trop serré, absolument tout semblait le rapetisser.

Mais j'aimais son apparence : sa bizarrerie, sa différence, sa singularité. Elles lui allaient bien. Elles reflétaient ce qu'il était, même si elles pouvaient aussi lui compliquer la vie.

Mais en cet instant, alors qu'il se levait pour aller me chercher une chaise de guingois dans la remise, il allait bien. Je l'ai regardé poser le siège, l'épousseter et, d'un geste gauche, me faire signe de m'asseoir.

Je me suis assis.

Raymond s'est assis.

Nous avons échangé un grand sourire.

– Alors, lui ai-je dit, tout va bien ?

Il a hoché la tête puis il a jeté un œil à Lapin Noir. L'animal se tenait dans son coin, toujours immobile.

– Il grandit, ai-je remarqué.

– Oui...

J'ai observé ce gros lapin noir. Il s'agissait en fait de Lapin Noir III. Lapin Noir II était décédé des suites d'une morsure de rat, l'année précédente. En dépit de sa tristesse, cette fois,

Raymond n'avait pas pleuré. Il l'avait simplement enterré dans le jardin, près de Lapin Noir Iᵉʳ, avant de sortir en acheter un autre. Bien sûr, pour Raymond, il ne s'agissait pas d'un autre lapin, car il en était désormais certain, du moins, une partie de lui l'était : Lapin Noir était éternel.

Je me suis tourné vers Raymond, tranquille et parfaitement comblé. Il fixait son lapin. Quelque part, je l'enviais. Je le savais, je n'aurais pas dû, car la félicité de Raymond n'avait rien de normal (quoi que « normal » puisse signifier) et il se passait des choses curieuses dans sa tête. Mais de temps à autre, je ne pouvais m'empêcher de songer combien il devait être agréable de se contenter des choses les plus simples.

Une tondeuse ronronnait au loin et le parfum de l'herbe fraîchement coupée flottait dans l'air.

Vert est frais comme l'eau, me suis-je surpris à penser. *Ciel magnifique ce soir...*

J'ai épongé la sueur qui perlait sur mon front.

– Nicole m'a appelé hier soir, ai-je dit à Raymond.

Il m'a dévisagé.

– Nicole ?

– Oui, elle m'a proposé de se retrouver à la fête foraine demain soir. Celle qu'ils ont montée sur le terrain de jeux ?

Raymond, perplexe, ne m'a pas répondu.

– Oui, je sais, ai-je poursuivi. J'étais aussi un peu surpris de l'entendre. Enfin, elle voudrait qu'on se retrouve tous ensemble, toute la vieille bande... un genre de fête d'adieu.

– Qui s'en va ?

– Nicole et Éric... Ils déménagent à Paris en septembre.

– Ah, oui, c'est vrai.

– Et Pauly laisse tomber le lycée.

– Pauly ?

– Ouais.

– Pauly sera là ?

Son regard s'est affolé.

– Ne t'en fais pas. On n'est pas obligé d'y aller si tu ne veux pas. Je ne suis pas certain d'avoir envie non plus.

– Elle t'aime bien, a dit Raymond.

– Hein ?

– Nicole. Elle t'aime bien.

– Oui, ai-je répondu. Elle t'aime bien aussi. Depuis toujours.

– Pas comme ça.

– Comme quoi ?

– Comme quelqu'un qui t'aime bien, a-t-il répété, avec un sourire.

J'ai froncé les sourcils.

– Quoi ?

Il n'a rien dit pendant quelques instants, mais il a soudain cligné des yeux, son visage s'est assombri et il s'est voûté.

– Pauly amène Campbell ?

Une très bonne question, que je m'étais moi-même posée après le coup de fil de Nicole : si Pauly Gilpin venait, serait-il accompagné de Wes Campbell et de sa bande ?

Wes Campbell avait deux ans de plus que nous et lorsque nous étions enfants, il nous fichait une trouille bleue. Lui et son gang de petites frappes vivaient dans la cité de Greenwell. Gamins, on passait notre temps à tenter de leur échapper. Je me rappelle encore d'un jour où Raymond et moi revenions du centre-ville en vélo… nous devions avoir dix ou onze ans, peut-être un peu plus.

Bref, nous roulions sur ce petit chemin – un raccourci – qui longeait la rivière, lorsque j'ai entendu un sifflement, puis un claquement sourd. Quelque chose a tapé contre le cadre du vélo de Raymond. Lui aussi l'avait entendu. Cherchant l'origine du bruit, nous avons aperçu l'un des gars de Wes Campbell, debout, dans un taillis près du chemin, qui braquait sur nous une carabine à air comprimé, un sourire jusqu'aux oreilles. Il a pressé à nouveau la détente. On a aussitôt détalé. Campbell et ses autres copains sont apparus en contrebas, certains armés de carabines. Ils nous ont coursés en hurlant et en riant. En clair, ils nous ont fichu la trouille de notre vie.

Jamais je n'avais eu aussi peur. Quant à Raymond... il s'était pissé dessus de terreur. Je ne l'ai jamais oublié. Je pédalais d'un mouvement automatique comme un fou derrière lui, les poumons au bord de l'éclatement. J'ai entendu ces éclaboussures, et je n'ai pas immédiatement réalisé. J'étais tellement obsédé par l'idée d'échapper aux gamins qui nous poursuivaient que je n'y ai pas prêté attention. C'est lorsque j'ai vu Raymond ralentir que j'ai levé les yeux. Il se tenait maladroitement debout sur les pédales, se tortillait sur lui-même en tripotant sa braguette... Même à ce moment, il m'a fallu quelques secondes pour remarquer que son pantalon était trempé et qu'un filet jaunâtre s'écoulait derrière lui.

Il y a eu d'autres épisodes du genre avec Campbell. Raymond et moi n'étions pas les seuls à en faire les frais. Campbell avait une dent contre chacun d'entre nous : Éric, Nicole, Pauly... n'importe qui faisait l'affaire, pourvu qu'il soit plus petit que lui. Plus petit ou différent. Plus faible, plus jeune... Et je suis certain que vous voyez de quoi je parle. Après tout, quand on a onze ans, on a tous un Wes Campbell dans notre entourage, non ?

Toutes ces choses appartenaient au passé. Depuis, Campbell avait cessé de nous terroriser, mais à l'époque, il en avait fait un sport. Voilà pourquoi il nous avait paru si étrange de voir Pauly traîner avec Wes Campbell et sa bande. Depuis deux ans, je le croisais parfois en ville avec eux, remontant la rue principale. Selon certaines rumeurs, le groupe sortait se saouler le soir.

Je comprenais donc parfaitement ce qui inquiétait Raymond et je partageais moi-même certaines de ses craintes. D'un autre côté, je savais également que les choses évoluent : les gens grandissent, les angoisses ne sont plus les mêmes, et les cauchemars enfantins cessent de les hanter. Pour Raymond et moi, ces changements n'avaient jamais opéré. Les comprendre ne les rendait pas pour autant acceptables. Mais si Pauly préférait passer ses journées à caresser son ancien cauchemar dans le sens du poil, ça le regardait. Et je n'y changerais rien.

J'ai levé les yeux vers Raymond.

– Au début, nous serons seulement tous les cinq. Nicole, Éric, Pauly, toi et moi. Nicole veut qu'on se retrouve dans la cabane du Chemin de traverse – au sommet de la berge, près de l'ancienne usine. Rien que tous les cinq... personne d'autre. Comme à l'époque de nos fêtes, à la cabane.

Raymond a eu un sourire méfiant.

– Une fête... à la cabane ?

– Oui, comme avant. On apporte une bouteille, histoire d'être gais...

– Personne d'autre ?

– Personne.

Il a paru se détendre un peu. L'inquiétude dans ses yeux s'atténuait. Il a ensuite montré un intérêt prudent pour la soirée. Raymond avait toujours aimé nos cabanes – je crois qu'il s'y sentait en sécurité. Pour moi et ceux de la bande, c'était un endroit comme un autre, un endroit où faire des choses interdites. Raymond les voyait comme une sorte de sanctuaire, un refuge loin de ce monde immense et affreux. Parfois, il y passait même du temps seul, ce qui m'avait toujours semblé plutôt cool : assis, caché dans un endroit secret, alors que personne ne sait où l'on se trouve...

J'aurais aimé avoir le courage d'en faire autant.

– Alors, ai-je lancé à Raymond. Qu'est-ce que tu en penses ? Ça te dit ?

Il a paru indécis.

– Je ne sais pas...

– On pourrait juste aller à la cabane si tu préfères... juste pour une heure. On n'est pas obligé de les suivre à la fête foraine.

– Et Pauly ?

– Ne t'en fais pas, il se tiendra. Tu le connais... avec nous, il redeviendra ce bon vieux Pauly.

– Ce bon vieux Pauly, a murmuré Raymond.

– Oui, je sais...

– Il venait ici, avant.

– Je sais.

– Il m'a fait croire qu'il était sympa.

La tristesse l'a envahi de nouveau.

– Ça ne fait rien, lui ai-je dit. Ça n'a pas d'importance si tu ne veux pas venir. Au fond, ça m'est complètement égal.

Il m'a regardé.

– Tu voulais les retrouver, non ?

J'ai haussé les épaules.

– Vraiment, je m'en fiche.

Il a souri.

– Je le vois bien.

– Quoi ?

– Tu as envie de voir Nicole.

– Pas du tout.

– Je le vois bien.

– Eh bien, tu te trompes...

Raymond s'est contenté de sourire et moi j'ai secoué la tête.

– Pourquoi j'aurais envie de voir Nic ?

– Parce que...

– Parce que quoi ?

– Je ne sais pas, mais parce que.

– Tu racontes n'importe quoi, Raymond, ai-je dit en levant les yeux au ciel.

Il a souri de toutes ses dents.

– Je sais.

– Je veux dire, ça ne me déplairait pas... juste pour lui dire au revoir, tout ça... mais je m'en fiche si je n'y vais pas. Il n'y a plus rien entre nous, si c'est ce que tu sous-entends.

– Bien sûr.

Je l'ai fusillé du regard. J'aurais voulu paraître agacé, mais je n'y arrivais pas. À le voir assis là, à m'observer avec de grands yeux, avec un sourire jusqu'aux oreilles... je n'ai pas pu m'empêcher de lui rendre son sourire.

– Je ne sais même pas pourquoi je t'écoute !

– Pardon ?

J'ai éclaté de rire.

– Et tu te crois drôle ?

– Je le suis, a-t-il dit en riant.

Nous sommes restés assis un moment, à nous gorger de soleil en discutant de tout et de rien : les résultats, le lycée... rien d'important. Puis, vers deux heures, nous avons entendu la porte d'entrée claquer. Raymond m'a dit qu'il ferait mieux de rentrer.

– C'est mon père, a-t-il expliqué, d'un air soudain sérieux. Il aura sans doute faim.

Raymond n'aimait pas parler de ses parents, je ne lui ai donc pas demandé d'où son père revenait, ou pourquoi il ne pouvait pas préparer son repas tout seul. J'ai simplement hoché la tête avant de me lever.

– Et pour demain ? Tu veux qu'on y aille, ou bien...

– Oui, pourquoi pas ?

– Sûr ?

Il a hoché la tête d'un air distrait, il ne m'écoutait déjà plus. Il scrutait la porte de derrière, guettant son père.

– Je passerai te chercher vers neuf heures. Ça te va ?

Il n'a pas répondu.

– Raymond ?

– Quoi ?

– Demain : je viendrai te chercher à neuf heures.

– OK...

Il s'est brusquement détourné en entendant son père crier :

– Raymond !

– Je ferai mieux d'y aller, a-t-il ajouté en se précipitant vers la maison. On se voit demain.

– À plus, Raymond. Et ne t'inquiète pas...

Mais il avait déjà traversé la moitié du jardin et je savais qu'il ne m'écoutait plus. En le voyant ouvrir la porte de derrière et se glisser dans la maison, je me suis alors demandé, comme je l'avais si souvent fait auparavant, quel genre de vie l'attendait à l'intérieur.

Difficile à imaginer... Ses parents n'étaient pas spécialement agréables. Froids, méchants et insensibles... le genre de parents qui vous font apprécier les vôtres.

Je suis resté un moment face à cette maison, essayant d'imaginer ce qui se tramait derrière ces murs de briques, mais tout ce que je distinguais, c'était une brume informe, un brouillard gris et terne. Des voix laides et glaciales, de la rancune, des sentiments refoulés...

J'ai alors perçu quelque chose, un mouvement silencieux... En baissant les yeux, j'ai aperçu le lapin noir, qui trottait à mes pieds et se dirigeait vers sa cage en sautillant.

Non.

Il ne m'avait pas regardé.

Il n'avait pas froncé le museau.

Son murmure n'avait pas résonné dans ma tête.

« Attention, n'y va pas. »

... Et de toute façon, je n'avais rien entendu.

Je ne le savais pas encore, mais lorsque j'ai quitté le jardin de Raymond, ce jour-là, je venais de faire la plus grosse erreur de ma vie.

TROIS

Le lendemain, samedi, a commencé comme l'un de ces jours où il fait trop chaud pour dormir. On se réveille en nage, impossible de respirer, et tout ce qu'on veut, c'est rejeter le drap et rester allongé nu, à espérer qu'une brise légère se glisse par la fenêtre...

Mais la brise n'arrive jamais.

Dehors, l'air était suffocant. Le soleil chauffait à blanc un ciel bleu ardent, dans une chaleur si oppressante qu'elle en devenait palpable.

Finalement, j'ai réussi à m'arracher de mon lit et à me traîner jusqu'à la salle de bains. Après une douche glacée, j'ai enfilé un short et un t-shirt et j'ai dévalé l'escalier. Le ventilateur chuintait dans la cuisine, toutes les fenêtres grandes ouvertes, mais il faisait toujours aussi lourd. Dehors, j'ai trouvé ma mère installée sur l'une des chaises de la cuisine, qui sirotait un thé en fumant une cigarette, vêtue, elle aussi, d'un short et d'un t-shirt trop large. Ce style un peu négligé lui allait bien. Mais son visage portait des signes évidents de fatigue.

– Je croyais que tu avais arrêté, lui ai-je dit, en désignant la cigarette du menton.

Elle m'a souri.

– C'est le cas.

– Difficile à croire.

– Rien qu'une… J'en avais besoin.

– Mouais, ai-je répondu, surtout que Papa ne te voie pas !

– Il dort encore.

– À quelle heure est-il rentré ?

Ma mère a haussé les épaules.

– Je ne sais pas… il y a quelques heures. Vers les huit heures, je pense.

– Et à quelle heure doit-il repartir ?

– Cet après-midi.

Elle a tiré une longue bouffée sur sa cigarette et a embrassé le jardin du regard. Son sourire s'était envolé, remplacé par son expression habituelle : « Je-m'inquiète-pour-ton-père. » Elle se faisait toujours du souci pour lui, surtout lorsqu'il passait sa nuit au boulot.

Mon père est officier de police (inspecteur à la criminelle) et parfois, c'est dur pour Maman. À dire vrai, c'est dur pour nous deux. Il travaille souvent tard, voire toute la nuit et on le voit peu. Il a toujours beaucoup à faire : les heures supplémentaires, la paperasse, les stages, les formations. Aujourd'hui, ça ne me fait plus rien. Ça ne me plaît guère, mais j'y suis habitué. J'ai grandi avec ça et l'arsenal de conneries qu'on vous sert quand on est fils de flic : la suspicion, la méfiance, les blagues idiotes. Je n'ai pas honte de son métier, au contraire. D'après moi, le job est plutôt gratifiant. Mais parfois, j'aimerais qu'il ait un boulot ordinaire. Les heures de bureau, cinq jours par semaine. Pas d'heures sup' le week-end, pas de Maman angoissée, pas de Papa épuisé.

J'étudiais le visage de ma mère. Elle s'accommodait des heures impossibles, du travail supplémentaire et de la fatigue perpétuelle de mon père. Une seule chose l'inquiétait continuellement: lorsque mon père partait travailler, elle n'était jamais certaine de le voir rentrer.

Elle a écrasé sa cigarette et m'a souri.

– Tout va bien?

J'ai souri à mon tour.

– Oui.

– Bien. Comment va Raymond? Tu lui as rendu visite, hier, non?

– Ça va. Enfin, tu connais Raymond... Il nous accompagne à la fête foraine ce soir.

Maman a paru surprise.

– Quoi?

– Rien, a-t-elle répondu en secouant la tête. Vous partez à quelle heure?

– Vers neuf heures.

J'ai secoué mon t-shirt, espérant me ventiler un peu.

– Nous allons peut-être rester dormir chez Nicole. Avec Éric, ils organisent une petite fête d'adieu. Ils m'ont proposé de dormir chez eux.

Elle a eu un sourire amusé.

– «Ils» ont proposé?

– Oui, me suis-je obstiné, en rougissant. Pauly sera sans doute là... et Éric aussi.

– Et Nicole.

– C'est une vieille copine, Maman, ai-je dit en secouant la tête.

Elle a éclaté de rire.

– Je sais. Je te taquine.

– Je peux passer la nuit là-bas?

Ma mère a hoché la tête.

– Je n'ai pas d'objection. Mais prends ton portable. Et fais bien attention, d'accord ?

– Pas de problème.

Épongeant son front moite, elle a scruté le ciel en plissant les yeux. Il semblait luire dans ce halo de chaleur omniprésent. Au loin, j'apercevais des choses inexistantes : des mers argentées, des reflets ondoyants… le miroitement de l'horizon. La canicule déformait le monde.

– Tu prendras une veste ce soir, a dit ma mère.

– Pardon ?

– L'orage arrive.

J'ai passé le reste de ma journée à ne rien faire. J'ai traîné, en guettant la tombée de la nuit. Même si je refusais de l'admettre, j'attendais avec impatience de sortir un peu, pour changer. Mais l'idée de revoir Nicole et les autres me travaillait toujours, et durant toute la journée, j'ai perçu le faible écho d'un murmure, quelque part, au fond de ma tête : « Attention, n'y va pas… Attention, n'y va pas… », que je me suis forcé à ignorer. Je n'étais pas sorti depuis des siècles. Je ne m'étais pas enthousiasmé depuis longtemps. Pas question de laisser une voix, un murmure, me gâcher la journée.

Et puis d'ailleurs, je ne pouvais pas l'entendre… Puisqu'elle n'existait pas.

Mon père s'est levé vers midi et j'ai pu le voir une dizaine de minutes avant qu'il ne reparte travailler. Il était pressé. Assis dans la cuisine, il engloutissait ses œufs au bacon. Difficile de discuter.

– Tout va bien, Pete ?

– Ça va.

– Tu as prévu quelque chose, ce soir ?

– La fête foraine avec Raymond.

Il a hoché la tête, en mastiquant énergiquement.

– Fais attention là-bas.

J'ai réprimé un sourire, en me demandant combien de fois encore on allait me recommander la prudence.

– Je suis sérieux, Pete, a insisté mon père. Ces derniers jours, il y a eu du grabuge à la fête, alors ouvre l'œil, d'accord ?

– Du grabuge ?

– Les problèmes habituels : bagarres, drogue, vols. Cette nuit, il va faire très chaud, le parc sera bondé, ça va probablement empirer.

– Je ferai attention, Papa. C'est promis.

– Je sais, Pete, a-t-il dit d'un air amusé.

Il a avalé une grande gorgée de thé et s'est levé.

– Bon, eh bien, je ferais mieux d'y aller, moi, a-t-il marmonné en caressant son menton mal rasé.

Plus tard, vers dix-huit heures, alors que ma mère tentait une sortie à la supérette du coin, sur St-Leonard Road, je me suis glissé dans le cellier, à la recherche du vin le moins coûteux. Papa est un amateur et sa cave est bien fournie. Il était donc peu probable qu'il s'aperçoive de la disparition.

Je suis remonté dans ma chambre, où j'ai caché la bouteille, et j'ai commencé à me préparer.

Musique : *Nevermind*, de Nirvana.

Nouvelle douche. Nouvelle couche de déodorant.

Choix des vêtements : short treillis, t-shirt XL, baskets sans chaussettes.

Habillage en musique : *Elephant*, des White Stripes.

Coup d'œil au miroir : changement de t-shirt, deux fois…
Changement de short, deux fois…

J'ai traîné encore un peu dans ma chambre. Allonge-toi sur le lit… Ne transpire pas trop… Pourquoi fais-tu tant d'efforts ? Pourquoi te soucies-tu de ton apparence ? Pourquoi cette sensation soudaine de fourmillements ?

Pourquoi ?

Pourquoi pas ?

« Attention… »

Toi, tais-toi.

Vingt heures cinquante-cinq.

Je suis descendu et j'ai passé la tête dans le salon pour dire au revoir à ma mère. Assise sur le canapé, elle regardait la télé.

– J'y vais.

– D'accord, a-t-elle répondu en souriant. Tu as pris une veste, au cas où il se mettrait à pleuvoir ?

Je lui ai montré mon sac à dos, en faisant bien attention de ne pas le cogner contre le mur. La bouteille pesait lourd.

Ma mère a hoché la tête.

– Tu as ton téléphone ?

– Chargé.

– Parfait. Amuse-toi bien !

– D'acc.

– Et ne fais rien qu'on puisse te reprocher.

Chaque fois que je sors, elle me dit ça : « Ne fais rien qu'on puisse te reprocher. » Je n'ai jamais compris.

Raymond m'attendait, assis au fond de son jardin. Lapin Noir était dans sa cage et Raymond se tenait là, les yeux

44

rivés sur la pelouse. Il portait un jean défraîchi avec une veste noire à capuche.

– Tu ne meurs pas de chaud, là-dedans ?

Il s'est retourné.

– Il va pleuvoir.

J'ai levé mon sac à dos.

– Je peux laisser ça dans ta remise ?

Il a hoché la tête.

J'ai sorti la bouteille de vin que j'ai fourrée dans un sac en plastique, avant de balancer mon sac à dos dans le local.

Raymond a tapoté la poche de son jean avec un sourire.

– J'apporte aussi quelque chose.

– Quoi ?

Avec un regard furtif à la porte, il s'est placé dos à la maison et s'est penché vers moi.

– Du rhum, a-t-il murmuré. C'est une petite bouteille, tu sais… Une flasque. Ma mère en prend avec du lait.

– Du rhum avec du lait ?

– Elle boit ça, avec une boîte de chocolats.

Cela me paraissait plutôt curieux, mais la mère de Raymond avait toujours été bizarre. Un jour, à l'école, Raymond avait ouvert sa boîte à déjeuner. Le Tupperware était rempli de raisins secs. Rien d'autre. Juste des raisins secs.

– Allons-y, ai-je dit à Raymond.

Nous avons rejoint la ruelle, puis remonté Hythe Street.

C'était agréable d'être enfin dehors, le soleil, pourtant sur le déclin, brûlait encore et de la musique s'échappait des fenêtres des maisons… Une odeur de samedi soir flottait dans l'air. Il se passait des choses. Les gens sortaient, ou se préparaient à sortir. La soirée s'animait.

– La forme ? ai-je demandé à Raymond.

Il m'a souri.

– Ouais.

Notre rue débouche sur un passage fermé, qui descend jusqu'à la rivière. Alors que nous nous approchions, un type débraillé, aux dreads blondes crasseuses a déboulé en sautant par-dessus la grille du passage. La vingtaine, piercing au sourcil, anneau sur la lèvre. Il avait roulé le bas de sa combinaison blanche mitée jusqu'aux genoux. Je ne l'avais jamais vu auparavant, mais alors que nous prenions à gauche, sur St-Leonard Road, et croisions ce type qui continuait sur Hythe Street, il a fait un signe de tête à Raymond.

Celui-ci lui a rendu son salut avec un sourire.

J'ai attendu qu'il s'éloigne pour demander :

– C'est qui ?

– Je ne sais pas. Je l'ai croisé une ou deux fois au bord de la rivière. Il y a installé sa caravane.

– Sa caravane ?

– Ouais.

– Depuis quand ?

– Quelques semaines.

– C'est un gitan, alors ?

Raymond a haussé les épaules.

– Aucune idée.

Nous avons traversé la route pour rejoindre un sentier qui mène à la vieille usine et à quelques garages. D'anciens garages, à vrai dire, aujourd'hui tous condamnés ou laissés à l'abandon. Plus loin, sur notre droite, j'apercevais le toit sombre et menaçant de l'usine désaffectée, qui tranchait dans le ciel coloré.

Je ne l'avais jamais connue autrement que vide et délabrée. L'usine est immense : un ensemble tentaculaire de bâtiments gris et ternes qui abritaient autrefois bureaux, ateliers, citernes, cuves, cheminées et tours. Elle possédait même son propre réservoir – un petit bassin bétonné cerné de gros tuyaux noirs et débordant d'une eau stagnante. Qui sait ce qu'on y fabriquait ? Des moteurs pour les trains, ou les avions, je crois… mais je peux me tromper.

Bref, nous suivions le sentier en direction du Chemin de traverse et j'ai soudain réalisé que nous fixions tous les deux la vieille usine avec ce même regard lointain.

– Tu sais qu'ils ont vendu le terrain, ai-je dit à Raymond.

– Oui… ils vont la démolir pour y construire des logements. Tout le terrain est grillagé.

J'ai acquiescé. De là, je voyais les grilles plus hautes et plus solides dépasser l'ancienne protection. Avant, franchir la barrière était un jeu d'enfant. Même lorsqu'on ne connaissait pas tous les trous, comme nous, il n'y avait qu'à repérer un morceau branlant et tirer pour se glisser en dessous. Nous avons passé des heures à faire les fous dans cette vieille usine.

– Tu te souviens du jour où ton père vous y a pris, tous les deux, avec Nicole ?

– Il ne nous y a pas pris, l'ai-je corrigé. On ressortait.

– C'est ça, a répliqué Raymond avec un sourire, mais ton père s'est énervé.

Il avait fait plus que s'énerver, à vrai dire… Il avait piqué une crise. Nic' et moi n'avions que treize ans à l'époque et la première chose que mon père a hurlée était : « Qu'est-ce que vous fichiez là tous les deux ? » Question plus qu'embarrassante. Et même après avoir réussi à le convaincre que nous ne faisions rien d'illégal, mon père ne voulait toujours rien entendre. Il a ressassé pendant des heures à quel point c'était dangereux, stupide, irrationnel, irresponsable, etc.

Plus tard, j'ai appris qu'on venait de retrouver le corps d'un enfant de douze ans dans un entrepôt abandonné, non loin de là. Ce pauvre gosse s'y était aventuré tout seul avant de passer à travers le plancher pourri. Ses proches avaient signalé sa disparition, et mon père avait été affecté à l'équipe de recherches. C'est lui qui avait dû annoncer aux parents la macabre découverte.

– Ça ne va pas ? m'a demandé Raymond.

– Si, je réfléchissais...

– À quoi ?

– Rien... Aucune importance.

Nous avions atteint la fin du sentier et nous nous engagions sur la piste boueuse appelée « Chemin de traverse ». Je doute qu'elle ait eu un véritable nom... C'est le genre de chemin anonyme qui n'apparaît sur aucune carte. La plupart des habitants ignorent son existence. Tous les gamins, en revanche, connaissent ce raccourci jusqu'au terrain de jeux. Les rares adultes qu'on y croise sont ceux qui promènent leur chien, des clochards et occasionnellement un ou deux barjos.

Sur le chemin, l'air était soudain plus frais. Sur notre droite, vers la grille de l'usine, un talus boisé cachait le soleil. Le terrain, en contrebas de la colline, était recouvert d'épaisses broussailles de chiendent.

– J'espère que la cabane existe toujours, ai-je remarqué.

Raymond m'a regardé.

– Pourquoi elle n'existerait plus ?

– Je ne sais pas, quelqu'un aurait pu la démolir...

– Elle est toujours là.

– Comment tu peux en être sûr ?

Il a haussé les épaules.

– Je n'en sais rien. Je dis juste qu'elle est sûrement toujours là.

Je l'ai dévisagé. Il était curieusement pâle.

– Tu es sûr de vouloir y aller ?

– Oui… je crois.

– Il n'est pas trop tard pour changer d'avis…

Il s'est tu pendant quelques instants. Nous avons continué à marcher et ce silence me convenait parfaitement. Je me contentais d'examiner les alentours, essayant de retrouver mes marques dans ce chemin où je n'étais plus revenu depuis des années. Étrange de voir à quel point cet endroit m'était familier. Les traces de vélo sur le chemin, la berge à droite, recouverte d'arbres. Celle de gauche, aussi pentue, débouchait sur un terrain vague, où les herbes folles se mêlaient au béton, et s'étendait jusqu'aux docks. Au fond du terrain vague, dans le soleil, les carcasses rouillées des deux tours cylindriques du gaz irradiaient une lumière trouble.

– L'étoile va s'éteindre ce soir, a déclaré Raymond tranquillement.

Je me suis tourné vers lui.

– Quoi ?

Son regard était éteint.

– Lapin Noir, a-t-il murmuré. C'est ce qu'il m'a dit cet après-midi : « L'étoile va s'éteindre ce soir. »

– Les étoiles vont s'éteindre ? Quelles étoiles ?

– Non, a repris Raymond. L'étoile. Pas les étoiles. L'étoile.

– Quelle étoile ?

Raymond a cligné ses yeux, qui ont soudain retrouvé leur clarté. Pendant quelques secondes, il a semblé perdu. Puis en me fixant, un grand sourire s'est dessiné sur ses lèvres.

– Quoi ? m'a-t-il lancé. Qu'est-ce que tu regardes ?

J'ai froncé les sourcils.

– Tu te sens bien ?

– Ben oui, pourquoi ?

– Pour rien… je posais juste la question… Raymond ?

Quelque chose dans son regard s'était encore transformé et cette fois, il n'avait rien de terne ou vitreux. Figé par la peur, Raymond regardait quelque chose droit devant lui.

– Raymond ? ai-je répété.

– Tu m'avais dit qu'il ne viendrait pas.

– Mais qui ?

– Tu avais dit que…

Au début, j'ai pensé qu'il embrayait sur Lapin Noir, mais en tournant la tête, j'ai soudain compris. À une vingtaine de mètres devant nous, quatre ou cinq types se tenaient à la jonction du Chemin de traverse et du sentier qui continuait vers le terrain vague. D'abord, je n'en ai reconnu qu'un : Pauly Gilpin. Protégeant mes yeux du soleil, j'ai observé plus attentivement les visages. Le type debout, à côté de Pauly, c'était Wes Campbell.

– Tout va bien, Raymond. Il n'y a pas de quoi s'inquiéter.

– Tu m'avais promis qu'il ne viendrait pas.

– Oui, je sais… Mais il ne nous fera rien.

J'ai tenté de le rassurer avec un sourire.

– Allez, on continue. Tout ira bien.

Mon piètre sourire n'avait sans doute pas convaincu Raymond, mais nous avons avancé quand même. À contrecœur. Car l'unique recours aurait été de tourner les talons et de repartir en courant et curieusement, cette perspective m'effrayait davantage.

– Ils nous ont vus, a soufflé Raymond.

– Je sais.

Je distinguais à présent nettement cinq figures : Pauly, Campbell, et trois types à l'allure de caïds de Greenwell. Pauly, comme d'habitude, faisait son hyperactif : il gigotait dans tous les sens, agitait les bras, et arborait son rictus de dément. À voir son expression anxieuse, la situation semblait relativement tendue. Il ne savait plus vers qui se tourner : Raymond et moi, ou bien Campbell et ses sbires ? Ses yeux sautaient de nous à eux, comme deux boules de flipper. Les autres étaient moins hésitants. Debout, plantés fermement sur leurs jambes, ils nous jetaient des regards froids et durs.

À mesure que nous approchions, mon cœur cognait de plus en plus fort dans ma poitrine et je me demandais si ma trouille intérieure se voyait à l'extérieur. Ou pire : si j'avais l'air aussi terrifié que Raymond. Il faisait peur à voir : livide, avec ses grands yeux écarquillés, les muscles tendus sous la peau, il tremblait.

« Rien n'a changé, ai-je alors songé. C'est toujours ce même gamin pétrifié qui s'est pissé dessus sur son vélo… »

Nous avions presque rejoint le croisement. Les trois types de Greenwell, voûtés, se tenaient légèrement à l'écart, tous les trois sapés *gangsta-style* : joggings blancs et moches, maillots de basketteurs dix fois trop grands, chaînes, bagouses, et Nike d'un blanc immaculé.

Campbell, aux côtés de Pauly, semblait toujours aussi menaçant. Le visage buriné, taillé à la serpe… Les yeux sombres et affûtés. La bouche un peu de travers, le front large surmonté d'une masse de cheveux noirs et drus coupés au rasoir.

Dans sa chemise Rockport et son jean blanc neuf, on aurait dit un mannequin de catalogue aux airs de psychopathe.

Arrivés à leur hauteur, nous nous sommes arrêtés et je ne quittais pas Pauly des yeux. Il tenait à la main un sac qui, d'après sa forme, contenait une bouteille. Il était donc en route pour la cabane. Mais que fichait-il ici avec Campbell?

– Ça roule? nous a-t-il demandé d'une voix guillerette, en souriant de toutes ses dents. Quoi de neuf?

Je lui ai fait un signe de la tête et j'ai pris une voix calme.

– Salut, Pauly.

Il a souri à Raymond.

– Ça va comme tu veux, Lapinou?

Raymond s'est légèrement raidi, mais il n'a rien répliqué. Il s'était depuis longtemps habitué aux surnoms (Lapinou, Bugs Bunny, Ray Barge), mais il n'avait jamais pardonné à Pauly d'être à l'origine de tout ça. Moi non plus, d'ailleurs. Raymond avait toujours eu la réputation d'être un gamin un peu bizarre, mais quelques années auparavant, il avait commis l'erreur de parler de Lapin Noir à Pauly, qui s'était empressé de le répéter à tout le monde... Depuis, Raymond passait pour un cinglé complet.

– Très drôle, Pauly, ai-je sifflé entre mes dents.

Pauly a eu un rictus hésitant.

– Quoi?

– Tu as vu Éric et Nic'?

– J'allais y aller, a-t-il répondu, en jetant un coup d'œil furtif à Campbell.

– Où tu vas? l'a interrogé ce dernier.

– Quoi? a répondu Pauly, hilare.

Campbell l'a dévisagé quelques instants, avant de se tourner vers moi.

– Où tu vas, Boland?

J'ai secoué la tête.

– Oh, nulle part...

– Nulle part?

– À la fête foraine.

Campbell n'a rien dit. Il a continué à m'observer, avec ses yeux qui vous transpercent et qui vous flanquent des sueurs froides. J'ai éprouvé un soulagement coupable quand il s'est tourné vers Raymond.

– Et toi? lui a-t-il lancé. Qu'est-ce que tu regardes?

Raymond est resté figé, incapable de parler.

Campbell le fixait obstinément.

– C'est quoi ton problème? Y'a quelque chose qui tourne pas rond chez toi, ou quoi?

Pauly a ricané.

Campbell l'a fusillé du regard.

– Qu'est-ce que t'as, toi?

– Rien, a répondu Pauly en conservant son rictus nerveux. Simplement, je...

– Ce môme n'est pas bien dans sa tête, Gilpin. Ça n'a rien de drôle.

Pauly a hésité, éperdu tentant vainement de comprendre si Campbell plaisantait. Lorsqu'il a compris que personne d'autre ne riait, il s'est retourné vers Campbell, toujours hilare.

– Je ne voulais rien dire de mal, c'est juste que... tu sais, il est normal Raymond. J'essayais seulement de...

Pauly n'a pas fini sa phrase et Campbell s'est adressé à moi.

– Qu'est-ce que t'en penses, Boland? a-t-il demandé en désignant Raymond du menton. Il est normal, d'après toi?

– Qu'est-ce que ça peut te faire? ai-je rétorqué malgré moi.

À ma grande surprise, Campbell s'est adouci. Son sourire n'avait rien de forcé, ni de menaçant, et l'espace d'un instant, j'ai aperçu un autre Campbell. Radicalement différent: inoffensif, sympathique... charismatique, même.

– Tu l'aimes bien, pas vrai? m'a-t-il demandé.

– Quoi?

– Bugs Bunny... tu l'aimes bien?

Que répondre? Est-ce que je l'aimais bien? Où voulait-il en venir?

Campbell s'est tourné vers Pauly.

– Il l'aime bien.

Pauly a réagi maladroitement. Sa lèvre a frémi, il a cherché une repartie, mais rien ne sortait. Il m'a jeté un regard implorant, puis s'est retourné vers Campbell, qui avait perdu sa bonhomie. Il foudroyait Pauly du regard.

– Des amis, a-t-il articulé.

Pauly a froncé les sourcils.

– Hein?

– Tu sais ce que c'est qu'un ami, Gilpin?

Pauly ne savait plus comment s'en sortir. Il cherchait désespérément de l'aide autour de lui, mais les types de Greenwell restaient inexpressifs et ni moi ni Raymond n'avions l'intention de lui tendre une perche. Il a cligné des yeux, une ou deux fois, avant de se mordre les lèvres.

– Je pige pas, a-t-il dit à Campbell. C'est une blague?

– Non, a répondu froidement Campbell. C'est une question très simple: sais-tu ce qu'est un ami, oui ou non?

– Oui, a grogné Pauly, d'un air faussement froissé, évidemment que je le sais. Pourquoi je ne le saurais pas?

Campbell a persisté une ou deux secondes, avant d'oublier sa froideur. Ses traits se sont à nouveau illuminés, et il a donné une tape amicale à Pauly.

– Eh ben, tu vois, a-t-il dit d'un ton plaisant. C'était pas le bout du monde.

Pauly a retrouvé son rictus, moins crispé, mais toujours pas détendu.

Campbell a eu un autre geste rassurant.

– On se voit plus tard. OK ?

– OK ! Tu seras où ?

Campbell n'a pas répondu. Il s'était détourné et s'est dirigé vers le terrain vague, les trois types de Greenwell dans son sillage. Il avait perdu son sourire. Son visage amical s'était fermé dès qu'il s'était détourné de Pauly. Je l'avais vu disparaître, comme actionné par un interrupteur. Et à le regarder s'éloigner, on avait du mal à imaginer qu'il avait su sourire un jour.

Je me suis tourné vers Raymond.

Lui aussi observait Campbell.

– Tout va bien ?

Il a hoché la tête.

– Tu es sûr ?

– Oui...

Il semblait sérieux.

– Il est encore plus bizarre que moi, hein ?

J'ai éclaté de rire.

– Oui, je crois.

La cabane du Chemin de traverse est cachée au sommet de la berge, presque au bout du sentier. De là on ne peut pas la voir et, à moins de connaître son emplacement, elle est presque impossible à trouver. Et même en sachant quel raccourci emprunter, elle reste difficile d'accès.

– Elle est là-haut, dit Raymond en désignant la berge.

– Où ça?

– Là… il suffit de couper à travers les ronces, de ce côté.

– Où?

– Ici, près de cette souche.

Moi, je ne voyais même pas la souche. Il était alors près de vingt et une heures trente, et le soleil déclinait. Il faisait encore jour, l'atmosphère était toujours chaude et poisseuse, mais une brume opaque s'insinuait sur le sentier ombragé.

– Il a raison, a remarqué Pauly en se glissant entre Raymond et moi. Elle est là-haut, tu vois? (Il désigna la berge.) Il suffit de contourner la souche puis de suivre cette petite crête et de monter à travers les ronces…

Je l'ai coupé.

– Pauly, ferme-la.

Il m'a fait ses yeux de cocker battu.

– J'essaye seulement de vous aider.

– C'est ça. Pauly Gilpin, tu parles d'un foutu guide.

– Ça veut dire quoi, ça?

– Que tu es mauvais, a répondu Raymond.

Pauly et moi l'avons dévisagé.

– Mauvais? a répété Pauly avec un grand sourire. Tu veux dire un mauvais garçon? Un *baaaad boy*? *Baaad*, comme dans la chanson de Michael Jackson?

Raymond n'a pas pu s'empêcher de rire et il n'en fallait pas davantage à Pauly. Il a posé son sac par terre et s'est mis à danser n'importe comment, en chantant à tue-tête avec un faux accent américain nasillard.

– *Your butt is mââââïne, gonna take you right*… Merde!

Raymond s'est esclaffé en voyant Pauly louper son *moonwalk* et s'étaler les quatre fers en l'air sur la berge. Il m'a arraché un sourire. Difficile de se retenir avec un clown pareil...

Voilà où résidait la force de Pauly. Peu importait ce qu'on pensait de lui, peu importait à quel point on voulait le haïr, il revenait en grâce en faisant le pitre. Lui jouait un rôle, je le savais bien. Faire rire, faire sourire, faire oublier tout le reste...

Je l'ai regardé continuer ses cabrioles, agiter frénétiquement les bras et les jambes en poussant des hurlements stridents à la Michael Jackson.

– Viens, Raymond, ai-je dit en grimpant la berge. Allons-y !

QUATRE

Nous avions construit des cabanes partout : au bord de la rivière, sur le chemin en direction de la ville, dans le sous-bois près du parking de la vieille usine... Bien souvent, elles se résumaient à un amas branlant de planches de bois assemblées à même le sol, ou de palettes coincées entre deux troncs d'arbres. Parfois, nous consolidions le tout avec des cordes ou nous ajoutions un morceau de plastique en guise de toit, mais aucune d'elles n'était faite pour durer. Nous nous contentions de ramasser ce que nous trouvions, de l'assembler et ça n'allait pas plus loin.

Mais pour la cabane du Chemin de traverse, c'était différent. Pourquoi s'être donné tant de peine ? Nous devions nous ennuyer et n'avoir rien de mieux à faire. Elle représentait des jours et des jours de travail acharné. D'abord, il avait fallu repérer l'endroit idéal. Ensuite, récupérer les vieux matériaux de l'usine (des portes, de la tôle ondulée, des clous rouillés), puis tout transporter jusqu'à la berge, tout assembler, boucher les trous dans les murs, recouvrir l'extérieur de branches et de broussailles... Nous avions même ajouté une petite porte et une lucarne sur le toit. Et une fois terminée, quel résultat ! Dissimulée au sommet de la berge, elle était suffisamment éloignée de la grille de l'usine. Elle devenait presque indécelable. Même en se tenant juste à côté, on n'était pas certain de la remarquer. Et lorsqu'on y entrait, on découvrait une véritable pièce. Elle n'était pas très grande, mais assez haute pour s'y déplacer sans trop se baisser. Nous tenions facilement à cinq, pour peu qu'on s'assoie par terre, ce que nous faisions la plupart du temps. Nous avions déblayé et tassé le sol en sautant dessus à pieds joints. Après deux semaines passées à se vautrer par terre, il était devenu aussi compact que du béton.

L'été où nous l'avions construite, nous avions passé le plus clair de notre temps dans la cabane du chemin. Les jours de canicule comme les jours de pluie. À la nuit tombée, nous allumions une bougie et nous y passions la soirée. On y vivait presque. Que pouvait-on bien y faire, des heures durant ? Je ne me rappelle que de discussions sans fin, de projets idiots et de fous-rires...

Des délires. Voilà, c'était ça. On délirait de toutes les façons possibles.

Sans parler des soirées dans la cabane. Nous avions fait la fête constamment cet été-là. Les nuits brûlantes, les cigarettes et les bouteilles d'alcool chipées aux parents, les beuveries, les gueules de bois, l'excitation...

Nicole et moi.

À la lumière de la bougie, le souffle court.

Des trucs de gosses.

– Quoi ? a demandé Raymond.

Nous avions atteint le haut de la rive et j'avais oublié sa présence. Je n'avais pas non plus remarqué que je pensais tout haut.

– Pardon ? ai-je soufflé.

– J'ai cru que tu avais marmonné quelque chose.

– Quand ?

– À l'instant.

J'ai secoué la tête.

– Je n'ai rien dit du tout.

Raymond m'a observé quelques instants, en réprimant un sourire, avant de se tourner vers la gauche et d'observer un carré de végétation familier.

– La voilà!

Dans la lumière grisâtre, je distinguais les ronces qui avaient envahi le toit de la cabane et, entre les branchages, le bleu fané de la peinture écaillée sur les planches de bois. La lucarne – une vitre fixée à l'aide de clous recourbés sur l'ouverture dans le toit – était toujours intacte.

– Elle semble en bon état, ai-je remarqué.

Raymond m'a souri.

– Je t'avais bien dit qu'elle serait toujours là.

– C'est vrai, tu l'avais dit.

J'ai jeté un coup d'œil derrière moi et j'ai aperçu Pauly, qui luttait à travers les ronces, en jurant, pour gravir la berge.

Je me suis tourné vers Raymond.

– On l'attend?

– Non.

Nous nous sommes approchés de la porte de la cabane.

– Après toi, ai-je lancé à Raymond.

– Mais non, après toi! a-t-il répondu en me faisant signe de passer.

J'ai marqué une pause, en inspirant l'air étouffant qui sentait l'orage, avant de m'accroupir et de pousser la porte.

– Bonsoir, Pete.

– C'est qui?

Nicole a éclaté de rire.

– À ton avis ?

– Merde, ai-je lâché en me glissant à l'intérieur, mais on n'y voit rien, là-dedans !

– Laisse-moi rentrer, a grommelé Raymond, derrière moi.

– Attends.

– Aïeuh ! a crié Éric, c'était mon pied, ça.

– Désolé.

En voulant m'écarter, je me suis cogné la tête contre le plafond.

– Aïe !

Raymond m'a poussé et manquant de perdre l'équilibre, j'ai encore écrasé le pied d'Éric.

– Qu'est-ce que tu fous, Boland ?

– C'est Raymond qui m'a poussé.

– J'ai rien fait ! a piaillé Raymond.

Là-dessus, Pauly est arrivé comme un bulldozer. (« Attention, me voilà ! ») Mais il a buté sur quelque chose (« Merde ! ») avant de tomber sur Raymond, qui s'est écroulé sur moi et cette fois, j'ai perdu l'équilibre, finissant ma chute quasiment sur les genoux de Nicole.

– Hé, attention ! a-t-elle crié.

– Désolé.

– Mais qu'est-ce qui se passe, ici ? a braillé Pauly. Pourquoi est-ce qu'il fait si sombre ?

– C'est la nuit, a répliqué sèchement Éric. Tu sais, c'est quand le soleil se couche et qu'il n'y a plus de lumière.

Raymond a éclaté de rire.

Pauly l'a repoussé.

Raymond m'est à nouveau tombé dessus.

– C'est fini, oui, ces gamineries ? ai-je hurlé en essayant de me relever.

– Et si vous vous taisiez deux minutes pour vous asseoir, a suggéré Nicole ?

Bonne idée.

Une fois tout le monde installé et à l'aise, l'atmosphère s'est détendue. Nous étions vraiment à l'étroit, et il nous fallut un moment pour nous positionner de façon à ce que personne ne se donne de coups ou ne s'asseye trop près de quelqu'un d'autre. J'ignore si c'était intentionnel, mais je me suis retrouvé à côté de Nicole, à ma droite, adossée au mur. Raymond était à ma gauche et Éric et Pauly étaient installés face à moi.

La chaleur et la moiteur de l'air n'épargnaient pas la cabane. Un parfum brut de terre régnait dans la pièce : un brassage entêtant de ronces, de sueur, de souffles chauds et de peau.

– Quelqu'un a pensé à apporter une bougie ? a demandé Éric.

Nous nous sommes regardés en secouant la tête. Raymond a alors sorti de sa poche deux bougies blanches, qu'il a allumées, sous les applaudissements (« Bien joué, Ray ! »).

– Elles sont parfumées à la vanille, a-t-il ajouté, en ne s'adressant à personne en particulier.

À la lumière vacillante des bougies, qui crevait timidement les ténèbres, j'ai observé la pièce. Les murs penchaient légèrement et quelques ronces s'étaient introduites par les trous des planches. À part ça, la cabane paraissait toujours en bon état.

– C'est drôle, je la voyais beaucoup plus grande, ai-je remarqué, en observant le plafond.

– Elle a peut-être rétréci avec la pluie, a répondu Nicole.

Je l'ai dévisagée.

– Ou alors, nous avons grandi un peu depuis.

– Grandi un peu, hein… est intervenu Pauly en jetant une œillade lascive à Nicole.

– Ferme-la, Pauly, a-t-elle répliqué.

Il a souri de toutes ses dents.

Typique de Pauly : des blagues lourdes, grasses et connotées… Mieux valait l'ignorer quand il faisait l'imbécile, monsieur la Blague. Mais ça m'ennuyait. Non pas parce que je trouvais sa phrase déplacée, indélicate ou sexiste. Mais parce que j'avais pensé exactement la même chose. Nicole avait… grandi. Beaucoup. Et je n'arrivais pas à comprendre comment. À peine trois semaines que je ne l'avais pas vue. Car même si nous n'avions plus vraiment de contact, je la voyais encore quasiment tous les jours au lycée. Aujourd'hui, elle paraissait différente. Plus âgée, plus mature, plus… sexy. Sans doute à cause du maquillage (les yeux charbonneux, les lèvres vermeilles), ses vêtements (un jean taille basse, avec un petit gilet blanc cintré) et ses cheveux blonds, coupés courts, laqués, en arrière. Elle semblait de glace et en même temps, brûlante…

– Tout va bien, Pete ? m'a-t-elle demandé.

– Quoi ?

– Tu bloques.

– Ah oui ?

– Oui.

– Désolé.

Elle a souri.

– Ça ne fait rien.

– Qui a soif ? a claironné Pauly.

Il brandissait une bouteille de tequila.

– C'est un mélange spécial, a-t-il annoncé en la débouchant avant d'avaler une grande gorgée. Awhouuu! a-t-il hurlé en levant les yeux au ciel. On peut dire que c'est du bon.

– Qu'est-ce qu'il a de si spécial? a demandé Éric.

– Tiens, a lancé Pauly en lui tendant la bouteille. Goûte-moi ça!

Éric en a bu une rasade, tandis que nous sortions le reste des boissons. Les contributions étaient assez variées: vin, quelques canettes de Coca, une demi-bouteille de Bacardi, la tequila de Pauly et, bien sûr, le rhum de Raymond.

– Qu'est-ce que c'est que ce truc-là? a ironisé Pauly, en considérant la flasque que Raymond sortait de sa poche.

– C'est du rhum, a répondu Raymond.

– C'est à moitié vide.

Raymond a haussé les épaules, visiblement gêné.

J'ai fusillé Pauly du regard, pour lui signifier de foutre la paix à Raymond.

– Quoi?

Nicole m'a donné un coup de coude avant de me passer la tequila. Sans quitter Pauly des yeux, j'ai posé mes lèvres sur le goulot et levé la bouteille. C'était ma première gorgée de tequila: un goût légèrement fumé, sucré et chaud. Mais, passé la première sensation agréable, l'alcool m'a soudain brûlé la gorge et le ventre. Je me suis mis à tousser bruyamment.

– Merde, ai-je soufflé.

– Ça, c'est du jus, hein? s'est exclamé Pauly sans cesser de sourire.

– Du jus?

– Oh oui, a-t-il ricané, tout en allumant une cigarette. Du *djusse*.

La fête venait de commencer.

La ronde des bouteilles a continué. Pauly s'est roulé un joint et Nicole nous a parlé de Paris. La nouvelle maison, le nouveau job de son père, le théâtre, les lycées, à quel point elle avait hâte…

– Et toi ? ai-je demandé à Éric, alors que Nicole marquait une pause pour prendre le joint. Tu es aussi emballé ?

Il a haussé les épaules.

– Je ne suis même pas certain de partir. Il se peut que je reste ici quelque temps.

– Pourquoi ?

– Pas de raison particulière, a-t-il murmuré, en jetant un regard à Nicole. Je n'ai pas encore pris ma décision.

– Et tu feras quoi si tu restes ? ai-je insisté.

– Je n'y ai pas vraiment réfléchi. Je pourrais continuer le lycée… Ou aller au lycée à Paris, aussi.

– On apprend quoi dans les lycées parisiens ? l'a interrompu Pauly.

Éric a levé les yeux au ciel.

– J'aurais aussi la possibilité bosser avec mon père, au théâtre.

– Tu ferais quoi ?

– La lumière, les décors… j'en sais rien… Je verrai sur le moment.

– Et toi, Nic' ? Tu feras quoi ?

– Tu vendras des oignons ? a lancé Pauly.

Nic' l'a dévisagé.

– Tu sais que t'as de bonnes idées, toi.

Pauly a ri.

Nic' m'a ensuite passé le joint. J'étais déjà bien parti, sous l'effet de l'alcool, j'ai donc très peu fumé – deux bouffées rapides, avant de le tendre à Pauly.

– Et Raymond ? a-t-il lancé.

– Il ne fume pas.

– Pourquoi ?

Pauly lui a tendu le joint.

– Allez, Lapinou, fais-toi plaisir.

Raymond s'est tourné vers moi.

– Tu en as envie ? lui ai-je demandé.

Il a secoué la tête.

– Il n'en veut pas, ai-je traduit pour Pauly.

J'ai observé Pauly peser le pour et le contre. Évaluer si ça valait le coup, pour rire, d'essayer de persuader Raymond. Il me regardait, jaugeant ma réaction... Finalement, il a laissé tomber.

Éric a souri à Raymond.

– Ça va, Ray ?

– Ça va, merci.

– Il est bon ce rhum ?

– Pas vraiment.

– Un Coca, alors ?

– Ouais.

Éric lui a tendu une canette.

– Alors, tu passes en première ?

– Qui, moi ? s'est étonné Raymond.

– Oui.

– Eh bien, oui...

Raymond a ouvert sa canette. Après une première grande gorgée, il a roté, puis en a repris une autre.

– Ça va mieux ? s'est enquis Éric.

Raymond a hoché la tête.

– Il est chaud, a-t-il ajouté.

Éric a souri à nouveau avant de se tourner vers moi.

– Et toi, Pete ?

– Moi quoi ?

– La première éco ?

– Je pense oui, si j'ai des notes adéquates.

– Qu'est-ce que tu as choisi comme options ? m'a demandé Nicole.

– Droit et études des médias, et anglais.

– Le droit ?

– Oui.

– Pourquoi ?

J'ai haussé les épaules.

– Je ne sais pas… Je n'ai rien trouvé de mieux.

– Moi je passe en arts appliqués, a renchéri Raymond.

Nicole l'a dévisagé.

– Mais tu es nul, en dessin.

– Je sais, a répondu Raymond en souriant.

Elle avait raison. Raymond était nul en arts plastiques. Il était incapable de dessiner. Pour tout le reste (physique, maths, anglais, chimie), c'était un véritable génie, mais il avait décidé, sans qu'on sache pourquoi, de faire une première d'arts appliqués.

Nicole m'a donné un nouveau coup de coude et m'a tendu la bouteille de vin.

– Tu en veux ?

Je l'ai observée, et pendant une seconde son visage m'a paru disparaître derrière un ensemble de formes et de motifs… des triangles, des rectangles, des lignes d'un rouge étincelant… et sur sa peau, des vagues, des lignes d'énergie semblaient onduler. J'ai fermé les yeux, un instant, puis j'ai secoué la tête.

– Pete, l'ai-je entendu dire.

Lorsque j'ai rouvert les yeux, son visage était normal.

– Putain, Pauly. Y'avait quoi dans ce joint ?

– Hein ?

– Le joint… c'est quoi ?

Il m'a regardé avec son rictus idiot. Il tanguait légèrement.

– Le joint ?

– Oui !

– C'est le jus, a-t-il répondu.

– Le quoi ?

– Le jujujus, a susurré Pauly, les yeux ronds comme des billes, en avalant une gorgée de tequila.

– Il est parti, a commenté Nic'.

– On dirait…

J'ai scruté son visage.

– Et toi, ça va ?

– Très bien, a-t-elle murmuré en posant une main sur ma jambe, avec un sourire. Comment tu te sens, toi ?

La tête m'a tourné pendant quelques instants. Sous sa main, je sentais un léger fourmillement dans ma jambe.

– Plutôt bien. Une impression de… quel est le mot ?

– Une douce chaleur ?

– Non.

– Tu brûles ?

– Une sensation… veloutée.

– Veloutée ? a-t-elle répété.

J'ai acquiescé avec un sourire.

– Et ça donne quoi, une sensation veloutée ?

– Je ne sais pas… comme du velours ?

Nous avons éclaté de rire, pouffant et gloussant comme deux gamins hystériques. Nicole riait tellement qu'elle ne pouvait plus s'arrêter. Elle s'est penchée en se tenant les côtes, et son visage a légèrement effleuré ma cuisse. J'ai alors ressenti une impression très étrange, comme un chatouillement qui montait et descendait le long de ma jambe... C'était... allez savoir... comme l'effleurement d'un voile sur ma peau.

– Eh Boland, qu'est-ce qu'elle te fait là ? a lancé Pauly. Ça suffit tous les deux, ou alors, trouvez-vous une chambre.

Nicole s'était redressée en faisant les gros yeux à Pauly.

– Pourquoi faut-il toujours que tu te comportes comme un con, Pauly ?

– Faut bien que quelqu'un se dévoue, a-t-il rétorqué avec un petit rire.

– Oui, t'es l'expert.

Pauly a adressé un clin d'œil à Éric.

– Ta sœur me prend pour un con.

Éric n'a rien dit. Assis, il tirait langoureusement sur sa cigarette en silence.

Pauly lui a lancé un regard aviné.

– Tu amènes quelqu'un, ce soir ?

– Comment ça ?

– Est-ce que tu amènes quelqu'un ?

– Comme qui ?

– Je ne sais pas... quelqu'un...

Éric ne répondait pas. Il le dévisageait.

Pauly a cligné des yeux. Une curieuse expression s'emparait de son visage. En transe, complètement défoncé, il ne paraissait pas remarquer l'exaspération Éric. Celui-ci a secoué la tête et s'est détourné, mais Pauly n'a pas bougé, avec un grand sourire, comme un gamin qui s'apprête à révéler un secret.

Après un moment de silence, Pauly a repris :

– Tu sais que Stella sera là, ce soir ?

Éric s'est figé et Pauly a souri de plus belle.

Très lentement, Éric s'est retourné vers lui.

– Qu'est-ce que tu as dit ?

– Eh ouais, Stella Ross... elle vient à la fête foraine.

– Qui t'a raconté ça ? a demandé Éric d'une voix calme.

Pauly a haussé les épaules.

– Je ne sais pas... quelqu'un... je ne me rappelle plus qui...

Il était dans les vapes. Le regard éteint, il clignait frénétiquement des yeux, en balançant la tête de droite à gauche. Je le voyais observer du vide, les yeux rivés au sol et je l'ai soudain vu malheureux. Mais il a aussitôt fermé les yeux, respiré un grand coup et lorsqu'il les a rouverts, la tristesse avait disparu, remplacée par son rictus de dément.

– Stella Roooss, a-t-il susurré à Éric. Mais toi, t'as pas dû mater ses photos sur Internet.

Stella Ross... La star locale. Son père, Justin Ross, était l'ex-batteur d'un groupe appelé Secret Saucer. L'une de ces formations hippies qui eurent leur petit succès au début des années 1970 : musiciens hirsutes, chansons à rallonge, solos de batterie interminables et neige carbonique... ce genre de délire. Lorsqu'ils se séparèrent finalement – au milieu des années 1980, je crois –, ils avaient vendu quelques millions d'albums et avaient tous acheté d'immenses propriétés à la campagne, avec studio d'enregistrement à la cave et Ferrari dans le garage. Du moins, c'est ce que mon père m'a raconté. Il m'a aussi dit que Justin Ross avait tout du cliché de la rockstar : drogue, chambres d'hôtel saccagées... Il y a environ quinze ans, Ross avait enfin « vu la lumière » (les mots de mon père, pas les miens) et vendu sa propriété, ses bolides, avant d'épouser une jeune mannequin et de s'installer avec elle dans une petite ferme à quelques kilomètres de St-Leonard.

Son épouse, Sophie Hart, possédait également une fortune personnelle et, ensemble, leur patrimoine pesait très lourd. Mais leur fille Stella n'avait jamais vu la couleur de cet argent. Parce qu'ils avaient tous deux connu les revers de la célébrité (Sophie avait aussi mené grand train), ils décidèrent d'élever Stella aussi normalement que possible. Voilà comment – en dépit de ses millions – Stella atterrit dans notre école.

À l'époque, je ne la fréquentais pas vraiment, mais elle était très liée à Éric et Nicole. Elle partageait leur passion pour la scène. Ils se produisaient bien sûr dans les pièces du club de théâtre, et ils passaient leur temps à danser, chanter, se déguiser, rêver au jour où ils deviendraient des stars. Nous pensions tous que si l'un d'eux devait percer, ce serait Nicole. Éric avait tendance à tout prendre au sérieux et surtout lui-même. Stella avait le physique, mais manquait de talent. Malgré les myriades de relations familiales, ses parents avaient toujours refusé de l'aider, ce qui la faisait enrager. Nicole, en revanche... Nicole n'avait pas besoin d'aide. Elle avait tout : le talent, le physique, l'énergie, l'assurance...

Nous avons donc été surpris lorsque Stella arriva un jour à l'école en annonçant avoir décroché un rôle dans une pub. Elle avait environ quatorze ans et nous apprîmes plus tard qu'elle l'avait obtenu en « copinant » avec le fils de seize ans de l'un des amis de ses parents – un réalisateur connu. Le spot était une publicité pour une chaîne de supermarchés : l'une de ces séries de pubs qui mettent en scène les mêmes personnages dans différents spots, comme les épisodes d'une mini-série un peu idiote. Celle-ci suivait les tribulations d'une famille excentrique (le père, la mère, la fille et le fils). Stella jouait la fille ; une ado mignonne, mais rebelle. En moins d'un an, Stella se fit une place dans les colonnes des tabloïds. Elle fut virée, ses frasques ne collant pas vraiment à l'image familiale véhiculée par le supermarché. Stella, à l'époque, avait déjà arrêté l'école – je crois qu'elle prenait des cours particuliers chez elle – et même Nic' et Éric ne la voyaient plus que dans les journaux ou à la télé – c'est-à-dire tout le temps. Ses projets se succédaient : séances photo pour *FHM*, ou *Loaded*, des talk-shows, des caméos dans des vidéo-clips... Au fond, elle restait célèbre uniquement pour son nom, Stella Ross. Le « petit démon », « l'ado rebelle », le « rêve de tous les garçons » (et de tous les hommes).

Six mois auparavant, après une folle soirée dans un club *hype* de Londres, pour son seizième anniversaire, Stella finit la nuit dans une chambre d'hôtel avec un type nommé « Tiff ». Tiff était le chanteur d'un boy's band appelé « Thrill », qui avait récemment terminé troisième d'une émission de radio-crochet de seconde zone sur le câble. Mis à part les deux intéressés, personne ne sait ce qu'il s'est vraiment passé ce soir-là. Leur relation ne dura pas plus de quelques jours, au terme desquels un journal à scandale publia des photos plus que privées. Les clichés, pris avec un téléphone portable, étaient de mauvaise qualité et, à vrai dire, on ne voyait pas grand-chose (le journal avait pris soin de flouter les angles les plus grivois). Soudain, tout le monde ne parlait plus que de ça. Le journal en question était l'un de ces canards qui appellent au lynchage des pédophiles, mais qui montrent sans réticence une gamine d'à peine seize ans à demi nue.

Tous les autres journaux montèrent alors au créneau, traitant leur concurrent d'hypocrite, de presse de caniveau, en incluant au passage d'autres versions censurées des fameux clichés – rien que pour illustrer leur propos, évidemment. Puis une seconde série de photos fit son apparition sur le Net et celles-là n'étaient pas éditées. L'histoire prit de l'ampleur… Et Stella gagna en popularité.

Toute cette histoire agaça Éric et Nicole. D'abord parce qu'ils étaient jaloux, surtout Nicole. Elle avait toujours détesté ces stars artificielles et le fait que son ancienne amie soit au centre de tout cela lui était encore plus insupportable. Elles avaient grandi en imaginant leur vie future et maintenant que Stella était devenue célèbre, Nicole ne faisait plus partie de sa vie. Plus un coup de fil. Plus un SMS. Plus un e-mail. Elle ne répondait même plus aux messages de Nicole. Elle faisait comme si elle ne la connaissait pas.

Avec Éric, en revanche, c'était un peu différent. Avant de quitter l'école, alors qu'elle commençait à attirer l'attention des médias, Stella était sortie une ou deux fois avec lui. À quatorze ans, leur relation se résumait à une amourette adolescente… Ils se contentaient de se retrouver en ville, d'aller au ciné… ce genre de choses. Puis un soir, lors de la fête de fin d'année de l'école, alors que nous étions tous rassemblés dans la grande salle du réfectoire à attendre qu'un groupe minable monte sur scène, une porte s'est ouverte sur le côté et Stella en est sortie en pleurs. La porte donnant sur les jardins, tout le monde pensa qu'Éric et elle s'étaient disputés. Mais quelques minutes plus tard, Éric sortit à son tour, affichant un calme olympien. Il paraissait presque serein. Sans un mot, il traversa la salle avant de grimper sur la scène et de s'approcher du micro. Tous les visages étaient tournés vers lui et tous se demandaient ce qu'il fabriquait… tous sauf Stella. En voyant Éric entrer, elle lui lança le regard le plus haineux que j'aie jamais vu et, dès qu'il fut perché sur l'estrade, elle tourna les talons et s'enfuit. Et lorsqu'Éric ouvrit la bouche, je compris pourquoi. Sa voix retentissait à travers le système sono.

– Ce n'est peut-être ni le lieu ni le moment, avait-il déclaré, et je ne souhaite pas en faire un plat, mais je voulais simplement vous annoncer que je suis gay.

Et voilà, en résumé, ce à quoi Pauly a fait allusion ce soir-là, dans la cabane. Éric et Stella, leur relation, les photos sur Internet, l'homosexualité d'Éric… tout cela, et bien plus encore, était condensé dans cette phrase idiote :

« Stella Roooss. Mais toi, t'as pas dû mater ses photos sur Internet. »

Si Éric s'en était offusqué, il n'avait rien laissé paraître. Il a juste fixé Pauly d'un regard absent pendant quelques instants, avant de secouer la tête et de se détourner.

Pauly s'est alors adressé à moi.

– Et toi, Pete, tu les as vues ?

– Vu quoi ?

– Les photos de Stella… Celles qu'on trouve sur le Net.

J'ai menti.

– Non.

Pauly m'a souri.

– Ben voyons.

– Fais chier, a soufflé Nicole en me repassant le joint.

Pauly l'a observée.

– Quoi ?

– Toi…

– Eh bien, quoi, moi ?

– Cette fille t'obsède.

– N'importe quoi.

– C'est évident. Ça dure depuis des années. Même avant qu'elle ne montre ses nichons à tout le monde.

– Elle ne…

– Putain, Pauly, tu fantasmais déjà sur elle quand tu avais douze ans !

Pauly avait perdu son sourire.

– Je ne vois pas de quoi tu parles, a-t-il répliqué d'un air boudeur.

Nicole l'a fusillé du regard.

– Oh si !

Le silence est revenu dans la cabane. Pauly s'est remis à fixer le sol, Nic' a allumé une cigarette, j'ai écrasé le joint et Raymond était perdu dans ses pensées. Éric, en revanche, semblait préoccupé. Entre ses doigts, sa cigarette s'était presque entièrement consumée. Les yeux dans le vague, il se rongeait distraitement un ongle.

Alors que je détaillais ses traits à la lueur de la bougie, son visage a paru se transformer et soudain, pendant quelques secondes, son profil devenait celui de Nicole. Ça n'était pas la première fois que je le remarquais. Bien qu'ils soient jumeaux, ils n'étaient pas identiques et, la plupart du temps, Éric ne ressemblaient pas à sa sœur. Il y avait bien sûr un air de famille : même nez, même bouche, mêmes yeux. Si sur Nic' ces traits étaient gracieux, ils ne s'accordaient pas avec la forme du visage d'Éric. Une beauté imparfaite. Ni beau ni laid, il paraissait pourtant les deux à la fois. Parfois, lorsque son profil prenait l'apparence de celui de Nic', j'avais l'impression de voir une image floue se mettre au point, devenir enfin ce qu'elle était censée représenter. Cette fois-ci, ces mêmes formes et motifs que j'avais aperçus sur le visage de Nic' un peu plus tôt se dessinaient sur celui d'Éric : des triangles, des rectangles, des cônes ou des pyramides... Il a bougé la main, pour écraser son mégot, j'ai aperçu une traînée, un résidu d'images floues qui semblaient ombrer son mouvement...

J'ai fermé les yeux.

– J'y vais, a dit quelqu'un.

La voix m'a paru étrange... lente, profonde, épaisse et distordue.

– Tu viens, Nic' ?

Lorsque j'ai ouvert les yeux, Éric était debout et fixait Nic'. Il avait repris sa physionomie habituelle.

– Nic' ?

– Je te retrouverai à la fête. J'aimerais parler à Pete.

Je l'ai regardée.

Elle s'est tournée vers Pauly.

– Seuls.

– Quoi ? a-t-il braillé.

– Il faut que je parle à Pete, a-t-elle répété.

– Et alors ? Je t'en prie, ne te gêne pas pour moi.

Éric a poussé Pauly du bout du pied.

– Allez, ne fais pas ton emmerdeur.

– Tu m'achètes une barbe à papa, alors, a-t-il répliqué d'un ton enjoué.

– Non, mais je vais te casser la gueule si tu ne bouges pas très rapidement, a répondu Éric.

– Pigé.

Éric l'a aidé à se relever et Nicole s'est adressée à Raymond avec un sourire.

– Ça ne t'ennuie pas ?

Raymond l'a dévisagée en clignant des yeux, puis a braqué son regard sur moi.

Je ne savais plus quoi faire. L'idée de lui demander de partir ne me plaisait pas. Je savais qu'il serait mal à l'aise avec Éric et Pauly. Il refuserait sans doute d'aller à la fête foraine et je m'inquiétais de le voir rentrer chez lui tout seul. Il faisait nuit, à présent. Un samedi soir à vingt-deux heures n'est pas le meilleur moment pour se trouver dans le Chemin de traverse, surtout pour Raymond. D'un autre côté, je ne voulais surtout pas l'humilier devant les autres en laissant entendre qu'il avait besoin qu'on s'occupe de lui.

J'ignore ce qu'il y a de vrai, dans tout ça. Une partie, j'imagine. Peut-être presque tout. Je me faisais réellement du souci pour Raymond et je me sentais responsable pour lui… mais au fond, j'avais une envie irrépressible de me retrouver seul avec Nicole.

Je me suis tourné vers elle, pour lui demander combien de temps cela prendrait, mais j'étais incapable de lui poser la question.

Elle m'a souri.

– Ne t'inquiète pas.

Qu'est-ce qu'elle voulait dire ?

Raymond m'observait toujours, il attendait. Pour moi, les choses auraient été plus simples si j'avais vu de la colère dans ses yeux, ou juste de la déception, mais il n'y avait rien. Rien d'autre que de la confiance.

– Si tu veux m'attendre… ai-je commencé.

– Ça ne fait rien, a-t-il coupé doucement. On se rejoint à la fête foraine.

Surpris, je l'ai dévisagé.

– Tu es sûr ?

Il a acquiescé et s'est relevé.

Je l'ai vu faire, sans pouvoir dire un mot.

– Ne t'en fais pas, m'a-t-il dit.

– OK, ai-je soufflé.

Éric a pris la tête, en se baissant d'un geste vif pour passer la petite porte, suivi par Pauly qui nous a lancé un regard entendu par-dessus son épaule, et enfin Raymond. J'ai cru qu'il se retournerait avant de sortir, qu'il me dirait quelque chose, ou me ferait un petit signe. Mais rien. Il s'est penché pour sortir avant de disparaître dans la nuit.

Je l'ai entendu marcher derrière Éric et Pauly, leur piétinement hésitant avalé par le silence des ténèbres. Je me suis alors tourné vers Nic'. Elle avait glissé le long du mur et s'était assise face à moi, en tailleur. Son visage semblait irradier dans la lueur de la bougie, ses yeux étaient fixés aux miens.

– Eh bien, a-t-elle murmuré, nous y revoilà.

– Oui…

– Rien que nous deux.

J'ai épongé la sueur sur mon front.

Elle a retiré ses chaussures et m'a souri.

– On étouffe ici, non ?

CINQ

Les premières minutes se sont bien déroulées. Nous sommes restés assis, à discuter de choses et d'autres (Paris, Stella, le lycée, la première…); tout semblait parfaitement naturel. Nous étions un peu saouls, et j'imagine que le joint nous avait un peu tourné la tête. Nic' avalait de petites gorgées de la tequila, abandonnée par Pauly. Je crois qu'aucun de nous ne savait réellement de quoi il parlait. Ça n'avait pas d'importance. D'ailleurs, Nicole faisait la conversation. Les mots s'échappaient de sa bouche comme d'une mitraillette et je n'avais pas besoin d'intervenir. Alors, je n'ai rien dit. Je suis resté là, à l'écouter, à fixer avidement sa bouche, ses lèvres en mouvement… La lueur orangée de la bougie illuminait sa peau. Plus je la regardais, plus la couleur s'intensifiait et plus l'obscurité de la cabane nous enserrait. L'impression n'était pas désagréable: j'avais le sentiment de graviter au centre d'une bulle de lumière dont, sans que je comprenne comment, émanait une sensation de vie. Comme si la cabane possédait une forme de conscience élémentaire. Maintenant que les autres étaient partis, elle ajustait sa dimension à nos besoins.

– Est-ce que ça va? m'a soudain demandé Nicole.

J'ai cligné des yeux.

– Pardon?

– Tes yeux… tu as l'air… complètement ailleurs.

– Ailleurs ?

– Oui, a-t-elle insisté en souriant. On dirait deux soucoupes volantes.

– C'est l'alcool… je crois…

Nic' a éclaté de rire.

– Tu n'as jamais tenu, hein.

– Comment cela ?

– Dès qu'on buvait, tu étais comme ça.

– Comme quoi ?

– À l'ouest, avec un air un peu débile.

– Débile ?

– Un débile attendrissant.

– En somme, je fais pitié ?

– Attendrissant, a-t-elle ajouté en glissant ses yeux dans les miens, c'est un peu désarmant.

Brusquement, tout a basculé. L'atmosphère, la chaleur, le silence… Dans la cabane, tout s'est fait soudain plus lourd, plus immobile, plus sérieux. Je goûtais au parfum douceâtre de Nic' qui flottait dans l'air. Et je sentais la sueur perler sur ma peau.

– Qu'est-ce qui nous est arrivé, Pete ?

– Qu'est-ce que tu veux dire ?

– Enfin, nous deux… Tout ce que nous avons pu faire, tout ce que nous partagions… Comment avons-nous pu prendre autant de distance ?

– Je ne sais pas…

J'ai haussé les épaules.

– Les choses changent.

– Elles n'ont pas changé pour moi.

Penchée vers moi, Nicole me dévorait tellement du regard que j'ai dû détourner un instant les yeux. Je ne croyais pas vraiment à ce qu'elle racontait et elle non plus ; elle savait aussi bien que moi que nous avions changé... Mais, s'avançant toujours plus près, elle a posé une main sur ma cuisse. À cet instant, je me fichais complètement de ce qui était vrai ou non.

– Tu te souviens de ce jour, dans la salle de bains ? a-t-elle murmuré.

– La fête, chez ton cousin ?

– Oui.

Elle a souri.

– On avait bien failli, ce jour-là.

J'ai hoché la tête, la bouche brusquement très sèche.

– Tu crois qu'on l'aurait fait si ses parents n'étaient pas rentrés ?

– Peut-être...

Elle a remonté sa main sur ma jambe.

– C'est bizarre...

– Quoi ?

– Qu'on n'ait jamais eu l'occasion.

J'étais maintenant envahi par une sensation étrange : mon cœur battait à tout rompre, chaque centimètre de ma peau me démangeait, tout mon corps semblait résonner d'une énergie chaude et liquide.

Nic' a poursuivi :

– Nous ne nous reverrons probablement jamais.

Un regard a suffi pour se comprendre. Les mots étaient superflus.

Ses yeux ne m'ont pas quitté alors qu'elle s'écartait pour retirer son gilet. Hypnotisé, je l'ai vue plier puis tendre les bras pour faire glisser le vêtement au-dessus de sa tête avant de le laisser tomber sur le sol. J'essayais de rester calme, concentré sur son regard… mais c'était difficile, car ses yeux plongeaient dans les miens. Guettant ma réaction, elle a replié les bras et a glissé ses doigts dans ses cheveux, accentuant subtilement la cambrure de son dos.

– Tu peux regarder, si tu veux, a-t-elle dit.

J'ai regardé.

Très lentement, elle a glissé les mains sur son ventre, en s'attardant sur la ceinture de son jean, avant de défaire, un à un, les boutons. Incapable de respirer, ou de quoi que ce soit d'autre, je suis resté là, immobile, à l'observer de mon air débile et attendrissant. Elle s'est penchée légèrement pour s'extirper de son jean et, posant les mains par terre, elle a glissé vers moi.

Une créature miraculeuse : sa chair dénudée à la flamme de la bougie, ses yeux de braise. J'étais brusquement effrayé. Mais la peur n'était rien comparé à la douleur physique qui me gagnait alors. Mon corps me faisait mal. Mon cœur battait si vite que j'ai cru qu'il allait lâcher.

Nic' rampait vers moi. J'ai bougé ma jambe pour ne pas la gêner.

– Ne bouge pas, a-t-elle murmuré. Reste là.

Elle s'est mise à genoux, puis s'est installée sur les miens en se pressant contre moi, posant ses mains sur mes épaules.

– Je ne te fais pas mal, au moins ?

J'ai secoué la tête.

– Bien, a-t-elle soufflé en souriant. Je ne voudrais pas te faire de mal.

– Non…

Elle a observé mes yeux pendant un instant, la tête légèrement inclinée avant de faire glisser son doigt sur ma joue.

– À quoi tu penses ?

« À ton avis ? » avais-je envie de lui répondre, mais je me suis tu. Je l'ai simplement contemplée.

– Tu te rappelles ce que tu as dit au sujet de Stella tout à l'heure ? a-t-elle demandé sans cesser de sourire.

– Stella ?

– Oui. Tu sais, tout à l'heure, tu as dit à Pauly que tu n'avais pas vu ses photos... sur Internet.

Nicole a levé un sourcil interrogateur.

– Est-ce que c'est vrai ? Tu ne les as vraiment pas vues ?

Je ne savais pas quoi répondre. Je ne voulais pas penser à Stella... Je ne voulais penser à rien. J'ai posé les mains sur les hanches de Nic'.

– Je me fiche de Stella, ai-je marmonné, essayant de changer de sujet.

Nic' a saisi mes mains tremblantes.

– Moi non plus. J'étais simplement curieuse.

C'est là que j'ai perçu le premier effleurement d'un sentiment désagréable.

– Ça te gêne que je te pose la question ? a insisté Nic'.

– Non, ai-je soupiré, pas du tout. Mais je ne vois pas...

– Je veux juste savoir si tu les as vues.

Sa voix avait quelque chose de pâteux et son regard me perturbait : il était d'une immobilité irréelle.

Son sourire était figé.

– Tu imagines ce que Stella doit ressentir ? Elle ne peut pas ignorer ce que les types font lorsqu'ils voient ces photos... comment tu crois qu'elle le prend ?

J'ai secoué la tête.

– Je n'ai pas vraiment envie d'en parler...

– Je veux dire... si c'était moi...

Elle a détourné les yeux quelques instants, pour fixer le néant, puis s'est soudain retournée vers moi.

– Tu voudrais voir ces photos, si c'était moi ?

– Écoute, Nic'…

– Non, dis-moi, Pete, a-t-elle repris en adoptant un air boudeur, passant ses mains dans ses cheveux. Qu'est-ce que tu en penses ?

Elle a pris la pose : les mains glissées derrière la tête, elle a bombé le torse.

J'avais conscience qu'elle plaisantait, qu'elle moquait le côté artificiel de ces clichés pornographiques, mais en même temps, quelque chose me disait qu'elle ne plaisantait qu'à moitié. D'un côté, j'étais toujours subjugué par son corps à demi nu, d'un autre, elle ne me paraissait plus du tout sexy. Simplement ivre.

– Tu n'es pas obligée de faire ça, Nic', ai-je chuchoté doucement.

– Faire quoi ?

– Tu sais bien…

Elle a observé son propre corps avant de relever ses yeux rieurs.

– Qu'est-ce qui se passe ? Je ne te plais pas ?

– Non, ça n'est pas ça… Mais je crois que…

– Quoi ? Qu'est-ce que tu crois ?

Brusquement, tout semblait absurde. L'attitude de Nic'… Ma réaction… Toute la situation.

– Je suis désolé, Nic', lui ai-je dit. Je crois que ça n'est pas une bonne idée.

Son visage s'est figé.

– Tu quoi ?

– Je ne peux pas…

Elle a eu un petit sourire maladroit et a baissé les yeux.

– Est-ce que heu… quelque chose ne va pas ?

– Non, tout va bien. Je pense seulement que ça n'est pas le bon moment.

Elle a froncé les sourcils.

– De quoi tu parles ?

– De tout ça… Toi et moi… ça ne colle pas…

Nic' a souri de toutes ses dents, en glissant légèrement sur mes cuisses.

– Oh, moi j'ai l'impression que ça va.

Je me suis dégagé.

Elle a cessé de sourire.

– C'est quoi ton problème, Pete ?

– Allez Nic', ai-je repris, tendant la main vers elle pour tenter de la calmer. Pas besoin de s'énerver.

Elle a dévié mon bras d'un revers de la main.

– Désolé, me suis-je excusé. Je voulais seulement…

– Va te faire foutre, Pete.

Que répondre ? Je l'ai laissée me fusiller du regard sans rien dire. Son visage s'était transformé. Elle renvoyait une image menaçante, vicieuse, dure comme la pierre. Sa peau, qui flamboyait encore quelques minutes auparavant, avait pris une teinte terne, blanchâtre. Ses yeux, obscurcis par la rage, étaient noirs de colère.

– Ça te plaît, hein ? a-t-elle sifflé.

– Bien sûr que non ! Je…

– Ça te plaît de m'humilier…

– Je ne voulais pas…

– De me faire passer pour une traînée.

J'ai secoué la tête.

– Nic', écoute-moi : je suis désolé, d'accord ? Je suis vraiment désolé. J'imagine ce que tu ressens, mais…

– Tu n'imagines rien du tout.

Elle m'a repoussé avec violence, d'un grand coup dans le torse et je ne pouvais rien faire d'autre que la regarder ramasser ses vêtements et se rhabiller. Elle titubait, sautillant sur un pied pour essayer d'enfiler l'autre jambe de son jean, puis elle a manqué de tomber...

– Ça t'embêterait de détourner les yeux? a-t-elle grincé par-dessus son épaule.

J'ai obtempéré.

– Bon sang, l'ai-je entendue murmurer.

Hébété et ahuri, j'ai fixé le sol, ne sachant plus que dire, ni que faire. La tête me tournait, mon crâne se contractait... j'étais perdu. Pourquoi? Je me contentais d'observer le sol. Je ne savais rien. J'étais incapable de quoi que ce soit.

Je n'ai relevé les yeux qu'en entendant Nicole buter sur une bouteille vide et jurer alors qu'elle se dirigeait vers la porte. Elle s'est arrêtée quelques secondes et a fouillé dans la poche de son jean pour en tirer quelque chose qu'elle m'a jeté à la tête. L'objet a atterri à mes pieds: un paquet de préservatifs.

– Amuse-toi bien, a-t-elle craché froidement.

Elle s'est tournée avant de se baisser pour passer la porte.

– Est-ce que ça va aller? lui ai-je demandé.

– Qu'est-ce que ça peut te faire?

– Je te raccompagne jusqu'au bout du chemin, si tu veux...

Elle a eu un petit rire méprisant avant de disparaître. J'ai perçu son pas rageur qui foulait l'herbe de la berge. Elle a trébuché une ou deux fois, avant que le bruissement ne s'efface tout à fait, laissant place au silence immobile de la nuit, perturbé par le balbutiement idiot de mon propre cœur.

SIX

Après cela, je n'avais plus aucune envie de rejoindre la fête foraine (d'ailleurs, je n'avais plus envie de rien), mais je ne voulais pas non plus rentrer chez moi. Inutile de rester planté là, seul au milieu de ce silence amer, à essayer d'imaginer que rien ne s'était passé et que tout allait bien : c'était perdu d'avance. Car quelque chose s'était bel et bien produit. Un désastre. Et je continuais à essayer de me persuader du contraire, j'allais finir par fondre en larmes.

Pleurer... pourquoi ? Je l'ignorais.

Parce que j'étais un imbécile ?

Parce que j'avais tout fichu en l'air ?

Parce que j'avais essayé de tout arranger ?

Qui sait ?

J'étais certain d'une chose : il ne servait à rien de rester assis là à gémir sur mon sort. Je devais faire quelque chose. L'unique chose à laquelle je pouvais penser, la seule qui me paraissait avoir un sens : rejoindre la fête foraine pour retrouver Raymond.

J'ai avalé une dernière gorgée de tequila en toussant et frissonnant, avant de me mettre en route.

Le chemin m'a paru moins sombre que je ne l'aurais imaginé. Le ciel était d'un noir d'encre, sans lune et sans étoile, mais des lueurs traversant le terrain vague me permettaient de voir où j'allais. Ces lumières avaient quelque chose d'étrange : un mélange trouble et lointain de lampadaires, de phares de voitures sur la route des docks et du halo terne de la cité de Greenwell, de l'autre côté de la rivière. Le long du chemin, tout prenait un reflet lumineux et maladif. Les murs de la vieille usine ruisselaient noir, mes baskets rayonnaient blanc, le sommet des berges papillotait vert-de-gris, comme le tube cathodique d'une télé moribonde.

Était-ce réel ? Ou bien moi ? Moi et l'alcool. Moi et la dope. Moi et cette chaleur sombre et suffocante. Je ne me sentais plus ni saoul ni défoncé, mais cette impression bizarre m'accompagnait toujours. Une sorte de palpitation fluide qui frémissait en moi, chaude et grouillante. Mes sens accrus me rendaient horriblement conscient de tout ce qui m'entourait : le sol sous mes pieds, les ténèbres, la lumière, l'écho lointain de la fête foraine, la sueur sur ma peau... Je percevais tout, jusqu'au flux du sang dans mes veines. Les pulsations s'accordaient avec un faible ronronnement métallique qui bourdonnait dans ma tête... « Wouchwouh wouchwouh wouchwouh » : une machine à laver qui rumine, seule dans un sous-sol.

J'avais la nausée.

Une nausée ankylosante.

J'avais mal partout, y compris à des endroits dont je ne soupçonnais pas l'existence.

Curieusement, la douleur ne me perturbait pas. D'une certaine manière, cet état me procurait même un curieux plaisir. Alors que je parcourais ces ténèbres grisonnantes, j'ai commencé à me sentir un peu mieux. J'étais toujours dans les vapes, évidemment, et ma tête brassait tout un tas de pensées, mais peu importait ce qui venait de se produire avec Nicole ou qui en était responsable : j'ai fini par comprendre que ce n'était pas la fin du monde.

Une histoire comme une autre.

Pas de mort, pas de blessé.

Rien qu'une histoire de malentendus, de petites conneries qui détonent.

C'est ce que je me répétais : une histoire comme une autre… il n'y avait pas à essayer de comprendre ou à s'en faire… ce n'était rien, rien que des choses qui arrivent. Au bout du chemin, j'ai réussi à m'en convaincre. Il ne fallait plus y penser. Tout ce qui importait, c'était de me rendre à la fête, rejoindre Raymond et rentrer tranquillement chez nous.

Évidemment, si Raymond avait eu un portable, cela aurait simplifié les choses. Mais ses parents n'avaient jamais voulu lui en payer un. J'avais les anciens numéros de Pauly et d'Éric (encore fallait-il que je les retrouve), mais, depuis le temps, ils en avaient probablement changé.

De toute façon, je n'avais pas vraiment envie de leur parler et j'avais presque atteint le terrain de jeux. Les bruits de la fête se faisaient de plus en plus intenses : une cacophonie enivrante de musique, de mécanique, de cris et de rires couvrait le craquement sourd des voix dans les haut-parleurs. Alors que je m'engageais sur le Chemin de traverse, l'excitation était palpable.

Le terrain de jeux est en principe fermé le soir, même si cela n'empêche personne de rentrer. Ce soir-là, la barrière restait grande ouverte et la béance obscure habituelle était remplacée par une débauche de lumières. Les attractions, installées sur une petite partie du parc, au bout de l'allée sur le côté droit, formaient un cercle difforme de caravanes et de manèges. Le tourbillon de bruit et de néons clignotants s'étendait jusqu'aux terrains de sport, et alors que je remontais le chemin, tout me paraissait confus et discordant : les éclairs dans la nuit, ces bruits enthousiastes qui tranchaient dans le silence.

L'atmosphère devenait oppressante. L'air, chargé d'électricité, annonçait l'orage. D'autres odeurs flottaient : la puanteur grasse des steaks trop cuits, une odeur sucrée de parfums et de barbe à papa, les effluves des fumées d'échappement, et les émanations brûlantes des ampoules surpuissantes. Pour moi, c'était trop. J'ai cru un instant que j'allais vomir. Quelques secondes d'immobilité et deux ou trois inspirations profondes ont eu raison de ma nausée et soudain, j'ai débordé d'une énergie frémissante. En remontant l'allée, je marchais sur un nuage.

Si je m'habituais aux bruits et aux néons, l'explosion brutale de sons et de mouvements m'a coupé le souffle. C'était ahurissant. La sono hurlait, avec le caisson de basse, les stroboscopes, les lasers, la grande roue, les étoiles et les vaisseaux spatiaux, les milliers de visages, et ces voix vrombissantes qui rebondissaient dans l'atmosphère.

« C'est parti ! Allons-y ! Tout le monde gagne… C'est fouu ! »

Le cognement sourd de ce brouhaha résonnait dans ma poitrine.

« B-boum boum boum… »

La lumière me brûlait les yeux.

« Allons-y ! Allons-y ! Le prix de votre choix ! »

Le violent fracas métallique des attractions me déchirait les oreilles...

« Venez défier le Terminator ! Le Météore ! Le Twister ! La Maison délirante ! »

La folie ambiante m'enveloppait dans la nuit.

Difficile de rester lucide en progressant péniblement entre les stands, les kiosques et les gigantesques manèges qui serpentaient dans les airs. Trop de gens autour de moi poussaient, bousculaient, riaient et criaient... Un spectre de sons tous plus assourdissants les uns que les autres s'échappait des haut-parleurs fixés à des poteaux... Tout s'entremêlait : rock, guitares nasillardes, Wham, Madonna, Duran Duran...

Quel bazar !

On aurait dit une compilation concoctée par une douzaine de fanatiques des années 1980 : « Wake me up before... My name is... You go-go... Her name is Rio and... We will we will... Who let the... Just like a child... Dogs out... Rock you... »

Traversant la foule, je me dirigeais à l'aveuglette, ce qui n'avait aucune importance, car j'ignorais où j'allais. Je me contentais de marcher, de suivre le mouvement, espérant retrouver Raymond... et aussi des toilettes. Ma vessie commençait à me faire souffrir, mon ventre émettait d'inquiétants gargouillis et la nausée me revenait. Je me suis appuyé sur un stand et j'ai roté discrètement. C'était une remontée acide.

– Tu tentes ta chance, mon pote ? a lancé quelqu'un derrière moi.

Un homme avec une queue de cheval me tendait trois fléchettes à l'allure suspecte. Il a fait un signe de tête en direction de la cible, accrochée au fond du stand.

– Dès quarante-cinq points, tu choisis ton prix.

J'ai regardé les lots : des peluches, des Scooby-Doo, des Garfields, des Titis. Au mur, une rangée d'ours en peluche, pendus par le cou, comme de petits condamnés accrochés à la potence.

– Une livre par coup, a renchéri l'homme à la queue de cheval. On choisit le lot qu'on veut.

Mais je ne l'écoutais déjà plus. Il se produisait quelque chose, à ma droite. Une altération imperceptible du murmure de la foule. Je me suis écarté du stand en me penchant sur le côté pour mieux voir, mais quelque chose en moi savait déjà. Je n'ai donc pas été surpris d'apercevoir Raymond approcher dans ma direction. L'espace d'une seconde, j'ai ressenti une vague de chaleur rassurante... mais elle n'a pas duré. Lorsque j'ai vu qui l'accompagnait et ce qui se passait, tout en moi s'est glacé.

À ses côtés se tenait Stella Ross.

Je n'arrivais pas à y croire.

Raymond et Stella ?

Qu'est-ce qu'ils fabriquaient ensemble ? Plus précisément : que faisait-elle avec lui ? C'était Stella Ross, nom de dieu ! Elle ne fréquentait pas des gens comme Raymond. Même avant d'être célèbre, à l'école, elle aurait préféré mourir plutôt que d'être vue avec lui. Et soudain, elle se promenait sur le terrain de jeux, bras dessus bras dessous avec lui... Elle le serrait contre lui, lui murmurait à l'oreille, lui offrait son plus beau sourire.

Fendant la foule, je me suis approché et j'ai compris qu'ils n'étaient pas seuls. Son entourage habituel l'accompagnait : deux gorilles de la sécurité, quelques types bien sapés, et un autre, caméra à l'épaule, suivi d'un perchiste qui tenait un micro à bout de bras. Ils la suivaient tous de près, pendant que le cameraman faisait des plans serrés. Tout autour, les badauds (c'est-à-dire les gens normaux) s'écartaient, formant une haie d'honneur pour mieux apercevoir Stella Ross en vrai. Et on peut dire qu'elle assurait le spectacle. Habillée dans un style provoc-chic : un short en jean ultra-court, des cuissardes, une chemise de cow-boy cintrée, presque entièrement déboutonnée.

Elle embrassait goulûment Raymond. Le serrant contre elle, Stella pressait ses lèvres rouge-corail sur sa joue… mais ce n'était pas lui qu'elle regardait. Ses yeux rieurs ne quittaient pas la caméra. Elle l'a de nouveau embrassé, laissant des traces de rouge à lèvres partout sur son visage, et j'ai alors remarqué les gens autour d'elle et leurs sourires moqueurs, leurs rires amusés à la vue de la Belle qui se jouait de la Bête.

J'ignorais pourquoi, mais c'était exactement ce qu'elle faisait. Elle s'amusait avec lui comme avec un jouet. Elle s'en faisait un faux petit ami. Pour elle, ça n'était qu'une vaste blague : la bimbo superstar qui flirte avec le pauvre type un peu bizarre. J'en avais la nausée. C'était comme regarder quelqu'un tourmenter un chien. Et, comme le chien, Raymond ne paraissait pas conscient qu'on se moquait de lui. Il jouait le jeu, avec de grands sourires à Stella, le regard écarquillé, émerveillé, sous les rires et les moqueries des autres…

Je ne comprenais pas.

Raymond n'était pas stupide.

Il devait bien se rendre compte de la situation.

Mais il ne semblait pas du tout embarrassé.

Du moins, s'il l'était, ça ne se voyait pas. Difficile à dire avec Raymond. Mais on ne pouvait pas vraiment le forcer. Et c'est bien l'unique chose qui m'a fait hésiter, avant de fondre sur Stella. « Il a plutôt l'air content, murmurait une petite voix dans ma tête. Pourquoi ne pas le laisser tranquille ? » Mais je n'avais pas envie d'entamer une discussion avec la petite voix et ses mises en garde ne m'ont pas arrêté.

J'étais presque à leur hauteur. Devant eux, la foule était clairsemée et, alors que je m'approchais de l'entourage de Stella, j'ai aperçu la caméra, braquée sur moi et les deux types de la sécurité, qui fonçaient pour m'écarter.

– Raymond ! Hé, Raymond !

Il s'est subitement retourné, les yeux grands ouverts, et en me voyant, il m'a fait un énorme sourire en levant le pouce. Stella a suivi son regard, alors que les deux gardes du corps se plantaient devant moi pour me barrer la route.

– Pas de quoi s'énerver, leur ai-je lancé, je suis un ami de…

– Recule ! a coupé l'un deux.

– Mais je veux simplement…

– Recule !

Je n'ai pas bougé. L'un des gorilles m'a saisi par l'épaule pour me forcer à reculer. J'avais l'impression d'être manœuvré par un bulldozer. Il m'a fait faire un ou deux pas en arrière, puis j'ai entendu la voix de Stella.

– C'est bon, Tony, a-t-elle crié. C'est un copain, laisse-le passer.

Tony-la-Menace m'a lâché et s'est écarté.

– Hé Pete ! a appelé Stella. C'est bien toi ? Pete Boland ?

Je les ai rejoints, elle et Raymond. Elle avait toujours un bras glissé sur ses épaules et tous les deux se tenaient là, avec un sourire jusqu'aux oreilles. La caméra était toujours dirigée vers moi.

– Désolée, Pete, a dit Stella en faisant un signe en direction de son gorille. Je ne t'avais pas reconnu.

Sans cesser de me sourire, elle a passé la main dans sa chevelure blonde et parfaite.

– Comment vas-tu ? Tu as bonne mine, dis-moi ! Bon sang, ça fait un bail que je ne t'avais...

– Raymond, ai-je dit en le regardant dans les yeux. Est-ce que ça va ?

Il a hoché la tête.

– Allez, viens. Fichons le camp d'ici !

– Attends un peu, a repris Stella. Qu'est-ce que tu fais, là ?

En guise de réponse, je l'ai dévisagée.

Elle a jeté un œil à Raymond et l'a serré fort contre elle, avant de se tourner vers moi.

– Ray m'accompagne ce soir. Je lui apprends à s'amuser. Tu peux rester avec nous si ça te dit.

– Non, merci.

Raymond semblait soudain mal à l'aise. Dans ses yeux, je voyais grandir l'inquiétude, l'anxiété, la confusion. Comme s'il venait seulement de se rendre compte d'où il se trouvait, et de ce qu'il faisait.

– Allez, viens, Raymond. Je te paye un hot-dog.

Avec une œillade furtive à Stella, il a fait mine de se dégager. Elle a resserré son étreinte pour le retenir.

– Qu'est-ce qui se passe, Ray ? a-t-elle dit d'un ton faussement boudeur. Tu ne m'aimes plus ?

Il lui a adressé un sourire maladroit.

Stella s'est tournée vers moi en riant.

J'ai alors observé les types armés de leur caméra et de leur perche et un bref instant, une image curieuse et perturbante m'a traversé l'esprit: quelque chose de triste, de blanc, de vaguement familier. Mais elle avait disparu avant que j'aie eu le temps d'y réfléchir. J'ai secoué la tête et me suis avancé.

Je me suis planté devant Stella en la fixant pendant une ou deux secondes avant de me pencher et de lui glisser à l'oreille, afin qu'elle seule m'entende.

– Fous-lui la paix, ai-je murmuré. OK?

– Ou bien quoi? a-t-elle soufflé, découvrant sa rangée de dents parfaites.

Je l'ai regardée, sans savoir quoi répondre. Malgré son sourire, son visage n'exprimait pas la moindre trace de bonhomie. Aucune joie dans ses yeux. Tout ce que je voyais était un vide moqueur et froid. Le visage d'une fille qui s'imaginait être la seule chose digne d'intérêt au monde.

– Tu vas regretter d'avoir fait ça, a-t-elle dit d'un ton détaché.

– Ah oui?

Elle a souri.

– Tu n'imagines pas à quel point…

À cet instant, tout est devenu curieusement silencieux. Rien qu'un instant, le bruit insensé de la fête foraine a semblé diffus et lointain, comme plongé sous l'eau. Autour de nous, les cris et les paroles se sont transformés en un murmure tranquille. Les lumières ont perdu de leur intensité. La clarté a diminué, atténuée par la noirceur de la nuit, et la seule chose qui conservait son éclat, c'était les yeux bruns de Stella, s'insinuant dans les miens. Puis, brusquement, quelque chose a éclaté: un puissant son électrique, comme le claquement retentissant d'un fouet et tout a repris vie. La musique, les lumières, la foule, les manèges…

Stella a éclaté de rire et a lâché Raymond.

– Je ne faisais que le surveiller pour toi, m'a-t-elle lancé. Tu peux le récupérer, maintenant.

Elle a regardé Raymond.

– D'accord ?

Il a hoché la tête.

– Allez, a-t-elle lancé. Va t'acheter ton hot-dog.

Raymond m'a fait face.

Une brusque fatigue s'est emparée de moi. La chaleur et la transpiration m'étouffaient. J'avais mal partout et ma tête, pleine de tout, vrombissait furieusement. J'aurais voulu dire quelque chose à Raymond, quelque chose de rassurant et d'utile, mais ma voix m'avait échappé. Je lui ai simplement pris le bras, en l'éloignant sans un mot.

Nous nous sommes tus pendant plusieurs minutes, nous contentant de marcher au milieu de la foule compacte dans le vague espoir de traverser la fête foraine. J'ignore pourquoi, j'imaginais qu'on serait plus tranquille à l'autre bout, qu'il y aurait moins de bruit. Je cherchais aussi les toilettes. Ça devenait urgent.

Après avoir dépassé plusieurs petits groupes, nous approchions de la limite de la fête et le bruit semblait s'intensifier au lieu de diminuer. L'atmosphère devenait plus folle. Au début, je ne comprenais pas vraiment ce qui se passait, mais j'ai fini par réaliser : c'était l'une de ces fêtes foraines qui attirent les gangs et les gamins cherchant les ennuis. Ils étaient venus en nombre et la plupart se tenaient près des auto-tamponneuses. Certains sirotaient leur canette de bière, d'autres étaient avachis dans un coin, avec une mine de petites frappes. Le manège était énorme : un domaine de bois, fourmillant de petites voitures qui se percutaient en jetant des étincelles bleutées et d'où émanaient des cris, des coups, et du rap à fond les ballons. Lorsque nous l'avons dépassé, en faisant bien attention de ne bousculer personne, le bruit violent des auto-tamponneuses et les refrains rageurs de rap s'est dissous dans le tourbillon du manège voisin, plus classique. Les néons clignotaient – Révolution! – et la voix enfantine de Madonna crachotait à travers les hauts parleurs: *Like a child, you whisper softly to me…*

– Nicole! m'a crié Raymond dans l'oreille.

– Quoi?

Il s'est arrêté en pointant du doigt en direction du manège. Entre les différents sièges qui tournaient, montaient et descendaient dans tous les sens, il était difficile de discerner quelque chose dans le flou hystérique de ces visages qui hurlaient… mais c'est alors que je l'ai aperçue. Assise sur l'un des sièges, à côté de deux autres filles. J'ai reconnu l'une d'entre elles: une amie de Nic', mais je n'avais jamais vu l'autre. Elles avaient l'air complètement bourrées: échevelées, les yeux écarquillés, elles virevoltaient sur leurs sièges et l'un des types du manège leur avait déjà mis le grappin dessus. Il ressemblait à tous les techniciens: cool, mince, brut et amical, un type sans soucis. Derrière Nicole, les bras nonchalamment posés sur le siège, il s'est penché vers elle et a commencé son petit manège à lui. Sous les lumières clignotantes et le mouvement circulaire des nacelles, j'avais l'impression de regarder les images d'un folioscope, au ralenti: le type qui se penche… Nicole qui l'ignore… les deux autres filles qui flirtent… une image, une autre… Nicole me regarde, nos yeux se croisent un instant… une image, une autre… Nicole s'incline vers l'arrière et sourit au type… autre image… elle pose sa main sur sa nuque lorsqu'il s'avance pour lui murmurer à l'oreille… une image, une autre, encore une autre.

Une succession d'images.

Heaven help me.

Madonna chantait toujours lorsque je suis parti, laissant Nicole s'amuser.

– Est-ce que ça va ? m'a demandé Raymond.

– Oui... ça va. Tu sais où sont les toilettes ?

Il a promené son regard aux alentours puis a secoué la tête.

– Tu as quelques arbres, là-bas.

Nous nous étions assis sur un banc, dans le coin relativement moins bruyant du fond de la fête, là où se trouvaient les manèges pour les plus petits. À cette heure-ci, ils étaient couchés et les jeux comme les châteaux gonflables et les petits carrousels offraient trop peu de sensations aux plus grands. Tout autour de nous était sombre et désert.

J'ai dévisagé Raymond.

– Quoi ? a-t-il dit.

– Tu sais bien quoi.

Il m'a souri d'un air amusé.

J'ai soupiré.

– Tu sais bien ce qu'elle faisait, non ?

– Qui ? Nicole ?

– Non, Stella.

Il a haussé les épaules et détourné les yeux.

– Allez, Raymond... Tu vois où je veux en venir... Pourquoi tu l'as laissée faire ?

– Laissée faire quoi ?

– Elle se moquait de toi... comme les autres, d'ailleurs. Ils déconnaient et...

– Je sais.

– Alors pourquoi tu les as laissés faire ?

– Je ne sais pas...

– Ça ne t'a pas gêné ?

Il ne m'a pas répondu, il a simplement haussé les épaules et je n'ai plus su quoi dire. C'était si difficile, avec lui... Dans sa tête, les choses n'étaient jamais très claires. Et même lorsqu'il semblait normal, comme à ce moment-là, il n'allait pas toujours très bien. J'avais souvent du mal à le comprendre. Alors, j'ai opté pour ma solution lorsque je ne sais plus quoi faire : je n'ai rien fait du tout. Je suis resté assis, à regarder autour de moi, en essayant de chasser Nicole et le type du manège de mon esprit.

Après un moment, Raymond a déclaré :

– Stella signifie « étoile ».

Je me suis retourné.

– Quoi ?

– L'étoile va s'éteindre ce soir, a-t-il articulé. Stella va s'éteindre...

Il a levé les yeux.

– Elle m'a embrassé.

– Oui, je sais. Viens par là...

J'ai sorti un mouchoir de ma poche et j'ai essuyé les traces de rouge à lèvres sur son visage.

– Je me sens bizarre, Pete, a-t-il murmuré.

J'ai souri.

– Tu es bizarre, Raymond.

– Non, a-t-il repris. Je veux dire, vraiment bizarre. J'ai l'impression... je ne sais pas.. C'est comme si j'étais quelqu'un d'autre.

– Quelqu'un d'autre ?

– Je n'arrête pas de voir des choses...

– Quel genre de choses ?

– Des choses qui ne sont pas vraiment là. Des formes curieuses et des couleurs... Je ne sais pas.

Il a regardé au loin en plissant les yeux.

– J'ai l'impression de voir l'atmosphère bouger...

– Tu n'as pas fumé le joint de Pauly, hein?

– Non.

– Est que tu sens des fourmillements sous la peau?

– Un peu...

– Tu as mal au ventre?

– Oui...

– Tu as envie de vomir?

– Un peu.

– Moi aussi. Trouvons ces toilettes.

Nous avons fait le tour du terrain et j'ai revu Nicole en passant devant le manège. Elle était assise au fond, sur un tonneau en bois avec le technicien. Lui avait les pieds posés sur un générateur et Nicole avait la main sur sa cuisse, ils buvaient tous les deux dans des gobelets en plastique.

– Qu'est-ce qu'elle fabrique avec lui? m'a demandé Raymond.

– Elle s'amuse.

Nous cherchions toujours les toilettes lorsque Raymond a pilé devant une tente en tissu mité. Le voile d'entrée était tiré et une pancarte accrochée au-dessus indiquait:

«Madame Baptiste – Tireuse de cartes»

– Viens, Raymond, ai-je dit. Je vais finir par exploser, si... Raymond?

Mais déjà, il se glissait à l'intérieur de la tente.

– Merde, ai-je murmuré.

J'ai aperçu les toilettes. Elles étaient devant moi, à une vingtaine de mètres. Deux ou trois rangées de sanisettes en plastique bleu moche. Je leur ai jeté un regard navré pendant quelques secondes tout en sachant que tout irait très bien si j'y allais sans lui... En revenant, je le trouverais sans doute encore là-bas. Mais «sans doute» ne me suffisait pas. Mieux valait souffrir que de me remettre à chercher Raymond. J'ai donc pris une profonde inspiration, j'ai serré les dents et je l'ai suivi sous la tente.

SEPT

Mon expérience en matière de voyantes se limitait aux vieux films de seconde zone et aux séries télés. Je m'attendais sans doute à découvrir une vieille bohémienne ridée, aux ongles aussi longs et aussi noirs que ses cheveux, courbée en deux sur sa boule de cristal... avec de grosses bagues aux doigts, des bracelets plein les poignets, enveloppée dans un châle coloré. Mais la femme assise à sa table, face à Raymond, ne ressemblait en rien à ce cliché. Pas de boule de cristal, pas de longs cheveux noirs... elle n'était ni vieille ni ridée. Elle devait avoir la quarantaine. Un peu moins ou un peu plus... Difficile à dire. Elle avait des yeux foncés, une peau très pâle, et ses cheveux châtains étaient tressés en une natte très serrée qu'elle avait enroulée en chignon sur le sommet de son crâne. Malgré la chaleur, elle portait l'une de ces robes démodées en laine marron, boutonnée jusqu'au col. Rien d'autre. Pas d'anneaux à ses doigts, pas de bracelets d'argent, pas de châle bigarré sur ses épaules. Elle n'avait, au fond, rien de mystérieux. J'étais à l'entrée et cette femme m'observait d'un air si calme que j'avais du mal à détourner le regard.

Elle m'a fait signe.

– Approche, s'il te plaît.

Dans la tente, l'atmosphère était curieusement fraîche et calme. À mesure que j'avançais, le raffut de la fête foraine parut s'évanouir et disparaître dans le lointain. Sur la table, recouverte d'une simple nappe noire, reposaient une bougie et un jeu de cartes. Raymond étais assis dos à moi. J'ai placé une main sur son épaule. Il s'est retourné et m'a souri.

– Assieds-toi, m'a proposé la femme en désignant la chaise vide à côté de Raymond.

– Ça va, merci, ai-je répondu avec un imperceptible mouvement de recul. Je préfère rester debout.

Elle m'a adressé un sourire serein.

– Tu es pressé, peut-être ?

J'ai haussé les épaules.

– Tu ne crois pas, a-t-elle déclaré.

– Pardon ?

Muette pendant quelques instants, elle a continué à m'observer. Elle m'étudiait, scrutant mes pensées, mes secrets. J'étais troublé. Je savais parfaitement qu'elle ne possédait aucun pouvoir mystique ou autres choses de ce genre. Les histoires de voyance ? Une arnaque, rien d'autre... Si vraiment cette femme savait lire le futur, elle ne serait pas assise dans une tente au beau milieu d'un terrain de jeux un samedi soir, non ? Si vraiment elle pouvait voir l'avenir, elle serait célèbre et riche à milliards... la femme la plus puissante au monde.

Donc non, je ne croyais pas.

La seule chose à laquelle je croyais, à ce moment-là, c'était ma vessie, qui me faisait souffrir atrocement.

– Tu n'es pas obligé de rester, m'a-t-elle dit.

Je l'ai observée sans comprendre.

Elle m'a souri.

– Nous serons là lorsque tu reviendras.

– Tout va bien, merci, ai-je murmuré.

Son regard s'est attardé sur moi. Elle arborait toujours ce sourire parfaitement calme, puis avec un léger hochement de la tête, elle s'est tournée vers Raymond.

– Alors, a-t-elle repris doucement, en le regardant dans les yeux, voyons voir ce que nous savons.

Elle a pris son jeu de cartes.

– Est-ce que tu es bien installé ?

Raymond a hoché la tête.

– Tu n'as pas trop chaud ?

Raymond a fait non de la tête.

– La nuit a été longue… pour vous deux. Certains souvenirs ont dû refaire surface…

Raymond n'a rien répondu.

La voyante a étalé le jeu sur la table, face cachée. Le dos des cartes ne comportait ni forme ni motif. Elles étaient d'un bordeaux parfaitement neutre. Lorsqu'elle les a retournées, j'ai été surpris de voir qu'il s'agissait d'un jeu normal : cœurs, trèfles, carreaux, piques… cinquante-deux cartes tout ce qu'il avait de plus classique. Ni fioritures ni particularités.

– Tu aimes les animaux, a-t-elle dit à Raymond.

– Oui… oui, c'est vrai.

Elle a rassemblé les cartes et a placé le paquet au centre de la table.

– Les animaux… te sont proches.

– Oui.

– Ils te procurent un certain bien-être.

Je ne voyais pas le visage de Raymond, mais je devinais son sourire.

Elle a placé sa main droite sur la nappe. Paume vers le bas, les doigts écartés. Elle l'a observée un moment, avant de la retirer, puis avec l'index de sa main gauche elle a dessiné quelque chose, sur l'empreinte laissée sur la nappe. Son doigt n'imprimait rien, j'ignorais donc ce qu'elle dessinait... mais j'étais certain qu'il s'agissait d'un lapin.

Elle a regardé Raymond.

– Il n'est pas suffisamment noir, n'est-ce pas ?

Raymond a examiné le dessin invisible.

– Pas tout à fait.

– Il me faudrait une main plus blanche.

J'ai compris ce qu'elle voulait dire. La pâleur de sa peau avait rendu le noir de la nappe plus sombre encore, mais pas assez pour rendre celui de Lapin Noir.

– Il est aussi plus doux, a ajouté Raymond.

– Bien sûr.

Elle a retrouvé son sourire. Passant lentement la main sur le tissu, comme pour effacer le dessin invisible, elle a repris les cartes. Je l'ai observée avec attention battre le jeu, en tentant de suivre le mouvement de ses mains – qui ne semblaient pas bouger –, mais je n'ai vu que le flou des cartes. Elle les a mélangées, a remis le paquet en forme et l'a posé sur table pour le présenter à Raymond.

– Coupe, s'il te plaît.

– N'importe où ?

– C'est ton destin, Raymond.

Il a tendu le bras, hésitant un instant, puis il a soigneusement coupé les cartes. Elle lui a dit de reposer son paquet sur la table. Il s'est exécuté et elle a replacé les deux tas au centre.

– Choisis une pile, s'il te plaît.

Raymond a tendu un doigt, toujours en hésitant avant de désigner celle de gauche. Elle a retiré la pile de droite et l'a fait disparaître sous la table, avant de saisir la pile restante. Les yeux fermés, elle a pris de profondes inspirations et a distribué les cartes. Elle les a retournées avec une lenteur infinie en plaçant chacune d'elles avec beaucoup de soin, face apparente sur la table.

À la troisième, je commençais à me dire que ça risquait de prendre des heures, mais elle s'est brusquement arrêtée. Elle a ouvert les yeux et écarté le restant de la pile. Elle a ensuite observé intensément les trois cartes sur la table.

Quelque chose s'est alors produit en elle. J'ignore ce que c'était et ça n'a duré qu'une seconde, mais durant ce bref instant, on aurait cru qu'elle venait de voir une chose effrayante. Ses yeux se sont éteints, son corps s'est raidi, et une exclamation de stupeur a paru mourir dans sa gorge. J'ai d'abord cru qu'elle faisait une attaque, et puis j'ai compris : c'était les cartes. Quelque chose l'avait choquée, qu'elle seule pouvait voir. Moi je ne voyais rien. Seulement trois cartes, tout ce qu'il y avait de plus ordinaire : le neuf de pique, le dix de pique et l'as de pique. En dépit de son interprétation, et de leur signification, elle s'est très vite reprise. Avant même que j'aie pu réagir, elle avait déjà presque retrouvé le calme qui la caractérisait. Si sa voix n'avait pas exprimé un léger tremblement en déchiffrant les couleurs pour Raymond, j'aurais pu croire que je me faisais encore des idées.

– C'est ton passé, Raymond, a-t-elle dit en désignant le neuf de pique, à sa gauche. Ça n'a pas toujours été très joyeux, n'est-ce pas ? Elle a dévisagé Raymond. Des temps difficiles… passés à chercher des choses… des choses qui n'étaient pas toujours là. Elle s'est interrompue en regardant à nouveau les cartes, comme submergée par la tristesse.

– À une époque, tu avais ce que tu désirais. Tu étais jeune… Il y avait de l'intimité. Une sécurité. Mais depuis… trop de soucis. Trop de malentendus… Des désirs qui s'égarent…

Elle a levé les yeux, ses yeux semblaient chercher au-delà de la pièce.

– Il ne faut rien blâmer, Raymond, dit-elle dans un profond soupir. Toutes ces choses... ton monde... ta façon de voir, la manière dont les autres te perçoivent... toutes ces choses sont tiennes, c'est toi, c'est ta vie... tu le sais, n'est-ce pas ?

– Oui, a soufflé Raymond.

– Tu sais reconnaître les moments de grâce.

Il a hoché la tête.

Elle a jeté un regard au jeu.

– Tes cartes..., a-t-elle poursuivi, laissant sa main planer sur les trois piques. Leur noirceur me parle de temps difficiles. Doute. Angoisse. Peut-être même...

Elle a hésité avant de poser un doigt sur la carte du milieu, le dix de pique.

– Tes moments de grâce... tu dois t'en souvenir. Même maintenant...

Elle a touché les chiffres.

– C'est maintenant, le présent. Une période de grands changements. Tout autour de toi se met en mouvement : tes amis, tes refuges, tes...

Elle a froncé légèrement les sourcils.

– Tes doutes. Tu fais preuve d'une immense bonté.

Il a secoué la tête.

– Non...

– Un désintéressement, alors. Tu te préoccupes des autres sans jamais penser à toi-même.

Raymond n'a rien dit.

Elle a souri.

– Tes moments de grâce humilient les ténèbres.

Raymond n'avait jamais su quoi faire des compliments et lorsque j'ai baissé les yeux pour guetter sa réaction embarrassée, je n'ai pu m'empêcher de sourire en voyant sa nuque s'empourprer. J'ignorais ce que tout cela signifiait, mais j'en éprouvais une immense fierté.

Ce moment était agréable : il a semblé s'éterniser, flotter dans l'air et, alors que je me tenais là, dans le silence rafraîchissant de la tente, je ne cherchais pas à le retenir. Je voulais qu'il soit une fin en soi : plus de mots, plus de bruits, plus de riens. Si j'avais pu agiter une baguette magique pour nous téléporter hors de là, dans la continuité du moment...

Mais il n'y avait aucune magie. Elle n'existe pas.

Et les moments ne durent jamais.

Raymond se frottait la nuque d'un geste nerveux. J'ai observé sa main, ses ongles rongés, l'éclat terni de ses cheveux bruns en bataille... Il s'est penché en avant, pointant du doigt la dernière carte, l'as de pique, les yeux rivés sur cette étrange femme.

– Est-ce que c'est mon avenir ?

Dans ses yeux, je percevais comme une lutte intérieure alors qu'elle l'observait et lorsque enfin, elle a parlé, sa voix était curieusement hésitante.

– C'est parfois difficile... Chaque carte dépend des autres... et parfois, cela rend la lecture confuse...

– C'est un mauvaise présage, a repris Raymond, l'as de pique...

– Pas nécessairement.

– C'est la carte de la mort.

Elle a secoué la tête.

– Les choses ne sont pas simples, Raymond. C'est vrai, cette carte peut être destructrice, mais elle peut aussi symboliser la fin d'une époque dure et le début de quelque chose de nouveau.

– Sans la mort, la vie n'est pas la vie.

Raymond ne la quittait pas des yeux.

– Est-ce que quelqu'un va mourir ?

Elle n'a pas répondu tout de suite et je voulais lui hurler : «Mais ne réfléchissez pas, bon sang ! Dites-lui non !», mais bizarrement, elle ne semblait pas décidée à s'impliquer. J'ai réalisé alors que la question était complexe. Est-ce que quelqu'un va mourir ? Bien sûr que quelqu'un allait mourir. Quelque part, quelqu'un est toujours sur le point de mourir. Mais ça n'était pas ce que Raymond cherchait à savoir et elle l'avait très bien compris.

– Nos avenirs sont infinis, a-t-elle répondu. Chaque seconde de chaque jour, nous choisissons notre chemin. Et chaque fois que nous faisons un choix, un autre aspect de nous-mêmes – un autre «nous» – fait un choix différent. C'est pourquoi tout est toujours possible et tout se produit toujours. Mais parce que nous ne sommes qu'une entité dans une infinité de nous-mêmes, les chances pour que quelque chose nous arrive, à n'importe quel moment ou n'importe quel endroit, sont presque inexistantes.

– Mais pourtant, des choses se produisent, a insisté Raymond.

– C'est vrai.

– De mauvaises choses ?

Elle a acquiescé.

– Parfois…

– Ce soir ?

Pendant une ou deux secondes, elle a observé Raymond sans répondre, de ses yeux noirs qui brillaient, avant de s'enfoncer lentement dans son fauteuil avec un sourire.

– Ce soir, tu devrais rentrer chez toi. Il est tard. Tu as eu une longue journée. Et je crois que ton ami a très envie de s'en aller.

En dépit de tout, je lui ai souri.

Elle m'a rendu mon sourire, avant de se lever et de baisser les yeux vers Raymond. Il n'a pas bougé durant quelques instants. Il restait assis, parfaitement immobile, en examinant les cartes posées sur la table.

– Raymond, l'a-t-elle appelé.

Il a relevé la tête.

– Rentre chez toi, lui a-t-elle dit d'une voix douce.

Il s'est remis debout, titubant légèrement, et lorsqu'il s'est tourné vers moi, son visage était blême.

– Est-ce que ça va ? lui ai-je demandé.

– Oui, a-t-il répondu en souriant. Oui, je vais bien.

Il a jeté un regard confus autour de lui, dans la tente, comme s'il n'était pas certain de savoir où il se trouvait. Puis il s'est retourné vers cette femme en lui adressant un signe de tête.

– Merci, a-t-il dit.

– Merci à toi, a-t-elle répondu en inclinant également la tête.

Ils se sont observés pendant un moment et j'ai cru que l'un deux allait finir par ouvrir la bouche, mais quelques secondes plus tard, Raymond a tourné les talons et s'est dirigé vers la sortie. Je l'ai suivi, et c'est alors que cette femme m'a rappelé d'une voix douce.

– Attends.

J'ai pensé qu'elle s'adressait à Raymond, mais en me retournant, j'ai vu qu'elle se précipitait vers moi, sans me lâcher du regard. Raymond disparaissait derrière le rideau de la tente.

Je me suis tournée vers elle en murmurant :

– Je ferais mieux d'y aller.

Elle a placé une main sur mon bras et m'a regardé dans les yeux.

– Fais attention à lui, a-t-elle soufflé. Je sais que tu ne crois pas à ces choses-là, mais je t'en prie, fais attention.

Elle m'a serré le bras et m'a gentiment poussé vers la sortie.

– Allez… prends soin de ton ami. Ramène-le chez lui.

Raymond m'attendait dehors. Il se tenait là, apparemment inconscient de tout ce qui l'entourait : la foule, le bruit, les lumières, la folie. En m'approchant de lui, j'ai reconnu ce regard que je connaissais si bien, solitaire et perdu. Son calme, son immobilité et le vague et secret tremblement de ses lèvres.

– Hé ! lui ai-je lancé.

Il a levé les yeux.

J'ai souri.

– Les toilettes sont juste là.

– Les toilettes… a-t-il murmuré, en jetant un coup d'œil aux sanisettes.

– Je ne sais pas toi, mais j'ai une sacrée envie.

Il n'a rien répondu, les yeux perdus dans le lointain.

Je l'ai pris par le bras.

– Allez, viens.

– Tu ne crois quand même pas à tous ces trucs-là ? lui ai-je demandé alors que nous nous dirigions vers les toilettes.

– Je pense que ça n'a pas d'importance…

– Quoi ?

– Tout.

– Oui, ai-je repris, mais l'avenir… toutes ces histoires bizarres au sujet de l'infinité et des choix… Enfin, c'est une voyante et elle nous expliquait qu'au fond, il est impossible de savoir ce qui va se passer.

– Ça n'a pas d'importance, a répété Raymond.

Je ne savais plus quoi lui dire. Que peut-on répondre à quelqu'un qui vous répète que rien n'a d'importance ?

– Tout va bien, a soudain repris Raymond. Je sais que je n'ai pas de souci à me faire. Ce ne sont que des cartes. Les cartes ne veulent rien dire.

Il m'a regardé. Ses yeux fiévreux m'inquiétaient.

– Ce que je ne comprends pas, c'est où nous nous trouvons.

– Comment cela ? ai-je répondu en secouant la tête.

– Dans le temps : où on se trouve ? Tu vois… où est-ce qu'on existe ? Quand est-ce qu'on existe ? Dans le passé ? Le présent ? Le futur ? On ne vit pas dans le passé, pas vrai ? Et on ne vit pas non plus dans le futur. Il ne nous reste donc que le présent.

Son sourire avait quelque chose d'un peu trop délirant à mon goût.

– Mais le présent, c'est quand ? a-t-il poursuivi. Maintenant, c'est quand ? Combien de temps ça dure ? Une seconde ? Une demi-seconde ? Un millionième de seconde ? On ne peut pas vivre dans un millionième de seconde, non ? Ça n'a pas de sens.

Pour moi, rien de ce qu'il racontait n'avait de sens.

Brusquement, Raymond a fait une grimace en se tenant le ventre.

– Qu'est-ce qu'il t'arrive ? lui ai-je demandé.

– Je crois que je vais vomir.

Je l'ai accompagné vers une sanisette inoccupée.

– Ça va aller, lui ai-je dit en ouvrant la porte. Tout ira bien.

Il a grommelé en faisant un effort pour grimper à l'intérieur.

– Allez, lui ai-je dit, en le guidant à l'intérieur. Je t'attends là…

J'ai jeté un œil à la cabine adjacente et j'ai vu qu'elle était vide.

– Si je ne suis pas dehors, je serai là-dedans, OK ?

Il a titubé vers les toilettes avant de tirer la porte.

J'ai perçu un haut-le-cœur et des vomissements et ce bruit m'a retourné l'estomac. Avalant péniblement ma salive, je me suis précipité vers la sanisette d'à côté, en ouvrant la porte d'un geste brusque et je me suis penché juste à temps sur la cuvette.

HUIT

Je ne suis pas resté dans cette sanisette plus longtemps que nécessaire. Mais le nécessaire était considérable et, dans ce genre de situation, il est difficile de presser les choses. Je préfère vous épargner les détails, mais s'il vous est déjà arrivé d'être coincé dans une cabine minuscule en tentant désespérément de vous vider par plusieurs orifices à la fois, vous comprendrez de quoi je veux parler...

J'ai fait de mon mieux, j'ai essayé de me dépêcher, et je suis presque certain de ne pas être resté dans ces toilettes si longtemps que ça. Trois ou quatre minutes, peut-être... Cinq, maximum.

D'ailleurs, j'avais dit à Raymond de m'attendre, non ? « Si je ne suis pas dehors, je serai là-dedans. »

Je l'avais bien prévenu.

Mais j'aurais dû être plus prévoyant.

J'aurais dû savoir qu'il ne serait plus là lorsque je ressortirai.

Au début, je ne me suis pas inquiété. J'ai pensé qu'il était toujours enfermé dans les toilettes et même en voyant quelqu'un entrer dans la cabine d'à côté, là où aurait dû se trouver Raymond, j'ai refusé d'admettre que quelque chose clochait. J'imaginais avoir confondu les cabines, tout simplement...

J'imaginais m'être trompé. Raymond se trouvait sûrement dans une autre…

J'essayais de m'en persuader, je le savais très bien.

Sinon pourquoi me serais-je mis à le chercher partout? Pourquoi mon cœur se serait-il mis à battre si vite?

Il était parti. Il n'était plus là.

– Merde, me suis-je entendu murmurer.

Pendant un moment, je suis resté planté au même endroit, à regarder autour de moi, mais la densité de la foule m'obstruait la vue, sans parler de tout le reste… qui tournait, tanguait, clignotait, se fracassait et cette musique de dingue, qui explosait dans les enceintes… c'était impossible.

Raymond aurait pu être n'importe où.

Je suis retourné vers la tente de la tireuse de cartes, pensant qu'il était retourné là-bas. Mais j'ai aperçu la voyante, tranquillement adossée à l'entrée de sa tente, qui observait les passants. Et je savais qu'elle ne l'avait pas vu. Peu importait mon opinion sur cette femme (je crois d'ailleurs que je n'avais pas d'avis arrêté), j'étais certain que si elle avait aperçu Raymond seul, perdu dans la foule, elle ne se tiendrait pas là, tranquille et nonchalante. L'angoisse de sa voix résonnait encore dans ma tête: «Fais attention à lui… prends soin de ton ami… ramène-le chez lui…» Et pour moi, il n'y avait aucun doute: chacun de ses mots était sincère.

Aucun doute.

Je me suis dirigé vers elle.

Je retournais simplement vers sa tente, sans l'ombre d'une hésitation, parce que je ne savais plus où aller. Après tout, je voyais un visage connu au milieu de la foule anonyme, et même si elle ne savait rien (de cela aussi, j'en étais certain), j'aurais au moins quelqu'un à qui parler. J'éprouvais alors une irrépressible envie de me confier.

Tout en marchant, je regardais autour de moi et cherchais vainement Raymond. Devant un petit stand de hamburgers, j'ai cru un instant l'avoir retrouvé. Devant moi, un attroupement de gamins bruyants qui se bousculaient. L'un d'entre eux a plongé d'un côté, envoyant un autre se cogner dans un groupe de filles qui passaient. Un creux s'est aussitôt formé dans la foule compacte qui s'écartait. J'ai alors entr'aperçu un visage morose... un visage familier. J'ai presque immédiatement réalisé que ce n'était pas Raymond et alors même que je m'approchais, je savais déjà qui je m'apprêtais à voir.

Pauly.

Assis sur un banc, à ma gauche, à quelques mètres seulement. Coincé entre le stand de hamburgers et une rangée de bidons d'huile qui débordaient de détritus, le banc le soutenait. Seul, il regardait droit devant lui.

J'ignore pourquoi, mais j'hésitais à le rejoindre. J'ai contourné le stand de hamburgers pour mieux l'observer, dissimulé dans l'ombre. Physiquement, il n'avait rien de commun avec Raymond. En dépit de mon envie, mêlée d'angoisse coupable, de revoir le visage de Raymond, il était difficile de comprendre comment j'avais pu les confondre, même pendant un bref instant. Mais en scrutant le visage de Pauly, j'ai découvert des choses que je n'avais jamais remarquées auparavant : un égarement, une solitude, un côté sombre et soudain, j'ai réalisé qu'il n'était peut-être pas si différent de Raymond.

Il n'avait pas bougé : légèrement voûté, les yeux fixés droit devant lui, observant intensément un point au travers du mouvement de la foule, de l'autre côté de l'allée. En me penchant, j'ai suivi son regard, essayant d'apercevoir ce qui pouvait l'intriguer. Au début, j'ai eu du mal à distinguer quelque chose : les vagues de passants obstruaient le passage, mais après avoir patienté quelques instants, mes yeux se sont habitués aux percées à travers les groupes.

Entre la rangée de toilettes, à droite, et trois camions de forains, garés sur la gauche, se trouvait un carré de terrain sombre. Un autre véhicule fermait ce carré et derrière, je devinais les barrières du terrain de jeu et la rue faiblement éclairée au-delà. Les groupes électrogènes bourdonnaient joyeusement à l'arrière des camions, et les épais câbles noirs serpentaient dans toutes les directions. Le sol piétiné était jonché de canettes de bière vides et de cartons de hamburgers écrasés. Le carré d'herbe était relativement sombre, car les énormes camions bloquaient l'éclairage provenant des manèges les plus proches, mais la lumière ambiante permettait de distinguer les visages et les silhouettes qui se détachaient des ténèbres. La plupart m'étaient inconnus... le genre de figures que l'on s'attend à croiser dans les recoins mal éclairés : des visages durs, inexpressifs et saouls, cachés sous leurs capuches. Ceux-là ne faisaient rien de particulier, ils se tenaient simplement un peu avachis, à observer et à attendre, espérant que quelque chose se passe. Plus loin, légèrement à l'écart, adossées à l'un des véhicules, se dressaient deux silhouettes que je ne m'attendais pas à voir.

Éric Leigh et Wes Campbell.

Voilà ce que regardait Pauly.

Je me suis retourné un instant vers Pauly, en me demandant ce que tout cela signifiait puis j'ai de nouveau observé Éric et Campbell. Debout côte à côte, leurs épaules se touchaient parfois, ils hochaient la tête et bien qu'ils semblaient parfaitement à l'aise l'un avec l'autre, quelque chose paraissait les angoisser. Ils jetaient des regards inquiets aux alentours, surtout Éric qui, selon moi, aurait préféré être ailleurs. En les observant plus attentivement, j'ai compris qu'ils fixaient quelque chose, caché dans l'ombre des sanisettes et j'ai pensé un instant qu'il s'agissait de Raymond. Il était peut-être blessé ou... Et si quelque chose lui était arrivé? En sortant des toilettes, on l'avait peut-être tabassé? Et s'il était maintenant étendu, dissimulé dans le noir derrière les toilettes?

Mais j'ai vite abandonné cette idée. Même si Éric ne s'était jamais préoccupé de Raymond, j'étais certain qu'il ne resterait pas planté comme un piquet en le voyant blessé.

« Non, m'étais-je dit. Même Éric ne ferait pas cela. »

J'ai quand même continué à chercher, scrutant les recoins des toilettes, juste au cas où... Mais il n'y avait aucune trace de quoi que soit. Personne ne s'était fait tabasser et surtout pas Raymond. J'ai aperçu certaines personnes vues en compagnie de Stella un peu plus tôt... quelques membres de son groupe, le type à la caméra, un des gardes du corps et je les ai suivis du regard pendant quelques minutes, mais ils ne faisaient rien de particulier. Ils traînaient simplement dans le coin, en essayant de garder l'air cool: plutôt difficile, lorsqu'on se tient à proximité de sanisettes. Je n'ai vu Stella nulle part, j'en ai donc conclu qu'elle n'était plus avec eux... Et même si c'était le cas, je ne pense pas que Raymond l'aurait de nouveau approchée.

Ou bien?

Bon sang, je ne savais plus quoi penser...

J'ai secoué la tête, agacé de ne plus savoir quoi faire, et je suis allé m'asseoir à côté de Pauly.

Il lui a fallu une ou deux secondes pour réaliser qui j'étais et, dès qu'il s'en est aperçu, son visage a changé. La tristesse a disparu, la solitude l'a abandonné et il a retrouvé son rictus débile habituel.

– Hé, Pete… Ça va ?

Son regard, un instant flou, semblait avoir un temps de retard sur son visage. Essayait-il de l'accorder à son masque comique… ?

– Qu'est-ce qu'il se passe ? m'a-t-il demandé en clignant des yeux et en fronçant les sourcils. Qu'est-ce que tu regardes ?

– Rien…

Secouant la tête, j'ai détourné le regard et me suis forcé à me concentrer.

– Dis, Pauly, est-ce que tu as vu Raymond ?

– Ouais, a-t-il répondu en riant, c'est un type un peu bizarre avec une grosse tête.

– Est-ce que tu l'as vu ? ai-je insisté.

– Pourquoi, tu l'as perdu ?

Je l'ai dévisagé, pour tenter de lui faire comprendre que je savais qui se cachait sous son masque, qu'il n'avait pas besoin de jouer son rôle. J'ignore s'il l'a compris, mais au moins, il a cessé de sourire.

– La dernière fois que j'ai vu Raymond, a-t-il dit en soupirant, il était avec Stella Ross. Elle l'exhibait à travers la fête comme son petit singe, a-t-il ajouté avec un sourire gêné.

– Tu ne l'as pas revu depuis ?

– Non.

– Tu en es sûr ?

– Oui, j'en suis sûr.

Il a sorti une bouteille de vodka Reef de sa poche. Elle était déjà ouverte, mais la capsule avait été replacée sur le goulot. D'un coup de pouce il l'a faite sauter pour en avaler une gorgée, tout en lorgnant du côté d'Éric et Campbell. Il feignait d'observer les alentours, de ne s'attarder sur rien, mais il était maladroit.

– Ils sont toujours là ? lui ai-je lancé.

– Qui ?

– Éric et Campbell.

Il s'est retourné et pendant une fraction de seconde, j'ai lu dans son regard confus qu'il se demandait comment réagir. Il savait que je les avais repérés, mais il ne savait pas depuis quand, ni si je l'avais vu les observer.

– Oui… a-t-il répondu d'une voix hésitante et d'un sourire incertain. Oui… je crois que c'est bien eux.

Il a jeté un nouveau regard au terrain carré, feignant un intérêt relatif.

– Oui… oui, ils sont toujours là.

Il m'a tendu la bouteille.

– Tu en veux ?

La nuit était toujours chaude et moite et après avoir (entre autres) vomi, je me sentais un peu déshydraté. Ma gorge me brûlait horriblement : un goût de bile, amère et fétide, me remontait à la bouche.

– Est-ce que tu as de l'eau ?

Il s'est mis à rire.

J'ai fait un signe de tête en direction de la bouteille.

– Y'a quoi dedans ?

Il a examiné l'étiquette.

– Je ne sais pas… de la vodka, de l'orange… autre chose. Tu en veux ou pas ?

J'ai pris la bouteille et j'ai bu franchement. C'était légèrement pétillant, légèrement orangé, mais principalement alcoolisé. J'ai avalé, mais je ne me sentais guère mieux.

– Qu'est-ce qu'ils fabriquent, là-bas, lui ai-je demandé.

– Qui ?

– Éric et Campbell.

Il a haussé les épaules.

– Aucune idée.

– Ils sont copains, maintenant ?

De nouveau, Pauly a fait un geste d'ignorance.

– Je croyais que tu faisais partie de sa bande.

– Et alors ?

– Tu ne sais pas ce qu'ils fichent ensemble ?

– Pourquoi je le saurais ?

– Ce sont tous les deux tes amis, non ? Tu connais Éric, tu connais Campbell…

– Je connais beaucoup de gens. Ça ne veut pas dire que je sais ce qu'ils font vingt-quatre heures sur vingt-quatre.

Il m'a fait un grand sourire.

– Tu sais ce que font tes amis, toute la journée ?

– C'est différent…

– Tu sais où est Nic', là, tout de suite ? Et Raymond ? Merde, tu as même perdu ton Lapinou !

Il a ri.

– Et moi qui croyais que tu te faisais du souci pour lui.

Je l'ai foudroyé du regard, avec une folle envie de lui casser la bouteille sur la tête, de lui faire ravaler son odieux rictus de crétin… Mais il avait raison. J'avais oublié ce que j'étais censé faire. J'ai secoué la tête, écœuré par ma propre conduite. Qu'est-ce qui se passait dans ma tête ? Pourquoi étais-je incapable de faire les choses correctement ? Pourquoi étais-je incapable de faire quoi que ce soit ?

Alors que je réfléchissais à tout cela, Pauly s'est levé et s'est éloigné. Là encore je suis resté sans réaction. Je ne pouvais que le regarder sinuer à travers la foule, en direction d'Éric et Campbell.

Mais ils n'étaient plus là.

Pauly avait également disparu de mon champ de vision. Il était parti, évanoui, avalé par le monde...

Comme tous les autres.

Je me sentais vraiment mal. Abruti, hébété, barbouillé, tout ce que je pouvais ressentir était... trop. Trop lourd pour me lever. Trop fatigué pour entreprendre quelque chose. Dans ma main, la bouteille de vodka Reef était trop fraîche, trop humide, et trop orangée pour ne pas la boire. Je savais que je ne devais pas, que cela ne me ferait aucun bien, mais je n'avais plus le choix. La bouteille a semblé se lever, puis s'incliner d'elle-même contre ma bouche et avant que j'aie compris comment, elle s'était vidée.

Je l'ai reposée doucement.

J'ai émis un rot sucré.

Et j'ai fermé les yeux.

NEUF

Connaissez-vous cette impression ? La tête qui vrombit, tourne, tourbillonne, encore, encore et encore… On se sent si mal, comme si notre corps allait se retourner entièrement, et la douleur est telle qu'on regrette d'être né.

Vous savez ce que c'est ?

C'est la fin du monde, en pire.

La fin du monde qui n'en finit pas.

Un état merdique, nauséeux. C'est la culpabilité, le remords… une douleur intérieure vous dévore à l'infini, une douleur qui a toujours été présente, et le restera toujours, qu'on soit vivant, mort ou quelque chose entre les deux.

Voilà ce que c'est.

Et voilà ce que j'ai ressenti durant toute cette nuit-là.

J'ignore si c'était uniquement à cause de l'alcool : la tequila, la vodka ou quoi que j'aie pu prendre. C'était peut-être autre chose. L'étrangeté de la nuit, la chaleur, le bruit, les lumières… ou simplement moi. Peut-être que je perdais la boule, que je pétais un plomb, que je devenais dingue. Comment savoir ? Ça n'avait pas d'importance d'ailleurs, car je n'y pouvais rien. À part subir. Et c'est ce que j'ai fait.

J'ai finalement réussi à m'extraire du banc et à me remettre en route, et j'ai marché droit devant moi : j'ai titubé, trébuché, parcouru la fête foraine de long en large, à la recherche de Raymond. Je n'avais aucune idée précise de l'heure qu'il était. Même si je vérifiais fréquemment l'horloge de mon portable, j'oubliais immédiatement ce que je lisais. J'ignore donc combien de temps j'ai passé à errer à travers le parc. Environ une heure... voire deux, mais je ne fais que deviner.

Tout était trop vague.

J'essayais d'être méthodique dans mes recherches, de suivre une certaine logique, mais la façon dont les forains s'étaient installés n'avait rien de logique. Tout était placé n'importe où. Je ne voyais rien susceptible de me guider, m'orienter et peu importait la direction que j'essayais de suivre, je tournais en rond. J'étais seulement capable de continuer. À marcher, à errer et à espérer.

J'ai cherché partout.

Chaque allée, chaque manège, chaque stand. Les espaces vides entre les manèges et tout autour des manèges. Les auto-tamponneuses, les carrousels, derrière les sanisettes... Le stand de hamburgers, le Twister, le grand huit...

Rien.

La tente de la voyante était fermée. Le coin désert des enfants était toujours désert...

Rien.

Pas de Raymond.

Aucune trace de lui nulle part.

Je n'ai pas non plus recroisé Pauly. Ni Pauly, ni Éric, ni Campbell, ni Stella. Le seul visage connu que j'ai aperçu, vaguement flou, était celui de Nicole.

Je longeais une allée, entre le grand huit et le parking des véhicules des forains, lorsque j'ai vu Nicole et le type du manège qui arrivaient en sens inverse. Il avait le bras autour de ses épaules et tous deux titubaient et trébuchaient constamment. Le type semblait avoir l'alcool joyeux, les yeux dans le vague et le sourire de travers. Pour Nicole, c'était moins certain. Dans mon état avancé, j'avais peine à deviner son état d'esprit. Elle souriait, mais son regard semblait éteint. Elle s'agrippait à ce type, mais paraissait répugner à le toucher. Alors qu'ils s'approchaient de moi, elle m'a regardé dans les yeux, sans me voir.

– Hé, Nic', lui ai-je lancé, en lui faisant face. Est-ce que tu as vu Raymond ? Je le cherche partout… Nic' ? Nicole ?

Elle ne m'a pas répondu. Je crois qu'elle ne m'a même pas entendu. Et avant que j'aie pu ajouter quelque chose, ils avaient quitté l'allée et se dirigeaient d'un pas hésitant vers les véhicules des forains.

Après cela, je n'ai plus cherché très longtemps. Il commençait à se faire tard et la foule se dispersait à mesure que les manèges fermaient. Et moi, j'en avais ma claque. J'avais bien dû faire douze fois le tour de la fête foraine et je ne voyais aucun intérêt à continuer. J'avais déjà cherché partout, je n'avais rien laissé au hasard. Que pouvais-je tenter de plus ?

Et puis, je recommençais à me sentir mal. Quelque chose tambourinait dans mon crâne et j'avais mal aux pieds. Et je me sentais toujours aussi bizarre… j'entendais des bruits bizarres, j'imaginais des sensations bizarres dans mon corps, je voyais des choses bizarres. J'étais incapable de déterminer ce qui était réel.

Je le suis toujours.

Tout ce que je sais – ou plutôt ce que je crois savoir –, c'est que j'étais assis sur un tas de planches de bois, près de la sortie, à me demander quoi faire. Les derniers fêtards passaient près de moi en traînant les pieds et j'ai alors pensé que je devrais les suivre. Oublier tout le reste. Oublier Raymond, en finir avec cette soirée et rentrer chez moi.

Prendre un peu de repos.

Prendre le temps demain matin.

Reprendre une vie normale.

J'essayais de l'imaginer : dimanche matin, le tintement lointain des cloches, la lumière du soleil et moi, qui descends la rue, vers la maison de Raymond. Je suis la ruelle, je tourne à gauche et j'arrive devant le portail de derrière, je sens sa présence...

Et c'est là que je l'ai sentie. Sa présence.

Juste là, à cet instant. Et lorsque j'ai levé la tête et regardé le parc, je l'ai vu.

Il était sur le carrousel : un manège à l'ancienne, aux couleurs chatoyantes. Il se trouvait à une vingtaine de mètres de moi, juste à droite de l'entrée et je ne comprenais pas pourquoi je ne l'avais pas remarqué auparavant. J'avais ratissé le moindre centimètre carré du terrain, j'avais vu tout ce qu'il y avait à voir : manèges, stands... absolument tout. Pourquoi, alors, n'avais-je pas aperçu ce carrousel ? Comment avais-je pu le manquer ? Il était juste là, devant moi : un carrousel aux ornements somptueux, tout droit sorti d'un rêve. Un arc-en-ciel de chevaux de bois : blanc, argenté, écarlate, à pois... Leurs brides étaient d'or et leurs yeux d'azur, sous des crinières fluides et splendides...

Et Raymond.

Il était là, lui aussi. Juché sur une monture d'un noir de jais, il tenait fermement la barre argentée en volute qui le maintenait et me souriait, à mesure que le carrousel poursuivait lentement sa révolution...

C'était irréel, je le savais.

Un orgue de barbarie jouait au loin, accompagné de cor-
nemuses et d'un tambour, dont les sons tourbillonnaient.
J'entendais des rires d'enfants, des voix enjouées, des petits
cris d'amusement... mais aucun enfant n'était en vue. Il
n'y avait personne, d'ailleurs. Le seul être dont je notais la
présence était un homme moustachu à l'allure curieuse, qui
se tenait dans l'ombre en observant le carrousel. Il avait
l'expression d'un père trop inquiet, qui surveille son enfant
de loin... Mais aucun enfant n'était sur le manège. Il n'y
avait personne.

Personne, sauf Raymond.

Je l'ai vu reparaître de l'autre côté du manège. Il me souriait
toujours, accroché à la barre de son cheval, mais ce n'était
plus un cheval qu'il montait, c'était un lapin. Un lapin grand
comme un cheval. Il était magnifique : vernis et lisse, avec des
yeux d'un noir luisant, un collier de fleurs autour du cou.
Son museau exprimait une sorte de perplexité.

J'ai souri pour moi-même.

Le carrousel tournait toujours, éloignant Raymond.
J'attendais qu'il le ramène vers moi lorsque je me suis demandé ce qu'il se passerait si je décidais de le rejoindre. Il y
avait de la place sur le manège. J'aurais pu monter n'importe
quel cheval, ou lapin... Nous serions restés assis, ensemble,
comme deux cow-boys égarés qui tournent en rond, qui ne
vont nulle part et j'aurais demandé à Raymond s'il allait bien,
où est-ce qu'il était passé, et ce qu'il avait vu...

Mais au bout d'un moment, j'ai réalisé qu'il était trop tard.
Raymond n'était plus là. Le carrousel tournait toujours, mais
le lapin grand comme un coursier était redevenu un cheval
de bois et sa selle dorée était vide.

Raymond avait disparu.

Et l'homme à la moustache avec lui.

Ensuite, ma conscience m'a échappé. Sur l'instant, je devais savoir ce que je faisais, où j'allais et je me rappelle avoir songé combien tout ce qui m'entourait était limpide... c'était vrai. Tout autour de moi me semblait soudain plus évident : mes pensées, mes sens, mes sentiments, le monde... Mais ce genre de clarté fonctionne d'une façon isolée, comme le faisceau surpuissant d'un lampe éclairant une chose à la fois. Et lorsque le spot changeait de cible, pour se braquer sur autre chose, j'oubliais ce que je laissais dans le noir.

J'existais seulement dans une série de moments tout à fait lucides, qui n'étaient pas reliés entre eux. C'était une chose, puis une autre. Une pensée, puis une autre. Un pas, un autre.

Un pas à la fois.

Voilà comment j'ai quitté la fête foraine avant de retraverser le terrain de jeux : un pas à la fois... D'abord le long du chemin, loin des lumières plongeant dans les ténèbres... Un pas, puis un autre... un pas, puis un autre... j'ai passé les portes du terrain de jeux. Je me posais des questions rapides et dérisoires : restent-elles ouvertes toute la nuit. Quelqu'un vient-il les fermer ? Et qui ? Un forain ? Quelqu'un de la mairie ? Un policier ?

Je me suis arrêté derrière les grilles et j'ai regardé autour de moi, essayant de décider quelle direction prendre. La petite rue qui remontait vers le Chemin de traverse était à ma droite, celle à ma gauche m'amènerait à la route qui borde l'ancienne usine et à l'extrémité nord de St-Leonard.

J'ai vérifié l'heure sur mon portable.

J'ignore pourquoi – l'heure n'avait plus d'importance et mon téléphone à peine remis dans ma poche, j'avais oublié ce qu'il indiquait.

En jetant un œil sur ma droite, j'ai aperçu quelqu'un qui quittait la petite rue pour suivre le Chemin de traverse. Je n'ai fait que l'apercevoir, il faisait assez sombre, et j'avais du mal à me concentrer sur tout ce qui se trouvait à plus de quelques mètres… mais pendant une seconde, j'étais persuadé qu'il s'agissait du moustachu bizarre. Je n'avais pas vu son visage, impossible donc, de savoir s'il portait une moustache, mais quelque chose chez lui… une impression, une intuition… sa posture légèrement voûtée, sa façon de se mouvoir…

Il se déplaçait comme un moustachu bizarre.

J'ignore en quoi sa vue me perturbait et il était fort probable que je l'aie imaginé. D'ailleurs, pendant quelques instants, après sa disparition, j'étais certain de l'avoir rêvé. Mon cœur s'était tout de même emballé et j'ai continué à regarder par dessus mon épaule toutes les cinq minutes jusqu'à ce que j'atteigne la lumière rassurante de l'avenue.

La maison de Nic' et Éric se situe environ aux deux tiers de la route, à une trentaine de mètres de l'entrée principale de la vieille usine. C'est un vieux pavillon individuel, légèrement à l'écart de la chaussée, avec un petit jardin, une allée de gravier et des affiches placardées sur toutes les fenêtres. Monsieur et madame Leigh sont du genre à coller des affichettes sur leur propres fenêtres: café-théâtre, manifestations, informations du parti écologique…

J'ignore si j'avais sciemment rejoint la maison d'Éric et Nicole. Même en ouvrant le portail et en rejoignant l'allée, je me demandais encore ce que je faisais là. J'étais tellement fatigué et tellement saoul que mon cerveau avait sûrement rétréci. Il était toujours là, il fonctionnait encore, mais il paraissait si petit... si lointain. Comme si mon crâne s'était épaissi, que ma tête n'était plus faite que d'os, et que tout ce qu'il restait de mon esprit était concentré dans un creux minuscule à l'intérieur.

« Qu'est-ce que tu fais là ? a dit le petit cerveau.

« Quoi ?

« Qu'est-ce que tu fais là ?

« Je n'en sais rien.

« Il n'y aura pas de fête d'adieu...

« Je sais.

« Nicole n'est pas là, elle est sans doute quelque part avec le type du manège.

« Je ne veux pas voir Nicole.

« Alors pourquoi es-tu là ?

« Je ne sais pas.

« C'est Éric que tu cherches ?

« Non.

« Pauly, alors ?

« Sûrement pas.

« Raymond ?

« Oui, voilà, c'est Raymond. Voilà pourquoi je suis là : je cherche Raymond.

« Et pourquoi Raymond serait-il là ?

« Je n'en sais rien.

« Tu lui as dit que tu serais là, après la fête ?

« Je ne m'en souviens plus...

« Bon dieu, qu'il fait chaud ! »

J'ai approché de la porte d'entrée en titubant un peu et j'ai essayé de me rappeler avoir prévenu Raymond au sujet de la soirée d'adieu… Trop dur de penser. Mon crâne était trop plein.

Je me suis penché en arrière pour observer la maison. Les lumières étaient éteintes, les rideaux étaient tirés. Tout paraissait silencieux et désert. Je savais qu'il n'y avait personne, mais j'ai quand même tendu le bras et appuyé sur la sonnette.

Le bruit n'avait pas changé : un lointain « ding, dong » a résonné à l'intérieur. Subitement, je me suis rappelé toutes ces fois où je m'étais tenu devant cette porte, pour venir voir Nicole ou Éric, murmurant un timide bonjour lorsque l'un de leurs parents ouvrait la porte. Monsieur Leigh et son visage anguleux, ses cheveux longs jusqu'aux épaules et son regard d'un bleu déstabilisant. Et madame Leigh, qui me mettait toujours mal à l'aise avec ses robes très courtes, sa beauté sombre, ses yeux noirs et son petit accent français.

Mais personne n'était là ce soir.

Personne à l'intérieur.

La maison était vide…

« Qu'est-ce que tu fais là ? »

Je ne m'en rappelais pas… c'était pour… une chose qui m'avait échappé. Quelque chose au sujet de Raymond… quelque chose…

Mais quoi ?

J'étais trop épuisé pour m'en rappeler.

Je me suis assis sur le perron.

L'air était chaud.

Le ciel a tremblé dans le lointain.

J'étais si fatigué…

J'ai enfoui ma tête dans mes mains et j'ai fermé les yeux.

DIX

Je me suis réveillé au son de la terre qui tremble. Un court instant, je me suis demandé si j'étais mort et parti en enfer. Ma tête explosait, mes yeux me brûlaient. Tout autour de moi éclatait et grondait. Puis quelque chose s'est illuminé dans le lointain, un autre craquement a fendu l'air et un rideau de pluie s'est abattu sur le sol, dense comme une tempête tropicale. Tout m'est alors revenu.

La maison d'Éric et Nic'.

J'étais devant chez eux. Assis sur le perron, j'étais trempé jusqu'aux os et il semblait faire jour. J'étais frigorifié, désorienté et j'avais mal aux fesses... J'avais dû rester assis là pendant des heures. J'avais dû m'endormir.

L'éclair a frappé de nouveau, le tonnerre a déchiré l'air, et soudain : le déluge. J'ai détendu mes jambes ankylosées et, péniblement, je me suis mis debout. Pas la peine de m'abriter : mes vêtements étaient trempés, mais je me suis appuyé dans l'encadrement de la porte. J'étais parcouru de frissons et de spasmes nauséeux. La main tremblante, j'ai saisi mon portable au fond de ma poche et regardé l'heure.

6 : 02

J'ai rangé mon téléphone, jeté un dernier coup d'œil à la maison décidément vide, puis j'ai tourné les talons.

La route était déserte. Le tonnerre semblait s'évanouir dans le lointain, mais il pleuvait toujours et aucune personne normalement constituée ne se serait promenée par ici à une heure pareille. Des rues émanait cette paresse harassée du dimanche matin : la matinée oisive qui suit les sorties du samedi soir. J'avoue sans honte avoir pris du plaisir dans cette ambiance morose et mélancolique. Je voulais que tout, autour de moi, soit morne. J'avais passé une nuit démente. J'avais perdu Raymond. J'avais tout fichu en l'air avec Nicole. J'étais gelé, trempé et j'avais toujours mal au crâne...

J'avais une monstrueuse envie de me plaindre.

Et c'est ce que j'ai fait.

À travers la pluie d'été glaciale, je boudais, je frissonnais, je souffrais et je me vautrais dans la moindre pensée négative qui me traversait l'esprit. J'avais beau savoir que c'était égoïste, puéril, je m'en fichais. Je voulais me complaire dans mon malheur. Égoïste et puéril. Comme ce type, dans les films, qui traverse une mauvaise passe sur fond de musique déprimante, j'aurais voulu moi aussi ma bande originale dégoulinante et un million de spectateurs qui me regardent derrière un écran.

Mais on ne peut pas tout avoir.

J'ai continué à me morfondre dans un silence invisible, le long de St-Leonard Road, en prenant à gauche, sur Hythe Street, devant le passage qui descend jusqu'à la rivière...

Les grilles étaient ouvertes, on avait fracassé le cadenas qui les maintenait fermées. Des traces de pneus encore fraîches conduisaient à la rive et dans l'air flottait l'odeur suffocante du caoutchouc brûlé. Pas de quoi s'inquiéter : sans doute une voiture volée. Presque tous les week-ends, on en retrouve une ou deux en flammes au bord de l'eau. Elles se consument généralement pendant un jour ou deux, avant que la police ne se décide enfin à les faire enlever. Un employé de la mairie vient ensuite remettre un nouveau cadenas et une nouvelle chaîne sur la grille, mais ça ne change strictement rien. Les gamins qui volent ces voitures tiennent à les amener jusqu'à la rivière, à les conduire un peu avant d'y mettre le feu, point.

J'ai continué mon chemin.

Il pleuvait un peu moins fort. L'orage avait délavé le ciel du petit matin et en descendant la rue pour rentrer chez moi, j'ai aperçu une faible lumière à la fenêtre de la cuisine. La voiture de mon père était garée devant la maison, j'en ai donc conclu qu'il venait de rentrer du boulot et se préparait une tasse de thé avant d'aller se coucher.

Est-ce que j'avais encore l'air défoncé ? Pas moyen de tromper mon père… Il lui suffisait de me regarder dans les yeux pour savoir ce que j'avais fait. Généralement, il était assez compréhensif. Enfin, s'il n'en faisait jamais tout un plat, il n'était pas non plus du genre mollasson. S'il trouvait que je dépassais les bornes, il ne laissait pas courir. Il voulait qu'on parle, d'homme à homme, et m'assenait ses quatre vérités.

Et pour l'instant, je n'étais pas capable d'affronter ça.

Je n'avais pas envie d'être un homme.

Je ne voulais pas de ses vérités.

J'ai donc traversé la rue – comme pour me rendre invisible – et j'ai continué jusque chez Raymond.

La maison était sombre, toujours aussi décrépite, déprimante et, en suivant la ruelle jusqu'au portail, un frisson glacé m'a parcouru. Quelque chose clochait. Dans l'air flottait… comme un manque… un vide quelconque. Je me suis arrêté, jetant un œil aux alentours. Des sacs-poubelles trempés s'étaient renversés de tous les côtés, leur contenu mouillé était éparpillé sur le sol (un amas de papiers absorbants tâchés, des os de poulet, des morceaux de viande verdâtre). Prenant de profondes inspirations pour me calmer, mon estomac s'est retourné à l'odeur de ce tas de pourriture. J'ai fermé les yeux quelques instants, m'appliquant à dompter la nausée, et dans ces ténèbres passagères, j'ai soudain compris ce que représentait ce vide… C'était Raymond. Sa présence. Elle n'existait pas. Il n'y avait rien. Plus aucun sentiment lié à Raymond. Je ne sentais ni sa présence ni son absence.

Tout ce que je percevais, c'était une brusque et sinistre terreur.

Je ne voulais plus rouvrir les yeux.

Je ne voulais plus rien voir…

Mais je savais qu'il le fallait.

J'ai ouvert les yeux et regardé à mes pieds.

J'ai vu le sol, le macadam craquelé… ce petit monde grisâtre et caillouteux, peuplé de gravillons, de ressemelage d'asphalte, de colonies d'insectes et de poussière. J'ai remarqué une suite de petites tâches marron et de flaques menant au portail de Raymond. Et juste devant, là où le sol était sec, j'ai vu du sang.

Il y en avait très peu… quelques taches dispersées…

Mais le sang reste le sang.

Rien n'est plus criant que sa couleur cramoisie.

Il était là…

Il me hurlait sa violence.

Du sang, bon Dieu. Du sang !

Minuscule, frigorifié… comme un enfant perdu dans un endroit inconnu, j'ai levé lentement les yeux vers le portail, quelque chose en moi s'est éteint. Je ne savais plus ce que je faisais. J'agissais sans m'en rendre compte. Et lorsque j'ai vu ce qui pendait au portail, empalé sur un clou rouillé, je n'y ai d'abord pas cru. C'était forcément autre chose... un gant ramassé... un vieux t-shirt noir roulé en boule... peut-être les lambeaux d'un jouet en mousse.

Mais ce n'était pas un jouet.

Les jouets en mousse ne saignent pas.

Les mouches ne s'amassent pas autour de leurs yeux vitreux.

Non...

J'ai fermé les yeux, espérant qu'il allait disparaître... mais lorsque je les ai rouverts, la tête de Lapin Noir était encore là, empalée sur le portail, à goutter rouge sous le rideau de pluie grise.

ONZE

Face à cette vision épouvantable, j'ai cru me liquéfier. Impossible d'encaisser. Trop absurde, trop malsain. Trop morbide pour le comprendre. C'était le lapin de Raymond, son lapin immortel. Mais il n'avait plus rien d'un lapin. Même plus une tête de lapin. Rien qu'une chose... petite, noire, martyrisée. Des dents, de la fourrure, des os, du sang... au milieu des mouches et de la pluie... un crâne qui pend sur un clou rouillé.

Mon dieu...

J'ai baissé les yeux, en essayant de reprendre mon souffle, de ne pas vomir. À présent, j'étais trempé de sueur. Mes jambes tremblaient et le dégoût me montait aux tripes. Soudain plié en deux, une main sur l'estomac, j'ai vomi.

Mon corps a semblé se remettre un peu, mais le choc m'avait vidé le crâne. Voilà pourquoi, j'imagine, je ne suis pas rentré chez moi en courant. Ç'aurait été la chose la plus logique à faire. Rentrer chez moi, prévenir mon père et le laisser gérer le « reste », quel qu'il soit.

Mais la logique ne faisait plus partie de moi. J'étais presque inconscient. J'agissais sans même réfléchir.

En ouvrant le portail avec mon coude, sans oser regarder, j'ignore ce que je comptais faire. Ma tête était vide ; le jardin aussi. J'ai hésité pendant presque une minute... deux minutes... parfaitement immobile, j'écoutais avec attention les bruits alentour et je scrutais les ténèbres de la pelouse détrempée, les bordures boueuses, les buissons ruisselants. Personne. Rien de suspect. J'ai pris une profonde inspiration, passé le portail, puis jeté un œil à la remise au fond du jardin. La porte était ouverte, et quelques objets éparpillés à l'entrée : une vieille pelle, des sacs en plastique bleu, un rouleau de grillage. Mon sac à dos s'y trouvait aussi. Mais je n'y ai pas accordé davantage d'attention. Car c'est la cage du lapin, près de la remise qui attirait mon regard... ou plutôt, ce qu'il en restait. On l'avait réduite en morceaux. Quelqu'un l'avait mise en pièces avant de la piétiner.

À côté de la cage se trouvait le corps sans tête du malheureux Lapin Noir, gisant dans une flaque, le cou béant, déchiqueté et rouge... Sa fourrure trempée était foncée par le sang.

On lui avait arraché une patte.

Là, j'ai perdu la tête. Tout en moi s'est mis à bouillir : le choc morbide de la vision, la peur... et je me suis mis à courir. Le long du jardin, en laissant cette horreur derrière moi, jusqu'à la porte de la maison.

– Raymond ! ai-je hurlé en tambourinant à la porte. Raymond !

Je devais avoir l'air d'un fou, mais ça m'était égal. J'ai continué à cogner sur le bois en hurlant à pleins poumons.

– Raymond ! Tu es là ? C'est moi, c'est Pete... Raymond ! Raymond ! Raymond !

Jusqu'à ce qu'enfin, j'entende le cliquetis d'une fenêtre qu'on ouvre et une voix gutturale, qui me criait d'en haut :

– Qu'est-ce que c'est que ce bordel ?

J'ai reculé et aperçu le père de Raymond penché à la fenêtre, qui me jetait un œil furibond (torse nu, les yeux injectés de sang et gonflés). Je venais sans doute de le réveiller et il avait visiblement des envies de meurtre.

– C'est moi monsieur Daggett, ai-je crié, Pete Boland.

Il a plissé les yeux.

– Hein... ?

– Il faut que je voie Raymond, ai-je poursuivi. C'est très important...

– Raymond ?

– Oui. Est-ce qu'il est là ?

– Bon Dieu, gamin, tu sais l'heure qu'il est ?

– Oui, je sais, je suis vraiment désolé...

– Du balai ! a-t-il lancé en faisant un geste de la main. Dégage !

– Non, vous ne comprenez pas...

– Je te le redirai pas.

– Il a disparu.

Monsieur Daggett a semblé hésiter, tout en se frottant les yeux.

– Qui a disparu ?

– Raymond...

– Comment ça, disparu ?

– Je ne sais pas où il est, ai-je repris. Il n'a sans doute pas vraiment disparu... mais nous étions ensemble à la fête foraine et nous avons été séparés... Et j'ai peur qu'il lui soit arrivé quelque chose...

J'étais maintenant très agité. Je m'escrimais à expliquer une situation improbable.

– Son lapin, ai-je lâché précipitamment, en pointant le jardin du doigt. Quelqu'un a tué son lapin...

C'est alors que j'ai entendu la voix de madame Daggett; un gémissement lointain et agacé.

– Qu'est-ce qui se passe, Bob ? À qui tu parles ?

– C'est rien, a répondu monsieur Daggett. Retourne te coucher.

– Tu peux dormir, toi, avec tout ce vacarme ? a-t-elle coupé. Qu'y a-t-il, bon sang ?

– C'est juste un gamin, a soupiré monsieur Daggett. Il veut savoir où est Raymond.

– Quel gamin ?

– Celui qui habite en haut de la rue... Le gosse du flic.

– Qu'est-ce qu'il veut ?

– Je viens de te le dire, il cherche Raymond.

– Il n'est pas là.

Monsieur Daggett l'a regardée par-dessus son épaule.

– Tu es sûre ?

– Oui, il n'est pas rentré de la nuit... il est probablement encore dans le jardin. Allez, Bob, ferme cette fenêtre, j'essaye de dormir, moi.

Monsieur Daggett s'est retourné.

– Il n'est pas là.

– Il n'est pas dans le jardin, ai-je insisté. Quelqu'un est venu, quelqu'un a saccagé le clapier... Non, attendez !

Monsieur Daggett refermait la fenêtre.

– Attendez une minute ! ai-je crié. Qu'est-ce que vous faites ? Vous ne pouvez pas... hé, écoutez-moi !

La fenêtre a claqué d'un coup sec.

– Monsieur Daggett ! ai-je crié.

Il a tiré les rideaux.

– Merde !

Je suis resté là quelques instants, à fusiller la fenêtre du regard. Je voulais crier, hurler, le forcer à m'écouter… mais je savais que je perdais mon temps. Monsieur Dagget se foutait de tout… De Raymond, de Lapin Noir, de tout… fin de l'histoire. Ça ne servait à rien de se mettre en colère.

J'ai tourné les talons et je me suis remis à courir. Jusqu'au fond du jardin, vers le carnage, j'ai passé le portail, remonté la ruelle…

La pluie s'est remise à tomber dru, mais je m'en rendais à peine compte. La peur et la colère me faisaient courir jusqu'en haut de la rue. J'ai passé le portail, fait le tour de chez moi et j'ai ouvert brutalement la porte d'entrée, faisant irruption dans la pièce, complètement essoufflé…

– Pete ? a appelé mon père. Que se passe-t-il ? Qu'est-ce qui t'arrive ?

Assis à la table de la cuisine, il tenait une grande tasse de thé à la main. Il était surpris de me voir. Dans ses yeux, j'ai lu une brusque frayeur, mais sa voix restait posée. Sa préoccupation était calme et mesurée.

– C'est Raymond… ai-je haleté, en essayant de reprendre mon souffle. Je crois qu'il lui est arrivé quelque chose… et son lapin…

– Allez, a dit mon père en se levant. Allez, calme-toi une seconde, prends ton temps…

Il s'est approché, a passé son bras autour de mes épaules et m'a guidé jusqu'à la table.

– Assieds-toi, a-t-il ajouté rapidement. Inspire profondément.

Je me suis assis, en essayant de calmer ma respiration et de me calmer en même temps.

– Est-ce que ça va ? Je veux dire, tu n'es pas blessé, au moins ?

J'ai secoué la tête.

Il s'est assis à côté de moi.

– Tu veux un verre d'eau ?

– Non... Non, ça va, merci.

– Tu es sûr ?

– Oui... Ça va.

Mon père a posé sa main sur mon bras.

– Bon, maintenant raconte-moi ce qui s'est passé.

Évidemment, je ne lui ai pas tout dit. D'abord, je n'en avais pas le temps et je pensais sincèrement que la plupart des événements de cette soirée étaient insignifiants. Mais il y avait aussi tout ce que je ne pouvais pas lui raconter, comme l'alcool, le joint, et la succession de moments bizarres qui s'étaient produits, comme la dispute avec Nicole, dans la cabane...

Après tout, c'était mon père.

On ne peut pas tout dire à son père.

Mais je lui en ai raconté autant que possible : Raymond avait disparu à la fête foraine ; je l'avais cherché partout ; j'étais rentré jusque chez lui où j'avais retrouvé le lapin mutilé...

– Quelle heure était-il ? m'a demandé mon père.

– C'était à l'instant... il y a peut-être dix minutes...

J'ai regardé la pendule de la cuisine : il était presque sept heures moins le quart.

– J'ai dû arriver sur place vers six heures et demie.

– Donc, quand tu as vu la tête du lapin accrochée au portail, qu'est-ce que tu as fait ensuite ?

Je lui ai alors parlé de la cage en morceaux, des restes du lapin noir par terre et de monsieur Daggett que j'avais réveillé pour le prévenir.

– Et qu'est-ce qu'il t'a répondu ?

– Pas grand-chose... ai-je marmonné en secouant la tête. Il ne voulait rien savoir, Papa. J'ai bien essayé de lui parler de Raymond, mais il s'en moquait complètement...

– Il est allé voir si Raymond était dans sa chambre ?

– Non... mais j'ai entendu madame Daggett lui dire que Raymond n'avait pas passé la nuit chez eux.

– Il devait rentrer chez lui ?

– Je ne sais pas...

Mon père m'observait fixement.

– Je croyais que vous deviez dormir chez Éric et Nicole.

– Oui, mais j'ignore si Raymond devait venir ou non. Enfin... Nicole ne l'avait pas vraiment invité... et de toute façon, ça ne s'est pas fait.

– Qu'est-ce qui ne s'est pas fait ?

– La soirée chez Nicole et Éric...

Il a froncé les sourcils.

– Tu n'as pas dormi chez eux ?

– Non.

– Pourquoi ça ?

– Je ne sais pas... On s'est séparé à la fête foraine et j'ai cherché Raymond pendant des heures...

– Alors, où as-tu passé la nuit ?

Je me suis frotté les yeux.

– Je suis allé jusque chez Éric et Nicole, mais il n'y avait personne...

– Et alors ?

– Je les ai attendus.

– Toute la nuit ?

– Je me suis endormi sur le perron.

– Tu t'es endormi ?

– Oui, j'étais fatigué.

Mon père a observé mes pupilles.

– Quelle quantité d'alcool as-tu ingurgitée ?

J'ai secoué la tête.

– J'étais juste fatigué, Papa. Il était tard, j'ai parcouru la fête foraine de long en large toute la soirée...

Je l'ai regardé dans les yeux.

– Que penses-tu faire pour Raymond ? Je suis vraiment inquiet.

Mon père a soupiré.

– Je crains qu'il n'y ait pas grand-chose à faire pour le moment.

J'ai écarquillé les yeux, incrédule.

– Comment peux-tu dire une chose pareille ? Il faut réagir ! Il a disparu, et on a tué son lapin...

– Nous ne sommes pas certains qu'il ait disparu, Pete, a calmement répondu mon père. Il pourrait être n'importe où...

– Où, par exemple ?

Il a haussé les épaules.

– Avec des copains...

– Raymond n'a pas de copains !

– Si ça se trouve, il est chez lui...

– Mais il n'y est pas ! D'après sa mère, il n'est pas rentré de la nuit.

– Je sais, mais nous ne pouvons pas en être certains.

– Il a disparu, Papa ! Tu dois faire quelque chose !

– Pete, calme-toi un peu, a-t-il murmuré en posant une main sur mon épaule. Je n'ai pas dit que je resterai les bras croisés, mais je ne peux pas le faire porter disparu simplement parce que tu ignores où il se trouve.

– Et pourquoi ?

– Écoute Pete, a-t-il repris, j'irai parler à ses parents et voir ce qu'ils ont à dire, d'accord ? Si Raymond n'est pas là-bas, je les persuaderai de signaler sa disparition et nous nous mettrons à sa recherche.

– Et s'ils refusent ? Tu sais comment ils sont, Papa… ils se foutent complètement de leur fils. Depuis toujours. Et pour son lapin ? Tu ne pourrais pas demander à la police scientifique d'y jeter un œil… ?

Mon père a secoué la tête.

– Voyons, Pete… Tu sais très bien que ce n'est pas possible.

– Pourquoi ça ?

Il s'est levé.

– Je vais m'en occuper, d'accord ? Je vais y aller tout de suite. Laisse-moi simplement prévenir ta mère…

Il a traversé la cuisine en traînant le pas et moi, je fixais la table, en essayant de comprendre mes sentiments. J'étais bien sûr content que mon père s'occupe de la disparition de Raymond, et je comprenais qu'il ne puisse pas faire davantage… Je savais que quelques vérifications préalables étaient nécessaires et que le lapin mort n'était qu'un lapin mort… Peut-être que je m'inquiétais trop, que je tirais des conclusions idiotes… peut-être que je faisais tout un plat pour rien.

Mais si j'avais raison ?

Et si… ?

Mon père passait la porte de la cuisine et j'allais lui dire quelque chose lorsque son portable a sonné. Il l'a sorti de sa poche, a ouvert le clapet avant de le coller à son oreille.

– Boland, a-t-il marmonné.

Il écoutait attentivement son interlocuteur et j'ai compris à son expression que c'était un appel du boulot, quelque chose d'important.

– Oui, oui, je la connais... C'est arrivé quand ?

Il m'a alors jeté un regard. Dans ses yeux, j'ai lu quelque chose que je ne comprenais pas... comme un secret... ou du soupçon.

– Pouvez-vous m'accorder une demi-heure, Monsieur ? J'étais sur le point de... non, non, je comprends... Oui, bien sûr... Bien, j'y serai dans dix minutes.

Il a refermé son téléphone et soupiré.

– Qu'est-ce qui se passe ? lui ai-je demandé.

Il m'a dévisagé.

– Je dois y aller... Ils ont besoin de moi au commissariat.

– Et pour Raymond ? Tu ne peux pas laisser les choses...

– Je suis navré, Pete, a-t-il repris. C'était le bureau. Il faut que j'y retourne.

– Pourquoi ?

Pendant quelques secondes, il a paru gêné, presque embarrassé.

– Écoute, j'irai voir les Daggett avant de partir, et j'essaierai d'envoyer quelqu'un pour examiner le lapin...

– Que s'est-il passé, Papa ?

Il a soupiré à nouveau.

– Une jeune fille a disparu... Ses parents ont appelé la police il y a environ une heure.

Il m'a regardé.

– C'est Stella Ross.

Trop déconcerté pour réagir, il m'a fallu un moment pour retrouver la parole. Je suis resté assis, les yeux dans le vague, essayant de remettre de l'ordre dans mon esprit. Stella Ross avait disparu... Raymond avait disparu...

Stella...

Raymond…

La Belle et la Bête.

Des voix d'outre-tombe résonnaient dans ma tête.

« L'étoile va s'éteindre ce soir…

« Stella va s'éteindre.

« Tu va regretter d'avoir fait ça. »

– Pete, a dit mon père, est-ce que tout va bien ?

Je l'ai dévisagé.

– Stella a disparu ?

Il a hoché la tête.

– D'après les informations que nous avons, elle se trouvait à la fête foraine, hier soir… mais elle n'est pas rentrée chez elle et son téléphone portable est éteint. Personne ne sait où elle est…

– Personne ne sait ce qui est arrivé à Raymond, non plus.

– J'en suis conscient, Pete, mais ça n'est pas pareil…

– Pourquoi ? En quoi c'est différent ?

Mon père ne savait plus comment répondre.

J'ai secoué la tête.

– C'est parce qu'elle est célèbre, hein ? C'est une star… ses parents sont célèbres aussi…

– Il ont signalé sa disparition, Pete. Il faut que nous enquêtions.

– Oui, c'est ça, ai-je répondu froidement. Et bien sûr, ça n'a rien à voir avec son nom, pas vrai ?

– La question n'est pas là…

– Ah non ? Alors pourquoi le commissaire t'appelle ? Il ne t'a jamais appelé au sujet d'une disparition, avant. Il ne t'appellerait pas si c'était la disparition de Raymond qu'on avait signalée, hein ?

– Raymond n'intéresse personne, a-t-il répondu doucement.

– Et alors ? Ça ne devrait rien changer !

– Non, en théorie, ça ne devrait rien changer… mais en pratique, c'est autre chose.

Mon père m'a lancé un regard pénétrant, pour tenter de me faire comprendre. Et je comprenais. Je savais parfaitement ce qu'il sous-entendait et je savais aussi que ça n'était pas sa faute : il n'y pouvait rien.

Ça n'en restait pas moins intolérable.

– Pete, a repris mon père, il faut que j'y aille.

– Tu comptes toujours aller parler aux parents de Raymond ? lui ai-je lancé avec insistance.

Il a hoché la tête.

– Je t'appelle dès que je leur aurai parlé et je verrai ce que je peux faire au sujet du lapin. Ne t'inquiète pas trop, d'accord ? Je suis certain que tout ira bien.

– D'accord…

– Dis à ta mère que je l'appellerai plus tard.

– OK…

Il m'a souri, a pris ses clefs de voiture et tourné les talons. En le regardant partir, je ne savais toujours pas quoi penser. Mes sentiments se bousculaient, les incompréhensions aussi : Raymond, Stella, Raymond et Stella, Raymond et moi, Stella et moi…

– Est-ce que tu l'as vue ? m'a soudain demandé mon père.

Il s'était retourné, dans l'embrasure de la porte.

– Qui ça ?

– Stella Ross. Est-ce que tu l'as vue à la fête foraine ?

– Euh… oui…

J'ai hésité.

– Oui, je l'ai vue. Je lui ai même parlé, d'ailleurs.

Il a plissé les yeux.

– Tu lui as parlé ?

– Oui...

Il m'a dévisagé. Son regard, insistant et pensif, n'était plus celui mon père : pendant quelques secondes, c'était celui d'un policier. Et je ne me suis jamais senti aussi coupable de ma vie.

– Je veux que tu restes à la maison, aujourd'hui, a-t-il déclaré d'un ton sévère. Tu m'as bien compris ?

– Pourquoi ?

– Fais ce que je te dis, d'accord ?

– D'accord.

Il a hoché la tête.

– Je t'appelle plus tard.

Après le départ de mon père, j'ai traîné un moment à la cuisine, en attendant que le téléphone sonne. Dehors, la pluie avait cessé. Les nuages noirs et gonflés se dissipaient. Une nouvelle journée de canicule s'annonçait.

Je me sentais vraiment mal.

Ma tête pesait des tonnes, j'avais le cerveau embrumé, la bouche sèche ainsi que d'affreuses remontées acides. Tout en moi me paraissait engourdi et lointain.

Je me suis traîné jusqu'à la salle de bains.

Je me suis lavé la figure.

Ai tenté d'enlever la plaque sur mes dents.

Suis revenu à la cuisine.

Me suis assis à la table.

Me suis levé, suis allé jusqu'au frigo.

Ai bu la moitié de la brique de jus d'orange.

Ai failli vomir.

Me suis rassis à la table.

Ai attendu que le téléphone sonne.

Il était huit heures et demie lorsque mon père m'a enfin appelé. Ma mère dormait encore et j'ai décroché immédiatement pour ne pas la réveiller.

– Allô ?

– Pete, c'est Papa. Écoute, je suis pressé, alors je n'ai pas beaucoup de temps. Je voulais seulement te dire que j'ai vu monsieur Daggett et je lui ai demandé d'aller vérifier si Raymond était dans sa chambre.

– Il y était ?

– Non, mais ils ne semblent pas s'inquiéter. Ils disent que Raymond s'en va souvent tout seul.

– Non, il mentent.

– C'est ce qu'ils m'ont dit, Pete. Ils m'ont raconté qu'il n'est pas rare qu'il découche.

– Non, il lui arrive seulement de s'installer dans son jardin, c'est tout. Il ne sort pas.

– Je suis désolé, mais malheureusement, je ne peux pas faire plus pour l'instant. On va attendre encore une heure ou deux, d'accord ? S'il n'est pas revenu, j'enverrai quelqu'un.

– Et pour le lapin ? Tu l'as vu ?

– Oui...

– Qu'est-ce que tu en penses ?

– Je ne sais pas... Écoute, je sais que ça semble sordide, mais il y a beaucoup de cinglés, Pete. Ce genre de choses arrivent : des chiens qu'on tue, des chats torturés, des chevaux mutilés, des tas de choses comme ça. Je serais surpris qu'il y ait un rapport avec Raymond... Je vais tout de même voir si je peux mettre quelqu'un sur le coup. Ça prendra sans doute un peu de temps.

– D'accord, mais au sujet de...

– Navré, Pete, je dois vraiment te laisser. Et n'oublie pas : tu restes à la maison, d'accord ?

– Ouais…

– On en reparle plus tard.

Il a coupé.

J'ai raccroché le combiné, avant de me rasseoir et de regarder par la fenêtre. Dehors, le monde était vaste. Un monde où tout était possible et où tout pouvait arriver.

Je me demandais si c'était déjà le cas.

DOUZE

J'étais encore assis à la table de la cuisine lorsque j'ai entendu le pas familier de ma mère, qui descendait les escaliers en pantoufles. En jetant un œil à la pendule, j'étais surpris de constater qu'il était presque déjà dix heures. Depuis plus d'une heure, je traînais là, à réfléchir, à essayer de remettre les choses en ordre et d'y donner du sens. Mais je ne ressentais aucun mieux. J'étais toujours aussi perdu. Peut-être encore davantage. Au fond de mon esprit, je ne retrouvais que des morceaux d'événements, des fragments de cette nuit, des souvenirs de ce qui s'était passé. Rien d'autre : des choses qui s'étaient produites.

– Bonjour, Pete, m'a lancé joyeusement ma mère en entrant dans la cuisine. Tu t'es bien amusé à la fête foraine ?

J'ai levé les yeux en lui adressant un sourire triste.

– Quelle mine épouvantable ! Qu'est-ce qui t'arrive ? Tu es malade ?

Elle a jeté un regard à la cuisine.

– Où est ton père ? Il n'est pas encore rentré ? Je croyais l'avoir entendu te parler.

Je n'avais pas vraiment envie de recommencer mon récit, mais si je gardais le silence, elle ne me laisserait pas m'en tirer comme ça. J'ai donc coupé la poire en deux. Je lui ai expliqué la disparition de Stella, le retour de Papa au commissariat en ajoutant que je lui avais demandé de chercher Raymond, car nous nous étions perdus dans la foule et que je ne l'avais pas retrouvé depuis. Je n'ai pas laissé paraître ma profonde inquiétude et je ne lui ai pas non plus parlé du lapin.

Bien sûr, elle a posé beaucoup de questions : « Que faisait Stella Ross à la fête foraine ? Est-ce que tu l'as vue ? Est-ce que Raymond va bien ? » Mais j'ai réussi à les éviter avec quelques réponses suffisamment vagues, avant d'éluder : j'étais très fatigué, je ne me sentais pas très bien et je ferais peut-être mieux d'aller me coucher quelques heures.

Elle n'était pas dupe – je le voyais à son regard et à son lent hochement de tête –, mais elle n'a rien dit. Elle m'a juste observé avec insistance, avant d'hocher encore une fois la tête et de se tourner vers la bouilloire

– Tu veux que je te monte une tasse de thé ?

– Non, ça va, merci. Je veux simplement aller dormir.

– D'accord... allez, file !

Me sentant coupable, je l'ai observée quelques instants avant de rejoindre ma chambre, où j'ai sorti mon téléphone portable et composé le numéro fixe d'Éric et Nicole.

– Oui ?

– Éric ?

– Oui. Qui est-ce ?

– C'est Pete.

– Ah, oui... Salut, Pete. Ça roule ?

Sa voix avait quelque chose de curieux... essoufflée... tendue, comme si on venait de le prendre sur le fait.

– Est-ce que ça va ? lui ai-je demandé.

– Oui... Oui, ça va...

Mais ça n'avait pas l'air d'aller.

– Raymond ne serait pas chez toi, par hasard? ai-je repris.

– Raymond? Non... Pourquoi est-ce qu'il serait chez moi?

– Non, pour rien... J'essaye juste de le retrouver. Il n'est pas rentré chez lui, cette nuit. Tu ne l'as pas vu?

– Pas depuis la fête foraine, non. Il était avec Pauly et moi lorsque nous sommes arrivés là-bas, mais il est parti de son côté... Je ne l'ai plus croisé de la soirée.

– Tu ne l'as pas vu avec Stella?

– Stella?

– Oui...

– Stella Ross?

– Oui, Raymond était...

– Je n'ai pas vu Stella, a répliqué Éric du tac au tac. Qu'est-ce qui te fait croire que je l'ai croisée? Et qu'est-ce qu'elle vient faire dans toute cette histoire?

– Rien, je disais simplement que...

– Tu l'as vue, toi?

– Très rapidement.

– Quand?

– Je ne sais pas... il devait être vers les vingt-deux heures trente... peut-être vingt-trois heures.

Soudain, je me suis tu, réalisant subitement que je n'aurais sans doute pas dû parler de Stella. Après tout, elle avait disparu... Si quelque chose lui était arrivé...

– Pete, a dit Éric, tu es toujours...

– Est-ce que Nicole est là?

– Nicole?

– Oui.

– Euh, non... Non, elle n'est pas là.

– Est-ce que tu sais où elle est?

– Moi ? Non... Je ne l'ai pas revue depuis la cabane, hier soir. Elle n'est pas avec toi ?

– Non.

– Ah... bon. Je pensais que vous étiez peut-être ensemble...

– Non, ai-je coupé. Nous ne sommes pas ensemble. Je voulais simplement lui demander si elle avait aperçu Raymond.

– OK... Comme je te l'ai dit, elle n'est pas encore là. Elle a dû dormir chez quelqu'un d'autre cette nuit. Quand je suis rentré, il devait être environ trois heures du matin et elle n'était pas là...

– Pardon ?

– Quoi ?

– Tu es rentré chez toi vers trois heures ?

– Oui, dans ces eaux-là... Pour être franc, j'étais complètement défoncé.

Il a ri, comme pour donner l'impression d'être un mec, un dur, son numéro sonnait faux. D'ailleurs, rien dans son attitude n'était convaincant. J'ignorais pourquoi, mais il me mentait. Pas de doute. J'étais là-bas, à trois heures du matin, assis sur son foutu perron.

– Bon, Pete, a-t-il ajouté d'un ton pressé, je dois te laisser. Dès que Nic' sera là, je lui dis de te rappeler, d'accord ?

– Ouais... d'accord.

J'essayais toujours de comprendre pourquoi il mentait et pourquoi il se comportait d'une façon si étrange : d'abord nerveux, puis agressif, sur la défensive. On aurait dit deux personnes complètement différentes.

– À plus tard, Pete.

– Éric, attends. Avant que je raccroche : est-ce que tu aurais le numéro de Pauly ?

– Quoi ?

– Le numéro de Pauly.

– Pourquoi tu veux son numéro ?

– Je veux juste l'appeler pour savoir s'il a vu Raymond.

– Pauly ne saura rien.

– Comment tu le sais ?

– Eh bien… il me l'aurait dit… non ? Je veux dire, s'il avait
vu Raymond…

Sa voix a semblé se perdre dans le combiné. J'avais la curieuse impression qu'il cherchait soigneusement ses mots.

– De toute façon, je n'ai pas son numéro, a-t-il lâché brusquement. Pourquoi est-ce que je l'aurais ?

– Et Nic' ? Elle devait l'avoir puisqu'elle a prévenu Pauly
pour hier soir.

– Écoute, il faut que j'y aille, OK ?

– Oui, mais…

– Je dois y aller.

– D'accord… Mais si tu vois Raymond…

– Je te préviendrai.

Il a raccroché.

J'ai fixé un instant mon téléphone, essayant de visualiser
Éric, de comprendre ses mensonges, son attitude, mais rien
ne m'est apparu. Ni son visage, ni le moindre indice, ni les
réponses à mes questions. Mais je n'avais jamais vraiment pu
le cerner. Tout cela ne voulait donc probablement rien dire.
Éric est pourtant loin d'être un livre ouvert. Pour la plupart
des gens, il est tout sauf transparent. Il est fier, droit, sûr de
lui, mature… l'un de ces types qui ont confiance en eux.
Même enfant, il était déjà comme ça. Il a toujours semblé
un peu plus âgé que nous, un peu plus grand… un peu plus
adulte. L'un de ces gosses qui ne trouvent pas que péter soit

la chose la plus hilarante du monde. Le genre de gamin qui n'est pas constamment perdu, qui peut se laisser pousser la moustache à quatorze ans.

Éric était comme ça.

Et j'ai du mal à cerner ce genre de personnages. À les apprécier, aussi.

En refermant mon téléphone, alors que je m'approchais de la fenêtre, je me demandais soudain si j'avais un jour apprécié Éric. Il devait bien y avoir quelque chose chez lui… Car, au fond, il y a toujours une raison à une amitié, non? Mais sur l'instant, une pensée me vint à l'esprit: l'unique chose que j'aie jamais appréciée chez Éric, c'était sa sœur, Nicole.

Je suis resté à la fenêtre un moment, à essayer de ne penser à rien, me contentant d'observer la rue, les maisons, les voitures garées, le ciel. Des vues si familières qu'elles ne ressemblaient à rien: la maison de Raymond, toujours égale à elle-même… sombre et morne dans le soleil du matin, les rideaux tirés, la pelouse encombrée de vieilleries.

Il fallait que j'y retourne, j'en étais certain.

Je n'en avais pourtant pas envie.

Tout ce que je voulais, c'était m'allonger sur mon lit et dormir. M'étendre de tout mon long, fermer les yeux, oublier de penser, oublier Raymond, Stella, Éric, Nicole… glisser dans le sommeil et tout oublier.

Mais soudain, quelque chose m'a fait tourner la tête vers mon lapin noir en porcelaine, et pendant un instant j'ai perçu le grincement d'un orgue de Barbarie et, dans le lointain, des rires d'enfants…

« Chaque seconde de chaque jour, nous choisissons notre chemin… »

Un murmure.

«Ramène-moi à la maison.»

J'ai cligné des yeux, puis le silence est revenu. Plus de voix, plus de musique, plus de rires d'enfants. Seulement moi, debout à ma fenêtre, et je savais ce qu'il me restait à faire.

En enfilant des vêtements propres, je me suis souvenu des paroles de mon père: «Je veux que tu restes à la maison aujourd'hui, tu as compris?» Et j'ai tenté de me convaincre que je ne lui avais pas promis de rester à la maison. Je savais bien sûr que c'était faux, mais quand on le veut vraiment, il n'est pas si difficile de se persuader. Il suffit d'y croire.

Le temps de me changer et de descendre l'escalier, j'étais absolument certain que mon père ne m'avait rien dit de tel.

– Maman! ai-je crié depuis l'entrée. Je vais faire un tour, d'accord?

– Où vas-tu? m'a-t-elle demandé depuis la cuisine.

– Dehors, je ne serai pas long.

– Attends, Pete… a-t-elle repris.

Mais déjà, je refermais la porte.

Je suis d'abord retourné chez Raymond, mais cette fois, j'ai frappé à la porte principale. Je me doutais que ses parents ne seraient pas ravis de me voir, je n'ai donc pas été très surpris lorsque madame Daggett m'a ouvert et immédiatement fusillé du regard. Elle n'était pas vraiment belle à voir. Avec ses cheveux filasses et gras, ses yeux ternes et vitreux, elle se tenait sur le pas de la porte, dans une vieille robe de chambre mitée.

– Qu'est-ce que tu veux, encore? a-t-elle marmonné en allumant une cigarette.

– Est-ce qu'il est rentré?

Elle a posé une main sur sa hanche en me fixant d'un air las.

– Bon sang, combien de fois faudra-t-il que je le répète ? Ton vieux est déjà passé, pour fureter...

– Je veux juste savoir si Raymond est rentré.

– Non, il n'est pas rentré.

– Et ça ne vous inquiète pas ?

– Pas vraiment.

Elle a tiré une bouffée.

– Et puis en quoi ça te regarde ?

– Vous avez vu son lapin ?

– Il a sûrement fait ça tout seul, a-t-elle répondu avec un grand sourire.

Je l'ai dévisagée avec un mouvement de tête incrédule.

– Et s'il lui était arrivé quelque chose ? Ça vous a traversé l'esprit ? Et si quelqu'un avait enlevé Raymond...

– Personne n'a enlevé Raymond, Bon Dieu, a-t-elle coupé. Il traîne sans doute quelque part, en tapant la causette aux nuages... va savoir !

Elle a tiré sur sa cigarette et en la voyant inhaler puis recracher avidement la fumée, j'ai eu la nette impression qu'elle n'était peut-être pas aussi insensible qu'elle voulait me le faire croire.

Elle s'est adossée au chambranle de la porte et d'un mouvement du doigt, a secoué les cendres de sa cigarette. La lumière du soleil voilait son regard. Elle a cligné des yeux, reniflé, s'est appuyée de nouveau contre la porte.

– Quoi ? a-t-elle lancé avec un mouvement du menton.

– Rien...

Elle a secoué la tête.

– Pourquoi quelqu'un s'intéresserait à Raymond, de toute façon ?

– Peu importe... Pourquoi quelqu'un voudrait couper la tête d'un lapin ? Le pourquoi n'a pas d'importance !

Elle a encore reniflé.

– Mouais... Enfin, Raymond n'est pas idiot. Il est assez grand pour se débrouiller...

Son regard était effrayant d'intensité.

– Il n'y a rien qui cloche, chez lui !

– Je sais.

– Il se débrouillera.

Nous nous étions tout dit. Nous sommes restés une seconde ou deux, à attendre que le silence passe, puis madame Daggett s'est glissée lentement dans la pénombre de l'entrée, sa pâleur s'est dissoute dans les ténèbres et, sans un mot, elle a refermé doucement la porte.

Alors, j'ai poussé jusqu'à la rivière. Depuis toujours, c'était l'un des endroits favoris de Raymond, et je savais qu'il y venait encore souvent seul. Il arpentait la berge ou s'asseyait par terre et si, pour une raison quelconque, il avait voulu se cacher, il n'avait que l'embarras du choix. Ce lieu offrait toutes sortes de sanctuaires : des petits sous-bois, de vieux ponts, des chemins détournés, des sentiers...

C'était l'endroit idéal pour se couper du reste du monde.

Dans l'air flottait toujours une vague odeur de caoutchouc brûlé. En prenant à l'angle du petit chemin et en descendant au bord de la rivière, j'ai aperçu l'épave d'une voiture qui se consumait lentement sur un carré d'herbe à ma droite. Une Ford *Focus*, peut-être... difficile à dire. Il n'en restait pas grand-chose. Les pneus avaient brûlé, les fenêtres avaient explosé et le châssis n'était plus qu'une carcasse grisâtre calcinée.

Je n'y ai pas vraiment prêté attention.

Après tout, ça n'était qu'une voiture incendiée de plus.

De l'autre côté du terrain vague, parquée entre la rive et le haut de la berge boisée, se trouvait une petite caravane blanche. Sans doute appartenait-elle au type avec les dreads, que j'avais vu grimper par-dessus la grille samedi soir. Je me suis rappelé les paroles de Raymond : « Je l'ai vu une ou deux fois, m'avait-il dit. Il a une caravane, là-bas. »

Et je me suis demandé : « Le connais-tu vraiment, Raymond ? Assez pour lui rendre une petite visite ? Assez pour lui faire confiance ? »

La caravane n'était ni rutilante ni dégoûtante. Simplement un peu sale, tachée par la boue, la pluie… d'un blanc poussiéreux. La barre de traction à l'avant était relevée et appuyée contre quelques briques. Une bouteille de propane trônait dans la boue, près de la porte.

En passant, j'ai ralenti le pas, pour tenter de voir à l'intérieur, mais les vitres étaient obstruées par des morceaux de carton qu'on avait scotchés aux fenêtres. Dans quel but ? me suis-je demandé. Pourquoi cache-t-on ses fenêtres ? J'ignorais pourquoi l'idée de frapper à la porte me terrifiait autant.

« Allez, vas-y, me suis-je dit. Que t'arrive-t-il ? Frappe à cette porte, Bon Dieu ! »

J'ai frappé.

Rien.

J'ai frappé de nouveau.

– Il y a quelqu'un ? Hé ho ? Il y a quelqu'un ?

Personne n'a répondu.

J'ai tourné la poignée, mais la porte était fermée à clef.

– Raymond, ai-je appelé, en frappant à la porte. Raymond… tu es là ?

Toujours rien.

J'ai jeté un œil à la berge, derrière la caravane. Elle s'élevait davantage que du côté du Chemin de traverse, mais les bois n'étaient pas aussi touffus. Un amas de déchets encombrants, sortis d'un entrepôt situé plus haut sur la berge, était dispersé entre les arbres : des morceaux de machines rouillés, des blocs de polystyrène, des fils de plastique qui servaient à emballer les matériaux…

Je me souvenais que nous avions un jour bâti une cabane – un tas branlant fait de tôle ondulée – dans ce coin et observant le talus, je me suis demandé pourquoi nous construisions toujours nos cabanes sur la partie supérieure des rives boisées et escarpées. Un sentiment de sécurité, j'imagine. Loin de tout, loin des regards et du danger, à l'écart. Le genre d'endroits où personne ne vous repère, mais d'où vous voyez tout.

Le genre d'endroits qui plaisaient à Raymond.

Je ne voyais la vieille cabane nulle part. Plus d'épaves délabrées, plus de plaques de tôle rouillée. J'ai mis mes mains en porte-voix et j'ai appelé en direction de la rive.

– Raymooond ! Raymond !

Pas de réponse.

J'ai appelé, encore et encore, de plus en plus fort, mais personne ne m'a répondu. J'ai pensé à grimper le long de la berge, pour aller voir de plus près… à quoi bon ? Il y avait trop de cachettes, trop de recoins, de creux… La journée n'aurait pas suffi pour tout inspecter.

Alors, avec un dernier coup d'œil inutile à cette caravane aveugle, j'ai continué à avancer.

Le chemin qui suit la rivière est en réalité un réseau de sentiers qui conduisent tous plus où moins à la même direction : le long du cours d'eau, à travers bois, sous un tunnel, au-dessus d'un pont, ils contournent plusieurs lotissements avant d'aboutir sur une route appelée Magdalen Hill. C'est un raccourci jusqu'au centre-ville. Mais si l'on tourne à gauche vers la colline, on arrive à un carrefour débouchant sur le terrain de jeux.

Je m'y suis donc rendu, après avoir erré plus d'une heure le long de la rivière. J'avais traversé les bois, vérifié toutes les cachettes que je connaissais, autour du tunnel et du pont. J'avais même ratissé la berge autant que possible. Mais aucun signe de Raymond.

Alors, je suis retourné à la fête foraine.

J'ignorais si cela servirait à quelque chose ou même ce que je comptais faire une fois là-bas, mais l'idée semblait logique : suivre ses traces, revenir au début, tenter de retrouver quelque chose...

Recreation Road était toujours aussi calme. Maintenant que le soleil s'était levé et que la pluie avait cessé, les rues n'étaient plus si désertes et déprimantes. Quelques personnes s'affairaient aux alentours : un vieil homme lavait sa voiture, des enfants s'amusaient avec un ballon, un type qui semblait avoir la gueule de bois se traînait vers les magasins. Aucun ne m'a adressé la parole.

En passant devant la maison d'Éric et Nicole, je ne me suis pas arrêté. Avec quelques fenêtres ouvertes, la maison ne semblait plus vide. Je me demandais toujours pourquoi Éric avait prétendu être rentré chez lui à trois heures du matin et j'essayais de trouver une explication plausible. Puisque je m'étais endormi, et en admettant qu'il ait été complètement bourré – tellement saoul qu'il pouvait à peine voir –, était-il rentré sans me remarquer ? S'était-il trompé d'heure ? Il n'était peut-être pas trois heures du matin… il était peut-être beaucoup plus tôt… ou tard ?

Peut-être…

J'avais la tête pleine de « peut-être », aucun d'entre eux ne paraissait crédible, mais j'ai continué à y réfléchir quand même. Lorsque, enfin, j'ai atteint le bout de la rue, j'étais tellement absorbé par mes pensées qu'il m'a fallu quelques secondes pour reconnaître la silhouette familière qui déboulait au coin de la rue, en traînant les pieds. Le pas lent, désabusé, la tête baissée, les mains fourrées au fond de ses poches, elle ne respirait pas la joie de vivre. Ses cheveux étaient en bataille, son maquillage avait coulé… on aurait dit qu'elle avait pleuré. Les yeux rivés lamentablement au sol, elle ne m'a pas vu venir et nous avons manqué de nous cogner.

– Nicole ?

Elle a subitement levé les yeux, un peu interloquée, et s'est arrêtée devant moi.

– Salut, Pete… a-t-elle répondu, en clignant des yeux et en passant la main dans ses cheveux. Qu'est-ce que tu fais là ?

Elle semblait perdue et troublée. Un peu gênée, aussi.

– Est-ce que tout va bien ? lui ai-je demandé.

– Oui, oui, a-t-elle répondu avec un sourire forcé. Ça va…

– Tu en es sûre ?

– Oui… pourquoi ?

– Tu as vraiment une sale mine.

Elle s'est remise à cligner des yeux.

– Sympa… Tu n'as pas l'air très frais non plus !

– Ouais… la nuit a été longue.

– Ah oui ?

– J'ai perdu Raymond.

– Tu as quoi ?

– Il est parti seul de son côté hier soir, à la fête foraine… Je l'ai cherché pendant des heures, mais je ne l'ai pas retrouvé. Et il n'est pas rentré chez lui.

– Merde, a murmuré Nicole. Tu crois qu'il va bien ?

Je l'ai dévisagée, réalisant soudain qu'elle était la première personne à montrer une véritable inquiétude au sujet de Raymond. Ça n'avait, au fond, pas grand-chose de surprenant, car même si elle avait été réticente à l'inviter à la fête, je savais que Nicole avait toujours eu un faible pour Raymond. À certaines occasions, par le passé, elle n'avait pas voulu de lui. Elle préférait être seule avec moi, mais elle s'était toujours accommodée de sa présence. Elle l'aimait bien. Pas uniquement pour ce qu'il représentait pour moi ou moi pour lui – même si ça devait jouer –, mais juste pour ce qu'il était. Elle l'aimait bien.

Et je me suis alors rappelé les mots de la voyante : « Tu fais preuve d'une grande bonté, avait-elle dit à Raymond. Tu te soucies des autres sans jamais penser à toi-même. »

– Est-ce que tu l'as vu hier soir ? ai-je demandé à Nic'.

Elle a de nouveau passé la main dans ses cheveux en soupirant.

– Eh bien, Pete… je n'en sais rien. Je ne me souviens presque pas d'hier soir.

Elle a gonflé les joues et secoué la tête.

– C'est difficile à expliquer et très bizarre. J'arrive à me rappeler de certaines choses, comme… des visions floues de la soirée, mais globalement, c'est le trou noir.

– Et Raymond ? Tu te souviens de l'avoir vu ?

– Eh bien… oui… à la cabane…

Elle m'a jeté un regard gêné.

– Après, je n'en suis pas certaine. Je crois l'avoir vu quelque part, à la fête foraine... Mais impossible de savoir exactement où et quand.

– Il était seul ?

Elle a fermé les yeux et a posé une main sur son front. Elle semblait lutter pour se souvenir.

– Je ne sais pas... Je l'ai peut-être vu deux fois. Ou je confonds peut-être avec quelqu'un d'autre...

Elle a poussé un long soupir avant de rouvrir les yeux.

– Je suis navrée, Pete... Je ne m'en souviens vraiment pas.

– Ça ne fait rien. Mais si quelque chose te revient...

– Je te passerai un coup de fil.

J'ai hoché la tête.

– Je ne serai pas chez moi avant un moment, donc appelle-moi sur mon portable. Tu as mon numéro ?

– J'ai l'ancien quelque part, mais je suppose que tu l'as changé depuis...

Elle avait raison, j'avais changé au moins trois ou quatre fois de numéro.

– Tu as un stylo ? ai-je demandé.

Elle a sorti un tube de rouge à lèvres de sa poche, me l'a donné avant de tendre son bras. J'ai hésité quelques instants, en voyant une voiture de police rouler au pas. J'ai pris sa main, dévissé le tube de rouge et tracé mon numéro sur son bras.

– Dis, Pete, a-t-elle murmuré, à propos d'hier soir...

Une goutte de sueur a roulé sur mon front avant de s'écraser sur sa peau.

– Ma question est sans doute stupide, mais... nous n'avons rien... « fait », hier soir, hein ?

– Non, ai-je répondu, soudain très intéressé par le tube de rouge à lèvres. Non, nous n'avons rien fait. Tu ne te souviens pas de ce qui s'est passé ?

– Eh bien, si… un peu… je me rappelle certaines choses, et je sais que nous avons commencé à… faire quelque chose, enfin, tu vois…

Elle a mis une main sur son front.

– Bon sang, je me rappelle m'être sentie… si bizarre ! Comme si mon corps explosait. J'étais comme… complètement incontrôlable.

J'ai lâché sa main et lui ai rendu son rouge à lèvres.

Nicole m'a regardé.

– Je suis désolée, Pete… si j'ai tout gâché.

– Ne t'en fais pas. Personne n'a rien gâché. C'était juste une nuit très curieuse.

Elle a hoché la tête d'un air triste.

– Oui…

Je l'ai observée un instant, cherchant quoi dire, puis nous avons tous les deux tourné la tête au son d'un hélicoptère qui survolait les alentours à basse altitude. Le crépitement des pales a empli l'atmosphère, j'ai protégé mes yeux avec ma main pour mieux observer la forme sombre virer sur la gauche et tourner autour du terrain de jeux.

– Que se passe-t-il ? a demandé Nicole. C'est un hélicoptère de la police ?

– On dirait bien…

– Tu penses qu'il y a un rapport avec Raymond ?

– Je n'en sais rien… je ne crois pas.

– Je dois y aller, ai-je repris.

– Tu retournes à la fête foraine ?

– Oui.

– Tu veux que je t'accompagne ?

– Non… je vais me débrouiller, merci. Je vais simplement jeter un coup d'œil…

– Sûr ?

– Oui.

Je lui ai souri.

– Tu m'as l'air d'avoir besoin d'un peu de sommeil, de toute façon.

Elle m'a dévisagé.

– Bon, eh bien, je t'appelle si je me souviens de quelque chose.

– Merci.

Nous sommes restés debout, face à face quelques instants, ne sachant pas trop comment clore la conversation puis, enfin, Nic' m'a touché le bras.

– À plus tard.

Elle s'est éloignée.

Je l'ai regardée partir pendant une seconde, peut-être deux, en me demandant brièvement si elle avait passé la nuit avec le type du manège et si elle ne se rappelait vraiment pas de la soirée à la cabane…

J'ai secoué la tête, puis je suis reparti.

Dans la lumière estivale de ce dimanche après-midi, la fête foraine paraissait morte. Sans ses lumières, sans la musique et les bruits, les installations n'étaient que des vestiges, figés et ternes. Son énergie s'était évanouie. La folie, le mouvement, la vie… tout cela gisait, dans un amas informe de moteurs, de barres de montages, de cadres et de nacelles.

La fête foraine était sur le départ.

Certains manèges, déjà démontés et remballés, laissaient de grandes traces sur l'herbe jaunie, alors que d'autres attendaient encore d'être démembrés. Le bruit d'un travail harassant flottait dans l'air tout autour de moi : le ronronnement des perceuses, le choc retentissant des échafaudages qu'on démonte... Les forains étaient trop occupés à remballer le matériel pour s'intéresser à ma présence et si certains se demandaient ce que je fabriquais là, aucun n'a posé de question. J'ai eu droit à quelques regards, quelques coups d'œil surpris, mais ça n'allait pas plus loin.

Tout me paraissait plus petit que je ne l'aurais cru et il ne m'a pas fallu longtemps pour en faire le tour. Il n'y avait plus grand-chose à voir. Les sanisettes avaient disparu, et tous les déchets qui jonchaient le terrain avaient été ramassés. La tente de la tireuse de cartes n'était plus là. Il n'y avait plus de tasses, plus d'auto-tamponneuses, plus de manèges pour les petits. Et l'endroit où j'avais aperçu le vieux carrousel, ou plutôt, l'endroit où j'avais cru apercevoir Raymond, était complètement désert. Le sol ne portait aucune trace de sa présence.

J'aurais dû être troublé. Ou au moins perplexe. Mais, de là où je me tenais, près de l'entrée du parc, à regarder cet espace vide où j'avais imaginé Raymond à cheval sur un lapin noir géant, tout me paraissait si normal et si morne qu'il était difficile de ressentir quelque chose. Même la vue de l'hélicoptère de la police, seul au milieu du terrain de jeux et de la voiture de patrouille garée plus loin, près des grilles, même cela ne m'évoquait rien. Deux policiers en uniforme faisaient le tour du parc, s'arrêtant parfois pour parler aux forains, mais ne semblaient pas particulièrement empressés. Et les deux silhouettes assises dans l'hélicoptère se tenaient immobiles.

J'ai jeté un regard au parking des forains, et je me suis alors demandé si je ne ferais pas mieux de retrouver la voyante. D'un point de vue rationnel, ça ne servait à rien et je perdais mon temps. Peu importait ce qu'elle paraissait savoir de Raymond, je savais pertinemment que ce n'était qu'une illusion.

Des mots, des manœuvres psychologiques, des supercheries... Appelons ça comme on voudra. Il est tout simplement impossible de savoir à l'avance ce qui va se produire.

– Excuse-moi.

Je me suis retourné sur cette voix et j'ai vu l'un des deux policiers en uniformes qui se dirigeait vers moi.

– Tu travailles ici ?

– Pardon ?

– Est-ce que tu travailles avec les forains ?

– Non...

Il s'est arrêté face à moi, en essuyant la sueur sur son front.

– Ça t'ennuierait de me dire ce que tu fabriques ici ?

– Je ne fais rien de particulier, ai-je répondu. J'étais juste... je ne sais pas. Je jetais un coup d'œil.

– Un coup d'œil, hein ?

– Oui...

Il m'a dévisagé.

– Comment tu t'appelles, petit ?

– Pete Boland.

– Boland ?

– Oui.

– Où habites-tu, Pete ?

– Hythe Street.

– Quel numéro ?

– Dix.

Il a hoché la tête.

– Tu étais là, hier soir ?

– Vous voulez dire, à la fête foraine ?

– Oui, à la fête.

– Oui, oui, j'étais là.

– À quelle heure es-tu arrivé ?

– Vers vingt-deux heures trente, je crois.

– Et à quelle heure es-tu parti ?

– Il devait être minuit.

Il a hoché la tête.

– Et donc, tu es revenu ici pour jeter un coup d'œil, c'est bien ça ?

– Eh bien… oui… enfin, non. Je n'avais pas vraiment l'intention de venir ici. J'allais voir des amis qui habitent Recreation Road, mais ils n'étaient pas là, donc je suis venu jusqu'ici en attendant… Pour patienter.

– Je vois. Alors, tu vas retourner voir tes amis ?

– Oui.

– Sur Recreation Road.

– Voilà.

Il m'a souri.

– Alors, file !

J'ai tourné les talons et tandis que je m'éloignais, je sentais son regard sur moi. Pourquoi ne lui avais-je pas parlé de Raymond, ou demandé ce qu'il se passait ?

Bon Dieu, je faisais vraiment pitié.

Je ne me suis pas retourné avant d'avoir atteint les grilles du terrain de jeux. J'étais parano au point de pas risquer un coup d'œil avant de les avoir franchies et fait quelques pas en direction de Recreation Road, au cas où il m'aurait encore observé. Mais ça n'était pas le cas. Je ne le voyais plus nulle part. J'ai vérifié une dernière fois, pour être certain, avant de changer rapidement de direction et de reprendre l'autre sentier, celui qui mène au Chemin de traverse.

Mis à part quelques skaters près des tours du gaz, le chemin était aussi calme que désert. Pas de promeneur de chien, ni de clochard, ni de cinglé, ni de moustachu bizarre. Aucun signe de Raymond non plus. D'ailleurs, il n'y avait aucun signe de rien du tout. Je gardais les yeux bien ouverts en inspectant le chemin ; j'examinais le sol, le sommet de la berge, les creux des arbres... mais j'ignorais ce que je cherchais. J'imagine que je me contentais de chercher... chercher... rien d'autre.

Maintenant que j'y repense, je ne cherchais pas du tout. C'est vrai, je gardais les yeux ouverts et je tournais la tête dans tous les sens, et si j'avais vraiment vu quelque chose... ça aurait été un soulagement, ou pas, selon ce que j'aurais découvert. Mais au fond, je ne faisais que m'occuper l'esprit pour ne pas penser à ce que je découvrirais en arrivant à la cabane.

Tout se résoudrait sans doute là-haut, je trouverais peut-être Raymond assis par terre, sain et sauf... Je pourrais aussi bien ne rien trouver. Mais il existait une autre alternative, et celle-là me perturbait. Je ne voulais pas y penser. Mais plus je m'approchais de la cabane, plus il devenait difficile de l'ignorer. En gravissant la berge, en progressant laborieusement à travers les ronces et les buissons, je ne pouvais m'empêcher d'imaginer le pire.

C'était sans doute à cause du lapin... La vision de cette tête, accrochée au portail, avec son regard mort qui fixait le vide. Je ne pouvais m'en débarrasser. Et je ne pouvais pas m'empêcher de broder sur cette image… et de voir des choses que je ne voulais pas voir.

Une tête de lapin avec les yeux de Raymond…

Le visage de Raymond avec des dents de lapin…

De la fourrure noire, des vêtements noirs…

Des murmures…

Du sang et des mouches…

Et voilà.

J'avais maintenant rejoint le sommet de la rive et, debout devant la cabane, le souffle court, tout m'a semblé pareil : les ronces qui envahissaient tout, les planches de bois, la peinture bleue qui s'écaillait sur le toit. Tout était exactement pareil.

« Elle est toujours en bon état, non ?

« Je t'avais dit qu'elle serait encore là.

« C'est vrai. »

J'ai jeté un regard en contrebas. Personne. Je me suis tourné vers la cabane et me suis approché de la porte.

« Après toi.

« Non, après toi ! »

J'ai attendu un peu, en écoutant l'écho de la voix de Raymond, avant de me baisser et d'ouvrir la porte.

À l'intérieur, il n'y avait rien. Ni cauchemars, ni corps, ni sang… Seulement des bouteilles vides éparpillées, une odeur de cigarette froide mêlée à celle de la sueur, et un souvenir suave et sombre que je préférais oublier.

TREIZE

En rentrant, j'ai trouvé ma mère assise dans le salon devant la télé. Juchée sur le bras du canapé, elle tenait une cigarette d'une main et la télécommande de l'autre. Absorbée par l'écran, elle ne m'avait sans doute pas entendu arriver.

– Salut, Maman, lui ai-je lancé. Est-ce que Papa a app...

– Attends..., a-t-elle répondu en montant le son, je crois qu'ils parlent de Stella.

– Quoi ?

– C'est *Sky News*, a-t-elle expliqué avec un mouvement de tête vers la télé. Ils parlent de Stella.

Je me suis tourné vers le poste. Au bas de l'image défilait la mention « Info spéciale » suivie de « Disparition supposée de l'adolescente star ». La présentatrice, une femme chic au visage ridiculement petit comparé à son énorme chevelure, tenait un papier et vérifiait quelque chose sur un ordinateur portable.

– L'information n'a pas été confirmée pour l'instant, disait-elle, mais selon certaines sources, monsieur et madame Ross auraient alerté la police de l'Essex, tôt dans la matinée, et les enquêteurs poursuivraient actuellement leurs investigations dans les environs de St-Leonard, où la jeune fille aurait été aperçue pour la dernière fois.

La présentatrice a reposé sa feuille et s'est tournée vers la caméra, le regard grave.

– Stella Ross, a-t-elle repris pour résumer, a été portée disparue en début de matinée.

Elle a une nouvelle fois examiné l'écran de l'ordinateur, avant de presser une touche et de revenir à la caméra.

– Sur place, notre envoyé spécial, John Desmond, nous donnera tout à l'heure un complément d'information. En attendant, retrouvons Sheila McCall à Bagdad...

Ma mère a coupé le son et s'est tournée vers moi.

– Eh bien, on dirait que ton père va avoir du travail.

– Oui...

– C'est une grosse affaire...

– Si c'est vrai...

– Qu'est-ce que tu veux dire ?

Je me suis assis.

– Je ne sais pas... Tout ça me semble un peu... je ne sais pas. J'ai vu Stella hier soir, à la fête foraine, et elle était entourée de plein de gens. Il y avait même un type avec une caméra.

– Et alors ?

J'ai secoué la tête.

– Ça me paraît juste bizarre, c'est tout.

– Mais qu'est-ce que ça a de bizarre ? C'est une jeune fille, ses parents ne savent pas où elle...

– Oui, Maman, c'est Stella Ross ! C'est une star : elle voyage dans le monde entier... Ses parents ne savent probablement jamais où elle se trouve ! Et maintenant, juste parce qu'elle ne rentre pas après une soirée à une petite fête foraine, ils appellent immédiatement la police ?

J'ai marqué une pause.

– Ça ne te semble pas un peu curieux ?

Elle a haussé les épaules.

– Ils savent peut-être quelque chose que nous ignorons.

– Peut-être, oui...

J'ai jeté un œil à l'écran. Un micro à la main, une femme se tenait dans une rue jonchée de gravats. Elle gesticulait tout en parlant. Derrière elle, on chargeait des corps, enveloppés dans des sacs en plastique, à l'arrière d'un camion.

– Tu as des nouvelles de Raymond? m'a demandé ma mère.

– Non, ai-je répondu en me tournant vers elle. Il n'est toujours pas rentré chez lui.

– Tu as parlé à ses parents?

J'ai hoché la tête.

– Ils s'en moquent.

– Je suis certaine que non...

– Ils s'en moquent, ai-je répété d'un ton amer. Tout le monde s'en moque... Raymond ne les intéresse pas. Parce que lui, tu comprends, il n'est pas célèbre. Il n'a pas un physique de star, il n'a pas de parents célèbres, il n'a pas des millions de vieux pervers frustrés qui le reluquent sur Internet... pourquoi se préoccuper de Raymond? C'est juste un pauvre gosse un peu bizarre qui n'a pas l'air très malin...

– Voyons, Pete, a repris doucement ma mère. Les choses ne sont pas si simples.

– Oh si! Il a autant disparu que Stella, non? Il est tout aussi vulnérable... d'ailleurs, il l'est même davantage. Mais personne ne parle de lui aux infos.

J'ai regardé la télé. Ils diffusaient à présent une photo de Stella. Un cliché publicitaire. Les cheveux dorés, les yeux pétillants, un décolleté intéressant et un sourire de star.

– Tu vois, ai-je dit en désignant la photo, ils ne montreraient jamais ce genre de photo pour Raymond.

Ma mère a paru un peu décontenancée et j'ai compris ce qu'elle pensait. Oui, ma remarque était idiote et non, ça n'avait pas de sens, mais elle saisissait sans doute ce que je voulais dire. J'ai fixé la télé et ma mère a monté le son.

– ... est la fille de Justin Ross et Sophie Hart, expliquait la présentatrice. Elle est devenue célèbre en incarnant une adolescente rebelle dans une série de spots publicitaires, plébiscités et récompensés, avant d'occuper le devant de la scène dans divers clips vidéo, feuilletons et magazines féminins...

Alors que la présentatrice nous régalait de détails concernant les parents de Stella, son enfance protégée, son nom dans les gros titres des magazines à scandale, une succession de photos et d'extraits vidéos défilaient à l'écran, montrant Stella dans toute sa splendeur : elle dansait dans des clips, posait pour des couvertures de magazines, et jouait affreusement la comédie dans une série... Bien sûr, ils n'ont pas montré les autres photos, les clichés plus intimes, et ils ne les ont pas non plus mentionnés. Mais les sous-entendus et les clins d'œil implicites suffisaient à nous mettre dans le bain.

À vrai dire, tout cela était plutôt écœurant. Les journalistes n'avaient strictement rien de nouveau à raconter. Il n'y avait aucune information. Aucun fait. Aucun scoop. Ils ne faisaient que papoter, commérer, conjecturer, remplir du vide. J'avais l'impression de regarder une émission de divertissement morbide.

– Ça alors, est intervenue ma mère, c'est Nicole, non ?

En voix *off*, on entendait les commentaires de la présentatrice sur un extrait vidéo, expliquant qu'il s'agissait d'un enregistrement exclusif, prétendument filmé samedi soir, à la fête foraine de St-Leonard. L'extrait ne durait que quelques instants, pas plus de vingt secondes, mais ils le passaient en boucle et alors que je me penchais et examinais l'écran, le souffle court, je vis que ma mère avait raison. Nicole se trouvait là. On la distinguait à peine, au début de l'extrait, une figure floue en arrière-plan entrant dans le parc. Seule, elle semblait plutôt furax... comme si un imbécile venait de l'humilier au fond d'une cabane. La caméra a zoomé sur le visage rieur de Stella, et Nicole a disparu du champ. Mais Stella venait d'apercevoir quelque chose. La caméra a suivi son regard, braqué sur Nic', qui se dirigeait vers elle, affichant un sourire forcé, feignant de venir dire bonjour à sa vieille copine Stella... mais sa vieille copine Stella n'a même pas fait mine de la saluer. Elle la toisait, comme si elle ne l'avait jamais vue de sa vie. Du genre : « T'es qui, toi ? » D'abord décontenancée, sa surprise s'est changée en colère lorsque Stella lui a tourné le dos. L'espace d'une seconde, j'ai vu la rage dans le regard de Nic', la haine pure de ses yeux. Puis la caméra s'est concentrée sur le visage de Stella.

Le plan était bref, l'image frémissait légèrement et la mise au point paraissait un peu floue, mais on ne pouvait pas remettre en cause la vidéo. Stella avait snobé Nicole et Nicole n'avait pas apprécié.

Cela signifiait-il quelque chose ?

Une chose en tout cas : si la chaîne d'info avait cette partie du film, ils avaient sans doute le reste. Y compris la partie montrant Stella avec Raymond.

« L'étoile va s'éteindre ce soir...

« Et Stella avec moi...

« Tu vas regretter d'avoir fait ça... »

Stella et Raymond.

Raymond et Stella...

– Pete ? a dit ma mère, interrompant mes pensées. Tu m'as entendue ?

J'ai levé les yeux. Elle était toujours assise sur le bras du canapé, la télécommande à la main. Elle avait à nouveau coupé le son. Le silence s'était installé dans la pièce, la chaîne d'information se concentrait sur l'Afghanistan et ma mère me dévisageait d'un air inquiet.

– Tu sembles préoccupé.

– Non... rien...

– Allez, Pete, a-t-elle insisté en soupirant. Raconte-moi tout.

– À quel sujet ?

– À ton avis ? Stella Ross, la fête foraine... ce qui s'est passé hier soir.

Elle a plissé les yeux.

– Tu sais quelque chose, pas vrai ?

J'ai soutenu son regard d'un air innocent.

– Qu'est-ce qui te fait dire ça ?

– Pete, je suis ta mère. Je sens bien que tu me caches des choses.

– Je ne cache rien du tout...

– Ah non ?

Elle me dévisagea alors avec son air qui vous force à baisser les yeux, en priant pour avoir l'air moins coupable.

– Allez, Pete, a-t-elle repris d'une voix douce. Tu peux te confier.

– Je ne sais rien du tout, Maman, ai-je murmuré, en scrutant le sol... Je te jure... Je t'en parlerais si je savais quelque chose. Je suis seulement très inquiet au sujet de Raymond, c'est tout. Je ne sais plus trop quoi faire, tu vois. Je ne sais plus quoi penser.

Ma mère a lentement opiné du chef.

– Et ceux qui étaient là-bas avec vous ? Nicole, Éric, Pauly, ils savent peut-être où il se trouve.

J'ai secoué la tête.

– Ils ne l'ont pas vu.

– Tu penses que Raymond sait quelque chose au sujet de Stella ?

– Quoi ? ai-je dit, soudain distrait.

– Raymond, a-t-elle repris prudemment. Enfin, s'il a disparu et que Stella a disparu...

J'avais essayé de ne pas y penser. Depuis que mon père avait reçu le coup de fil de son supérieur, j'avais fait mon possible pour ignorer cette éventualité. L'idée que la disparition de Raymond ait pu avoir un lien avec celle de Stella. Je refusais d'y croire et je n'y croyais pas. Qu'y avait-il à croire ? Tous ces bobards servis par la voyante : les gens meurent et des choses terribles se produisent ? Cela ne signifiait rien. Les paroles de Raymond, ou plutôt celles de Lapin Noir – « L'étoile va s'éteindre ce soir » – ne voulaient rien dire non plus. D'abord, les lapins ne parlent pas. Peu importait d'où venaient ces phrases (de Raymond, de ses délires, des voix qui lui parlaient dans sa tête), il ne pouvait pas savoir qu'il y avait un rapport avec Stella, car il ignorait qu'elle serait présente à la fête foraine.

Non ?

Mais ils s'étaient trouvés ensemble à la fête.

Et ma mère avait raison : ils avaient disparu tous les deux.

Stella et Raymond.

Raymond et Stella...

J'ai observé ma mère, soudain submergé par une incroyable tristesse.

– Raymond ne ferait jamais rien de mal, ai-je articulé doucement en secouant la tête. Il ne ferait de mal à personne… Jamais il ne pourrait…

– Tout va bien, Pete, a-t-elle soufflé. Tout ira bien…

– Non, ça ne va pas du tout, ai-je murmuré, la voix chevrotante. Rien ne va…

Après cela, j'ai essayé de dormir. Mais j'étais seulement capable de rester allongé sur mon lit en observant la télé sans le son, à attendre que quelque chose se passe. La chaîne d'info diffusait toujours l'extrait vidéo montrant Stella et Nicole et je continuais à le regarder, à me demander si cela signifiait quelque chose et, surtout, quand ils montreraient la suite.

Stella avec Raymond…

« L'étoile va s'éteindre, ce soir. »

Et Stella avec moi…

« Tu vas regretter d'avoir fait ça. »

Ces mots obsédants continuaient de se consumer dans ma tête.

J'étais toujours assis sur mon lit, à fixer l'écran muet lorsque le téléphone a sonné. J'ai entendu ma mère sortir du salon, traverser le couloir et décrocher le téléphone. Elle a parlé à voix basse pendant quelques minutes. Sans percevoir un mot, je savais, au ton, qu'elle discutait avec mon père. Et je n'avais aucun mal à deviner leur sujet de conversation.

J'ai attendu, tendu l'oreille, et pendant quelques instants, mon esprit m'a ramené à jeudi soir, au moment où le téléphone a sonné et que l'été a débuté. J'étais allongé sur mon lit. Occupé à ne rien faire, je regardais simplement le plafond, mon esprit vagabondait dans le vide...

– Pete, a appelé ma mère. Papa, au téléphone !

Pendant quelques instants, je n'ai pas bougé. Je suis resté allongé là, à contempler la porte de ma chambre, perdu dans un monde de néant.

– Pete ! a crié ma mère, un peu plus fort. Dépêche-toi. Ton père veut te parler... c'est urgent.

J'ai chassé le néant de mon esprit avant de me lever et de me traîner jusqu'au bas de l'escalier.

– Salut, Papa, ai-je marmonné, en prenant le combiné des mains de ma mère. Est-ce que tu as retrouvé...

– Je croyais t'avoir dit de ne pas sortir.

– Je ne suis pas...

– Ne me raconte pas d'histoires, Pete. Je sais où tu es allé.

– J'ai seulement...

– Écoute-moi bien, a-t-il dit d'une voix énervée. Quand je te demande de rester à la maison, tu restes à la maison. C'est compris ?

– Oui, mais...

– Est-ce que c'est compris ?

– Oui, Papa. Je suis désolé.

– Bon, écoute-moi, a-t-il ajouté rapidement. Je vais devoir y aller... les choses se compliquent. Je ne sais pas s'ils vont me laisser...

– Quoi ? S'ils vont te laisser quoi ?

– Rien, ça n'a pas d'importance. Écoute-moi bien. Tu vas rester à la maison avec ta mère pour le reste de la journée. Tu ne vas nulle part et tu ne parles à personne. Tu m'as bien entendu ?

– Oui…

– Et quand je dis personne, c'est personne, Pete. Compris ? Je me fiche de savoir si c'est les médias, tes amis ou la police…

– La police ?

– Je t'expliquerai plus tard. En attendant, pas un mot à personne avant que nous en ayons d'abord discuté. Je serai à la maison dans quelques heures…

– Mais, pourquoi…

– Fais ce que je te dis, Pete.

– Oui, d'accord.

– Bon, je dois y aller.

– Tu as du nouveau au sujet de Raymond ?

– Non, mais on le cherche. Sa mère nous a appelés, il y a environ une heure. Nous aurons besoin d'une déposition écrite de ta part, à propos de la nuit dernière…

– Une déposition…

– Plus tard, je t'expliquerai tout ça à mon retour. Pour l'instant, tu te tiens tranquille et on en parle dès que possible.

Ma mère a essayé de me tirer les vers du nez, en me demandant ce que mon père voulait, mais je n'étais pas d'humeur à répondre à ses questions, et je me suis contenté de marmonner, et de hausser les épaules jusqu'à ce qu'enfin elle abandonne et me laisse retourner dans ma chambre.

Mon père m'avait paru très étrange au téléphone et je n'arrivais pas à comprendre pourquoi. Je savais qu'il était en colère contre moi et qu'il était sous pression, mais pour le reste, il n'avait rien voulu lâcher, exigeant que je ne parle à personne, même pas à la police. Je n'y comprenais rien.

On aurait presque pu croire qu'il voulait me protéger de quelque chose...

Ou était-ce lui-même qu'il voulait protéger ?

Allongé sur mon lit, j'y réfléchissais en fixant la télé.

J'y pensais toujours environ une heure et demie plus tard lorsque mon portable a sonné. J'ai vite décroché, en espérant que ma mère n'entendrait rien, et j'ai parlé à voix basse.

– Allô ?

– Pete ?

– Salut, Nicole. Comment vas-tu ?

– Tu as vu ce qui se passe avec Stella ? a-t-elle ajouté rapidement.

– Oui...

– Je viens de voir ça aux infos... Bon sang, Pete... qu'est-ce qui se passe ? Pourquoi est-ce qu'ils passent cette vidéo en boucle ? Tu l'as vue ?

– Oui...

– Merde... on a l'impression que je suis mêlée à toute cette histoire.

– Mais non...

– Bien sûr que si ! Stella a disparu et on me voit la fusiller du regard comme si j'avais des envies de meurtre. Je veux dire... Bon Dieu... comment peuvent-ils faire ça ? C'est moi qu'on voit sur les images... Ils n'ont pas le droit de les passer en boucle sans me demander la permission, non ?

– Je ne sais pas, Nic'...

– Merde, a-t-elle répété.

Je l'ai entendu allumer une cigarette.

– À ton avis, Pete, qu'est-ce qui lui est arrivé ?

– Je n'en sais rien...

– Tu crois que Raymond est mêlé à ça ?

– Non.

Elle a hésité un moment, tiré sur sa cigarette et lorsqu'elle s'est remise à parler, sa voix semblait un peu plus posée.

– La police va vouloir nous entendre, non ?

– J'imagine…

– Qu'est-ce que tu as dit à ton père ?

– À quel sujet ?

– À propos d'hier soir ?

– Je lui ai raconté ce qui s'était passé.

– Tout ?

– Non, pas tout… mais il sait le principal.

– Tu lui as parlé de la cabane ?

– Non, je lui ai simplement expliqué que nous avions rejoint la fête foraine.

– Et après la fête ?

À mon tour, j'ai hésité, tout en me demandant ce que je devais raconter à Nic' et ce qu'elle savait déjà. J'ai réalisé que de toute façon, je lui en avais déjà trop dit et que je faisais exactement ce que mon père m'avait interdit. « Tu ne vas nulle part et tu ne parles à personne. » Mais je ne parlais pas à n'importe qui. C'était Nicole. Et ça me faisait du bien. Et j'avais besoin de me faire du bien.

– Je suis retourné chez toi après la fête, lui ai-je ajouté.

– Ah oui ? a-t-elle répondu prudemment.

– J'ai cherché Raymond partout et en rentrant, je me suis arrêté chez toi. J'ai pensé qu'il serait peut-être là-bas.

– Vers quelle heure ?

– Je ne sais pas… assez tard. Il n'y avait personne.

– Oui, a repris Nicole. Je crois qu'Éric n'est pas rentré avant trois heures du matin…

– J'y étais toujours à trois heures du matin.

Elle a reniflé.

– Il a pu rentrer vers trois heures et demie…

– Non.

– Comment tu le sais?

– Je me suis endormi sur ton perron. J'y ai passé toute la nuit. Éric n'est pas rentré avant au moins six heures du matin.

J'ai écouté le silence s'épaissir à l'autre bout du fil et je me demandais ce que Nicole allait répondre. Savait-elle qu'Éric m'avait menti, ou ne faisait-elle que répéter ce qu'il lui avait raconté?

– Ton père est au courant?

– Au courant de quoi?

– Que tu as passé toute la nuit chez nous? Enfin… Est-ce que tu lui as précisé qu'Éric n'était pas là?

– Oui… Oui, je crois. Mon père était à la maison quand je suis rentré et il m'a demandé où j'étais cette nuit.

Nic' a soupiré.

– Écoute, Pete… Éric est simplement gêné, c'est tout. Il t'a juste raconté des histoires parce qu'il était gêné.

– Gêné de quoi?

– Il faut que tu me promettes de ne pas le répéter.

– Je ne peux pas te promettre ça, Nicole. Si la police me pose des questions, je ne vais pas…

– D'accord, a-t-elle coupé. Ça n'est pas ce que je voulais dire. Je voulais simplement… tu sais… n'en parle à personne d'autre. Ne fais pas circuler l'info…

– Faire circuler quoi?

Un autre soupir.

– Éric… il était un peu bourré hier soir et il a passé la nuit avec quelqu'un…

– Et alors ?

Elle s'est éclairci la gorge.

– C'était quelqu'un... quelqu'un avec qui il n'aurait pas dû finir la nuit... un type plus vieux. Enfin, ça n'était pas non plus quelqu'un d'âgé, pas un genre de vieux pervers, plutôt un type dans les vingt-cinq ans. Et il était tout à fait normal... C'est juste qu'Éric n'aurait jamais couché avec lui s'il n'avait pas été saoul... Enfin, tu vois le topo.

« Ouais... ai-je pensé en moi-même, en songeant au type du manège. Oui, je vois très bien le topo. »

– Il a fait une bêtise, Pete, a repris Nicole. Rien de plus. Une bêtise. Il a couché avec ce type pour les mauvaises raisons. Il est conscient qu'il avait tort, et il le regrette. Maintenant ça va le poursuivre...

Elle a marqué une pause.

– Tu comprends ce que je veux dire ?

– Oui, je crois.

– Donc, enfin... c'est...

Sa voix était soudain hachée. La réception se brouillait brusquement.

– Nic' ? Tu m'entends ?

– ... si quelqu'un... allô ?

– Tu m'entends ?

– Allô ? Pete ?

La ligne a coupé.

J'ai tenté de la rappeler, mais son numéro sonnait occupé. Elle essayait sans doute aussi de me joindre. J'ai donc attendu que mon téléphone sonne, mais rien. Deux minutes plus tard, j'ai à nouveau composé son numéro, mais cette fois-ci, c'est moi qui ne captais plus.

J'ai abandonné. Allongé là, j'ai réfléchi à ce que Nicole venait de me raconter et je me demandais toujours pourquoi Éric m'avait menti. Cette histoire d'avoir couché avec un type plus âgé, d'en avoir honte, ça n'avait aucun sens. Même si c'était vrai, et même si Éric était vraiment gêné (et connaissant Éric, ça aurait été très surprenant), ça n'expliquait toujours pas ses mensonges. Il aurait très bien pu me dire qu'il avait passé la nuit avec quelqu'un. Il n'avait pas besoin de m'expliquer qui et il savait très bien que je n'aurais pas posé de question : aucune raison d'être embarrassé. Alors, pourquoi mentir ? Et pourquoi était-il avec Wes Campbell à la fête, hier soir ?

Et Stella ? J'ai pensé à Stella...

Et Pauly ?

Mais je pensais surtout à Raymond. Raymond : son visage, son sourire, ses yeux qui tombent. Ses parents : trop de problèmes, trop d'incompréhension. Ses moments de grâce : « L'étoile va s'éteindre ce soir. » Son avenir : la carte de la mort. « Est-ce que quelqu'un va mourir ? Sans la mort, la vie n'est pas la vie. »

Mon esprit s'est remis à vagabonder. J'ai dû finir par m'endormir, car je me souviens ensuite de m'être réveillé dans le noir. L'air était lourd de ce silence nocturne. Je transpirais et frissonnais en même temps. Chaud-froid. J'étais réveillé. Mais pas tout à fait. Je ne dormais pas, et je savais que je ne rêvais pas, mais j'en avais l'impression. Mon esprit partait à la dérive, ma tête était déconnectée. Mes sens ne semblaient plus m'appartenir. L'obscurité avait une curieuse teinte argentée et dans cette sombre lumière, je voyais des silhouettes se former. La télé était encore allumée et brillait de mille couleurs en 3D. Mon lecteur CD me souriait. Ma peau était comme du velours et l'air était blanc. Au-dessus, le plafond me paraissait à des milliers de kilomètres, comme un autre univers. Dessus couraient les montagnes, les rivières, les vallées et les routes.

Des enfants riaient, là-haut. Un orgue de Barbarie jouait. Et sur ma commode, le lapin en porcelaine était un cheval, un cheval à l'air sérieux, avec un collier de fleurs... et une moustache. Du sang gouttait sur les pétales. Le cheval était un lapin, qui remuait son nez en porcelaine... Il me murmurait quelque chose. Lapin Noir me murmurait quelque chose.

« Ramène-moi à la maison... Ramène-moi à la maison... »

– Raymond ? me suis-je entendu murmurer.

« Ramène-moi à la maison. »

– Où es-tu ?

« Nulle part. »

– Où es-tu, Raymond ?

« Partout... »

– Que t'est-il arrivé ?

« Rien. Ça n'a pas d'importance. »

– Raymond ? Qu'est-ce que tu as ?

Il se métamorphosait, planant juste au-dessus de moi, comme un immense colosse noir.

« Pete... ? »

Avec sa tête immense, sa bouche immense, sa main immense, tendue vers moi.

– Peter ?

Lente, caverneuse, la voix du colosse semblait sortir de nulle part. Distordue, omniprésente, insaisissable. Elle était terrifiante. Je me suis recroquevillé, en geignant comme un bébé, et en me couvrant les yeux de mes mains inertes.

– Qu'est-ce qui se passe, Pete ? Qu'est-ce qu'il t'arrive ?

La voix se faisait soudain plus douce.

Et familière.

Et lorsque j'ai ouvert les yeux, chassant la sueur d'un battement de cil, tout était redevenu normal. Ma chambre n'était plus que ma chambre. Plus de lecteurs CD qui sourient, plus de lapins qui parlent ou de chevaux à moustache. Plus de colosses noirs aux mains et à la tête immenses. Il n'y avait que mon père, debout, à côté de mon lit, légèrement penché vers moi.

QUATORZE

Mon père ne m'a probablement pas cru lorsque j'ai prétexté un simple cauchemar, mais il n'avait sans doute pas envie de se poser de questions. Au fond, il s'imaginait peut-être, que j'étais fou, hystérique ou que je faisais un mauvais trip sur une drogue quelconque, tout en refusant d'y croire. Il est donc resté un moment à côté de moi, à me regarder m'asseoir dans mon lit, pendant que j'épongeais la sueur de mon visage puis, après une minute ou deux de silence (il avait dû mettre ses doutes de côté), il s'est lentement approché de moi.

– Tu es sûr que ça va ?

– Oui...

– Ça n'a pas l'air.

Je lui ai souri.

– C'était juste un cauchemar, Papa. Je t'assure... Je vais bien.

Je mentais, bien sûr. Ça n'allait pas du tout. Je me sentais lourd et engourdi, comme si on m'avait injecté du plomb dans les veines. J'avais des fourmillements dans tous les membres, j'avais les yeux trop gros, et ma tête... Bon dieu, il se passait des choses vraiment étranges dans ma tête.

– Pourquoi es-tu encore habillé ?

– Quoi ?

– Il n'est pas encore huit heures.

J'étais soudain perdu. J'aurais juré qu'il était près de minuit, mais maintenant, mon père me parlait de huit heures. Ça n'avait pas de sens, car il aurait encore fait jour... mais en jetant un regard à la fenêtre, d'où filtrait la lumière du soleil, je réalisais qu'il faisait jour... bien sûr.

Lundi matin.

J'avais dormi Dieu sait combien de temps.

Je n'arrivais pas à le croire.

J'essayait de dissimuler ma surprise.

– J'étais fatigué. J'ai dû m'endormir devant la télé.

Il s'est tourné vers la télé. J'étais toujours sur la chaîne d'info. Ils y discutaient cours et marchés boursiers.

– Tu viens seulement d'arriver ? ai-je demandé à mon père.

Il a hoché la tête.

– Il y a environ une demi-heure.

– Je croyais que tu devais rentrer hier soir. Tu m'avais dit au téléphone que tu serais là...

– Oui je sais, mais il s'est passé certaines choses... Je n'ai pas pu me libérer plus tôt.

Il m'a regardé.

– Il faut qu'on parle, Pete. Et nous n'avons que peu de temps.

– Comment ça ?

Il a marqué une pause et son regard s'est fait plus insistant. Il a pris une profonde inspiration avant de se lancer.

– L'un de mes collègues sera là dans une demi-heure pour te poser quelques questions au sujet de Stella et de Raymond. J'ignore s'il va prendre ta déposition directement, mais il veut savoir tout ce qui s'est passé samedi soir. Et quand je dis tout, c'est absolument tout. Tu m'as compris ?

– Je t'ai déjà raconté ce qui s'est passé.

– Mais tu ne m'as pas tout dit, hein ?

J'ai baissé les yeux.

– Écoute, Pete, a-t-il ajouté, c'est très important. Je sais que ça n'est pas facile pour toi, mais la police doit savoir...

– Pourquoi est-ce que je ne t'en parlerais pas à toi ? Pourquoi faut-il qu'ils envoient quelqu'un d'autre ? Tu pourrais prendre ma déposition, non ?

Mon père a secoué la tête.

– Ça n'est malheureusement pas si simple.

– Pourquoi ?

– Parce que tu es mêlé à tout ça.

Il a pris une autre inspiration et a expiré très lentement. Je crois que ce qu'il exhalait, c'était la fatigue.

– Tu étais avec Raymond, a-t-il repris d'un ton las, et Raymond s'est volatilisé. Et vous étiez tous les deux présents à la fête lorsque Stella Ross a disparu.

Il s'est tourné vers moi.

– Tu es impliqué dans cette affaire, Pete. Et je suis ton père. Ce qui signifie que je n'ai pas le droit de m'en mêler.

– Pourquoi ?

– Conflit d'intérêts, a-t-il soufflé. Si les choses en venaient à un procès, et que l'un des témoins est le fils de l'un des enquêteurs... eh bien, il n'y aurait même pas de procès.

Il a soupiré.

– Donc, depuis sept heures ce matin, je suis officiellement dessaisi de l'affaire. Je ne devrais même pas t'en parler.

– Mais tu désobéis.

Il a souri.

– Je fais de mon mieux.

– Il y a du nouveau pour Raymond ? lui ai-je demandé en soutenant son regard.

– Non.

– Et pour Stella ?

Il a consulté sa montre.

– Écoute, il ne nous reste qu'une vingtaine de minutes avant que...

Il s'est interrompu pour mieux écouter une voiture en train de se garer dans la rue. J'ai entendu une portière s'ouvrir puis se refermer – clac, clac – puis des pas se rapprocher de la maison. Mon père s'est dirigé vers la fenêtre.

– Merde, a-t-il marmonné en revérifiant l'heure. Il est en avance.

La sonnette a retenti. Mon père s'est retourné.

– Tu connais John Kesey, non ?

J'ai hoché la tête. John Kesey était l'un des inspecteurs qui travaillaient avec lui depuis des années. Ils étaient amis. Des amis proches.

– Bon, écoute-moi bien. Je veux que tu lui dises la vérité, d'accord ? Quoiqu'il te demande, peu importe si ça te met mal à l'aise, dis-lui simplement la vérité. Tu m'as compris ?

– Oui, mais...

– Je serai là quand il t'interrogera, mais ne te crois pas obligé de me cacher quoi que ce soit.

Il a posé une main sur mon épaule.

– Je sais que tu as pris une bouteille de vin. Et je sais aussi que tu étais un peu saoul... et j'imagine que tu as fait d'autres choses que tu voudrais oublier. Mais ça n'a pas d'importance, d'accord ? Tu dois dire la vérité et ne rien dissimuler, d'accord ?

– Oui...

La sonnette a retenti une seconde fois.

– Allez, a repris mon père, en se dirigeant vers la porte, c'est parti.

Lorsque nous sommes descendus, ma mère avait déjà fait entrer John Kesey. Ils nous attendaient tous les deux dans le salon. Kesey avait toujours la même mine : pâle et malingre, comme s'il passait le plus clair de son temps dans des pubs sombres, à l'abri de la lumière. Du même âge que mon père, il semblait plus ravagé et plus marqué. Il avait les yeux cernés, les doigts jaunis par la nicotine ; son haleine exhalait une odeur rance de bière et de bonbons à la menthe.

Il nous a adressé un signe de tête.

– John, a dit mon père en répondant à son salut. Tu es en avance.

– Désolé, Jeff, nous ne pouvions plus attendre. Tu sais comment ça se passe. Si tu préfères, je patiente encore quelques minutes dans la voiture.

– Non. Ça ne fait rien.

– Tu en es sûr ?

– Oui.

Kesey m'a regardé.

– Tu vas bien, Pete ?

J'ai hoché la tête.

Il m'a souri.

– Un café ? a proposé mon père.

– S'il te plaît.

Papa s'est tourné vers ma mère.

– Ça ne t'ennuie pas de t'en occuper ?

Ma mère m'a souri avant de se tourner vers mon père. J'ai pensé qu'elle allait lui dire quelque chose, mais elle s'est tu. Elle l'a seulement fixé quelques instants, d'un regard qui en disait long – mais long de quoi ? – avant de tourner les talons et de se diriger vers la cuisine.

– Tu prends sa déposition ? a-t-il demandé à Kesey.

– Pas encore. Le commissaire veut d'abord tout reconstituer. On n'a pas une vision tout à fait claire des événements.

Il s'est tourné vers moi.

– On veut seulement te poser quelques questions, si ça ne te dérange pas.

J'ai haussé les épaules.

– Ça t'ennuie si j'assiste à l'entretien ? a insisté Papa.

Kesey a secoué la tête.

– Tant que tu ne...

– Oui, je sais. Je tiendrai ma langue.

Kesey semblait un peu gêné.

– Écoute, Jeff, je suis vraiment désolé, je sais que ça te met dans une position difficile...

– Aucun problème, a répondu mon père d'un ton bourru. Finissons-en, d'accord ?

Le temps de nous installer (moi sur le canapé, Kesey dans le fauteuil le plus proche et Papa dans un autre près de la fenêtre), ma mère était déjà de retour avec deux tasses de café. Elle les a servies avant de sortir sans un mot.

– Alors, Pete, a repris Kesey après une gorgée de café, nous allons simplement revoir ce qu'il s'est passé samedi soir, d'accord ?

Il a reposé sa tasse et ouvert son carnet.

– Il ne s'agit pas d'un interrogatoire officiel et tu n'as pas de mise en garde. Nous procédons juste à une enquête préliminaire et j'ai besoin de connaître quelques détails. Tu es d'accord ?

– Oui.

– Bien... Bon, tu sais sans doute que les parents de Raymond ont signalé sa disparition et si j'en crois ton père, tu es peut-être la dernière personne à l'avoir vu. C'est bien ça ?

– Oui.

– Cela s'est passé à la fête foraine, samedi soir ?

– Oui. À vrai dire, c'était probablement déjà dimanche matin.

– Très bien, dimanche matin. Donc, Raymond et toi, vous vous êtes rendus à la fête foraine ensemble.

– Plus ou moins...

– Qu'est-ce que tu entends par « plus ou moins » ?

J'ai réellement essayé de faire ce que mon père m'avait demandé. J'ai essayé de dire la vérité à Kesey et, au début, j'y suis arrivé sans problème. J'ai immédiatement reconnu avoir pris la bouteille de vin dans la cave de mon père. J'ai précisé que Raymond avait chipé une flasque à ses parents. Je lui ai appris que nous avions retrouvé les autres à la cabane, en indiquant le lieu où elle se trouvait et l'identité des participants. J'ai avoué que nous avions tous bu (je n'ai pas mentionné le joint) et que j'étais resté seul avec Nicole alors que les autres étaient déjà partis pour la fête...

– Attends un peu, m'a interrompu Kesey. Tu es resté en arrière avec Nicole ?

– Oui...

– Qu'est-ce qu'a fait Raymond ?

– Il est parti avec Éric et Pauly.

– Très bien... mais toi, tu es resté dans la cabane avec Nicole ?

– Oui...

– Pendant combien de temps ?

– Je ne sais pas... une vingtaine de minutes... quelque chose comme ça.

Kesey a lancé un bref regard à mon père, et a poursuivi :

– Pourquoi êtes-vous restés en arrière ?

– Nic' voulait me parler, seul à seul.

Kesey n'a rien ajouté, il m'a simplement observé.

– Il y a quelques années, nous étions assez proches, ai-je expliqué en essayant de ne pas trop rougir. Quand nous étions plus jeunes, on se voyait assez souvent et elle voulait m'en reparler, vous voyez... évoquer le bon vieux temps.

– Très bien, a répété Kesey. Et c'est tout? Vous avez parlé du bon vieux temps?

Un pressentiment m'a retenu, un peu comme... Je ne sais pas. Un genre d'avertissement instinctif. C'est difficile à décrire, mais j'avais l'impression que quelque chose en moi – un murmure omniprésent dans ma tête – me conseillait d'être prudent, de ne pas en dire trop... «Tu n'as pas à tout lui dire...» Je ne comprenais pas vraiment ce qui se passait, mais j'avais déjà fait l'erreur d'ignorer les choses que je ne comprenais pas et il n'était pas question de refaire la même bêtise.

– Pete, a repris Kesey, est-ce que tout va bien?

– Oui... désolé. J'étais juste...

– Juste quoi?

– Rien, ai-je répondu avec un sourire vague. J'ai oublié ce que je disais.

– Tu me parlais de Nicole, a-t-il répété patiemment. Tu te souviens? Tu étais avec elle dans la cabane et vous parliez du «bon vieux temps»?

– Ah, oui...

– Et c'est tout ce que vous avez fait? Vous n'avez fait que parler?

– Oui.

– Rien d'autre?

– Comme quoi, par exemple?

Il m'a souri d'un air entendu.

– Voyons Pete, tu vois très bien où je veux en venir… Nicole et toi… seuls dans la cabane… vous aviez tous les deux un peu bu…

– Nous avons juste parlé de choses et d'autres… ai-je répondu d'un ton détaché en soutenant son regard. C'est tout. Il ne s'est rien passé.

– D'accord, dit-il en cessant de sourire. Pourquoi Nicole est-elle arrivée seule à la fête ?

J'ai hésité.

– Qu'est-ce que vous voulez dire ?

– Pete, je ne suis pas idiot, a-t-il poursuivi d'un air las. J'ai vu l'extrait vidéo qu'ils passent en boucle à la télé, celle où on voit Stella à la fête foraine. C'est Nicole qu'on aperçoit en arrière-plan, non ? La jeune fille que Stella ignore… c'est Nicole Leigh ?

– Oui.

– Elle vient d'arriver à la fête.

– Oui.

– Seule.

– Et alors ?

– Alors où étais-tu ? Si vous étiez ensemble dans la cabane, à papoter comme de bons copains, pourquoi n'avez-vous pas rejoint ensemble la fête foraine ?

Pendant quelques instants, je n'ai plus su quoi dire. Je me contentais de le dévisager, en essayant de ne pas avoir l'air trop bête.

– Tu vois où je veux en venir ? a-t-il ajouté.

– Oui, ai-je répondu en baissant les yeux.

– Que s'est-il passé, Pete ?

J'ai pris une profonde inspiration et je l'ai regardé.

– Rien de particulier… Enfin, nous nous sommes juste un peu disputés, c'est tout.

– Nicole et toi ?

– Oui.

– Vous vous êtes disputés à la cabane ?

– Oui.

– À quel propos ?

– Rien de grave...

– Il devait bien y avoir une raison.

J'ai secoué la tête.

– C'était une dispute idiote... Nous avions tous les deux un peu trop bu, j'ai dit une bêtise, Nicole l'a mal pris...

Kesey a levé les sourcils.

– Qu'est-ce que tu lui as dit ?

– Je ne m'en souviens pas.

– Tu ne t'en souviens pas ?

J'ai encore haussé les épaules.

– Comme je vous l'ai dit, c'était une dispute idiote...

Il m'a dévisagé un moment, pour mieux me faire comprendre qu'il n'était pas satisfait de ma réponse, puis il a hoché la tête.

– D'accord, a-t-il soupiré. Donc vous vous êtes disputés. Que s'est-il passé ensuite ?

– Nic' est partie seule à la fête foraine.

– Elle était toujours fâchée ?

– Je crois...

– Qu'est-ce que tu as fait après son départ ?

– Rien de particulier... Je suis resté dans la cabane, peut-être cinq minutes et je suis parti.

– Est-ce que Stella et Nicole se connaissent ?

Le brusque changement de sujet m'a dérouté.

– Pardon ?

– Stella et Nicole ? a-t-il articulé lentement. Est-ce qu'elles se connaissent ?

– Euh, oui… Enfin, elles étaient amies à l'époque où Stella était encore à l'école, mais elles se sont perdues de vue quand Stella est devenue célèbre…

– Donc, ce ne sont plus des amies ?

– Plus vraiment.

– C'est pour cette raison que Stella a snobé Nicole à la fête ?

– Je n'en sais rien… Sans doute…

J'ai dévisagé Kesey, comprenant soudain où il voulait en venir.

– Mais elles ne se détestent pas non plus… Enfin, si vous pensez que Nic'…

– Je ne pense rien du tout, a-t-il répondu calmement. Tu sais d'où vient l'extrait vidéo diffusé à la télé ?

– Comment ?

– La vidéo qui montre Stella à la fête foraine… tu sais qui l'a filmée ?

– C'était un type, avec une caméra… Il accompagnait Stella. Il y en avait aussi un autre, avec un micro.

– Ils accompagnaient Stella ?

– Oui, elle avait tout un groupe de gens avec elle.

– À quoi ressemblaient ce cameraman et ce perchiste ?

Je ne m'en rappelais pas vraiment, mais j'ai fait de mon mieux pour les décrire. Et alors que je marmonnais quelques indications – l'un d'eux était plutôt grand, l'autre était un peu plus petit –, j'ai commencé à réaliser que si la police ignorait l'identité des vidéastes, ils n'avaient probablement pas vu la totalité de l'extrait. Ils ne savaient donc sans doute pas que Raymond avait passé un peu de temps avec Stella avant que je ne l'arrache à ses griffes manucurées. Et cela signifiait sans doute que…

– Alors, tu l'as vue ? m'a soudain demandé Kesey.

– Qui ?

– Stella Ross. Tu l'as vue à la fête foraine ?

J'ai levé les yeux.

– Puisque tu as vu ces deux types avec leurs équipements et que tu dis qu'ils accompagnaient Stella...

– Oui, ai-je répondu, oui, je l'ai vue.

– Tu lui as parlé ?

– Très rapidement...

J'ai haussé les épaules.

– Nous nous sommes seulement salués... Enfin, c'est parce que je la connaissais, à l'école.

Kesey m'a souri.

– Elle ne t'a pas snobé, alors ?

– Non.

– Quelle heure était-il lorsque tu l'as vue ?

– Il était encore tôt... environ vingt-deux heures trente, peut-être vingt-trois. Je venais d'arriver.

– Et que faisait-elle ?

– Rien de spécial... elle se promenait, enfin... vous voyez, elle attirait l'attention.

– Et tu lui as seulement dit bonjour ?

– Oui.

– Rien d'autre ?

J'ai secoué la tête.

– Je cherchais Raymond. Je culpabilisais de l'avoir laissé partir tout seul.

– Pourquoi donc ?

– Il est un peu... Certaines choses l'angoissent un peu parfois.

– Il s'angoisse facilement ?

– Oui.

Kesey a noté quelque chose dans son carnet puis a relevé la tête.

– Donc, tu t'es mis à chercher Raymond.

– Oui.

– Et puis ?

J'ai continué à lui répéter mon histoire, cette fois en redoublant de prudence. J'ai dit à Kesey que j'avais fini par retrouver Raymond, sans pour autant rentrer dans les détails. J'ai fait allusion à l'épisode chez la voyante, sans répéter ses paroles. Et je lui ai expliqué avoir perdu Raymond près des sanisettes et l'avoir cherché pendant des heures. Rien d'autre.

– Alors, à quelle heure as-tu quitté la fête ?

– Je ne sais pas. Il était tard. Minuit passé.

– Et tu es rentré chez toi directement ?

– Non, je me suis arrêté chez Éric et Nicole.

– Où habitent-ils ?

– Sur Recreation Road. Je pensais que Raymond y serait peut-être.

– Mais il n'y était pas ?

– Non.

– Tu as parlé à Éric ou à Nicole ?

J'ai secoué la tête.

– Ils n'étaient pas chez eux.

– Qu'est-ce que tu as fait ensuite ?

– J'ai attendu…

– Combien de temps ?

– Je n'en sais rien… Je me suis endormi.

Kesey m'a fait un grand sourire.

– Tu t'es endormi ?

– Je n'en avais pas l'intention… Je me suis simplement assis sur le perron et, j'imagine qu'étant un peu saoul… enfin…

– À quelle heure t'es-tu réveillé ?

– Vers six heures, il pleuvait. Je suis revenu jusqu'à Hythe Street et je suis allé chez Raymond pour voir s'il était chez lui. Mais il n'était pas là. Et quelqu'un avait tué son lapin…

– Et c'est là que tu es rentré chez toi et que tu as parlé à ton père ?

– Oui… J'ai essayé de prévenir monsieur et madame Daggett, mais ils n'avaient pas l'air très inquiets. Donc, j'ai couru jusqu'ici pour avertir Papa.

– D'accord.

Kesey a marqué une pause.

– Pourquoi es-tu retourné sur le site de la fête foraine dimanche matin ?

– Pardon ?

– Tu sais très bien de quoi je veux parler, Pete. Pourquoi y es-tu retourné ?

– Je cherchais Raymond. Je m'inquiétais pour lui…

– Ça n'est pas ce que tu as répondu au policier quand il t'a demandé ce que tu faisais là-bas.

– Quoi ?

– Allons, Pete, a répété Kesey en souriant. Le policier en uniforme à la fête foraine, dimanche matin. Il t'a parlé, non ? Il t'a demandé ce que tu faisais là et tu lui as répondu que tu jetais seulement un œil. Tu n'as pas parlé de Raymond.

– Oui, je sais…

– Et lorsqu'il t'a fait préciser à quelle heure tu avais quitté la fête foraine samedi soir, tu ne lui as pas dit que tu t'étais arrêté chez Éric et Nicole, sur le chemin, n'est-ce pas ?

– Non, mais...

– Pourquoi ?

– Je ne sais pas... Je... Je n'essayais pas de dissimuler quoi que ce soit...

– Dissimuler quoi ?

– Rien... je n'ai rien à cacher. Je voulais simplement... enfin... je n'avais pas les idées très claires.

J'ai levé les yeux vers mon père, puis vers Kesey.

– Bon, d'accord, a-t-il répondu calmement. Tant que tu nous dis tout maintenant.

– C'est le cas.

– Et si ça ne l'est pas, nous nous en rendrons vite compte. Tu en es conscient, n'est-ce pas ?

Il a tapoté sur son carnet.

– Nous allons vérifier tout ça. Donc si tu as « oublié » quelque chose, c'est le moment d'en parler. Tu comprends ?

– Je vous ai tout dit.

– Je l'espère, a-t-il répondu. Car plus nous en savons, plus nous avons de chance de retrouver Raymond.

– Oui... enfin, si vous aviez réagi aussi vite que pour Stella...

– Ça va, Pete, a coupé Papa, ne recommençons pas avec ça.

J'ai alors surpris le regard que Kesey a lancé à mon père... Il signifiait quelque chose, un sous-entendu entre eux, mais je ne comprenais pas lequel.

– C'est bon, a repris mon père. Tu as terminé ?

Kesey a fait un signe affirmatif.

– Oui, je pense que ça ira pour l'instant. Évidemment, si on retrouve Raymond et Stella, comme nous l'espérons, l'affaire n'ira pas plus loin. Mais si nous ne les retrouvons pas rapidement, il nous faudra une déposition écrite et nous te poserons davantage de questions.

J'ai hoché la tête.

Il m'a dévisagé. Ses yeux paraissaient remplis de questions sans réponse, et je suis certain qu'il était sur le point d'ajouter quelque chose, mais mon père ne lui en a pas laissé le temps.

– Eh bien, merci beaucoup, John, a-t-il lancé en se levant avant de traverser la pièce. Et merci de m'avoir permis de rester, j'apprécie.

Kesey lui a souri.

– Pas de problème, Jeff. Merci d'avoir bien pris la chose.

– Tu retournes au commissariat ?

– Pas encore... J'ai quelques personnes à voir.

– D'accord.

– Et toi ?

Mon père a eu un geste vague.

– Je dois y retourner à dix-huit heures ce soir. La paperasse, les rapports, tu sais ce que c'est... ils m'occupent pour me tenir loin de l'affaire.

– Pourquoi ne pas prendre quelques jours ?

– J'ai besoin d'argent. Or, quand on est vacances, on ne peut pas faire d'heures supplémentaires.

– Bien sûr...

Alors que mon père raccompagnait Kesey, ils ont poursuivi leur discussion. Malgré le ton amical, l'embarras était palpable. J'imagine que la situation était complexe pour eux : mon père devait s'effacer et laisser Kesey continuer seul l'enquête. Quant à Kesey, il lui fallait jouer les gros bras avec le fils de son ami... Bref, la situation était délicate. Et j'avais l'impression que les choses n'iraient pas en s'arrangeant.

Mon père ne m'a pas dit grand-chose après le départ de Kesey. Je savais qu'il aurait voulu discuter, mais il pensait sans doute que j'avais eu ma dose pour la journée. Et puis, il paraissait fatigué. Il tenait à peine debout.

– Je vais allez dormir une heure ou deux. Si ça ne t'ennuie pas.

– Bien sûr.

– Et je crois que tu devrais essayer de te reposer un peu aussi. Tu as l'air bouleversé.

– D'accord.

– Je te réveillerai en milieu de journée et on parlera.

– Oui.

Il m'a fixé, essayant de se concentrer, luttant pour trouver ses mots... mais en vain. Quoi qu'il ait voulu dire, il n'a pas pu. Il a posé une main sur mon épaule et l'a pressée gentiment.

– On en discutera plus tard.

J'ai hoché la tête.

– À tout à l'heure, Papa.

Je l'ai regardé glisser hors de la pièce, puis je l'ai écouté monter l'escalier. Il a ouvert la porte de la chambre avant de la refermer doucement. J'ai distingué son chuchotement lorsqu'il s'est adressé à ma mère. Je devinais qu'ils parlaient de moi.

Je suis monté dans ma chambre, faisant en sorte que mes parents m'entendent, puis je suis ressorti sur la pointe des pieds. J'ai filé par la porte de derrière, tiré mon vélo de la remise avant de grimper sur la selle pour rejoindre la route.

QUINZE

La cité de Greenwell est un dédale d'allées interminables et de bâtiments d'un gris granite tous semblables. Là-bas, à sept ans, les gamins caillassent les voitures et à douze, ils font la loi. Là-bas, pas d'animaux de compagnie : les chiens sont des armes et les chats, des cibles. Là-bas, tout le monde connaît tout le monde, et les étrangers sont vite repérés. Et lorsqu'on n'est pas de Greenwell, ou qu'on n'y connaît personne, mieux vaut ne pas y traîner trop longtemps.

En remontant vers le cœur du quartier, je remarquais que les rues les plus dangereuses étaient presque désertes, ce qui ne signifiait pas nécessairement qu'il n'y avait personne. Je n'y voyais personne, nuance. Déjà, je sentais des regards peser sur moi. Mais j'ai continué à pédaler, à travers cette chaleur sourde et grisonnante, entre les terrains de sport en friche, les allées constellées de merdes de chien, les garages barricadés, les voitures incendiées et les routes qui ne menaient plus nulle part...

Le soleil cognait.

La cité était glaciale.

Les yeux invisibles étaient partout.

La maison de Pauly Gilpin était une masse crépie grise, au bout d'une rue remplie de masses crépies grises. Comme toutes les habitations du coin, elle avait des fenêtres sales, une porte couleur de merde et une cour miteuse en béton fendillé, envahie par les mauvaises herbes. Je suis descendu de vélo, je l'ai poussé jusqu'à la porte d'entrée et l'ai appuyé contre le mur. J'ai sonné et attendu.

C'était vraiment curieux de me retrouver chez Pauly. Aucun souvenir ne me revenait. Face à la porte dont la peinture s'écaillait, je replongeais une fois de plus dans le passé, à l'époque où Pauly passait son temps avec nous. J'ai soudain réalisé que nous n'étions jamais entrés chez lui. D'ailleurs, je n'étais venu ici que deux fois. Et même à l'époque, on ne nous avait jamais fait entrer.

Mais une vie entière semblait s'être écoulée depuis.

Lorsque Pauly a enfin ouvert la porte, il avait exactement la même expression, sans artifice, que j'avais surpris à la fête foraine, alors qu'il était seul sur le banc : ce côté perdu, esseulé, sombre. Pieds et torse nus, il était seulement vêtu d'un jean et j'en ai déduit qu'il venait de se lever. Les cheveux en bataille, les paupières gonflées, il lui a fallu quelques secondes pour me reconnaître.

– Pete ? a-t-il marmonné en clignant des yeux et en se frottant les paupières. Salut... qu'est-ce que tu fais là ?

– Il faut qu'on parle.

– Ah oui ?

Instinctivement, il a observé la rue, par-dessus mon épaule.

– Tu aurais dû m'appeler avant, m'a-t-il dit, toujours sans me regarder. J'allais sortir...

– Est-ce que la police est venue chez toi ?

Il a brusquement levé les yeux.

– Quoi ?

– Les policiers sont venus chez toi ?

– À quel propos ?

– À ton avis ?

– Ah, oui… Stella… Oui, j'ai vu ça aux infos.

Il a secoué la tête.

– Je n'arrivais pas à y croire.

Mais sa voix n'exprimait aucune incrédulité. Il égrenait simplement des mots… Le genre de banalités qu'on sort lorsqu'on se sent obligé de dire quelque chose. Et sa surprise semblait plus forcée que réelle.

– Pourquoi les flics voudraient me voir ? a-t-il repris. Je ne sais rien au sujet de Stella…

– Raymond a disparu aussi.

– Raymond ? Qu'est-ce que Raymond a à voir là-dedans ? Il n'était même pas…

– Il n'était même pas quoi ?

Paul a hésité, avant d'ajouter, avec son rictus habituel :

– Quoi ?

– Raymond n'était même pas quoi ? ai-je répété.

– Non, rien… Et puis, ils n'en ont même pas parlé aux infos… de Raymond. Enfin, ils n'ont pas dit qu'il avait disparu.

Je l'ai dévisagé. De nouveau, il évitait mon regard et feignait de s'intéresser à quelque chose dans la rue. Il s'est frotté la nuque et massé le ventre, avant de gratter la croûte d'une cicatrice sous son œil…

– Je peux entrer ? lui ai-je demandé.

– Quoi ?

Rictus.

– Je peux entrer ?

– J'allais sortir…

– Tu ne veux pas savoir ce que la police m'a demandé ?

– Ils t'ont interrogé ?

J'ai hoché la tête.

– Ce matin.

– Qu'est-ce que tu leur as dit ?

– Si tu me laisses entrer, tu le sauras.

L'été n'arrivait pas jusque chez Pauly. Malgré la chaleur à l'extérieur, tout dans cette maison était froid, moite et sombre. Elle semblait ne jamais avoir vu la lumière du soleil.

En suivant Pauly le long de l'escalier étroit jusqu'à sa chambre, je me suis alors demandé où étaient ses parents. Dormaient-ils ? Étaient-ils partis travailler ? Je n'avais vu ni entendu personne d'autre dans la maison, en apparence complètement vide et, à mon avis, elle donnait toujours cette impression. Pas moyen de savoir si ses parents étaient là ou non. Ça n'avait pas beaucoup d'importance. Mais en y réfléchissant, je réalisais que je ne savais rien de sa famille. Je ne me rappelais pas les avoir déjà vus et je ne me souvenais pas que Pauly ait un jour parlé d'eux. Ils n'y avaient peut-être pas d'« eux », d'ailleurs. Divorcés, séparés, décédés… ?

– Attention, m'a-t-il prévu en atteignant l'étage. Ce putain de chat a encore été malade.

J'ai évité une feuille de papier journal souillée avant d'entrer dans sa chambre.

Elle n'avait rien de sympathique. Je ne prétends pas que la mienne soit l'endroit le mieux rangé du monde, mais la chambre de Pauly n'était pas seulement en désordre, c'était un taudis. Les détritus s'entassaient partout : les emballages vides de KFC traînaient çà et là, les vêtements sales s'empilaient, les cendriers débordaient, et les mouches volaient autour d'assiettes sales. Le lit était défait, les draps étaient crasseux, froissés et, partout, ça sentait le fauve. Tout dans cette pièce irradiait la saleté : le sol, les meubles bon marché, les photos cochonnes scotchées maladroitement aux murs. Les rideaux étaient tirés, il y avait donc peu de lumière, mais suffisamment pour distinguer certaines images : Stella. Les feuilles A4, des JPG imprimés en noir et blanc, pixellisés à l'extrême, faisaient peine à voir.

– Quoi ? m'a lancé Pauly en me voyant les observer. Ce ne sont que des photos. Ne me dis pas que tu ne les as pas vues.

– Je ne les ai pas accrochées chez moi.

– Où tu veux en venir ?

– Ce sont des photos de Stella, Pauly. Et Stella a disparu.

– Et alors ? Tu sous-entends que j'ai quelque chose à voir là-dedans ?

– Je n'ai pas dit ça...

– Tu penses que j'aurais des photos d'elle accrochées dans ma chambre si j'avais quelque chose à voir dans tout ça ?

Je l'ai regardé.

– Si j'étais toi, je les décrocherais vite fait. Avant que la police ne débarque.

– Pourquoi est-ce qu'ils voudraient me voir ? Qu'est-ce que tu leur as raconté ?

– Rien. Ils voulaient savoir ce qu'il s'était passé samedi soir, c'est tout. J'ai dû leur parler de la cabane.

– Pour leur dire quoi ?

– Ils voulaient savoir qui était présent.

– Pourquoi ?

– Raymond a disparu, bon Dieu. Voilà, pourquoi !

– Ah, oui… Je pensais que tu parlais…

– Quoi ?

– Rien.

Il s'est approché de son lit et a tiré un t-shirt de la pile de vêtements sales.

– Qu'est-ce qui lui est arrivé ? m'a-t-il demandé d'un air détaché en s'approchant de son bureau encombré. Enfin, à Raymond. Où est-il ?

– Il a disparu : comment veux-tu que je le sache ?

– Oui, c'est vrai.

Pauly se tenait devant son ordinateur. Il me tournait le dos, je ne voyais donc pas ce qu'il fabriquait, mais je comprenais à son ton détaché qu'il ne pensait pas à Raymond. Il avait la tête ailleurs… Il a saisi un objet, l'a enfoui dans sa poche, a repris autre chose, ouvert un tiroir et l'a posé à l'intérieur avant de refermer le tiroir…

– J'ai dit à la police que tu étais à la cabane, mais je n'ai pas parlé de ce qui s'est passé après.

Il s'est retourné et m'a dévisagé.

– Après ?

– Quand je t'ai vu près des sanisettes, tu te souviens ? Tu étais assis sur un banc ; je cherchais Raymond et tu observais Éric et Campbell.

– Je ne les observais pas.

– Bien sûr que si. J'étais derrière toi. Je t'ai regardé faire pendant cinq minutes.

Son visage s'est durci.

– Tu as quoi ?

– Tu les observais Pauly. Je t'ai vu faire.

Il me dévisageait et dans ses yeux, durs et froids, j'ai entraperçu pour la première fois quelque chose d'effrayant, la possibilité d'une certaine violence. Ma peur n'était pas physique. Je doutais qu'il me fasse réellement du mal. C'était très bizarre, comme si je voyais quelqu'un d'autre, que je ne connaissais pas.

Et je me suis alors posé la question : l'avais-je un jour véritablement connu ?

L'impression n'a duré que quelques instants. Il a allumé une cigarette, ses yeux ont perdu de leur froideur et le Pauly que je connaissais a reparu.

– Mouais… a-t-il dit en soufflant la fumée. Et même si je les observais ? Il n'y a aucune loi qui l'interdit, il me semble.

– Pourquoi tu les observais ?

Il a paru peser le pour et le contre, tout en me fixant, puis il s'est assis sur son lit.

– D'accord, a-t-il concédé, en posant sa cigarette sur le rebord du cendrier. Je les regardais, c'est vrai. Mais je ne vois pas le rapport avec le reste. Je ne faisais rien de mal…

– Pourquoi ?

Il a fermé les yeux et a caché son visage dans ses mains. Pendant une ou deux secondes, j'ai vraiment cru qu'il allait se mettre à pleurer, mais il ne l'a pas fait. Il s'est juste frotté les yeux et a fait lentement glisser ses mains le long de son visage, comme s'il se préparait à quelque chose de difficile. Il a pris une grande inspiration avant d'ouvrir les yeux, de reprendre sa cigarette et de se tourner vers moi.

– Écoute, je voulais seulement savoir ce qu'ils fabriquaient ensemble, tous les deux, OK ? C'est tout. Je les ai vus et je… enfin, tu vois… Je ne comprenais pas pourquoi ils étaient ensemble. Éric et Wes… ça n'est pas normal…

– Pourquoi ?

La croûte sous son œil était tombée et la coupure s'était remise à saigner. Il l'a épongé du revers de la main, avant de l'essuyer sur son lit.

– Tu connais Éric, a-t-il insinué d'un ton mauvais. Il n'a rien à faire avec des gens comme Wes.

– Qu'est-ce que tu veux dire ?

– Tu vois très bien ce que je veux dire.

Il a fait un geste du menton en direction de la fenêtre, pour désigner les rues de la cité, dehors.

– Wes vient de ce monde, comme moi. Éric n'a rien à y faire. S'il traînait ici, il ne tiendrait pas cinq minutes.

– Quoi ? Parce qu'il est gay ?

– Non. Parce que c'est Éric.

Ça ne paraît sans doute pas très clair, mais il y avait du vrai dans ce que disait Pauly. Wes Campbell, c'était une chose, Éric en était une autre. Quoi qu'ils aient représenté pour Pauly, ils n'auraient pas dû se fréquenter. Ils constituaient chacun des parties différentes de son existence. Des cercles différents, des vies différentes. Ils n'avaient rien à faire ensemble.

– Où sont-ils allés ? lui ai-je demandé.

– Quoi ?

– Éric et Wes. À la fête, lorsque tu m'as laissé, sur ce banc, tu les as suivis, non ?

Pauly n'a rien dit pendant quelques instants. Il a passé son doigt sur sa coupure, enlevant encore un peu de sang avant d'écraser sa cigarette. Puis il s'est levé.

– Faut que j'aille pisser. Je reviens tout de suite, m'a-t-il lancé en sortant.

Il a fermé la porte de la chambre derrière lui.

La salle de bains était juste à côté, je l'ai donc entendu s'y enfermer. J'ai attendu de l'entendre uriner avant de me diriger vers son bureau et d'ouvrir lentement le tiroir. Au-dessus d'un tas de CD et de DVD se trouvait ce que Pauly avait pris sur le bureau pour le ranger : un flacon de plastique qui contenait de petites pilules bleues, un morceau de cannabis enveloppé dans du cellophane et une poudre blanche et scintillante dans un petit sac à congélation.

En regardant tous ces trucs, en me demandant ce que c'était et pourquoi Pauly avait pris la peine de les cacher, j'ai entendu un faible murmure provenant de la salle de bains. On aurait dit que Pauly parlait à quelqu'un. J'ai tendu l'oreille, en essayant de décrypter ses mots, mais je n'entendais que le son de sa voix : un murmure étouffé et prudent… trop voilé pour être intelligible.

Au bout d'une minute, le murmure s'est interrompu et je l'ai entendu tirer la chasse. J'ai refermé le tiroir et je me suis posté à l'autre bout de la chambre.

– Désolé, a marmonné Pauly en entrant.

Je l'ai regardé s'installer sur son lit. Il n'a pas levé les yeux et n'a rien dit non plus. Il s'est contenté de s'asseoir, les yeux rivés au sol, en se mordillant les lèvres et en tapant du pied.

– À qui tu parlais ?

– Hein ?

– Je t'ai entendu parler.

– Quand ?

– À l'instant, dans la salle de bains. Je t'ai entendu parler à quelqu'un.

– C'était pas moi. Sans doute les voisins… On entend tout à travers ces murs.

Il m'a fixé avec son rictus idiot.

– Tu n'imagines même pas les trucs que j'entends, parfois… Tiens, l'autre soir…

– Merci, mais je préfère ne pas savoir.

Il a haussé les épaules.

– Comme tu veux.

– Tu ne m'as toujours pas dit, pour Éric et Wes.

– Dire quoi ?

– Je t'ai demandé où ils étaient allés.

Il a froncé les sourcils.

– Quand ?

– À la fête foraine, ai-je insisté. Tu les as suivis. Où sont-ils allés, Pauly ?

Il a secoué la tête.

– J'en sais rien.

– Tu les as suivis !

– Oui, mais je ne les ai pas retrouvés.

Il m'a regardé.

– Je t'assure, Pete… Je ne sais pas où ils sont partis. J'ai cru les avoir vus passer par la petite grille, tu sais, celle qui donne sur le chemin du port, mais une fois là bas, je n'ai vu personne. Je les ai cherchés, j'ai remonté l'allée sur quelques mètres, mais il n'y avait plus personne.

– Qu'est-ce que tu as fait ensuite ?

– Rien, a-t-il répondu. J'ai traîné un petit moment près de la grille, au cas où ils reviendraient… puis je suis rentré chez moi.

– Donc, tu ne les as pas revus ?

– Non.

– Et tu ne sais pas où ils ont pu aller ?

– Je viens de te dire que…

– Et tu n'as revu aucun d'eux depuis samedi ?

– Non.

– Tu leur a parlé au téléphone ? ai-je poursuivi.

– Qu'est-ce que c'est que…

– Oui ou non ?

– Non.

– Pourquoi ?

– Pourquoi j'aurais dû leur parler ?

– Je pose simplement la question.

– Pourquoi ? Qu'est-ce que ça peut bien faire ? Et quel est le rapport avec tout le reste ?

Je l'ai alors observé et je me suis demandé ce qu'il était exactement… qui il était, vraiment… et ce que je faisais dans cette chambre sale et minuscule. Qu'est-ce que je fichais là ? Pourquoi lui poser toutes ces questions ? Peut-être parce que je voulais savoir pourquoi Éric m'avait menti… Au fond, quelle importance ? Quel était le rapport avec toute cette histoire ?

– Je ne sais pas, ai-je murmuré.

Ma voix semblait lointaine.

– Mouais, bon, il faut que j'y aille, a répondu Pauly.

Sa voix… ses mots…

– Pete ?

– Hein ?

– Qu'est-ce que tu as ?

– Quoi ?

– Écoute, a-t-il repris en jetant un coup d'œil à la pendule accrochée au mur, il faut vraiment que j'y aille. Donc… euh… si ça ne t'ennuie pas…

– Tu saignes.

– Quoi ?

– Cette coupure sous ton œil… elle s'est remise à saigner.

Pauly n'a plus rien dit. Il a simplement essuyé le sang avant de sortir de sa chambre. Je l'ai suivi dans les escaliers. Il ne disait toujours rien lorsqu'il a ouvert la porte d'entrée pour me faire sortir. Sur son perron, j'ai fixé d'un air stupide l'espace vide où aurait dû se trouver mon vélo. Rictus de Pauly.

– Merde, ai-je lâché.

Lorsqu'il a refermé la porte, disparaissant dans l'embrasure de la porte, je ne voyais que son rictus.

Comme le foot, comme la guitare, j'avais abandonné le vélo au cours de ces derniers mois. Ces choses-là ne m'intéressaient plus. Rien de grave, donc, dans la disparition du vélo. N'importe où ailleurs, rentrer à pied ne m'aurait posé aucun problème. Mais Greenwell n'est pas n'importe où. En remontant la rue, j'apercevais déjà quelques gamins qui se tenaient au coin. Je savais qu'ils m'observaient, qu'ils m'attendaient, qu'ils cherchaient une distraction… Je savais aussi qu'ils avaient mon vélo. L'un deux était posté sur la selle, un type au crâne rasé qui n'avait pas plus de quatorze ans. Croisant mon regard, il affichait un large sourire. Il a étiré la jambe pour écraser les rayons.

Difficile de garder un air détaché avec la trouille au ventre, mais j'ai fait de mon mieux. J'ai traversé la route normalement, feignant de ne rien avoir remarqué, d'être juste un type qui passe par là… qui transite. L'air de rien, j'ai pris à gauche sur une route perpendiculaire.

Je ne me suis pas vraiment mis à courir (on ne court jamais, à moins d'y être vraiment contraint), mais j'ai pressé le pas. La route, le chemin, la rue… Puis encore à gauche et le long d'un autre chemin, jusqu'à un petit terrain de sport. De là, j'apercevais la route qui longe les docks.

Je me suis arrêté et j'ai jeté un regard en arrière. Les gamins de Greenwell m'avaient emboîté le pas. Ils se contentaient de me suivre à bonne distance. Ils devaient être cinq ou six : joggings blancs, maillots de basket, et chaînes en or étincelaient au soleil.

Tout en poursuivant mon chemin, je me suis retourné de temps à autre pour les surveiller. Au bout d'un moment, le groupe s'est scindé en deux : trois ont pris un chemin différent, faisant pratiquement demi-tour. Je n'ai d'abord pas compris leur manœuvre et, pendant quelques secondes, j'ai cru être parano. Après tout, ils ne me suivaient peut-être pas… Ils marchaient dans la même direction que moi, et si trois d'entre eux prenaient un chemin différent… Mais j'ai ensuite vu où ces trois types se dirigeaient et j'ai soudain compris leur manège. Ils n'avaient pas simplement changé de direction ; ils rejoignaient l'autre extrémité de la route des docks, pour me barrer le passage sur St-Leonard Road.

La seule solution était de traverser la route des docks et de couper par le terrain vague jusqu'au Chemin de traverse.

Le grillage qui séparait le terrain vague de la route était autrefois un vieux machin complètement rouillé facile à franchir. Depuis quelque temps, c'était beaucoup plus compliqué. La nouvelle séparation est nettement plus haute que l'ancienne et il n'y avait pas un trou en vue.

De nouveau, je me suis retourné et j'ai vu les trois types de Greenwell arriver droit sur moi. Ils n'étaient plus qu'à une cinquantaine de mètres. De l'autre côté, les trois autres se rapprochaient eux aussi, de l'autre côté.

– Merde !

Jusque-là, je n'avais pas réellement eu peur. Rien qu'une légère inquiétude, accompagnée de cet affreux papillonnement dans le ventre, mais je ne pensais pas être réellement en danger. J'avais eu la trouille, mais pas au point de courir. Mais maintenant… maintenant, j'étais pris au piège.

Il était temps de déguerpir.

Je suis parti sur ma gauche, fuyant les trois types qui remontaient la route des docks et, tout en filant, je gardais les yeux rivés sur le grillage, à la recherche d'un passage vers le terrain vague. Derrière moi, j'entendais leurs pas, de plus en plus rapides, marteler le bitume et j'ai compris qu'ils s'étaient mis à courir aussi. Mais pas de temps à perdre à regarder derrière moi. J'ai continué.

Réfléchis ! Où aller et que faire si je n'arrivais pas à passer sur le terrain vague… Où me mène cette route ? Où puis-je aller ensuite ? Comment rentrer chez moi sans me faire tabasser ? Et j'ai alors réalisé que je n'avais pas la moindre idée d'où j'allais ou de ce que je comptais faire. Puis j'ai vu le trou. Tout au bout du terrain, juste à côté du parking d'un pub crasseux près des docks. Sur tout un pan du grillage, on avait arraché les fils de fer et on les avait retournés, laissant un espace suffisant pour s'y glisser.

J'ai plongé à travers l'ouverture, m'écharpant le bras au passage, et je me suis retourné très brièvement. Les trois autres avaient rejoint les types de Greenwell et ce groupe épars me coursait sur la route, à une vingtaine de mètres.

Je suis reparti, cavalant comme un fou à travers le terrain vague, en direction des tours du gaz.

L'optimisme revenait, car je savais maintenant où j'étais, où j'allais. Si je parvenais à dépasser les tours pour gravir la colline jusqu'au Chemin de traverse, je m'en sortirais probablement bien. Je connaissais le coin comme ma poche et une fois là-bas, j'aurais tout un tas de possibilités. Je pourrais rentrer chez moi, retourner vers le terrain de jeux, ou grimper sur la berge jusqu'à l'ancienne usine. En cas de besoin, je trouverais même un endroit où me cacher. Je poursuivais donc ma course sans paniquer, vite, mais pas trop, gardant un rythme constant, en évitant les multiples pierres, détritus et nids-de-poule.

Le terrain vague est un endroit bizarre. J'ignore ce qui s'y trouvait autrefois, ou s'il s'y est jamais trouvé quelque chose, mais l'atmosphère m'y a toujours paru curieuse. Difficile de l'expliquer, mais on a l'impression de mettre le pied dans un univers à part, avec une atmosphère, une topographie bien particulière. Le sol est presque nu. C'est une étendue irrégulière de béton fissuré, recouvert d'une fine couche de sable et de terre, où poussent çà et là des buissons biscornus et des arbres chétifs qui ne se développent jamais. Partout s'élèvent des monceaux de cailloux, des amas de gravats, des tas énormes et informes de ferrailles entremêlées, et plusieurs mares profondes débordant d'une eau grisâtre et huileuse se sont creusées. Tout dans cet endroit semble gris. Même ce qui ne l'est pas : les buissons, les arbres, la mousse épaisse et verdâtre qui enveloppe les mares... le gris est omniprésent. Mais au-delà, après le gris, sur les murs élevés qui bordent le terrain vague, là où les skateurs taguent leurs versions BD de la ville et de la rue, c'est une explosion de couleurs vives et vibrantes. Des rouges métalliques, des jaunes d'or, des mauves et des verts mêlés à des bleus électriques...

C'est incroyable.

Et puis, il y a l'atmosphère, l'air du terrain vague, avec cette faible mais constante odeur de gaz. Elle a toujours existé, cette légère émanation perturbante et, bien que les tours soient vides depuis des années, elle perdure. Elle ne faiblit ni n'augmente jamais. Elle est présente, sourde, dans le fond de l'air. La chose la plus curieuse, c'est qu'à peine sorti du terrain vague, à peine la clôture franchie vers la rive, l'odeur disparaît aussitôt.

Donc oui, comme je l'ai dit, c'est un endroit curieux, le genre d'endroit qui vous évoque... qui ne devrait rien vous évoquer. Car s'il ne m'avait rien évoqué, si je n'avais pas regardé autour de moi tout en courant, tout en songeant à l'étrangeté de cet endroit, j'aurais tout de suite aperçu les deux silhouettes qui se tenaient dans l'ombre des tours du gaz, et j'aurais eu plus de temps pour réfléchir.

Mais lorsque je les ai vues, c'était trop tard.

Les deux types se trouvaient juste à droite de la tour la plus proche. Et c'est seulement lorsqu'ils se sont déplacés face à moi, me barrant la route, que je les ai remarqués, et que j'ai manqué de leur foncer dedans. Je me suis arrêté juste à temps, j'ai viré à gauche pour contourner la tour. Ils n'ont pas vraiment fait d'effort pour m'attraper, et ils ne m'ont même pas pris en chasse... et j'aurais dû réaliser. Mais j'étais trop paniqué pour penser clairement. Ce n'est que lorsque j'ai atteint l'autre côté de la tour et que j'ai levé les yeux pour voir où j'allais que j'ai vu Wes Campbell debout, au milieu du chemin, qui me regardait avec un sourire moqueur...

C'est là, enfin, que j'ai compris ce qui se passait.

SEIZE

– Salut, Boland! m'a lancé Campbell. Ça va comme tu veux? Tu m'as l'air à bout de souffle, dis-moi.

Il m'avait cueilli à l'endroit idéal. Avec la tour à ma droite et un épais buisson de ronces à ma gauche, il bouchait l'unique issue. Sans me retourner, je devinais les types de Greenwell juste derrière moi. J'entendais leurs murmures et leurs rires étouffés, le bruit des briquets... ils devaient s'en griller une. Et moi, j'étais pris au piège.

Je ne pouvais que fixer Campbell qui s'avançait vers moi. Il arborait son petit sourire, son regard froid et il ne s'est pas arrêté avant de m'avoir presque marché dessus.

J'ai fait un pas en arrière et il a levé les sourcils, avec une expression de fausse surprise.

– Eh bien alors? a-t-il lancé d'un ton boudeur. Tu ne m'aimes pas?

Dans mon dos, quelqu'un a éclaté de rire.

– Pauly t'a appelé, hein?

Campbell a haussé les épaules.

– Pauly m'appelle tout le temps.

– Il t'a dit que j'étais chez lui...

Je me suis tu lorsque Campbell s'est penché sur moi en posant son index sur mes lèvres. Son geste avait quelque chose de curieusement doux, d'intime. Mais aussi, d'affreusement menaçant.

– Chuuut, a murmuré Campbell, en s'approchant toujours plus près. Tu parles trop... On te l'a déjà dit, non ?

Sans m'en rendre compte, j'ai hoché la tête.

Il m'a observé quelques instants. Ses yeux n'étaient qu'à quelques centimètres des miens, puis il a lentement retiré son doigt et, sans cesser de sourire, il s'est reculé.

– Je veux simplement qu'on discute, d'accord ? Rien que tous les deux, ça te va ?

Je ne savais pas quoi répondre, donc je n'ai rien répondu.

Campbell a plongé son regard dans le mien, puis il a finalement levé les yeux et adressé un signe de tête aux gars de Greenwell.

– C'est bon, leur a-t-il lancé. Vous pouvez y aller. Vous n'aurez qu'à m'attendre au coin.

– T'en as pour combien de temps ? a répondu l'un d'entre eux.

Campbell s'est tourné vers lui.

– Attendez-moi, c'est tout.

J'ai perçu quelques murmures et leur pas traînant alors qu'ils se dirigeaient vers le terrain vague. Campbell les a regardés s'éloigner et je me suis demandé ce qu'ils feraient si je me retournais en les suppliant : « Attendez, ne partez pas... Ne me laissez pas seul avec lui... »

Trop tard.

Ils repartaient déjà.

Et j'étais seul avec lui.

À sa façon de me dévisager, il savait qu'il avait tout pouvoir.

Autant dire que ça ne me plaisait pas.

– Tu ne comptes rien tenter d'idiot, hein ? m'a-t-il lancé.

– Non.

– Très bien. Parce que je ne te veux aucun mal, je veux seulement te parler. Tout ce que tu as à faire c'est de fermer ta gueule et de m'écouter, et tout ira bien. Vu ?

– Ouais.

– Rien de trop compliqué ?

– Non.

– Bien.

D'un mouvement du menton, il a désigné un tas de briques contre la tour.

– Va t'asseoir.

Je me suis assis.

Lorsque Campbell s'est installé à côté de moi, j'ignorais s'il me collait exprès ou si c'était un réflexe chez lui – une habitude de gros bras, qui consiste à envahir votre espace vital pour vous intimider. Sans le vouloir, je me suis écarté, mais presque aussitôt, il a passé son bras autour de mon cou et m'a ramené contre lui.

– Où tu vas, comme ça ? a-t-il demandé en serrant plus fort.

– Nulle part, ai-je marmonné, m'étouffant à moitié. Je me… je me mettais à l'aise.

Il a relâché son étreinte pour poser son bras autour de mes épaules.

– C'est mieux, comme ça ?

Que lui répondre ?

Il m'a fait un grand sourire.

– Tu es plus à l'aise, maintenant ?

Jamais de ma vie je n'avais été aussi mal à l'aise, mais j'ai tout de même hoché la tête.

– Parfait. Maintenant, écoute-moi… tu m'écoutes ?

– Oui.

– Très bien, voilà ce que tu vas faire. Tu vas arrêter de fourrer ton nez dans les affaires des autres. Tu vas oublier ce que tu as vu à la fête foraine. Et tu ne poseras plus de questions sur quoi que ce soit. Est-ce que tu m'as bien compris ?

– Pas vraiment…

Il a soupiré.

– Il paraît pourtant que tu es un type intelligent ?

– Je ne vois pas de quoi tu parles.

– Bon Dieu, c'est pas bien compliqué. Tu n'as rien vu, tu ne sais rien et tu ne veux rien savoir. Qu'est-ce que tu ne comprends pas ?

– J'ai seulement posé des questions à Pauly au sujet de Raymond.

– Qui ?

– Raymond… Raymond Daggett.

– C'est qui ce foutu Raymond Daggett ?

– Il était avec moi l'autre soir… Samedi soir, dans le Chemin de traverse…

– Le toqué ?

– Raymond n'est pas…

– On s'en fout de ce putain de Raymond, a-t-il lâché rageusement, en me prenant de nouveau par le cou. J'en ai rien à cirer, de Raymond… Ça n'a rien à voir avec ton foutu Raymond. Je te dis simplement d'arrêter de fourrer ton putain de nez partout, compris ?

– Ou alors quoi ? me suis-je entendu répondre.

Le silence n'a duré qu'une demi-seconde, le temps de me demander quelle mouche m'avait piqué, puis Campbell a serré son bras autour de ma nuque, avant de me pousser violemment la tête en bas. Le reste de mon corps a basculé en avant, mes jambes ont valsé dans les airs, et je me suis vautré sur le tas de briques, un bras écrasé sous ma poitrine, l'autre qui tâtonnait désespérément autour de moi pour essayer de trouver un appui et ma tête écrasée entre les jambes de Campbell.

C'était grotesque. Certes, j'avais une trouille bleue. Mais ça n'en restait pas moins grotesque.

J'arrivais à peine à respirer, songeant que mon crâne allait exploser sous l'effet de la douleur. Mais alors même que Campbell resserrait son étreinte, en m'écrasant tellement la gorge que j'ai cru que mes cervicales n'y résisteraient pas, j'étais toujours vaguement conscient que j'avais la tête fourrée entre ses deux jambes et ça n'était pas du tout normal. À vrai dire, j'étais presque gêné. Dieu sait pourquoi. Car je n'y étais pour rien et j'aurais pu ressentir bien des choses, plus utiles que ce vague et invraisemblable sentiment de honte.

Ou peut-être pas.

Peut-être que c'est ce qui se passe lorsqu'on croit qu'on va mourir : on se concentre sur les choses futiles, histoire d'oublier l'horreur. On pense à la gêne plutôt qu'à la douleur. On remarque le jean d'un blanc immaculé de son assassin, mais pas qu'il est en train de vous étrangler. On sent son odeur, un parfum d'une douceur sombre, et on se demande où on l'a déjà sentie...

On pense à l'obscurité, qui éteint chaque partie de nous.

L'obscurité.

Les étoiles...

Qui s'éteignent.

Un sombre silence.

Une douleur aveuglante.

Le noir...

Il était maintenant partout.

« Hé ! »

C'était plutôt agréable… comme d'être assis dans une bulle de lumière…

« Boland ? »

Quelqu'un me secouait, remuant la vie en moi pour mieux la raviver et du fond du ciel, une voix me parvenait.

– Tu m'écoutes, Boland ?

– Quoi ?

Un murmure.

– Regarde-moi.

J'ai ouvert les yeux. J'étais par terre, aux pieds de Campbell, allongé sur le dos, je l'apercevais au-dessus de moi. J'avais mal à la gorge. À la nuque. Le soleil m'aveuglait.

– Regarde-moi.

Lentement, je me suis assis et je l'ai regardé. Son visage m'apparaissait flou, froid et livide.

– La prochaine fois, je ne te lâcherai pas. Tu m'as compris ?

J'ai fait un signe affirmatif et la douleur dans ma nuque m'a fait grimacer.

Campbell s'est accroupi face à moi et a plongé ses yeux dans les miens.

– Plus de questions, OK ? Tu ne sais rien. Tu n'as rien vu. Et tout ça n'est jamais arrivé.

D'un geste doux, il a glissé des doigts sous mon menton, pour me faire lever la tête.

– Tu m'as bien entendu ?

– Oui.

– Bon.

Il m'a lâché et m'a tapoté la joue, avant se relever et de s'éloigner.

DIX-SEPT

Sur le chemin du retour, à chaque respiration, un curieux bruit râpeux montait dans le fond de ma gorge. J'avais un horrible mal de crâne, le cou affreusement raide et je voyais des étoiles : des petits flashs successifs, comme des astres scintillants. Mais compte tenu de ce que Campbell venait de me faire subir, en dépit de tout cela, j'étais plutôt en forme.

Physiquement, du moins.

Parce que mentalement, je m'écroulais.

D'abord, j'avais la trouille – et quand je parle de trouille, je veux dire peur panique. J'en tremblais de l'intérieur. Je me répétais : *C'est normal. Pas de quoi s'inquiéter. C'est juste une réaction à retardement, réaction tout à fait naturelle, un genre de séisme émotionnel...* Mais rien de tout cela n'était naturel. J'avais l'impression que jamais je ne reviendrais à mon état normal.

Ensuite, impossible de réfléchir. Tout dans ma tête se bousculait. Les pensées avaient beau être là (idées, souvenirs, faits, sentiments), je ne pouvais rien en faire. Elles ne tenaient plus en place. Leur bourdonnement incessant m'encombrait l'esprit, comme des mouches prisonnières d'une petite pièce, et chaque fois que je tentais d'en attraper une au vol, je saisissais du vent.

Impossible de raisonner.

Plus rien ne se connectait.

Des mouches plein la tête.

Une vision mouchetée.

« Tu ne sais rien. Tu n'as rien vu... La prochaine fois, je ne te lâcherai pas. »

Cette chaleur était irrespirable.

Au bout du Chemin de traverse, j'ai bifurqué pour rejoindre Hythe Street. J'ai cru un instant que les tâches qui floutaient ma vision se démultipliaient et je me suis demandé si j'étais sur le point de retomber dans les pommes. Puis j'ai réalisé que ces taches de lumière n'étaient pas blanches, mais bleues. Et ce genre de lumière n'avait rien d'un effet d'optique...

Il s'agissait des gyrophares de la police.

Deux véhicules étaient garés au coin, près de la grille du passage fermé qui menait à la rivière, et en traversant St-Leonard Road pour remonter Hythe Street, j'ai aperçu d'autres gyrophares, en haut de la rue. Le long de la route, un agent en uniforme étirait une bande de plastique pour sécuriser le périmètre, tout en essayant de repousser les curieux, pendant que ses collègues, regroupés autour des véhicules, parlaient dans leurs radios. Dans le lointain, j'écoutais distraitement le gémissement des sirènes et le vrombissement étouffé d'un hélicoptère, mais la seule chose que j'entendais vraiment, c'était les battements sourds de mon cœur qui cognait dans ma poitrine. Je me suis frayé un passage à travers les badauds avant de me glisser sous la bande.

Ils ont trouvé Raymond, me répétais-je. *Oh, mon dieu, ils ont trouvé Raymond.*

– Hé, a crié l'agent en se ruant vers moi. Dis donc, toi !

Je l'ai ignoré et j'ai continué droit devant moi. La grille du passage vers la rivière était ouverte, balisée avec cette même bande, et deux policiers scientifiques, vêtus de combinaisons en papier et de protections pour les chaussures, suivaient précautionneusement le sentier. Alors que je m'approchais de la grille, l'agent m'a rattrapé et m'a empoigné par le bras pour me faire reculer.

– Allez, a-t-il marmonné, fiche le camp!

J'ai tenté de le repousser, mais il était plutôt costaud et dès que j'ai fait mine de résister, il a replié mes bras dans mon dos et m'a poussé vers l'une des voitures de police.

– Attendez, ai-je insisté, juste une seconde...

– Tais-toi.

– Non, vous ne comprenez pas...

– Mike! a-t-il lancé à l'un de ses collègues. Sors-moi ce gamin d'ici, tu veux?

C'est alors que j'ai aperçu mon père. Il descendait la rue, arrivant de chez nous, et observait la scène avec attention. Lorsqu'il a vu cet agent me ceinturer, il s'est immédiatement mis à courir.

– Hé, a-t-il crié en agitant le bras. Hé, Diskin!

L'agent qui me tenait a levé la tête.

– Qu'est-ce que tu fais? lui a lancé mon père. Lâche-le!

– Jeff? a répondu l'agent Diskin. Qu'est-ce que tu...

– Lâche-le, a soufflé mon père, hors d'haleine.

– Mais il était...

– C'est mon fils.

– Ton fils?

Mon père a hoché la tête et Diskin a relâché un peu mon bras.

Mon père s'est tourné vers moi:

– Est-ce que ça va ?

– Oui…

– Qu'est-ce que tu fiches ici ?

– Rien… je…

– Il se dirigeait par là, est intervenu Diskin, en désignant la grille. Il fallait que je l'arrête. Je ne savais pas…

– Qu'est-ce qui se passe, ici ? a demandé mon père en jetant un regard autour de lui. Ils ont trouvé quelque chose ?

Diskin a hésité.

– Je ne sais pas… On nous a précisé… enfin…

– Quoi ? On vous a demandé de ne rien me dire ?

L'agent a baissé les yeux.

– Tu devrais voir ça avec le commissaire.

Mon père a dévisagé Diskin pendant quelques secondes, puis il s'est contenté d'un signe affirmatif.

– Où est-il ?

– Je crois qu'il est toujours en bas, à la rivière.

– Est-ce que Kesey est avec lui ?

– Oui, je crois.

– Très bien… Merci, Ross.

Diskin lui a adressé un sourire maladroit.

– Écoute… je suis vraiment désolé de tout ça, Jeff. Mais tu sais comment ça se passe…

– Oui, je sais.

Il s'est tourné vers moi.

– Allez, Pete. Je te ramène à la maison.

Mais nous ne sommes pas rentrés immédiatement. L'agent Diskin est retourné rassembler son troupeau de badauds, qu'un groupe de journalistes et de cameramen était venu grossir. Mon père m'a conduit à l'écart, derrière l'une des voitures de police. Nous étions toujours dans le périmètre de sécurité – je réalisais maintenant que les balises de la police coupaient la route dans les deux sens et, à en juger par les regards que ses collègues lançaient à mon père, ils savaient tous qu'il n'était pas censé se trouver là, mais aucun n'a fait de commentaires.

– Qu'est-ce qui se passe, Papa? ai-je dit en me massant la nuque. Qu'est-ce qu'ils ont trouvé? Est-ce que c'est Raymond?

– Je l'ignore... je viens seulement de me réveiller. Je n'en sais pas plus que toi.

Il m'a regardé.

– Est-ce que ça va? Diskin ne t'a pas fait mal?

– Non, non. J'ai simplement le cou un peu raide.

Mon père m'a lancé un regard pénétrant.

– Je te croyais dans ta chambre.

– Je n'arrivais pas à dormir... je suis sorti me dégourdir les jambes.

– Où?

– Nulle part... j'ai juste marché un peu...

Il a secoué la tête.

– Pete, tu commences vraiment à me fatiguer. Enfin, rends-toi compte...

Il a fait un geste de la main.

– C'est du sérieux : la police, la presse, la télé... et tu es mêlé à tout ça, Pete. Tu y es mêlé, bon Dieu! Tu ne peux pas sortir et traîner seul sans arrêt...

– Jeff?

Nous avons tous les deux levé la tête et j'ai vu deux hommes passer la grille pour se diriger vers nous. L'un d'eux était John Kesey et je devinais que l'autre – un homme plus âgé

au visage rubicond – était le commissaire, Georges Barry.
Engoncés dans leurs costumes, sous le soleil accablant de
l'après-midi, ils transpiraient tous deux à grosses gouttes. En
s'approchant, Kesey a fait un signe de tête amical à mon père.
Le commissaire Barry, en revanche, le fusillait du regard.

– On peut savoir ce que vous faites ici, Jeff ? a-t-il lancé
d'une voix cassante. Je croyais que nous étions d'accord…

– J'habite ici, monsieur, a répondu calmement mon père. Ma
maison est juste en haut de la rue. J'ignorais que toute cette
agitation était liée à l'enquête. J'ai juste vu un attroupement
de gens et je suis venu voir ce qui se passait.

– Je vois, a marmonné Barry.

– Qu'est-il arrivé ?

Mon père s'adressait à Kesey, mais Barry a répondu pour
lui.

– Ça ne vous concerne pas, a-t-il répliqué.

Avec un petit sourire, Kesey a haussé les épaules. Barry m'a
lancé un coup d'œil.

– Que fait-il ici ?

– Rien. Il essayait simplement de rentrer chez nous, a soupiré
mon père.

– Eh bien ne le laissez pas là, bon sang !

Barry a secoué la tête.

– Voyons, Jeff, vous savez qu'on ne peut pas se permettre
un fiasco. Rentrez chez vous tout de suite. Tous les deux.

– Oui, Monsieur.

Mon père a fait un signe de tête à Kesey et ils ont échangé
l'un de leurs regards… Mon père a posé une main sur mon
épaule et m'a entraîné à l'écart. Nous sommes passés sous
le cordon de police et nous avons fendu la foule ; j'ai alors
aperçu le crépitement des flashs de l'autre côté de la route.

Des gens nous observaient, mais je n'y prêtais aucune attention. Je fixais la voiture de police garée devant la maison de Raymond.

Lorsque nous sommes rentrés, mon père a tout de suite passé un bref coup de fil depuis son portable puis m'a dit de l'attendre dans le salon.

– Pourquoi ? Que se passe-t-il ?

– Fais ce que je te dis ! Je te rejoins dans une minute.

En entrant dans le salon, je l'ai entendu se diriger vers la cuisine, où il a échangé quelques mots avec ma mère. Le téléphone a ensuite sonné. J'ai tendu l'oreille un moment, mais en vain. J'ai donc traversé la pièce pour observer la maison de Raymond et tenter de comprendre ce qui s'y passait. De là, je n'avais pas de vision d'ensemble, et de toute façon, la plupart des rideaux étaient tirés, mais la voiture de police n'avait pas bougé.

Qu'est-ce que cela pouvait bien signifier ? Les enquêteurs voulaient-ils simplement parler aux parents de Raymond ? Est-ce qu'ils les interrogeaient ? Ou leur annonçaient-ils une mauvaise nouvelle, une découverte macabre au bord de la rivière ?

Je refusais d'y croire.

Je ne pouvais pas y croire.

Bon Dieu, je ne voulais même pas à y penser.

J'ai inspiré profondément et frotté mes yeux humides.

Mon Dieu...

Encore une inspiration pour me calmer... et soudain, quelque chose m'est revenu. Une odeur... quelque chose qui flottait dans l'air, une chose qui m'en rappelait une autre. J'ai reniflé plus intensément. Des fleurs. Sur le rebord de la fenêtre se trouvait un vase rempli de fleurs. Je me suis penché pour respirer leur parfum. Non... L'impression ne venait pas des fleurs. J'avais tout simplement le souvenir de l'avoir senti auparavant... ailleurs.

Le souvenir d'avoir senti... l'obscurité.

Oui...

Le parfum sombre et doucereux que j'avais senti sur Wes Campbell...

C'était bien cela.

Et je venais de me rappeler où je l'avais senti auparavant.

La porte du salon s'est alors ouverte et je me suis retourné sur mon père, accompagné de John Kesey. Tout en essuyant mes yeux d'un revers de manche, je me suis éloigné de la fenêtre.

– Ne t'en fais pas, Pete, m'a dit Papa, en surprenant mon regard. Ce n'est pas Raymond. John vient de me mettre au courant de ce qu'ils ont découvert, et pour le moment, il n'y a aucun rapport avec Raymond.

J'ai poussé un soupir de soulagement.

Ce n'est pas Raymond.

Mais mon apaisement était passager.

– Qu'est-ce que ça veut dire? ai-je repris.

– Pardon?

– Tu viens de dire « pour le moment ».

Je l'ai dévisagé.

– Qu'est-ce qu'ils ont trouvé?

Il a hésité puis s'est tourné vers Kesey.

– Autant le lui dire, a remarqué Kesey, ça sera dans tous les médias sous peu.

Mon père a réfléchi quelques instants, avant d'acquiescer.

– Très bien, a-t-il repris d'un air las. Mais il faut que tu comprennes que ce n'est pas encore officiel. John n'est pas censé être ici, et aucun d'entre nous ne devrait te révéler quoi que ce soit. Donc, si quelqu'un te demande…

– Je sais… Ce n'est jamais arrivé.

– Exactement.

Nous nous sommes installés : John Kesey et moi dans le canapé et mon père dans un fauteuil.

– Il y a environ deux heures, m'a expliqué mon père, la police a reçu un coup de fil d'un vieil homme qui venait de découvrir quelque chose près de la rivière. Apparemment, ce monsieur promenait son chien, qui s'est mis à courser un lapin. En ressortant des buissons, le chien est apparu avec un t-shirt tâché de sang dans la gueule.

– Merde, ai-je murmuré.

– Bref, a-t-il poursuivi, cet homme a contacté la police, qui a envoyé quelques gars pour inspecter les environs… et ils ont découvert autre chose.

– Quoi ?

Papa a regardé Kesey.

– Des habits, a répondu Kesey. Un short en jean, des sous-vêtements, une paire de bottes noires…

– Mais c'est ce que portait Stella !

– Oui, nous le savons, a poursuivi Kesey. Ses parents ont déjà identifié les vêtements.

– Et Stella ? Est-ce qu'elle est…

– Pour l'instant, aucun signe de Stella. Nous avons des dizaines d'enquêteurs sur place. Ils ratissent tout le péri-mètre, centimètre par centimètre. Si elle est là-bas, nous la trouverons.

Jetant un regard à mon père, puis de nouveau à Kesey, je me suis demandé pour la première fois ce qu'il faisait ici. Puisqu'il n'aurait pas dû être là et qu'il n'était pas censé nous raconter des choses que nous ne devions pas savoir. Pourquoi était-il ici ?

– Écoute, Pete, a-t-il repris d'un air sombre, en se tournant pour me faire face. Je sais que tout ça est un peu dur à avaler pour l'instant, mais s'il y a quelque chose que tu ne nous as pas dit, quoi que ce soit… c'est le moment de le faire. Avant que les choses ne deviennent trop sérieuses.

– Comment cela ?

– Personne ne sait que je suis là. Personne ne sait que je suis venu te parler. Alors, tout ce que tu pourrais me confier maintenant est confidentiel. Est-ce que tu comprends où je veux en venir ?

– Pas vraiment, non.

Il a soupiré.

– Tout ce que j'essaye de te faire comprendre, c'est que si tu sais quelque chose, n'importe quoi qui soit susceptible de nous aider à découvrir ce qui s'est passé, je pourrai m'en servir sans pour autant le rendre public. Tant que nous parvenons au résultat voulu, personne ne se souciera de savoir d'où est venue l'information.

Il m'a regardé bien en face.

– Je peux éviter que tu sois mêlé à tout ça, Pete. Mais il faut que tu racontes tout et que tu le fasses tout de suite. Pour l'instant, nous n'avons pas ouvert d'enquête pour meurtre, mais il semblerait qu'on s'en approche… Et quand la machine sera lancée, je ne pourrai plus grand-chose pour toi.

– Pourquoi voulez-vous me protéger ?

– Pourquoi ? me lança-t-il avec un regard dur. À ton avis ? Je connais ton père depuis des années, voilà pourquoi ! Nous sommes amis et nous nous entraidons. C'est ça, l'amitié.

Il m'a dévisagé avec insistance.

– Et puis tu n'es coupable de rien, n'est-ce pas, Pete ? Ce que je crois, moi, c'est que tu sais quelque chose. Pour l'instant, tu n'es coupable que de ton silence.

– Pourquoi est-ce que je ferais une chose pareille ?

– À toi de me l'expliquer... Quelque chose t'effraie ?

– Quoi ?

– Quelqu'un te menace ?

– Personne ne me menace.

– Alors pourquoi tu ne nous dis rien ?

– Je vous ai déjà raconté...

– Tu protèges quelqu'un ?

– Non.

– Et Raymond ?

– Eh bien quoi, Raymond ?

– Je sais bien qu'il est ton ami, et je sais que tu te fais du souci pour lui...

– C'est ça, l'amitié, non ?

Kesey a souri.

– Le plus grand service à lui rendre, pour l'instant, c'est de nous raconter tout ce que tu sais. S'il a quelque chose à voir dans la disparition de Stella...

– Il n'a rien à voir là-dedans.

– Tu en es certain ?

– Raymond ne ferait de mal à personne.

– Les gens ont parfois un comportement étrange, Pete. Surtout lorsqu'ils...

– Lorsqu'ils quoi ? ai-je lancé d'un ton rageur. Raymond est quelqu'un de parfaitement normal...

– Je ne prétends pas le contraire...

– Il n'est pas fou, putain !

– Pete ! a crié mon père.

Je ne l'écoutais plus. Je fusillais Kesey du regard.

– C'est donc ça, hein? Toute cette fausse inquiétude à mon sujet... tout le monde, qui essaye de m'aider... C'est des conneries. Vous voulez juste retrouver Raymond grâce à moi.

– Non, c'est faux.

– Bien sûr que si! Pour vous, c'est tout vu, hein? C'est le gamin un peu bizarre, il a disparu en même temps que Stella, donc il est forcément coupable. C'est bien ça, non? C'est aussi simple que ça?

– Rien de tout ça n'est simple...

– Foutaises!

Mon père s'est levé d'un bond et s'est jeté sur moi. Je savais que j'avais dépassé les bornes et il allait se mettre à hurler... mais en levant les yeux, j'ai été surpris de constater qu'il n'émanait de lui aucune colère. Il paraissait juste inquiet, même un peu effrayé. C'est là que je me suis rendu compte que je pleurais. Et je me suis senti d'un coup paniqué, parce que je n'avais jamais pleuré comme ça. Aucun sanglot, aucun tremblement, j'étais simplement assis sur le canapé, parfaitement immobile, avec un torrent de larmes qui roulaient le long de mes joues...

Et j'étais incapable de dire si mes larmes étaient chaudes ou glacées. Comme le sang, comme la sueur.

Et je ne comprenais pas en quoi c'était important. Sur l'instant, ça l'était. Et ça me fichait la trouille de ma vie.

Mon père a préféré rester à la maison, ce soir-là. J'ai eu beau lui dire que j'allais bien, qu'il ne fallait pas qu'il reste uniquement pour moi, il a répliqué que ce n'était pas pour moi car il devait discuter de certaines choses avec ma mère. C'était peut-être vrai... ou peut-être pas.

Il a donc appelé le commissariat pour les prévenir qu'il n'irait pas travailler et il a passé le plus clair de la soirée dans le salon avec ma mère. Je suis resté un moment avec eux, à boire à contrecœur mon thé et à chipoter un sandwich, avant de leur souhaiter bonne nuit et de monter dans ma chambre.

J'ai allumé la télé et, allongé sur mon lit, j'ai regardé *Sky News*.

Une seule nouvelle information passait en boucle : Stella était censée partir pour la Barbade le dimanche matin avec ses parents, qui s'apprêtaient à célébrer leur vingtième anniversaire de mariage. Voilà pourquoi ils avaient signalé sa disparition si rapidement. Leur avion décollait à neuf heures et la famille Ross devait quitter son domicile à six heures. À cinq heures, Stella n'était toujours pas rentrée. Ses parents ont alors tenté d'appeler son portable, sans succès : pas de réponse, pas de tonalité, pas de répondeur, rien. Ils ont ensuite passé plusieurs coups de fil à tous ses amis, susceptibles de savoir où se trouvait Stella et très vite, il est apparu que personne ne l'avait revue depuis la nuit précédente. C'est là qu'ils ont prévenu la police.

Outre ça, des vêtements avaient été retrouvés près d'une rivière où la police enquêtait toujours, le reste n'était que des redites. On n'avait pas confirmé que les vêtements appartenaient à Stella et les reporters n'avaient fait aucune allusion au sang qui les tachait. J'en ai donc conclu que la police filtrait un maximum d'informations. Ce qui n'empêchait pas les journalistes de conjecturer, bien entendu. Cela laissait à penser que... on pouvait imaginer que... Opinions d'experts, informations non confirmées, discussions, avis, théories, idées et, surtout, des kilomètres de vidéos montrant la maison de Stella, la fête foraine, le terrain de jeux, le périmètre de sécurité à l'angle de Hythe Street...

Personne n'a mentionné Raymond.

Pas un mot sur l'adolescent disparu.

Et je me suis demandé si cela faisait partie des informations que la police conservait. Ou tout simplement, comme mon père l'avait admis, que Raymond n'intéressait personne. J'étais pourtant prêt à parier que ça ne durerait pas.

Il était environ vingt et une heures lorsque mon portable a sonné. Allongé sur mon lit, les yeux rivés sur l'écran, j'essayais de faire le tri dans mes pensées.

J'ai ouvert le clapet et collé le téléphone à mon oreille.

– Allô ?

– Pete ?

– Oui.

– C'est Éric. Tu peux parler ?

– Pardon ?

– On peut bavarder tranquillement ? Ton père n'est pas à côté de toi ?

– Non, je suis seul.

– Super. Écoute, je voulais juste te dire, samedi soir, tu sais... Avec toute cette histoire au sujet de Stella. Merde... tu as vu ce qu'ils racontent aux infos ? Ils ont retrouvé ses vêtements près de la rivière ?

– Oui, j'ai vu.

– Merde, a-t-il répété... Je n'arrive pas à y croire. Tu as beau voir ces histoires dans les journaux, quand c'est quelqu'un que tu connais, et que ça te touche de près... À la rivière, bon Dieu. On la voit quasiment de chez toi...

– Oui, je sais ça aussi.

– Oui, évidemment…

Je l'ai entendu allumer une cigarette.

– Tu penses qu'ils ont trouvé autre chose ?

– Comme quoi ?

– Je n'en sais rien… j'imaginais que tu aurais entendu des rumeurs… Enfin, par ton père…

Je n'ai rien dit et Éric s'est raclé la gorge.

– Est-ce que ton père est… enfin, est-ce qu'il t'en a parlé ?

– Qu'est-ce que tu veux savoir ?

– Allez, Pete, a-t-il repris, un peu agacé. Écoute, je suis désolé de t'avoir menti au sujet de samedi, d'accord ? Mais je n'avais pas prévu de… Je voulais simplement…

– Oui, je sais. Nic' m'a déjà tout expliqué. Ça va, Éric, pas besoin de t'excuser.

– Ouais… c'est juste que c'est gênant, tu comprends. Tu sais ce que c'est quand on est un peu bourré…

– Oui.

– Bref, le truc c'est que… enfin simplement, ça pourrait compliquer les choses pour moi. La police va sans doute vouloir nous poser des questions au sujet de Stella, non ?

Je n'ai rien répondu et l'ai laissé poursuivre.

– Tu penses qu'ils vont nous entendre ?

– Sans doute.

– Oui, c'est inévitable. On la connaissait tous et nous étions tous sur les lieux… puis il y a cette vidéo où on la voit snober Nic'…

– Et tu sortais avec elle…

– Quoi ?

– Tu es sorti avec Stella.

– Oui, mais…

– Ils vont sans doute vouloir interroger tous ses anciens copains.

– Oui, j'imagine…

À nouveau, un raclement de gorge anxieux.

– C'est ce dont je voulais te parler, Pete. Si la police découvre que je t'ai menti pour samedi soir, les choses pourraient se compliquer pour moi. Donc, il faudrait que je sache, si…

– Tu veux savoir à qui j'en ai parlé. C'est bien ça ?

– Oui.

– Tu penses que j'ai répété à la police que tu m'avais menti ?

– Eh bien, je n'en sais rien… À toi de me le dire, non ? Enfin, je ne sous-entends pas que tu l'aurais fait exprès… je ne sais même pas si tu leur as parlé.

– Je leur ai parlé.

– C'est vrai ?

– Oui.

– Qu'est-ce que tu leur as raconté ?

Là, il m'a fallu quelques secondes de réflexion. Faire le tri dans ce que j'avais raconté à mon père, puis à Kesey sur la soirée de samedi… et dans tout ce que j'avais omis. Alors que je luttais pour remettre de l'ordre dans mes souvenirs, sans comprendre pourquoi, j'avais l'impression de n'être plus moi-même. Je pensais comme si j'étais des Peter Boland différents. D'abord, celui qui avait parlé à mon père après la découverte du lapin décapité. L'autre, qui avait officiellement répondu à John Kesey et celui qui avait discuté officieusement avec lui. Sans parler du dernier Pete Boland, qui tentait vainement de se souvenir de tout ça.

– Pete ? a dit Éric. Tu es toujours là ?

– Oui… Attends un peu… Je réfléchis.

– À quoi, exactement ? a-t-il rétorqué sèchement.

– Tu veux savoir ou pas ? me suis-je écrié.

– Oui... Désolé, je suis juste un peu...

– Je leur ai dit la vérité, Éric. Rien d'autre. Je leur ai expliqué que j'étais allé chez toi après la fête foraine et qu'il n'y avait personne, puis que je m'étais endormi sur les marches.

– Donc, ils savent que je ne suis pas rentré chez moi.

– Oui.

– Mais ils ne savent pas que je t'ai menti ?

– Non.

– Merci, Pete... Bon sang, je... je suis soulagé.

J'aurais voulu lui répondre bien des choses : « Garde tes remerciements, Éric... Je sais que tu me mens toujours... Je remarque que tu n'as pas parlé de Raymond... Oh, et pendant que j'y pense, comment va ton pote, Wes Campbell ? »

Mais dans ma tête chuchotait toujours cette voix silencieuse, ce mystérieux murmure, qui me conseillait de tenir ma langue.

D'ailleurs, j'entendais le pas de mon père dans l'escalier.

Alors, j'ai seulement répondu :

– Je dois te laisser, Éric.

Et avant qu'il n'ait pu répondre, j'ai raccroché.

DIX-HUIT

– Comment tu te sens ? m'a demandé mon père.

– Ça va, je suis juste un peu… enfin, tu vois…

Il a hoché la tête, puis il s'est assis à mon bureau. J'étais toujours sur mon lit. Je lisais la fatigue sur son visage.

– Ta mère se fait beaucoup de souci pour toi. Elle dit que tu es un peu déprimé depuis quelque temps et maintenant, elle craint que tout ce stress ne soit trop dur à supporter.

– Elle s'inquiète trop.

Ma remarque l'a fait sourire.

– C'est ce que je lui ai dit. D'un autre côté, j'ai beau le lui répéter, elle a tout de même raison.

Son sourire a disparu.

– Écoute, Pete. Je ne veux pas prétendre que je sais ce que tu ressens, car ça n'est pas le cas. Mais je mesure les conséquences que pourrait avoir cette affaire. Je suis conscient que tout cela risque de te détruire. Si jamais il y avait autre chose… quel que soit le problème, je voudrais que tu m'en parles, d'accord ? Nous n'avons pas besoin de trouver une solution tout de suite, mais si ta mère a raison et que tu as un problème, je dois le savoir.

Je l'ai dévisagé, en me demandant pendant quelques secondes quelle serait sa réaction si je lui disais la vérité: « Eh bien Papa, tu sais, je crois que je perds un peu la boule…

257

Enfin, je sais que je ne suis pas vraiment fou, mais je fais, je vois et j'entends sans arrêt des choses absurdes... »

– Ça va, Papa. Je t'assure, tout va bien.

– Tu en es certain ?

– À vrai dire... non. Tout ne va pas bien. Enfin, toute cette histoire concernant Raymond et Stella me perturbe, mais, à part ça...

– Pas de problème ?

J'ai fait un signe de la tête.

– Non.

Il a acquiescé lentement, scrutant mon visage. C'était l'un de ces regards qu'il faut supporter tant qu'ils durent. Et c'est ce que j'ai fait. Je suis resté assis à le subir, espérant que mon père ne verrait pas – ou refuserait de voir – le mensonge dans le mien.

– Bon, a-t-il conclu au bout d'un moment, comme tu veux, mais tu ferais mieux de parler à ta mère... histoire de la rassurer.

– D'accord.

Il a gardé le silence, en considérant la pièce d'un air absent, mais il se préparait pour la suite de son interrogatoire. Sans doute à propos de la soirée de samedi, de Raymond ou de Stella. Lorsqu'il s'est enfin tourné vers moi, quelque chose dans sa manière de m'observer m'a indiqué que je n'avais qu'en partie raison.

Bingo.

– Tu ne fais pas confiance à John Kesey, hein ?

Surpris de sa question, j'ai hésité. Je ne savais pas quoi répondre.

– Ça n'est pas grave, a repris Papa. J'ai l'habitude qu'on se méfie de John. Ta mère ne peut pas le supporter, a-t-il ajouté avec un sourire. Tu n'as pas à faire semblant de l'apprécier juste parce qu'il est mon ami.

J'ai haussé les épaules.

– Difficile de l'apprécier ou le détester lorsqu'on ne le connaît pas.

– Mais ce que tu connais de lui ne joue pas en sa faveur, pas vrai ?

– Je n'en sais rien, ai-je dit avec un geste d'indifférence. Je ne vois pas ce que ça change.

Mon père a souri.

– John est un bon flic, Pete. C'est un type bien et pendant toutes ces années, il est resté mon ami. Je ne prétends pas qu'il soit parfait, bien sûr. Il a son lot de problèmes. Enfin, un problème surtout : il boit trop.

Mon père m'a considéré d'un œil plus sérieux.

– La plupart du temps, ça ne l'empêche pas de faire son boulot correctement, mais parfois… il a besoin d'aide. Du moins, il a besoin qu'on s'occupe de lui.

– C'est pour ça que Maman ne l'aime pas ?

Mon père a fait un signe de tête affirmatif.

– Elle pense qu'il n'en vaut pas la peine et que je prends trop de risques pour lui.

Nous n'avons rien dit pendant quelques minutes. Perdu dans ses pensées, Papa n'ajoutait rien et moi, j'observais sans le voir l'écran de télé muet. Le soleil avait disparu et le crépuscule se changeait maintenant en nuit. La chambre sombre contrastait avec la télé éblouissante. Je ne pouvais détacher les yeux de l'écran. Les visages, les gens, les couleurs, les formes…

Tout ça n'avait aucun sens.

– Écoute, Pete, a repris mon père. Si je te raconte tout ça, c'est parce que…

– Tu n'a pas besoin de te justifier, Papa.

– Si.

Je l'ai regardé. Dans le halo de la télé, son visage irradiait une sinistre lueur et pendant quelques instants – un moment étrange – il est devenu quelqu'un d'autre, un inconnu. C'était toujours mon père, mais je ne le connaissais plus. Après une ou deux secondes pétrifiantes, je me suis frotté les yeux et je l'ai dévisagé. L'écran a changé et ce faux père s'est retransformé.

– Qu'est-ce qui t'arrive ? Tu vas bien ?

J'ai hoché la tête.

Il m'a jeté un regard prudent.

– Tu en es sûr ?

– Oui. Je suis juste un peu fatigué.

Il a continué à m'observer, plein de doutes, mais il n'avait plus rien à découvrir. Je ne me frottais plus les yeux et les choses qui n'étaient pas là avaient disparu. Assis sur mon lit, je ne ressentais que la fatigue et j'attendais qu'il poursuive. J'allais bien.

– Bon, écoute, a-t-il repris après un silence. La première chose à comprendre, c'est que John Kesey veut réellement t'aider. Il le fait peut-être pour moi, c'est vrai, et il ne prend pas de gants… mais parfois, c'est la seule option. On emploie tous les moyens possibles. On agit d'une manière qui nous paraît honnête.

Il m'a souri.

– Fais-lui confiance, Pete. C'est tout ce que je te conseille. Il veut t'aider… Il veut nous aider tous les deux.

– Oui, mais je ne vois pas comment…

– Écoute-moi, une seconde, d'accord ? Laisse-moi finir.

Il a soupiré.

– Je suis un officier de police, Pete. Mon travail consiste à empêcher les problèmes. Et lorsqu'ils surviennent quand même, c'est mon job de retrouver ceux qui les causent, et de m'assurer qu'ils ne recommencent pas.

Il s'est penché en avant et m'a dévisagé.

– J'aime mon travail, Pete. Et je le fais parce que... eh bien, parce qu'au fond, j'y crois vraiment. Tu comprends ?

– Oui.

– C'est plus qu'un simple boulot... c'est quelque chose d'unique, qui a une signification pour moi.

Il s'est interrompu et a fixé le sol. Prenant une longue inspiration, il s'est tourné vers moi.

– Mais je suis aussi ton père, Pete. Et tu es mon fils. Et pour moi, c'est plus important que tout le reste.

Nous nous observions sans savoir quoi dire : nous étions tous les deux en proie à une gêne idiote. Aucune importance : nous n'avions pas besoin de parler. Un regard suffisait.

Tout cela restait confus et après quelques instants, mon père s'est raclé la gorge et j'ai fait une espèce de signe de tête, comme pour signifier mon approbation.

– Bref, a-t-il repris, en tentant de conserver une expression détachée. Tout ce que je voulais te dire... c'est que... enfin, je voulais simplement t'expliquer où je me situe dans toute cette histoire... ou plutôt où j'aimerais me situer.

Il a secoué la tête en grimaçant.

– J'ai l'impression que je ne suis pas très doué, hein ?

– Tu te débrouilles bien.

Il s'est interrompu, le temps de me glisser un sourire reconnaissant, avant de poursuivre.

– Je veux seulement savoir ce qui s'est passé, Pete. Ça n'est vraiment pas plus compliqué que ça. Je veux savoir ce qui est arrivé à Raymond et à Stella. Et tu pourrais m'aider à le découvrir. Même si tu juges certains détails inutiles, tu te trouvais sur place. Avec Raymond. Tu le connais, comme Stella. Et tu connais d'autres personnes qui les fréquentaient.

Il m'a lancé un regard entendu.

– Si j'étais sur l'affaire, tu serais la première personne que j'interrogerais.

– Mais tu n'es pas sur l'affaire, ai-je répondu calmement.

– Non, c'est vrai. Mais je sais comment ça va se passer. Je connais les ficelles. La police va s'intéresser à toi de très près. Et comme je suis ton père, je vais m'arranger pour que cela n'arrive pas avant de t'avoir offert mon aide.

– C'est-à-dire ?

Il a haussé les épaules.

– On va s'échanger nos informations.

– Mais, tu avais pourtant dit...

– Oui, je sais. Je ne suis pas censé te dévoiler quoi que ce soit au sujet de Raymond et de Stella. Mais, comme je te l'ai expliqué, il faut parfois agir comme on l'estime nécessaire. Il faut faire ce qu'on pense être juste.

– Juste pour qui ?

– Pour toi, pour moi, pour ta mère... Pour Raymond et pour Stella...

Il a secoué la tête.

– Je ne peux pas me contenter de rester en arrière les bras croisés, Pete. Toute cette histoire me touche de trop près. Ça a trop d'importance.

– D'accord, mais qu'est-ce que tu peux faire ? Tu n'es pas sur l'affaire et tu ignores ce qui se passe...

– Je sais exactement ce qui se passe.

– Comment ?

– John Kesey me tient informé. J'ai connaissance de toute l'enquête et à chaque nouveau développement, je serai immédiatement au courant. Et toi aussi.

– Moi ?

Mon père a hoché la tête.

– Si tu veux savoir, je te dirai tout.

– Mais est-ce que ça n'est pas… ?

– Malvenu ? Si, c'est complètement contraire aux règles. Si tu acceptes de me confier quelque chose de ton côté, je transmettrai l'information à John. Ça aussi, c'est malvenu. Et si quelqu'un s'en aperçoit, nous aurons tous de gros ennuis. Mais si tu es prêt à prendre ce risque, je le prendrai aussi.

– Pourquoi ça ?

– Je suis officier de police, a répondu Papa. Je crois à ce que je fais. Et toi, tu es mon fils et je crois en toi.

Pendant l'heure qui a suivi, mon père m'a raconté tout ce qu'il savait sur l'investigation. Les vêtements de Stella, ceux qu'elle avait portés à la fête foraine, étaient en cours d'analyses par la police scientifique. Le sang qui les tachait était du même groupe sanguin que celui de Stella. En revanche, l'analyse génétique et celle d'autres traces prendraient davantage de temps. La police ratissait sans relâche les abords de la rivière : les bois, les berges, les chemins ; une équipe de plongeurs draguait le fond de la rivière. Mais on n'avait toujours pas de trace de corps. Officiellement, la police n'écartait aucune piste, et l'affaire était encore considérée comme une disparition. Officieusement, ce n'était qu'une question d'heures avant qu'on ne retrouve le corps de Stella.

– Et Raymond, ai-je demandé. Il est toujours porté disparu ?

– Pete, je sais que c'est très dur pour toi, mais tu vas devoir accepter l'idée que la disparition de Raymond ne peut pas être traitée comme une simple coïncidence. Il a disparu, Stella aussi, ils se trouvaient tous les deux à la fête foraine...

– Évidemment, ai-je ironisé. Donc forcément, c'est Raymond qui l'a tuée.

– Je n'ai pas dit ça.

– Non, mais tout le monde va le penser.

– Il ne faut négliger aucune information, Pete. Si Raymond est un garçon instable...

– Il n'est pas instable. Il n'est pas plus instable que moi.

Mon père a secoué la tête.

– Bien sûr que non, Pete.

– Ah oui ?

– Chez lui, c'est un désastre, ses parents sont un désastre, toute sa vie on l'a malmené et tourmenté. Tu vis peut-être une période difficile, Pete, mais les problèmes de Raymond n'ont rien de comparable. Il y a longtemps que ce garçon aurait dû être suivi.

– Moi, je l'ai aidé.

– Oui, Pete. Je sais... Tu l'as aidé parce qu'il a beaucoup de problèmes.

– D'accord, ai-je admis, il a quelques problèmes. Mais ça ne veut pas pour autant dire qu'il a fait quelque chose de mal.

– Et ça ne veut pas pour autant dire qu'il n'a rien fait non plus. Avec ce genre de bagages, les gens sont capables de toutes sortes de choses. Crois-moi, Pete. J'en ai eu la preuve plus d'une fois. Je sais ce dont un esprit tourmenté est capable.

J'y ai réfléchi un moment, essayant d'imaginer l'état d'esprit de Raymond : ce qu'il pourrait provoquer en lui, ou le pousser à faire… et, curieusement, j'y parvenais. Je voyais Raymond se lancer dans des choses sombres, mauvaises, des choses terribles, mais ça n'était pas normal. Ça n'était pas Raymond, c'était un Raymond imaginaire. Un Raymond cauchemardesque. Et je ne voulais pas de ce Raymond-là dans ma tête.

J'ai passé une main sur mon visage, peut-être pour m'essuyer l'esprit avant de me tourner vers mon père.

– Est-ce que la police a des preuves impliquant Raymond dans la disparition de Stella ?

– Pas que je sache. Mais ils vont perquisitionner chez lui, fouiller un peu son passé, et voir s'ils trouvent quelque chose. Ils ont déjà examiné de près le lapin, le clapier et le reste. Après l'orage, c'était un vrai bazar là-bas, il sera donc difficile de relever des empreintes, mais le lapin pourrait révéler certaines choses…

– J'ai laissé mon sac à dos là-bas, l'ai-je interrompu.

Le détail venait de me revenir.

– Quoi ?

– Mon sac à dos… Je l'ai laissé dans la remise de Raymond avant de partir pour la fête.

– Pourquoi ?

– Pourquoi quoi ?

Mon père a soupiré.

– Pourquoi as-tu laissé ton sac à dos dans la remise de Raymond ? Que contenait-il ?

– La bouteille de vin, ai-je avoué, penaud. Tu sais, celle que j'ai prise dans la cave… Je l'ai mise dans le sac pour que Maman ne la voie pas lorsque je suis parti.

Mon père a éclaté de rire.

– Tu t'imaginais que je ne m'en rendrais pas compte ?

– Apparemment.

– Tu l'as appréciée, au moins ?

– Même pas... Je suis vraiment désolé.

Il m'a souri.

– Ça ne fait rien...

« Ça ne fait rien... »

L'écho du murmure provenait de la commode.

– Quoi ? ai-je murmuré en fixant le lapin en porcelaine.

– Quoi ? a répété mon père.

Je me suis retourné vers lui.

– Hein ?

Il a observé le lapin pendant quelques instants, puis s'est tourné vers moi.

– Qu'est-ce que tu fais ?

– Rien... J'ai cru entendre quelque chose, c'est tout. Une souris... derrière la commode.

Mon père a jeté un regard perçant au lapin, et j'ai vu le soupçon germer dans ses yeux.

– Où est-ce qu'ils ont retrouvé les vêtements de Stella ? ai-je repris, pour tenter de le distraire.

– Comment ?

– Les vêtements de Stella... Papa ?

– Près de la rivière, a-t-il répondu, sans quitter le lapin des yeux.

– Oui, je sais... mais où exactement ?

Il a enfin détourné son attention du lapin pour me faire face.

– Ils étaient dans un buisson, en contrebas de la rive, derrière la caravane.

– Près de la caravane ?

Il a hoché la tête.

– On a retrouvé du sang sur la caravane. À l'arrière... du côté des buissons. La police scientifique l'examine. Ils ont fouillé la caravane et ils interrogent le propriétaire.

– Raymond le connaît, ai-je dit en me redressant.

– Qui ?

– Le type qui vit dans la caravane... On l'a croisé en bas de la rue, samedi soir, en allant à la fête. Il grimpait par-dessus la grille. Raymond lui a fait un signe de tête, comme s'il le connaissait et le type a fait pareil. Quand j'ai demandé à Raymond qui il était, il m'a répondu qu'il ne savait pas, mais qu'il l'avait croisé quelquefois, près de la rivière.

– Il s'appelle Tom Noyce. On l'a interrogé il y a quelques heures. Sa mère fait partie des forains. C'est un médium...

– Un quoi ?

– Une voyante. Tu sais... elle lit les tarots, les boules de cristal, ce genre de choses. Elle se fait appeler madame Baptiste, mais son véritable nom est Lottie Noyce. D'après ce que nous savons, son fils lui donne parfois un coup de main. Il la suit et voyage avec le reste des forains, mais sans qu'on sache pourquoi, il gare toujours sa caravane à l'écart...

J'essayais d'écouter mon père, mais mon esprit semblait à nouveau s'emplir de mouches. Des mouches liées, des mouches sans rapport, d'anciennes mouches et de nouvelles mouches. Les anciennes mouches vrombissaient toujours à tout-va : Campbell et Pauly, Pauly et Éric, Éric et Campbell, Stella et Raymond, Nicole et moi. Et maintenant, un tas d'autres mouches se disputaient leur place. Tom Noyce et Raymond, Tom et sa mère, Lottie Noyce, madame Baptiste, Raymond et madame Baptiste...

« C'est ton destin, Raymond. Sans la mort, la vie n'est pas la vie.

« L'as de pique... »

Des mouches.

– Pete ?

Plus rien ne se connectait.

– Pete ?

Trop de mouches.

– Est-ce que tu m'écoutes, Pete ?

J'ai levé les yeux.

– Quoi ?

– J'ai dit : je parlerai à Kesey de Raymond et Tom Noyce. Ce n'est pas John qui a interrogé Noyce, mais il trouvera un moyen de transmettre l'information sans révéler son origine. C'est la seule fois où tu as vu Tom Noyce ?

– Oui.

– Tu ne l'as pas revu à la fête ?

J'ai secoué la tête.

– Tu crois qu'il est mêlé à tout ça ?

Papa a eu un geste d'ignorance.

– Qui sait...

Sa mère, sans doute, ai-je pensé. Sa mère le sait sans doute.

Mais j'ai tenu ma langue.

Après ça, je n'ai plus dit grand-chose. J'ai juste écouté mon père m'expliquer ce qui allait se passer au cours des prochains jours. John Kesey n'avait pas encore pu lui donner de détails, mais ils étaient tous les deux certains que la police n'allait plus tarder à prendre les dépositions des témoins et que je serais sans doute le premier sur la liste.

– Ils vont vouloir parler à tous ceux qui ont approché Raymond ce soir-là, m'a-t-il expliqué, et tous ceux qui ont approché Stella. Cette fois-ci, l'interrogatoire sera formel et ils t'emmèneront au commissariat. Ils te demanderont une déposition écrite. J'en ai parlé à ta mère et elle t'accompagnera...

– Est-ce que je ne peux pas y aller seul ?

– Non.

– Pourquoi ?

– Parce que c'est comme ça, a répondu Papa d'un ton ferme. Il faut que quelqu'un t'accompagne et ça ne peut pas être moi. Ce sera donc ta mère, ou bien un avocat. Et à ce stade, je préférerais ne pas faire appel à un avocat. Donc, Maman t'accompagne, que ça te plaise ou non, vu ?

– Bon, d'accord...

– John va tenter de me prévenir lorsqu'ils viendront te chercher, mais il n'est pas certain d'être informé à temps.

– Pourquoi ?

– Eh bien, c'est un peu compliqué... Il se peut qu'ils avertissent à l'avance. La situation est inhabituelle et bien que je ne sois pas censé le faire, ils se doutent sûrement que je t'ai tout raconté. Il est donc possible qu'ils débarquent sans crier gare. Voilà pourquoi je te raconte tout ça maintenant.

Il m'a ensuite expliqué le déroulement de l'interrogatoire : la manière dont ils me parleraient, le genre de questions qu'ils poseraient, comment je devrais réagir. Apparemment, tout ce que j'avais à faire, c'était rester calme et dire la vérité, et tout se passerait bien.

Pas de quoi s'inquiéter.

Aucun problème.

Aussi simple que ça.

Rien que la vérité…
Et tout irait bien.

Cette nuit-là, il faisait trop chaud pour dormir. Allongé dans mon lit, j'essayais de réfléchir à tout ça – de comprendre pourquoi tout n'était pas si simple… Le lapin sur ma commode m'attirait curieusement. Chaque fois que je le regardais, je voyais ses pupilles luire dans l'obscurité et l'air semblait porter le murmure d'une voix… Et chaque fois que je détournais le regard, ce murmure sourd disparaissait. Je ne savais plus quoi faire. Si je fermais les paupières, des images atroces me revenaient : idées sombres, pensées noires, images perturbantes, lumières aveuglantes. Mais en gardant les yeux ouverts, je voyais d'autres choses : les lueurs de la fête foraines, des carrousels, des têtes de lapin, des colosses. Et continuellement, quelque part dans ma tête, grondait le bourdonnement incessant des mouches.

Allongé, mon corps inerte absorbait la chaleur nocturne et je m'imaginais prendre feu. J'ai écarté les bras. J'ai visualisé la chaleur, mes pores en train de s'ouvrir comme des vannes, laissant la sueur s'écouler sur ma peau. Elle emportait les mouches avec elle… Et j'avais beau savoir que c'était ridicule : allongé là, au beau milieu de la nuit, les bras écartés comme un Christ en nage… Mais plus je restais immobile, moins l'idée paraissait grotesque et au bout d'un moment, quelque chose a fini par se produire.

Ma tête se vidait. Les mouches quittaient mon esprit. J'ignore où elles ont migré, mais en moins d'une heure, elles étaient presque toutes parties. Il m'a suffi de les regarder pour voir les deux silhouettes schématiques restantes : celles de deux mouches noires. Maintenant seules, elles ne bougeaient plus, j'ai donc pu facilement les observer.

L'une d'elles était le souvenir d'un son… Une voix entendue au téléphone un peu plus tôt. La voix d'Éric, qui me demandait si la police nous interrogerait au sujet de Stella. Et lorsque je lui avais répondu qu'elle le ferait sans doute, il avait dit : « Oui, c'est inévitable. On la connaissait tous… »

On la connaissait tous et pas « on la connaît tous ». On la connaissait tous.

La seconde, gisant au fond de mon crâne, était le souvenir d'une odeur, d'un parfum… Ce souvenir avait déjà refait surface, mais j'avais tenté de l'oublier. Le parfum senti sur Wes Campbell alors qu'il m'étranglait, au pied des tours du gaz. Ce parfum suave et sombre qui avait perturbé ma mémoire… Et maintenant, je savais où je l'avais senti. Samedi soir. Sur Nic'.

DIX-NEUF

Mon père avait vu juste. La police a débarqué sans prévenir. Mais il avait également prévu que John Kesey nous avertirait. Et lorsque la voiture banalisée s'est garée devant chez nous, le lendemain, à dix heures, nous l'attendions depuis plus d'une heure. Nous savions aussi qui se trouvait à son bord et qui conduirait l'interrogatoire au commissariat.

La sonnette a retenti et mon père a ouvert. Ma mère et moi nous sommes installés à la cuisine.

– L'un de nous devrait peut-être faire quelque chose, non ? ai-je remarqué.

– Comme quoi ?

– Je ne sais pas… n'importe quoi. Papa nous a dit de faire comme si de rien n'était, non ? Comme si nous n'attendions personne.

Je l'ai regardée, raide sur sa chaise, et je n'ai pu m'empêcher de sourire.

– Même en le faisant exprès, on n'aurait pas l'air plus détendu.

– Parle pour toi, a-t-elle répondu avec un sourire.

J'ai entendu la porte d'entrée se refermer. Des voix feutrées me parvenaient depuis le couloir. Des pas se rapprochaient de la cuisine…

– Allez, a murmuré ma mère, dis-moi quelque chose.

– Quoi, par exemple ?

– N'importe quoi... fais semblant de discuter.

– De discuter ?

Elle a ouvert les yeux tout ronds. Son simulacre de conversation n'aurait trompé personne.

– Mais oui, une discussion. On papote, on bavarde !

Je lui ai souri.

– De quoi veux-tu parler ?

Avant qu'elle n'ait pu répondre, la porte de la cuisine s'est ouverte et mon père a fait entrer deux hommes. L'un d'eux était le commissaire Barry. L'autre, plus jeune, avait un nez busqué et des cheveux frisés noirs hirsutes.

– Je crois que vous connaissez tous les deux George Barry, a dit mon père.

Ma mère et moi avons hoché la tête. Barry a acquiescé à son tour.

Mon père a désigné le jeune homme.

– Et voici l'inspecteur Gallagher.

Autres hochements de tête.

– Ils veulent voir Pete au sujet de Raymond, a expliqué mon père. Il va devoir les accompagner jusqu'au commissariat.

– Pourquoi ? est intervenue ma mère, s'adressant à Barry. Ne pouvez-vous pas lui poser des questions ici ?

Barry a regardé mon père, qui a répondu pour lui :

– Tout va bien, ma chérie. C'est une simple procédure de routine. Ils doivent prendre ses empreintes et sa déposition. Il n'y a pas de quoi s'inquiéter.

Le commissaire a pris la parole.

– Madame Boland, vous pouvez accompagner votre fils si vous le désirez.

– Lui demandez-vous de vous accompagner, ou bien est-il contraint de le faire ?

Barry a souri d'un air las, comme s'il entendait la même rengaine depuis toujours.

– À ce stade, Madame, nous le lui demandons.

Le commissaire s'est tourné vers moi pour la première fois depuis son arrivée et m'a dit :

– Tu n'y vois pas d'inconvénients, Peter ?

Je me suis tourné vers mon père, qui m'a fait un signe de tête affirmatif.

– Est-ce que vous avez retrouvé Raymond ? ai-je demandé à Barry.

– Nous en discuterons au commissariat.

Lorsque nous sommes sortis pour monter dans la voiture de Barry et Gallagher, la rue était plutôt calme. En contrebas, on apercevait toujours le cordon de police délimitant le périmètre de sécurité. Le passage fermé vers la rivière fourmillait d'enquêteurs et d'équipes de police scientifique qui poursuivaient leurs recherches méticuleuses. Deux fourgonnettes étaient garées devant la maison de Raymond, et en regardant plus attentivement, j'ai aperçu une silhouette vêtue d'une combinaison de protection qui sortait de la maison, tenant dans ses bras un ordinateur emballé dans un sac plastique.

La salle d'audition du commissariat n'était pas aussi austère et effrayante que dans les séries télé, mais l'allure générale de la pièce s'en approchait : des murs blancs et nus, de la moquette foncée, une table et quatre chaises. Dans un coin, sur une étagère, se trouvait un magnétophone à deux cassettes et un amas d'équipement vidéo trônait sur une table contre un mur.

Je me suis assis à côté de ma mère, face au commissaire Barry et à l'inspecteur Gallagher. Ce dernier a mis le magnétophone en marche et Barry nous a expliqué un tas de choses : principalement la raison de ma présence et surtout que j'étais libre de m'en aller à tout moment. J'ai observé mes mains, que je venais de laver, et j'ai frotté les traces d'encre qui n'avaient pas entièrement disparu des interstices de ma peau. Ils avaient relevé mes empreintes après notre arrivée au commissariat. J'avais la possibilité de refuser, et j'avais la possibilité de m'opposer au test génétique. On m'avait néanmoins assuré que c'était uniquement pour procéder par élimination et pour faciliter les recherches concernant Raymond... difficile de dire non.

J'ai continué à frotter l'encre sur le bout de mes doigts, en observant la forme de mon empreinte. Des courbes, des arabesques, des îles au milieu de crêtes... et l'espace d'un instant, j'ai cru voir les contours d'une carte topographique. C'était comme observer un paysage vallonné d'en haut...

– Tu es d'accord, Peter ?

J'ai levé les yeux.

– Pardon ?

– Tu as bien compris tout ce que je viens de t'expliquer ?

– Oui.

– Tu en es sûr ?

– Oui, j'ai compris.

– Parfait.

Son sourire était figé.

– Alors, commençons.

Pendant les dix premières minutes, tout s'est déroulé très simplement. Le commissaire Barry m'a interrogé sur la soirée de samedi, j'ai commencé à la lui raconter, pendant que l'inspecteur Gallagher consignait tout par écrit. De temps à autre, Barry m'arrêtait pour me faire clarifier un détail – l'heure qu'il était, ou une autre précision de ce genre –, mais en dehors de ça, il n'a pas dit grand-chose. Il se contentait de me dévisager, d'analyser chacun de mes mots.

Mais soudain, lorsque j'ai mentionné Tom Noyce, que Raymond avait semblé connaître, Barry m'a posé une question à laquelle je ne m'attendais pas.

– Parle-moi de Raymond, a-t-il dit.

– Comment cela ?

Barry m'a souri.

– Tu le connais depuis longtemps ?

– Depuis tout petit.

– Comment est-il ?

– Que voulez-vous dire ?

– Eh bien, comment le décrirais-tu ?

J'ai froncé les sourcils.

– Pas très grand, brun…

– Non, a coupé Barry, je ne parle pas de son physique… quel genre de garçon est-il ?

– Quel genre de garçon ?

Barry a acquiescé.

– Plutôt calme ? Turbulent ? Timide ? Sociable ? Est-ce qu'il s'entend bien avec les autres ?

– Il est plutôt réservé. Je ne le qualifierais pas de « sociable ».

– Pourquoi ?

– Je ne sais pas… Il est juste un peu…

– Un peu quoi ?

J'ai regardé ma mère, qui a pris la parole.

– Raymond a toujours été un…

Barry a levé une main pour l'arrêter.

– Navré, Madame, mais je préférerais l'entendre de la bouche de Peter, si ça ne vous ennuie pas.

Il lui a adressé un petit sourire avant de se retourner vers moi.

– Tu disais, Peter?

Agacé par sa condescendance, je l'ai dévisagé, puis je me suis rappelé les conseils de mon père: reste calme. Avec une profonde inspiration, j'ai poursuivi:

– Raymond est juste un peu différent. J'imagine qu'il a beaucoup de problèmes.

– Quel genre de problèmes?

– On le malmène, il a des problèmes chez lui… ce genre de choses.

– Le décrirais-tu comme introverti?

– Sans doute, mais pas…

– Il a mauvais caractère?

– Non.

– A-t-il déjà montré des signes de comportement bizarre?

– Comme?

– Une attitude anormale?

– Nous faisons tous des choses curieuses de temps à autre.

– C'est vrai, a répondu Barry avec un sourire. Mais il ne s'agit pas de nous. Nous parlons de Raymond. S'est-il déjà montré violent?

– Non, ai-je répondu farouchement. Jamais.

– Il n'a jamais fait mine de se venger de ceux qui se moquent de lui?

– Non.

– A-t-il une petite amie ?

– Où est le rapport ?

– Réponds à ma question, s'il te plaît. Est-ce que Raymond a une petite amie ?

– Pas que je sache.

– A-t-il déjà fréquenté une fille ?

– Je n'en sais rien…

– Un garçon ?

– Il n'est pas gay…

– Une fille, alors ?

– Je vous l'ai déjà dit : j'ignore s'il a déjà eu une copine.

Barry a froncé les sourcils.

– C'est ton ami, non ?

– Oui.

– Un ami proche ?

– Oui.

– Eh bien, il t'aurait sûrement parlé d'une petite amie ?

– Il ne me raconte pas tout.

– Te confie-t-il ses pensées ?

– Quel genre de pensées ?

– Les filles, le sexe…

Nouveau sourire.

– Le genre de choses dont parlent les ados…

– Pardonnez-moi, est intervenue ma mère, mais ces questions sont-elles vraiment nécessaires ?

Barry l'a toisée.

– Je ne les poserais pas si ça n'était pas le cas.

– Oui, mais il me semble que…

– Je vous en prie, Madame, a répété Barry en levant à nouveau la main. Je comprends votre inquiétude, mais je vous saurais gré de laisser Peter répondre à mes questions.

Ma mère a secoué la tête, à l'évidence mécontente, mais elle n'a rien ajouté.

– Écoute Peter, je cherche simplement à brosser le portrait de Raymond. D'établir sa personnalité. Tu comprends ? Si je pouvais me glisser dans sa tête...

– Oh, j'ai très bien compris ce que vous êtes en train de faire. Vous essayez de savoir si Raymond est un genre de pervers cinglé. Vous essayez de savoir s'il est assez barge pour péter les plombs et...

– Pete, a coupé ma mère. Ça suffit !

– Oui, mais...

– Je sais que tu es perturbé, a-t-elle répondu d'un ton sévère, ça ne justifie cependant pas ce genre de grossièretés.

– Ouais, ai-je marmonné en dévisageant Barry. Mais c'est bien ça, non ? C'est ce que vous essayez de faire ?

– J'essaye juste de faire mon travail, Peter. Rien d'autre. Il faut que je sache si la disparition de Raymond est liée à celle de Stella.

– Et si ça n'est pas le cas ?

– Eh bien, alors...

– Vous n'y avez même pas réfléchi, pas vrai ? Vous vous imaginez tout de suite que Raymond est mêlé à ce qui est arrivé à Stella.

– On ne présume rien du tout...

– Ah non ?

Barry me dévisageait de ses yeux durs et froids. À l'évidence, je commençais à l'agacer. Je mettais en doute son intégrité. Je l'accusais de tirer des conclusions trop hâtives. J'étais un casse-pied, et ça ne lui plaisait plus du tout.

– Très bien, a-t-il repris sans s'énerver. Terry, je pense que nous allons jeter un œil à cette cassette.

Curieux de voir ce qui allait suivre, j'ai observé Gallagher tirer une cassette vidéo d'un sac posé à ses pieds et l'insérer dans le magnétoscope. Il a saisi la télécommande avant de revenir s'asseoir à la table. Le visage de Barry ne trahissait rien, mais quelque chose dans son regard me disait que j'allais sans doute regretter de visionner cette cassette.

Et il était facile d'en deviner le contenu...

Barry a fait un signe de tête à Gallagher qui a pointé la télécommande vers l'appareil et lancé la lecture. L'écran a vacillé, et j'ai immédiatement reconnu les images : Stella à la fête foraine, son visage rieur, l'expression amère de Nicole en arrière-plan. Le même extrait que *Sky News* avait diffusé en boucle ces derniers jours, mais cette fois, il y avait du son. J'entendais le rire de Stella, le fracas métallique des attractions, la musique, la foule, les cris enthousiastes...

– Je suppose que tu as déjà vu tout cela, a commenté Barry. Le film a été tourné par un cinéaste indépendant nommé Jonathan Lomax. Depuis quelques mois, il tournait un documentaire sur Stella Ross. Il la suivait dans ses déplacements et la filmait partout... tu vois le genre.

Il s'est interrompu pour regarder la scène où Stella snobe Nic', avant de se retourner vers moi et de poursuivre :

– Malheureusement pour nous, monsieur Lomax était occupé à vendre son film aux différentes chaînes de télé, il nous a donc fallu un certain temps pour le persuader de nous laisser jeter un coup d'œil à la suite.

Barry m'a regardé bien en face.

– Mais maintenant que c'est fait, nous avons trouvé ce film très instructif.

Après un signe de tête de Barry, Gallagher a enclenché l'avance rapide. Dans un silence désespéré, je n'ai pu que fixer la succession d'images qui nous rapprochait inéluctablement du moment où j'allais croiser Stella et Raymond.

Ma mère s'est tournée vers moi.

– Tu sais où ils veulent en venir ?

J'ai haussé les épaules, incapable d'articuler un mot.

Un clic a signalé l'arrêt de la bande, puis un autre, la reprise du mode *play*. Le film a continué et le son a empli la salle. Durant les cinq minutes qui ont suivi, personne n'a rien dit. Nous fixions tous l'écran et, à travers lui, la fête foraine : les lumières clignotantes, le vacarme de la musique, les rythmes tapageurs… et quelques instants plus tard, j'avais la sensation de me trouver de nouveau là-bas. Je ressentais tout. Ce qui m'entourait tambourinait dans ma poitrine : les cris, le grincement des sirènes – tout tournait… Les grandes roues, les étoiles et les vaisseaux spatiaux, les milliers de visages, les millions de voix qui résonnaient et virevoltaient dans l'atmosphère : « C'est parti ! Allons-y ! Tout le monde gagne… C'est fouuu ! » Les lumières me brûlaient les yeux, le fracas des manèges qui raclaient les rails autour de moi… « Venez défier le Terminator ! Le Météore ! Le Twister ! La Maison délirante ! » et projetaient leur démence dans la nuit…

La bande se déroulait toujours.

J'ai eu du mal à reconnaître Stella. Il y avait tant de monde qui se poussait, se bousculait, riait et criait, et la caméra ne tenait pas en place. Elle changeait brusquement d'angle – zoom avant, zoom arrière –, d'abord net, puis flou… Enfin, un plan serré sur Stella a semblé sortir de nulle part, avant que la caméra ne fasse un zoom arrière, en plan large et enfin, je l'ai vue clairement. Le pas léger, le sourire aux lèvres, les signes de la main, entourée par son groupe habituel et par quelques curieux. Bras dessus bras dessous avec Raymond, elle le serrait contre lui, lui murmurait à l'oreille, lui offrait son plus beau sourire. Lui aussi souriait. Et moi, j'étais au bord des larmes. J'ai failli demander à Barry d'arrêter la cassette. C'était insupportable. Ces images de Raymond et Stella, leurs sourires, leurs yeux... j'avais l'impression de regarder des photos de deux morts.

Vous connaissez cette sensation, lorsque quelqu'un meurt et qu'on voit des photos à la télé ou dans les journaux ? La vie qui émane des clichés vous renvoie à la certitude de sa mort... C'est ce que j'ai ressenti en voyant Raymond et Stella sur cet écran. Il émanait d'eux un vide... l'absence de présence. Une disparition. Quelque chose me disait qu'ils n'étaient plus là.

Je voyais deux fantômes.

Je ne voulais pas voir de fantômes.

Mais Barry n'allait pas stopper la bande en si bon chemin, et même en fermant les yeux, le son ne disparaîtrait pas. Et entendre tout ça dans le noir rendrait la chose encore plus insupportable. Je n'ai rien dit, j'ai gardé les yeux ouverts, j'ai juste ravalé mes larmes.

Le personnage de Stella embrassait goulûment celui de Raymond... elle le serrait contre elle, pressant ses lèvres d'un rouge corail sur sa joue. Mais ça n'était pas lui qu'elle regardait. Ses yeux rieurs ne quittaient pas la caméra. Elle l'a de nouveau embrassé, laissant des traces de rouge à lèvres partout sur son visage, et j'ai alors remarqué les gens autour d'elle et leurs sourires moqueurs, leurs rires amusés à la vue de la Belle qui se jouait de la Bête. Comme d'un chien.

Il jouait le jeu, avec de grands sourires à Stella, incrédule, émerveillé, sous les rires et les moqueries des autres...

Même alors, je ne comprenais toujours pas. Raymond n'était pas stupide. Il devait bien se rendre compte de la situation.

Le souffle court, j'ai vu la caméra s'écarter de Raymond pour se fixer sur une silhouette familière qui cahotait à travers la foule de badauds vers Stella, et mon visage est apparu pour la première fois, alors que les deux types de la sécurité se plaçaient dans le champ pour me barrer la route. Ma mère a étouffé un cri.

Je ne l'ai pas regardée. Impossible. Mes yeux étaient englués à l'écran.

Mon personnage a crié : « Raymond ! Hé, Raymond ! », et bien que la caméra n'ait pas montré sa réaction, je me suis rappelé son grand sourire, les pouces levés. Ma voix m'a paru curieuse, comme si elle ne m'appartenait pas, et lorsque la caméra a zoomé sur moi, j'ai réalisé : ce n'était pas seulement ma voix. Toute mon apparence semblait bizarre. Les yeux exorbités, comme deux grosses billes noires, je ne cillais pas. J'étais en nage, pâle comme la mort et les muscles tendus à l'extrême. Et je comprenais maintenant pourquoi j'avais posé problème aux types de la sécurité. On aurait cru un dément.

– Pas de quoi s'énerver, leur ai-je lancé, je suis un ami de...

– Recule.

– Mais je veux simplement...

– Recule !

L'un des gorilles m'a saisi par l'épaule, pour me forcer à reculer, puis j'ai entendu la voix de Stella.

– C'est bon, Tony. C'est un copain. Laisse-le passer.

Tony la Menace m'a lâché et s'est écarté.

– Hé, Pete ! C'est bien toi ? Pete Boland ?

Je me suis vu m'avancer vers Stella et Raymond, la caméra braquée sur moi. Le plan s'est élargi un peu, pour que nous soyons tous les trois dans le champ. Stella avec son bras autour des épaules de Raymond, Raymond qui me sourit...

– Désolée, Pete, s'est excusée Stella en faisant un signe en direction de son gorille. Je ne t'avais pas reconnu.

Elle a passé la main dans sa chevelure blonde parfaite, sans cesser de me sourire.

– Comment vas-tu ? Tu as bonne mine, dis-moi ! Bon sang, ça fait un bail que je ne t'avais...

– Raymond, ai-je repris en le regardant dans les yeux. Est-ce que ça va ?

Il a hoché la tête.

– Allez, viens. Fichons le camp d'ici !

– Attends un peu, a repris Stella. Qu'est-ce que tu fais, là ?

Je l'ai dévisagée sans répondre.

Elle a jeté un œil à Raymond et l'a serrée contre elle, avant de se tourner vers moi.

– Ray m'accompagne ce soir. Je lui apprends à s'amuser. Tu peux rester avec nous, si ça te dit.

– Non, merci.

Raymond semblait soudain mal à l'aise. Dans ses yeux, je voyais grandir l'inquiétude, l'anxiété, la confusion. Comme s'il venait seulement de se rendre compte d'où il se trouvait et de ce qu'il faisait.

– Allez, viens, Raymond, ai-je repris d'une voix plus calme. Je te paye un hot-dog.

Il a jeté un regard furtif à Stella et fait mine de se dégager. Elle a resserré son étreinte pour le retenir.

– Qu'est-ce qui se passe, Ray? a-t-elle dit d'un ton faussement boudeur. Tu ne m'aimes plus?

Il lui a adressé un sourire maladroit.

C'est là que j'avais jeté un œil au cameraman et au perchiste. Et m'observer, assis dans cette salle, était une expérience plutôt perturbante. L'espace d'une seconde, lorsque mes yeux ont fixé la caméra, je me suis vu me regarder. Le Pete Boland de la fête foraine ; le Pete Boland de la salle d'interrogatoire. Quelque chose de blanc. Le présent, le passé. Quelque chose de triste. Ensemble. À l'intérieur et hors du temps.

Et soudain j'ai entendu la voix de Raymond dans ma tête. « On ne vit pas dans le passé, pas vrai ? Et on ne vit pas non plus dans le futur. Il ne nous reste donc que le présent. Mais le présent, c'est quand ? Maintenant, c'est quand ? Combien de temps ça dure ? Une seconde ? Une demi-seconde ? Un millionième de seconde ? On ne peut pas vivre dans un millionième de seconde, non ? Ça n'a pas de sens. »

Pour moi, plus rien n'avait de sens.

À l'écran, je me suis vu m'approcher de Stella, et me planter juste devant elle. Je l'ai dévisagée quelques secondes avant de me pencher et de lui glisser à l'oreille quelque chose que personne n'avait pu entendre.

Une fois encore, mon murmure était inaudible.

– Monte le son, Terry, a lancé Barry, en se penchant vers l'écran où Stella me murmurait sa réponse.

Gallagher a pressé le bouton du volume, mais Stella avait déjà cessé de parler. Nous nous tenions face à face, immobiles, Stella me dévisageait froidement, et je l'observais sans réagir. Je nous ai regardés nous toiser, dans le crépitement d'un silence relatif, et j'ai revu le vide moqueur dans les yeux de Stella, qui avaient perdu toute leur joie. L'expression d'une fille qui s'imaginait être la seule chose digne d'intérêt au monde.

Une seconde ou deux plus tard, le personnage de Stella a parlé, sa voix résonnait trop fort dans les haut-parleurs.

– Tu vas regretter d'avoir fait ça.

– Ah oui ? me suis-je entendu hurler.

Sourire.

– Tu n'imagines pas à quel point…

Gallagher a de nouveau pressé le contrôle du volume pour baisser le son, mais il a dû appuyer sur le mauvais bouton. D'un seul coup, les haut-parleurs dans la salle d'interrogatoire ont émis un horrible crissement nasillard et pendant quelques instants, le son s'est complètement distordu. Les bruits en arrière-plan ont gagné en intensité, mais sont devenus plus étouffés, grondant sourdement comme une explosion sous-marine. Le murmure babillard de la foule semblait s'intensifier puis s'estomper graduellement, comme une chorale étrange et cauchemardesque. J'ai fixé l'écran, hypnotisé par le scintillement de l'image qui fondait progressivement, la luminosité qui s'obscurcissait… puis soudain, les haut-parleurs ont craqué une nouvelle fois, un fracas assourdissant, puis tout est redevenu normal. La musique, les lumières, la foule, les manèges, Stella et Raymond.

Je l'ai vue éclater de rire et lâcher Raymond.

– Je ne faisais que le surveiller pour toi, me disait-elle. Tu peux le récupérer, maintenant.

Un coup d'œil à Raymond.

– D'accord ?

Hochement de tête.

– Allez. Va t'acheter ton hot-dog !

Je regardais Raymond me regarder, et cette sensation de chaleur m'est revenue. Trop de chaleur, trop de sueur. J'avais mal partout. Ma tête, trop pleine de tout, bourdonnait et je voulais me pencher dans l'écran et glisser quelque chose à Raymond. Quelque chose d'utile et de rassurant, mais ça n'avait aucun sens. Il n'était plus là. Disparu, disparu…

Je me suis vu tirer Raymond par le bras. La caméra s'est attardée sur nous alors que je l'éloignais sans un mot, puis elle a changé de sujet, s'intéressant plutôt à la foule aux alentours, au flou des lumières en contre-jour dans la nuit noire, avant de refaire la mise au point sur Stella. Elle nous regardait partir, les yeux durs, la bouche serrée, cruelle et laide, la mâchoire tendue.

Gallagher a pressé touche pause.

Le silence était assommant. Je ne pouvais détacher les yeux de Stella, figée dans sa méchanceté sur l'écran, et je me demandais ce qui, en cet instant, avait pu lui passer par la tête. Réfléchissait-elle, dans l'espace de ce millionième de seconde ? Et moi ? À quoi je pensais ? Et Raymond ?

– Que lui as-tu dit ? m'a interrogé Barry.

– Hein ? ai-je lancé brusquement.

– Stella… tu lui as murmuré quelque chose. Quoi ?

– Je lui ai dit de lui foutre la paix.

Barry a hoché la tête.

– Tu penses qu'elle s'amusait ?

– Je ne le pense pas, j'en suis sûr. C'est évident, non ? Vous l'avez vue vous-même : elle jouait avec lui, elle se moquait de lui…

– Et comment crois-tu que Raymond l'a pris ?

– Il m'a avoué plus tard que ça lui était égal. Elle se fichait de lui, il en était conscient, mais ça ne l'embêtait pas vraiment.

– Et tu l'as cru ?

– Pourquoi ? Je n'aurais pas dû ?

Barry a haussé les épaules.

– En tout cas, tu as l'air remonté.

– Et alors ?

Il a souri.

– Je ne critique pas ton attitude, Peter. Tu as sans doute raison, elle se moquait effectivement de lui. Et tu as tout à fait le droit d'être énervé. Moi même je me serais mis en colère. Et si j'avais été Raymond, je l'aurais été encore davantage.

– Oui, mais vous n'êtes pas Raymond.

Il m'a longuement étudié d'un air pensif, mais j'étais trop fatigué pour réagir. Je ne faisais que soutenir son regard, en le laissant s'imaginer ce qu'il voulait. Enfin, il a pris une inspiration, a baissé les yeux vers la table avant de revenir vers moi.

– Que t'a répondu Stella lorsque tu lui as demandé de « foutre la paix » à Raymond ?

– Ou bien quoi ?

– Pardon ?

– Elle m'a répondu « ou bien quoi ? »

– Qu'entendait-elle par là, d'après toi ?

– Je n'en sais rien.

– Tu as cru qu'elle te menaçait ?

– Je n'ai rien cru du tout.

Barry a jeté un œil à l'image de Stella, toujours figée sur l'écran.

– Elle n'a pas l'air très contente.

Je n'ai rien répondu.

– Pourquoi ne nous as-tu pas raconté tout cela auparavant ?

– J'ai dit à mon père que j'avais vu Stella.

– Mais tu ne lui as pas précisé l'avoir vue en compagnie de Raymond. Et tu l'as aussi caché à l'inspecteur Kesey.

– Kesey ne m'a pas posé la question.

Barry a secoué la tête.

– Et tu imaginais que ça n'était pas important ? Raymond a disparu. Stella aussi. On vient de retrouver ses vêtements tachés de sang... Et tu voudrais me faire croire que tu as omis de mentionner ce détail, juste parce que personne ne t'a posé la question ?

Il m'a lancé un regard accusateur.

– C'est une bien piètre excuse, Peter.

Il avait évidemment raison. L'excuse était piètre et je ne pouvais pas dire grand-chose pour rectifier le tir. Alors, je me suis tu.

Barry m'a dévisagé, puis il a refait son rapide coup d'œil à la table avant de me regarder. Je n'étais pas certain de l'effet que c'était censé produire, mais il savait sans doute ce qu'il faisait.

– Est-ce que tu avais bu ?

– Quand ?

– Avant de croiser Stella ?

– Oui, un peu.

– Qu'entends-tu par « un peu » ?

– Je ne sais pas... J'étais un peu saoul, je crois.

– Un peu saoul ? a-t-il répété avec un sourire.

– Oui.

– Et Raymond ? Était-il un peu saoul aussi ?

J'ai secoué la tête.

– Il n'avait pas beaucoup bu.

– Et de la drogue ? L'un de vous en avait-il pris ?

J'étais soudain très conscient de la présence de ma mère à mes côtés et j'aurais voulu pouvoir nier : évidemment, non, nous n'avions pas pris de drogue, jamais de la vie… Mais quelque chose dans l'expression de Barry m'indiquait qu'il connaissait déjà la réponse. Il savait que nous avions bu et il savait pour la dope. Et je n'avais vraiment plus envie de me faire prendre en défaut.

En faisant bien attention de ne pas regarder ma mère, j'ai répondu :

– J'ai tiré une ou deux taffes sur un joint, c'est tout. Mais Raymond n'y a pas touché.

– Une ou deux taffes ?

– Oui.

– C'est tout ?

– Oui.

– Rien de plus fort ?

– Non.

– Qui avait le cannabis ? Je veux dire : qui l'avait amené ?

– Je n'en sais rien…

– C'était le tien ?

– Non.

– Alors qui ?

– Je ne sais pas… l'un des autres l'avait sans doute apporté. Je ne me rappelle plus qui.

– L'un des autres ?

– Oui.

– Donc, soit Paul Gilpin, Éric Leigh ou Nicole Leigh ? N'est-ce pas ?

Je n'ai rien répondu.

Il a hoché la tête.

– Bon, laissons ça de côté pour l'instant, mais je crois que…

– Vous en avez encore pour longtemps ? est intervenue ma mère.

– Nous venons tout juste de commencer, Madame.

– Alors, je pense que Pete a besoin d'une pause. Les derniers jours ont été suffisamment éprouvants et il n'a pas beaucoup dormi. Y a-t-il un endroit où l'on pourrait prendre un café ?

Barry s'est tourné vers moi.

– Tu veux faire une pause, Peter ?

J'en avais besoin, mais je savais que la discussion avec ma mère serait inévitable et je n'avais pas la moindre envie de m'expliquer maintenant.

– Ça va, Maman, je préférerais en finir le plus vite possible si ça ne t'ennuie pas.

– Tu en es sûr ?

– Oui.

– Tu veux qu'on t'apporte quelque chose à boire ?

– Non, ça va. Mais si tu as envie d'un café…

Elle a secoué la tête.

– Alors, nous sommes tous d'accord pour reprendre ? a demandé Barry.

Ma mère a acquiescé.

– Peter ?

J'ai fait de même.

– Bien.

Au signal de Barry, Gallagher a tiré du sac posé à ses pieds une large poche de plastique contenant des preuves et l'a posée sur la table devant moi.

– Pour information sur l'enregistrement, je présente au témoin un sac à dos jaune retrouvé dans le jardin de Raymond Daggett. Reconnais-tu cet objet, Peter ?

– Oui, il est à moi.

– Peux-tu m'expliquer ce qu'il faisait dans le jardin de Raymond ?

– Je l'y ai laissé samedi soir, avant de rejoindre la fête foraine.

– Pourquoi ?

– J'y avais mis la bouteille de vin, celle que j'ai prise à mon père. Je ne voulais pas que ma mère la voie lorsque je suis parti de chez moi, je l'ai donc mise dans mon sac à dos. Lorsque je suis allé chercher Raymond, je l'ai laissé dans la remise, chez lui.

– Il n'était pas dans la remise lorsque nous l'avons retrouvé.

– Je sais…

– À quelle heure es-tu arrivé chez Raymond dimanche matin ?

– Il était environ six heures et demie.

– Et qu'as-tu vu en arrivant sur place ?

Ma voix a frémi légèrement en lui décrivant ce que j'avais découvert : le sang sur le bitume, la tête de Lapin Noir empalée sur le portail, le clapier détruit dans le jardin, les morceaux éparpillés autour de la porte de la cage, les restes décapités de Lapin Noir…

– Tu as dû être choqué, a remarqué Barry.

– Oui.

– Est-ce que tu sais qui pourrait avoir fait cela ?

– Aucune idée.

Il a hoché la tête.

– As-tu touché à quelque chose sur place ?

– Oui, le portail, je l'ai ouvert avec mon coude.

– Tu as touché à autre chose ?

– Non, j'étais déjà malade...

– Malade.

– J'ai vomi, avant même d'ouvrir le portail.

– D'accord. Mais une fois que tu as passé le portail, as-tu touché ou déplacé quelque chose ?

– Non.

– Très bien.

Il s'est à nouveau tourné vers Gallagher, la main tendue. L'inspecteur a sorti deux autres sachets, plus petits. Il les a donnés à Barry avant de faire disparaître mon sac à dos de la table. Barry a posé les deux petits sachets face à moi.

– Pour information sur l'enregistrement, a-t-il répété, je présente au témoin deux objets retrouvés dans un vêtement récemment découvert et présumé appartenir à Stella Ross. Peter, as-tu déjà vu l'un de ces deux objets, Peter ?

Déjà, j'examinais l'un d'eux. En fait, j'étais comme hypnotisé. C'était un caillou, un magnifique galet noir. Rond, plat, pas plus gros qu'une pièce de deux livres, il aurait été parfait pour faire des ricochets sur la rivière. Il était magnifique : vernis et lisse, d'un noir luisant, mais le détail le plus curieux, celui qui retenait toute mon attention, était la curieuse silhouette rudimentaire qu'on avait laborieusement grattée sur la surface. Elle représentait un lapin. La simplicité brute de la gravure ajoutait à la perfection naturelle du galet une dimension irréelle, elle le magnifiait, et même si je n'avais jamais vu Raymond s'adonner à ce genre d'activité, c'était exactement le genre de choses dont il était capable. Trouver un caillou, le nettoyer et y graver un petit dessin.

J'ai dégluti avec difficulté, et je me suis concentré sur le second objet, loin d'être aussi captivant que le galet : c'était une courte et fine chaîne de collier. Elle ne portait aucun détail distinctif : pas de pendentif, pas de motifs, mais il me semblait l'avoir déjà vue quelque part. J'ignorais pourquoi. Mais il émanait quelque chose... comme un souvenir de ce collier.

– Alors ? a repris Barry.

– Eh bien, quoi ? ai-je demandé, en examinant à nouveau le galet.

– Les avais-tu déjà vus ?

– Non...

– Tu en es certain ?

J'ai acquiescé.

– D'où sortent-ils ?

– On les a retrouvés dans la poche briquet du short de Stella. Es-tu vraiment certain de ne jamais les avoir vus auparavant ?

– Je ne les ai jamais vus.

– Es-tu déjà rentré dans la chambre de Raymond ?

J'ai levé la tête.

– Quoi ?

– Sa chambre. Celle de Raymond. Y es-tu déjà entré ?

– Pourquoi ?

– Réponds à la question, Peter.

– Eh bien oui, je suis déjà entré dans sa chambre. Mais... pas récemment.

– À quand remonte la dernière fois ?

– Je n'en sais rien. Il y a plusieurs années. Nous étions encore petits.

– Petits comment ?

J'ai réfléchi.

– Six ans, peut-être sept, quelque chose comme ça. Les parents de Raymond ont commencé leurs lubies à cette époque : ils n'aiment pas que les gens entrent chez eux. Après ça, quand je rendais visite à Raymond, nous restions le plus souvent dans le jardin.

J'ai jeté un dernier regard au galet avant de lever les yeux vers Barry.

– Quel est le rapport avec tout le reste ?

– Ce galet, a-t-il répondu en tapotant le sac plastique, est similaire à plusieurs autres retrouvés dans la chambre de Raymond. Même couleur, même taille, même dessin. Il porte les empreintes de Raymond.

Après cela, j'ai eu du mal à me concentrer. Barry ne m'a rien appris de plus concernant le galet ou le collier. Il s'est remis à me cuisiner au sujet de la soirée de samedi et j'ai recommencé à lui dire ce qu'il voulait savoir… mais je n'étais qu'à moitié conscient de ce que je faisais. Une partie de moi ouvrait la bouche et formait les mots : « J'ai fait ceci, nous avons fait cela, je ne sais pas, oui, je crois. » En mon for intérieur, je songeais aux galets de Raymond. *Pourquoi ne les avais-je jamais vus ? Pourquoi ne m'en avait-il pas parlé ? Et pourquoi en avait-il offert un à Stella ?* Je n'avais aucun mal à me représenter la scène : son sourire timide, son murmure maladroit : « Tu n'es pas obligé de le garder… Je veux dire… je sais que c'est un peu… enfin, tu vois… si jamais ça ne te plaît pas… », et il était facile d'imaginer Stella prendre le galet dans sa main… l'observer, ou en rire, avant de le fourrer distraitement dans sa poche.

Mais pourquoi ?

Et pourquoi ne m'en avait-il pas donné un, à moi ?

J'aurais beaucoup aimé posséder l'un de ces galets... Je l'aurais placé à côté de mon lapin en porcelaine, sur ma commode. *Mais, ai-je alors pensé, peut-être que Raymond n'offrait les galets gravés d'un lapin qu'aux personnes qu'il n'aimait pas ? Peut-être était-ce un genre de porte-malheur, qu'il réservait aux gens qui l'emmerdaient. Ou peut-être...*
Non, je refusais d'y penser.
Le galet ne voulait rien dire.
Comme le reste, d'ailleurs.
« Stella signifie "étoile".
« L'étoile va s'éteindre ce soir...
« Stella va s'éteindre... »
Rien n'avait plus de sens.

Après avoir raconté la soirée de samedi, pendant que Gallagher la consignait par écrit, après avoir examiné la version papier, après avoir regardé ma mère relire une dernière fois le tout et après avoir paraphé chaque page ; après tout ça, j'en avais plus qu'assez. J'étais vidé, épuisé, fatigué de parler, de rester assis dans cette pièce morne et blafarde, fatigué de tout. J'en avais dit bien plus à Barry qu'à tous les autres, probablement parce que j'étais trop occupé à penser à Raymond pour me concentrer sur mes mensonges, mais il restait beaucoup de choses que je continuais à taire. Comme Wes Campbell, par exemple. Ou encore le comportement de Nicole à la cabane, puis à la fête, sans parler de la quasi-totalité de ce qu'avait pu me confier Raymond, ce soir-là. J'avais relaté à Barry l'épisode chez la voyante, mais je n'avais donné aucun détail sur ses paroles. Je lui avais même parlé de l'homme à la moustache. Barry m'avait demandé de le décrire, où je l'avais vu, et pourquoi je pensais qu'il était important, mes réponses restaient si vagues qu'il a cessé de m'écouter au bout de quelques secondes.

Il ne voulait pas de ressenti, m'avait-il rappelé. Seuls les faits l'intéressaient.

« Que s'est-il passé ensuite ? Où es-tu allé ? Qui as-tu vu ? Quelle heure était-il ? »

Alors, c'est ce que je lui avais donné : les faits. L'heure, les endroits, les gens, les choses... je parlais sans m'arrêter. « Blablablablabla. » Je pensais en avoir terminé lorsque je lui ai relaté ma discussion avec monsieur Daggett, après avoir retrouvé la tête de Lapin Noir sur le portail, mais je me trompais. Barry me réservait encore une petite surprise.

Gallagher a repris la télécommande du magnétoscope, pendant que Barry nous a fait son petit discours.

– Je suis navré d'abuser de ton temps, Peter. Et du vôtre, madame Boland. Et je tiens à vous remercier tous les deux de votre précieuse collaboration.

Il a souri à ma mère, qui s'est contentée de souffler. Il s'est donc tourné vers moi avant de poursuivre :

– Je voudrais simplement te montrer une dernière chose avant de procéder à la relecture de ta déposition, si ça ne t'ennuie pas.

– Allez, ça suffit, a soupiré ma mère. Je crois que ça suffit pour aujourd'hui...

– Ça ne prendra pas plus d'une minute, l'a interrompue Barry. J'ai juste besoin de clarifier un détail.

Gallagher avait mis la bande sur pause. Sur l'écran, on voyait un plan flou du sol : l'herbe écrasée, des mégots de cigarettes, des papiers. Gallagher a enclenché la lecture et l'image a semblé bondir vers le haut de l'écran. La caméra s'est balancée négligemment dans le paysage de la fête foraine pendant quelques minutes, offrant des images de la foule, des néons, des attractions, avant de se braquer sur un point précis. Je savais maintenant où se trouvait le cameraman : près des sanisettes. J'apercevais le va-et-vient devant la rangée de cabines bleues... et aussi ce carré d'herbe dévoré par les ombres, à l'autre bout des toilettes. Le film n'avait plus de bande-son, j'en ai donc déduit qu'on avait coupé le micro et il n'y avait aucun signe de Stella dans les parages.

– Si l'on en croit l'horloge de la caméra, a repris Barry, ce segment a été tourné vers minuit vingt. Stella a été aperçue pour la dernière fois dix minutes auparavant, se dirigeant vers les sanisettes.

La caméra faisait un panoramique de la foire. Gallagher a soudain pressé le bouton pause et l'image s'est figée sur une représentation tremblotante de mon personnage. Assis sur un banc, une bouteille de vodka à la main, je fixais le carré de terrain qui jouxtait les sanisettes. J'avais l'air perdu, idiot, confus, surchargé. En arrière-plan, une autre silhouette tout aussi confuse se tenait là, seule, et m'observait discrètement de loin. Son visage, légèrement flou, était à moitié dissimulé derrière l'auvent d'une tente, mais ces yeux charbonneux la trahissaient, tout comme ses lèvres pourpres... Les cheveux, laqués en arrière, le jean taille basse, le mince gilet blanc cintré.

Nicole.

Et elle m'observait.

Je me suis penché en avant, les yeux plissés pour mieux voir l'écran. Derrière Nicole, à environ dix mètres, une silhouette se tenait à l'entrée d'une tente. Je la reconnaissais, c'était la tente de la voyante. Et c'était elle, madame Baptiste, Lottie Noyce, qui regardait Nicole me regarder pendant que je suivais des yeux Pauly, parti rejoindre Éric et Campbell...

Et maintenant, assis dans cette pièce muette et blanche, j'étais spectateur de toute la scène.

– C'est bien toi, n'est-ce pas ? a demandé Barry. Assis sur le banc ?

– Oui.

– Qu'est-ce que tu faisais là-bas ?

Je déprimais, ai-je pensé. *Voilà ce que je fais sur ce banc. Je déprime. J'ai oublié ce que je suis censé faire. Je me demande ce qui ne va pas chez moi. Pourquoi je ne fais jamais ce qu'il faut ? Pourquoi je ne fais rien ?*

– Je ne fais rien, ai-je répondu à Barry. Je suis simplement assis... c'est tout... j'étais fatigué. J'avais cherché Raymond partout. Je me reposais un peu...

– Et tu te trouvais, comme par hasard, à cet endroit ? Stella disparaît dix minutes plus tôt et toi, tu te trouves, comme par hasard, au même endroit ?

– Il fallait bien être quelque part, non ?

Barry me fixait, incapable de réprimer son expression incrédule. Mais il n'a rien dit. Il s'est contenté d'un signe de tête à Gallagher, qui a pressé le bouton *play* et mon personnage tremblotant s'est de nouveau animé : j'observe la bouteille de vodka dans ma main, je sais que je ne devrais pas en boire, que cela ne me fera aucun bien, mais je n'ai plus d'autre choix. La bouteille semble se lever, puis s'incliner d'elle-même contre ma bouche et avant que j'aie compris comment, elle s'est vidée.

Je la repose doucement. J'émets un rot sucré. Et je ferme les yeux.

L'écran s'est assombri.

VINGT

Pendant que l'inspecteur nous raccompagnait jusqu'au hall, ma mère ne m'a rien dit. Elle ne m'a même pas regardé. Et, tout en suivant Gallagher, le long du couloir puis dans l'escalier, je me demandais à quoi elle songeait. Était-elle en colère ? Inquiète ? Choquée ? Déçue ? Son expression ne laissait rien paraître, mais je n'ai pas eu à attendre très long-temps pour avoir ma réponse.

Avant de quitter la salle blanche, Barry avait proposé de nous faire ramener chez nous, mais ma mère avait décliné son offre.

– C'est gentil de votre part, mais nous allons rentrer par nos propres moyens. Nous devons d'abord régler certaines choses.

Et j'étais certain que ces « choses » allaient se résumer à une petite conversation entre elle et moi.

Nous avons passé les sas sécurisés qui menaient à l'accueil. Gallagher s'est arrêté pour nous tenir la porte.

– Si vous passez ce portillon automatique, a-t-il expliqué avec un signe de tête vers la sortie, et prenez à droite, vous tomberez sur Westway.

J'ai levé les yeux, surpris par sa voix suraiguë, et j'ai alors réalisé qu'il n'avait, jusqu'à présent, pas ouvert la bouche une seule fois. Il était resté avec nous de dix heures à quatorze heures : cela faisait quatre heures qu'il n'avait pas prononcé un seul mot.

D'un autre côté, ai-je pensé, *si j'avais une voix comme la sienne, je parlerais aussi le moins possible.*

– Ça ira ? a-t-il couiné.

– Oui, merci, ai-je répondu en luttant pour ne pas sourire.

Alors que nous nous dirigions vers la sortie, j'ai remarqué que ma mère réprimait elle aussi un fou rire et pendant quelques secondes, tout allait bien. Ma mère était à nouveau ma mère, celle que je connaissais. Celle qui s'amusait des choses dont il ne fallait pas se moquer : des hommes avec d'horribles moumoutes, des femmes aux vêtements grotesques, ou des policiers aux regards de gros dur qui marchaient comme Mickey Mouse. Et si je m'étais tourné vers elle à cet instant, nous aurions pouffé comme deux idiots. Ç'aurait été agréable. Mais alors que j'allais la regarder, quelque chose d'autre a attiré mon attention.

Les portes automatiques venaient de s'ouvrir sur quatre silhouettes, qui s'approchaient. Deux policiers en uniforme précédaient Éric et Nic'.

Livides, la tête baissée, ils fixaient le sol d'un regard angoissé et, au début, ils ne m'ont pas remarqué. On les conduisait vers le bureau d'accueil sur notre gauche et j'ai cru qu'ils n'allaient pas me voir. C'était aussi bien, car je ne savais pas comment réagir. Fallait-il dire quelque chose ? En avais-je le droit ? Que fallait-il faire ?

Tout en réfléchissant, j'ai vu Nicole tourner la tête. Surprise, elle nous a regardés passer. Éric, comme s'il avait immédiatement senti sa réaction, a levé les yeux. J'ai souri bêtement en leur adressant un signe de tête. Nic' a fait de même, mais pas Éric, qui paraissait tendu.

Il se contentait de me dévisager, les yeux brûlants de questions muettes : « Qu'est-ce que tu leur as dit ? Tu leur as parlé de moi ? Tu leur as dit que je t'avais menti ? » L'intensité de son regard m'a d'abord cloué sur place, puis, alors que je l'observais à mon tour, son visage a semblé prendre possession de mon esprit. Je ne voyais plus rien d'autre. Le visage d'Éric. Et une fois encore, son visage qui se métamorphosait : il scintillait, se désagrégeait... les traits se modifiaient, dans le flou de cette beauté laide. Ce n'est pas le visage de Nicole qui s'est révélé derrière cette nébulosité irisée, mais une vision aux contours bien plus saillants. Un visage buriné, taillé à la serpe. Des yeux sombres, comme des entailles. Une bouche un peu de travers, un front large surmonté d'une masse de cheveux noirs et drus...

Wes Campbell. Dans l'air, des traînées... La gorge serrée, je ne pouvais plus respirer. Une odeur de gaz. Sa voix : « Tu ne sais rien. Tu n'as rien vu. Tout cela n'est jamais arrivé. »

J'ai fermé les yeux.

– Viens, Pete, m'a lancé quelqu'un.

La voix paraissait curieuse... grave et profonde, épaisse et déformée.

– Pete ?

J'ai rouvert les yeux. Face à moi, ma mère m'observait. On emmenait Éric et Nicole à travers les portes sécurisées. Éric avait retrouvé son visage habituel.

– Est-ce que ça va ? a demandé ma mère.

– Oui.

– Viens, allons-nous-en d'ici.

Je ne me trompais pas : ma mère avait bien l'intention d'entamer une petite discussion et elle n'a pas perdu de temps. À peine sortis du commissariat, elle m'a traîné jusqu'à un carré de verdure, coincé entre deux bâtiments de bureaux et m'a fait asseoir sur un banc. C'était l'un de ces petits squares avec quelques arbres et un parterre de fleurs, où les employés de bureau prennent leur pause déjeuner, assis au soleil, avec un Coca ou une glace. Mais l'heure du déjeuner était passée depuis longtemps et hormis quelques canettes et emballages vides, nous avions le square pour nous tout seuls.

Il faisait chaud. J'étais en nage. Et j'avais mal à la gorge.

Sur Westway, le trafic incessant s'écoulait dans les deux sens et, sous cette chaleur, les gaz d'échappement emplissaient l'air d'une brume grisâtre. Ma mère a commencé son discours. Elle était navrée que j'aie à subir tout cela et désolée de n'avoir rien fait de plus pour m'aider. Mais, a-t-elle poursuivi, ce qu'elle venait d'apprendre l'inquiétait beaucoup.

– Tu n'as sans doute pas envie d'en parler maintenant, et je veux que tu saches que je ne suis pas en colère. Je ne compte pas te faire la leçon. Néanmoins...

Néanmoins.

– Tu m'as promis que tu ne touchais pas aux drogues, Pete, a-t-elle repris d'un air triste. Et je t'ai cru.

– Je ne prends pas de drogue, ai-je dit en la regardant.

– Enfin, Pete. Tu viens de l'avouer au commissaire Barry ! Dans cette cabane, avec les autres, vous vous êtes mis dans un état lamentable entre l'alcool et l'herbe...

– Maman, c'était juste un joint. Je n'ai tiré qu'une ou deux taffes. Et nous ne nous sommes pas mis dans un état lamentable...

– Juste un joint ? Et tu t'imagines que ça me rassure ?

– Non, mais…

– Ça t'arrive régulièrement ?

J'ai secoué la tête.

– C'était sur le moment. Quelqu'un a allumé un joint et l'a fait tourner, et lorsque je l'ai eu entre les mains, j'ai tiré deux taffes et je l'ai fait passer.

Haussement d'épaules.

– Ça arrive, Maman. Ça n'a rien de grave. Ce genre de scénario est fréquent. Et puis je n'aime pas ça, de toute façon.

– Mais tu l'as quand même fumé.

– Oui, mais ça n'est que du cannabis. On ne fumait ni du crack ni d'autres trucs dans ce genre. C'était juste un peu d'herbe.

– Là n'est pas le problème.

– Ça ne t'es jamais arrivé, à toi ?

Elle a hésité.

– Ça n'est pas de moi dont il est question…

Je lui ai souri, mais elle a froncé les sourcils.

– Ça n'a rien d'amusant.

– Je sais. Mais ce n'est pas non plus la fin du monde. Je t'assure, Maman… il n'y a pas de quoi s'inquiéter. Je ne suis pas idiot, je sais ce que je fais. Pendant une fête, si quelqu'un fait tourner un joint, je vais tirer une ou deux taffes, mais ça n'ira pas plus loin. Je ne prendrai jamais rien d'autre. Et je n'ai jamais acheté de drogue de ma vie. Il se passe suffisamment de choses dans ma tête sans que j'en rajoute, ai-je plaisanté. Je n'ai besoin de rien pour me procurer des sensations bizarres.

Ma mère m'a cru, mais son sourire rassuré a disparu presque aussitôt, laissant place à la tristesse. Pour elle, ça n'était pas suffisant.

– C'était si effrayant Pete, a-t-elle murmuré. Quand je t'ai vu, sur cette vidéo, tu semblais… tu faisais peur à voir, Pete. On aurait dit que tu n'étais pas vraiment là.

Elle a secoué la tête, comme pour en chasser le souvenir.

– Tes yeux, ton visage, tout… Je ne sais pas. Tu me rendais si triste.

Je ne savais plus quoi lui répondre. Qu'y avait-il à dire ?

– Je suis désolée, Maman.

Nouveau sourire. Et cette fois, il n'a pas disparu.

Nous sommes restés assis là encore un peu, à évoquer Raymond, Stella et beaucoup d'autres choses, sans pour autant creuser le sujet. Je crois que ma mère voulait me faire parler afin de vérifier mon état mental. C'était assez curieux. J'essayais d'adopter le comportement qui, selon moi, la rassurerait et, je crois l'avoir convaincue que je tenais le coup.

– Bon, a-t-elle conclu en regardant sa montre, nous devrions y aller.

Elle a jeté un coup d'œil à Westway.

– Il y a une station de taxis juste là.

– Ça t'ennuierait que je rentre à pied ?

Elle s'est retournée vers moi.

– Seul ?

– Oui… enfin, si tu veux bien.

– Eh bien, je ne sais pas trop, Pete. Je ne sais pas si c'est bon pour toi de rester seul en ce moment.

– S'il te plaît, Maman. J'ai juste envie d'être un peu seul. Tu sais, de me vider la tête, faire le tri… Ça ira, Maman. Je t'assure.

Elle a foncé les sourcils.

– Promis juré ?

– Oui.

– Bon, eh bien d'accord. Si tu en éprouves le besoin... Et puis, je dois faire quelques courses de toute façon. Je vais marcher jusqu'au supermarché du centre et je rentrerai en taxi.

Elle a pris son porte-monnaie dans son sac et en a tiré un billet.

– Tiens, a-t-elle dit en me le tendant, si jamais tu changes d'avis ou que tu es fatigué, appelle un taxi.

– Merci, ai-je murmuré en le glissant dans ma poche.

– Tu as ton portable sur toi ?

– Oui.

– Parfait. Alors, à tout à l'heure.

– Oui.

Elle s'est s'éloignée vers le centre-ville. Je lui ai adressé un signe de la main lorsqu'elle s'est retournée et m'a souri. Dès qu'elle a disparu, au coin de la rue, je me suis précipité vers la station de taxis.

Le chauffeur m'a déposé devant la maison d'Éric et Nicole vers quinze heures. J'ai réglé le chauffeur et je l'ai regardé repartir, avant de rester quelques minutes à observer la maison. Aucun signe de mouvement à l'intérieur. Tout paraissait vide et immobile. Et je savais qu'il n'y avait personne : Éric et Nicole étaient au commissariat. Monsieur et madame Leigh étaient toujours absents, mais en ouvrant le portail et en gravissant l'allée, je n'arrivais pas à chasser la curieuse impression que quelque chose, dans le vide de cette maison, allait de travers. Difficile de mettre le doigt dessus, mais il me semblait que la maison s'attendait à la visite de quelqu'un... mais pas à la mienne.

Ni celle d'Éric ou de Nicole, ce que je me forçais pourtant à croire en arrivant devant la porte et en pressant la sonnette.

Qui d'autre aurait-elle pu attendre ?

Pas de quoi s'inquiéter.

Le ding, dong lointain de la sonnette s'est perdu dans le silence. Il n'y avait personne. La maison était déserte.

J'ai reculé et me suis dirigé vers un petit portail en fer forgé sur le côté de la maison. Un bref coup d'œil aux alentours (la rue, les fenêtres de la maison voisine) et j'ai poussé la barrière pour faire le tour. Le jardin était à l'abandon, comme toujours, avec ses arbres immenses, sa haie hirsute et une pelouse qui ressemblait maintenant à une prairie. Plus loin fumaient encore les restes d'un feu, dont l'odeur de plastique et de tissu brûlés prenait à la gorge.

Je me suis arrêté face à la porte de derrière, en me demandant ce que je faisais là. Difficile de penser. Difficile de savoir.

« Qu'est-ce que tu fais là ?

« Je n'en sais rien.

« Qu'est-ce que tu cherches ?

« Je n'en sais rien

« Tu cherches des indices ?

« Je n'en sais rien.

« Comment vas-tu entrer ?

« Je n'en sais rien… »

Mais je pensais me souvenir que Nicole et Éric cachaient quelque part un double des clefs… Sous un pot de fleurs, ou un truc dans ce genre…

« Pourquoi n'y as-tu pas pensé l'autre soir ?

« Je n'en sais rien. J'étais saoul, complètement mort… Je ne savais plus ce que je faisais.

« Qu'est-ce que tu fais ? »

– Bon Dieu, qu'il fait chaud, me suis-je exclamé tout haut, en épongeant la sueur sur mon front.

Autour de moi, je cherchais un récipient, une brique, un nain de jardin... n'importe quoi qui aurait pu dissimuler une clef. Mais les pots se comptaient par dizaines, les briques par centaines, et les cachettes à clefs, par milliers... Il me faudrait des heures pour tout vérifier. Et je n'avais que peu de temps devant moi. Nicole et Éric avaient déjà passé plus d'une heure au commissariat, ils étaient peut-être déjà sur le chemin du retour.

– Et merde, ai-je lancé, en saisissant la poignée de la porte.

Mon geste était inutile : le genre de réflexe qui vous vient lorsque vous êtes à court d'idées. Mais en donnant un coup sec, que je pensais vain, je n'ai rencontré aucune résistance.

La porte s'est ouverte. Elle n'était pas verrouillée.

Pendant une seconde, je l'ai regardée, comme un imbécile, puis je me suis glissé dans la cuisine en refermant derrière moi.

J'avais beau ignorer ce que je cherchais, je n'avais aucun doute sur l'endroit où je le trouverais. Au fond, j'ignorais peut-être son existence, quoiqu'en y repensant, j'imagine qu'une partie de moi la connaissait. Je n'ai donc fouillé aucune des pièces du rez-de-chaussée, remplies de cartons et de caisses, mais je suis monté directement à l'étage, traversant le palier, pour entrer dans la chambre de Nicole.

Il n'y avait pas si longtemps que j'y étais venu pour la dernière fois... deux ans, trois tout au plus, mais rien dans cette pièce ne m'évoquait de souvenir. D'ailleurs, au début, je me suis même demandé si je ne m'étais pas trompé de pièce. C'était bizarre d'être là, à regarder autour de moi, à essayer de me rappeler à quoi elle ressemblait, avant… lorsque j'avais treize ou quatorze ans et que nous étions tous assis là, Éric, Nic', Pauly, Raymond et moi… parfois seulement Nic' et moi… rien que nous deux, Nicole, moi, seuls, mais ensemble.

Dans cette chambre, qui n'était plus la même.

Mais c'était bien celle de Nic', je venais de m'en apercevoir.

Pas un carton en vue. Elle n'avait apparemment pas commencé ses préparatifs, et en jetant un regard autour de moi, j'ai reconnu quelques-unes de ses affaires : le maquillage, éparpillé sur la coiffeuse, les flacons de parfum, les boîtes à bijoux, les bracelets et les colliers pendus à des crochets fixés au mur. Et les vêtements, empilés en tas sur le sol : c'était les siens. Les affiches de théâtre, les murs noirs, les objets de déco bohème, les étagères, où s'empilaient Shakespeare, Tchekhov, Brecht. Oh oui, c'était la chambre de Nic'. Pas le moindre doute. Seulement, ça n'était plus celle de ses treize ans. Celle-là avait disparu pour toujours.

« Qu'est-ce que tu cherches ? »

J'ai continué à observer la pièce, ignorant de mon mieux les cognements sourds dans ma poitrine et mes jambes si molles qu'elles me donnaient la chair de poule, avant de prendre une profonde inspiration et de me forcer à m'approcher de sa coiffeuse. Le désordre qui y régnait n'avait rien de surprenant. Nicole n'était pas la personne la plus ordonnée du monde. On aurait pu croire qu'elle avait acheté un carton rempli de trucs de fille à un vide-grenier et qu'elle avait renversé le tout sur la table. Je reconnaissais certains objets : tubes de rouge à lèvres, mascara, ombre à paupières… mais la plupart des objets m'étaient inconnus. Des objets, rien d'autre : des pots, des tubes, des flacons, des paquets, des sachets, des boîtes, de tout petits coffrets… l'ensemble saupoudré d'une fine couche de poudre. De poudre blanche (du talc ?), rose, irisée couleur métal. Je me tenais là, à examiner ce fouillis, à chercher quelque chose dont je ne savais rien… mais je devais bien avoir une idée car, après quelques instants, je me suis vu tendre la main et saisir un mince flacon de verre au bouchon plat et noir. Un petit flacon cylindrique, grand comme un briquet, de verre noir et lumineux. Le mot « Jojana » y était gravé en caractère gris-pastel. Sans doute le nom du parfum : Jojana. J'ai dévissé le bouchon et approché le goulot de ma narine, avant de respirer le parfum.

Tout s'est subitement transformé. L'atmosphère de la pièce, la chaleur, le silence… tout était soudain différent. Une époque différente, un endroit différent. Des sensations différentes. La sombre douceur du parfum me montait à la tête, et brusquement, j'étais de nouveau dans la cabane, avec Nicole, seule, dans l'obscurité, dans une bulle de lumière… enveloppée par une sensation de vie.

« Qu'est-ce qui nous est arrivé, Pete ? »

La sueur perlait sur ma peau.

Et puis, en respirant une nouvelle fois le parfum, l'air s'est fait plus lourd, plus immobile, plus intense, et cette sombre douceur est devenue ténèbres. De nouveau, l'odeur du gaz, l'odeur du terrain vague, la tête fourrée entre les jambes de Wes Campbell… il me serre la gorge avec une telle puissance que mon cou va se briser… je ne vois plus que du blanc, le blanc immaculé de son jean…

J'ai violemment reposé le flacon sur la coiffeuse. Les visions se lézardaient. Je n'étais plus qu'ici. Dans cette chambre.

Maintenant, je le savais : Wes Campbell portait sur lui l'odeur de Nicole, ils avaient tous deux le même parfum. Qu'est-ce que ça signifiait ?

En furetant dans les bijoux de Nic', dans ses boîtes à babioles, dans les colliers et les bracelets qui pendaient au mur, j'essayais d'imaginer le lien entre Nic' et Campbell. Un lien indirect ? Par Éric ou par Pauly ? Ou bien était-ce plus que cela ? Un lien direct ? La pièce rapportée semblait la solution la plus évidente, étant donné qu'Éric et Pauly connaissaient tous les deux Campbell, mais cela n'expliquait pas le parfum. D'après moi, la seule explication logique concernant le parfum était une relation quelconque entre Nicole et Campbell. Difficile à croire... Nicole n'avait jamais aimé Wes Campbell. Il était tout ce qu'elle détestait : brutal, inculte, balourd... Aucune grâce. Il était bien la dernière personne au monde que Nic' aurait voulu fréquenter. L'idée qu'ils puissent partager quelque chose, une telle intimité...

Non. Ça n'avait aucun sens.

J'ai donc arrêté d'y réfléchir, en m'obligeant à me concentrer sur ce que j'observais depuis quelques minutes : un ensemble de chaînes en or pendues à un crochet, au-dessus de la coiffeuse. Il y en avait au moins une bonne dizaine, d'aspect ordinaire. Elles différaient en longueur, maillons, épaisseur, mais aucune n'était cassée. Des chaînes en or classiques... qui ressemblaient beaucoup à celle que m'avait montré le commissaire Barry durant l'interrogatoire. Au morceau de chaîne retrouvé dans la poche de Stella. Aucun doute. Et maintenant, autre chose me revenait, ou du moins, je croyais m'en rappeler... difficile d'en être certain. Un souvenir furtif, celui de Nicole, samedi soir, portant une fine chaîne en or à son cou... Était-ce un souvenir réel ? Quelque chose que j'avais vraiment vu ? Ou bien l'avais-je imaginé ?

Est-ce que j'imaginais ces connexions ? Une fine chaîne d'or, sur un cou si pâle...

Impossible de rester plus longtemps dans cette chambre. Cette ambiance perturbante me rendait fou. C'était trop. Il fallait que je parte. Et j'avais la sensation qu'il n'était pas seulement temps de quitter la chambre de Nic', mais temps aussi de quitter cette maison. *Va-t'en. Rentre chez toi. Cet endroit te rend fou. D'ailleurs, Nic'et Éric ne devraient plus tarder. Et quel genre d'excuses bidon vas-tu leur servir s'ils te trouvent ici ?*

J'ai traversé les nuées de poussière du couloir, illuminées par la lumière extérieure, mais au fond, je n'avais aucune intention de m'en aller. Comme si je m'étais déjà vu m'arrêter devant la chambre d'Éric, ouvrir la porte et entrer. Et puisque je m'étais vu le faire, ma vision devait se réaliser. Il le fallait. Mon avenir était déjà en marche. Et quand on se met à trafiquer son avenir, on est mal barré.

La chambre d'Éric empestait la cigarette, à tel point qu'il m'était impossible d'identifier une seconde effluve. Une odeur humaine, corporelle, celle d'une autre personne. En voyant le lit d'Éric, je pensais avoir trouvé la réponse. Le lit était défait et les deux oreillers étaient bien disposés de chaque côté. Je notais également des empreintes plus distinctes imprimées sur le matelas. Deux personnes avaient dormi là. L'un d'eux, celui de droite, avait laissé les restes d'un joint ainsi qu'une canette de bière sur la table de nuit. Sur l'autre, à gauche, se trouvait une édition de poche des

Fleurs du mal, un verre d'eau et un cendrier qui débordait de mégots.

Sans doute le côté d'Éric.

Et je me demandais qui avait pu marquer l'autre côté du lit. Un flirt sérieux ? Une histoire d'un soir ? Ce mystérieux type de vingt-cinq ans dont Éric voulait cacher l'existence ?

J'ai observé le reste de la chambre. Elle était moins désordonnée que celle de Nic' – et, apparemment, Éric n'avait pas non plus commencé ses cartons –, mais relativement sens dessus dessous. Elle comportait un bureau avec un ordinateur, beaucoup de livres, une télé et un lecteur DVD. Des vêtements jonchaient le sol et d'autres pendouillaient dans le placard ouvert. Plusieurs cadres étaient accrochés au mur : des reproductions de Matisse, Picasso, Kandinsky, dont la plupart m'étaient inconnues. Éric possédait aussi une coiffeuse, comme celle de Nic'. Mais la sienne n'était pas si brouillon. Cette fois, je reconnaissais la plupart des objets : peignes et brosses, des tubes de gel, de la crème hydratante, des soins pour les boutons, un téléphone portable. Je savais sans hésitation ce que je cherchais. Tendant la main, j'ai saisi le téléphone. C'était un modèle récent, fin, lisse, couleur noire et métal. Je l'ai ouvert et allumé, et déjà, j'imaginais les connections s'enclencher.

Des noms, des numéros. Éric et Pauly. Éric et Campbell. Éric et Stella...

– Qu'est-ce que tu fais là ?

La voix m'a fait sursauter, cinglante comme l'éclair qui s'abattait soudain sur ma tête. En me retournant, glissant discrètement le téléphone d'Éric dans ma poche, j'ai vu la silhouette menaçante de Wes Campbell appuyée contre le chambranle de la porte. Il me dévisageait, de son regard dur et froid, de ses yeux figés et sombres. Dans sa main, il tenait un cutter à la lame argentée et émoussée.

– Tu n'écoutes pas ce qu'on te dit, toi, hein ? a-t-il susurré d'une voix calme en entrant dans la chambre, avant de fermer la porte derrière lui. Tu n'écoutes vraiment rien…

VINGT ET UN

– Alors, a repris Campbell, en tapotant distraitement le cutter contre sa jambe. D'après toi, c'est ce qu'on entend par « ne pas mettre le nez dans les affaires des autres » ?

– Je vais t'expliquer...

– Ah oui ? Et tu crois que ton explication m'intéresse ?

Il m'a souri.

– Après tout, je ne suis qu'un passant, témoin d'une effraction et qui s'inquiète... Je ne vais tout de même pas rester planté là à attendre tes explications. Tu pourrais très bien être armé, non ?

Il a levé la lame du cutter.

– Personne ne va me reprocher une légitime défense.

– Je n'ai commis aucune effraction. La porte était ouverte.

– Ouais. Donc, si quelqu'un laisse sa porte de derrière ouverte, ça te donne le droit de te servir chez eux, c'est bien ça ? D'entrer et de faire ce qui te chante ?

J'ai secoué la tête.

– Je n'ai rien volé...

– Ah non ?

– Écoute, je suis juste passé voir Nic' et Éric, c'est tout. Il n'y avait personne lorsque j'ai sonné, et si j'ai fait le tour par derrière, c'est seulement parce que j'ai senti une odeur de brûlé. J'ai pensé que je ferais mieux de jeter un coup d'œil.

– Une odeur de brûlé ?

– Oui. En fait, ce n'était qu'un feu dans le jardin, mais...

– Tu es allé voir le feu ?

– Non...

– Pourquoi es-tu entré ?

– La porte de derrière était ouverte.

– Comment tu le savais ?

– Elle était grande ouverte.

– Non.

– Comment tu peux le savoir ?

Il a plissé les yeux et s'est avancé vers moi, en brandissant le cutter.

– On t'a déjà tailladé ? Tu veux savoir l'effet que ça fait ?

– Je ne te raconte pas d'histoires, ai-je lancé, en m'obligeant à rester immobile. La porte était ouverte et j'ai pensé qu'il y avait quelqu'un... enfin, tu vois... j'ai pensé qu'ils n'avaient peut-être pas entendu la sonnette.

Campbell a pressé le plat de la lame sur ma joue.

– Tu me racontes des conneries, Boland.

– Non, je t'assure, ai-je soufflé, en essayant de garder un air calme. La porte était ouverte, je suis entré dans la cuisine, j'ai appelé une ou deux fois, mais personne n'a répondu.

– Alors, pourquoi tu es monté ? Pourquoi es-tu entré ici ?

– Il fallait que j'utilise les toilettes.

Il a encore souri.

– Ça ressemble aux toilettes, ici, d'après toi ?

– Non... J'étais dans la salle de bains quand j'ai entendu un téléphone sonner. Je pensais que c'était Éric.

– Qui appelait sur son propre portable ?

J'ai haussé les épaules.

– J'ai juste cru que...

– Alors, c'était qui ?

– Quoi ?

– Au téléphone. Qui appelait ?

– Je n'en sais rien. Il s'est arrêté de sonner quand je l'ai pris.

– Où est-il ?

– Quoi donc ?

– Le téléphone.

Jusque-là, je pensais m'être bien débrouillé. Si Campbell restait dubitatif, mes mensonges étaient suffisamment crédibles pour semer le doute dans son esprit. Mais maintenant... eh bien, que répondre ? Impossible de lui dire où était le téléphone, évidemment, ni prétendre ignorer où il se trouvait. J'étais pris au piège. Et à voir le sourire satisfait de Campbell, alors qu'il appuyait la lame contre mon visage, il le savait comme moi.

– Monte là-dessus, a-t-il lancé avec un signe de tête en direction du lit.

– Pourquoi ?

– Fais ce que je te dis.

Je n'ai pas bougé. J'en étais incapable. Son visage touchait presque le mien. Je sentais son haleine, aigre et chaude. Il pressait la lame de plus en plus fort avec son pouce...

– Tu aurais dû m'écouter quand je t'ai laissé une chance, a-t-il murmuré.

J'ai ouvert la bouche, mais avant d'avoir pu former un son pour répondre, il a plaqué ses doigts sur ma bouche et m'a poussé contre la coiffeuse.

– Ttt-tt, a-t-il grincé avec une grimace, assez parlé. Le seul son que je veux entendre de ta bouche, c'est...

Il s'est soudain figé, paralysé par le bruit de la porte d'entrée. En dépit des battements sourds de mon cœur qui résonnaient à mes oreilles, j'ai reconnu le murmure de voix connues... puis la porte a claqué et j'ai entendu qu'on jetait un trousseau de clés sur une table. Les voix sont devenues plus claires, et se sont dirigées le long du couloir vers la cuisine. J'ai poussé un soupir inaudible de soulagement.

Nic' et Éric venaient de rentrer.

Campbell n'a pas véritablement paniqué, mais pendant un instant ou deux, j'ai vu l'hésitation dans son regard, peser le pour et le contre. Il appuyait toujours le cutter sur ma joue, mais ce n'était plus un doigt qu'il pressait sur mes lèvres. Il avait plaqué la main sur ma bouche. Je me suis demandé s'il comptait rester là, à espérer que Nicole et Éric repartent, avant de poursuivre ce qu'il avait en tête pour moi. Mais tout en y pensant, j'ai vu ses yeux plonger dans les miens, alors qu'il me soufflait des instructions.

– Tu vas leur dire la même chose. Tu vas leur servir exactement les mêmes conneries : tu as senti le cramé, et tu avais envie de pisser. Pigé ?

J'ai hoché la tête.

Il s'est penché contre moi.

– Tu n'étais pas là et je n'étais pas là. Je t'ai trouvé devant la salle de bains. Et je ne t'ai pas touché.

Nouveau hochement de tête.

Il a laissé le cutter glisser sur ma bouche.

– Si tu dis quoi que ce soit d'autre, je te tranche la langue. Compris ?

Dans quel sens secouer la tête ? De gauche à droite : « Non, je ne dirai rien d'autre », ou bien de haut en bas : « Oui, j'ai compris, je ne dirai rien » ? Du coup, je n'ai rien fait. Je l'ai juste regardé, en espérant qu'il comprendrait que l'accord était tacite : je ne ferai rien qui pourrait compromettre ma langue.

Il a dû saisir, car après une ou deux secondes, il a lentement lâché ma bouche avant de s'écarter. Il m'a dévisagé un moment, la tête penchée, les lèvres figées, les yeux perçants, puis il a rentré la lame dans le cutter, l'a enfoui dans sa poche, avant d'ouvrir avec précaution la porte de la chambre. Il a tendu l'oreille et agité la main, pour me faire signe de le suivre. Lorsque je l'ai rejoint sur le palier, il a levé très lentement la main pour me saisir à la gorge.

– Tout va très bien, a-t-il sifflé. Pas vrai ?

– Oui, ai-je répondu d'une voix rauque.

– Aucun problème.

– Aucun.

– Tu leur dis que tu ne peux pas rester, que tu dois rentrer chez toi, OK ?

– OK.

Il a lâché prise, et, avec un dernier regard noir, il a longé le palier puis descendu l'escalier en appelant.

– Hé, Éric ? C'est toi ?

Rien d'étonnant à ce que les jumeaux soient surpris de nous trouver là, mais ce qui m'étonnait, c'est que ma présence les surprenait davantage que celle de Campbell. Bien sûr, j'ai pu me tromper. J'étais loin d'y voir clair et, lorsque Campbell a servi son explication à Éric, je me concentrais sur tout autre chose. Me comporter normalement, garder ma langue intacte, comprendre ce qui se tramait dans cette maison de fous. Mais mon cerveau était un brin encombré, après tout, et j'avais peut-être mal interprété la réaction de Nic' et Éric face à Campbell...

Mais j'en doutais.

Campbell semblait comme chez lui. Imperturbable, à l'aise, décontracté. Ce qui aurait déjà paru curieux, si l'atmosphère à couper au couteau n'était venue en rajouter une couche. Nous nous sommes tous assis à la table de la cuisine et je ressentais toutes sortes de tensions entre Éric, Nic' et Campbell. Le genre de tensions qui ne sautent pas aux yeux, qui bouillent tranquillement en profondeur, mais elles étaient bel et bien là. Je les voyais, les sentais et les entendais. La seule chose dont j'étais incapable, c'était de les comprendre.

Je ne comprenais rien.

Par exemple, lorsque Campbell a expliqué à Nic' et Éric qu'il m'avait vu sortir de la salle de bains... pourquoi ne lui ont-ils pas demandé ce qu'il fabriquait chez eux ? Et pourquoi, alors que Campbell poursuivait en racontant que j'avais senti une odeur de brûlé, trouvé la porte ouverte et que j'étais entré, pourquoi Éric lui jetait-il cet étrange regard soumis ? Pourquoi Campbell l'ignorait-il ? Et pourquoi Nic' m'observait-elle, comme prise au piège d'un secret qu'elle refusait de croire ? Et pourquoi... ?

– Pourquoi es-tu venu jusqu'ici ? m'a lancé Éric.

– Pardon ?

– Pourquoi es-tu venu nous voir ?

– Sans raison particulière...

J'ai cherché mes mots.

– Je voulais juste passer... enfin... juste pour vous voir.

Éric a froncé les sourcils.

– Mais tu venais de nous croiser au commissariat. Tu savais bien que nous n'étions pas chez nous.

J'ai secoué la tête.

– Je ne suis pas venu tout de suite. Je suis arrivé environ une heure après, une heure et demie, peut-être. J'étais sur le chemin et je pensais que vous seriez déjà revenus. Alors, j'ai sonné… et c'est là que j'ai senti cette odeur de brûlé.

– Ah oui, a dit Éric.

– Et puis j'ai vu que la porte était ouverte…

– Et tu voulais utiliser les toilettes.

– Voilà… je pensais que ça ne vous dérangerait pas.

Je l'ai regardé.

– Je m'en allais lorsque Wes a débarqué.

Éric a détourné les yeux.

J'ai jeté un œil à Nic'.

– Wes était là lorsque nous sommes partis. C'est pourquoi nous n'avions pas fermé la porte.

J'ai attendu qu'elle poursuive et m'explique ce que Campbell fichait chez eux, mais elle s'est contentée de lever légèrement le menton vers Campbell, comme pour lui dire : eh bien, explique-lui, Wes. Ils se sont observés quelques instants en silence ; il se tramait quelque chose entre eux, mais j'ignorais quoi.

Enfin, Campbell a baissé les yeux.

– J'étais sorti acheter des cigarettes. J'ai oublié de fermer la porte de derrière.

J'ai vu Nic' secouer furtivement la tête, mais Campbell s'était déjà retourné et fixait Éric.

– Est-ce que ça va ? lui a-t-il demandé, sur un ton curieusement doux.

Après une hésitation, Éric lui a jeté un regard dédaigneux.

– Évidemment, pourquoi est-ce que ça n'irait pas ?

Campbell a cligné des yeux.

– Je posais juste la question…

Éric l'a dévisagé. Et moi je ne comprenais toujours rien.

Je me suis tournée vers Nic'. Elle n'a pas réagi.

Éric a allumé sa cigarette puis a levé les yeux vers moi.

– Est-ce que la police t'a posé des questions au sujet de Raymond ?

– Oui. Je crois qu'ils pensent que c'est lui le coupable.

– Le coupable de quoi ?

– Du meurtre de Stella.

J'ai soutenu son regard.

– Qu'est-ce qui te fait croire qu'elle est morte ?

Il a réfléchi quelques instants, le temps de tirer longuement sur sa cigarette.

– Eh bien…

Il a exhalé une longue bouffée de fumée.

– Ils ont retrouvé ses vêtements, non ? Il y avait des traces de sang…

– Ça ne signifie pas qu'elle soit morte pour autant…

Campbell a éclaté de rire, qui sonnait comme un grognement ironique.

Je me suis retourné vers lui.

– Quoi ? a-t-il lancé, en me dévisageant.

Je n'ai pas répondu, alors il m'a souri.

– Qu'est-ce qui t'arrive, t'as perdu ta langue ?

Tout en me dévisageant, il s'est léché les lèvres, sortant ostensiblement la langue. J'avais envie de l'envoyer paître. Ça va, gros malin, j'ai compris la première allusion. La langue, c'est une menace. Et non, je n'ai pas non plus oublié que tu veux me voir déguerpir. Mais merci pour le rappel, pauvre con.

– Ça veut dire quoi, ce sourire ? m'a demandé Campbell.

J'ai observé son visage quelques instants : les yeux, la bouche légèrement de travers, puis j'ai détourné le regard. Je n'avais plus envie de jouer. Je ne voulais plus penser. Je ne voulais plus être là.

J'ai poussé un long soupir en me levant.

– Bon, ai-je lâché, sans m'adresser à quelqu'un en particulier, eh bien, je crois que je ferais mieux d'y aller...

Éric allait dire quelque chose, mais a fait la grimace, le genre provoqué par un bon coup de pied sous la table. Il n'a rien dit...

– À plus, Boland, m'a lancé Campbell.

Je ne l'ai même pas regardé.

– Je te raccompagne, est intervenue Nic', en se levant à son tour.

– Ça va, merci... ai-je commencé, mais avant que j'aie pu lui répondre de ne pas se déranger, elle avait déjà rejoint le couloir. Quelque chose dans son pas décidé me disait : « Tais-toi et suis-moi ! »

Alors, je l'ai suivie.

Nic' n'a pas desserré la mâchoire avant d'être sortie et d'avoir fait le tour par derrière. Elle marchait dans un silence pressé. Traversant la pelouse, elle a rejoint l'entrée principale.

Le soleil de l'après-midi chauffait à blanc le ciel bleu. L'air était rempli d'odeurs trop nombreuses : le parfum doux de l'herbe tondue chez les voisins, qui déjà se décomposait, le métal brûlant, la terre desséchée, le plastique et le tissu fumant. Et l'obscurité. Je sentais l'obscurité. Une traînée sombre dans le soleil.

Devant la porte, Nic' m'observait distraitement alors que je la rejoignais.

– Est-ce que ça va ? m'a-t-elle demandé.

Je lui ai souri.

– Pas vraiment.

Elle a jeté une œillade à la maison.

– Écoute-moi, Pete, a-t-elle murmuré, je ne peux pas vraiment parler, pour l'instant, mais je voulais seulement te dire...

– Qu'est-ce qui se passe chez vous, bon Dieu ? l'ai-je coupée. Tu peux m'expliquer ce que Wes Campbell fout chez vous ?

– C'est juste un copain.

– Ah oui ?

– Tu ne comprends pas, a-t-elle soupiré.

– Je crois que je n'ai plus envie de comprendre.

Furieuse, elle m'a fusillé du regard, mais elle ne semblait pas vouloir m'expliquer ce qui la contrariait.

– Bon, a-t-elle articulé, essayant de reprendre son calme. Tu ne veux pas m'écouter, ça ne fait rien. Et puis tu finiras bien par savoir...

– Savoir quoi ?

– Mais concernant Raymond...

– Eh bien quoi ?

De nouveau, elle m'a fait les gros yeux.

– Quoi ? ai-je répété.

– Est-ce que tu vas te taire une minute et me laisser parler ?

– Mais parle !

– Alors, arrête de m'interrompre !

– Désolé.

– Bon, a-t-elle repris avec un soupir. C'est probablement un détail sans importance... Et je t'en aurais parlé plus tôt, mais ça vient de me revenir...

– Eh bien dis-moi...

Elle baissé les yeux, comme gênée par sa révélation.

– Tu... tu te souviens du type qui était avec moi à la fête foraine ? Le type du manège ?

– Oui.

– Il s'appelle Luke, a-t-elle poursuivi. Et c'est un beau salaud. Ça n'a pas vraiment d'importance, mais... enfin, tu vois.

Elle a eu un petit rire amer.

– On fait tous des bêtises, hein.

– Oui.

– Bref, j'étais déjà bien entamée en arrivant à la fête foraine... C'est cette saloperie qu'on a tous fumée... Le truc que Pauly avait amené. Je crois que ça a eu un effet bizarre sur moi... Enfin, peut-être... Bon Dieu, je ne savais même plus ce que je faisais. Je me souviens d'être arrivée sur le terrain de jeu, d'avoir rencontré une ou deux filles du lycée. Elles buvaient et fumaient aussi, et j'imagine que j'ai dû me joindre à elles et me défoncer encore un peu plus, parce qu'après ça... c'est le trou noir. Je ne me souviens presque pas de ce qui s'est passé avec Luke. Je ne me rappelle pas l'avoir rencontré, ce qu'on a fait, ou comment on est arrivé jusqu'à sa caravane...

Elle a hésité quelques instants, les yeux rivés au sol.

– Mais il y a quelque chose qui m'est revenu.

Son murmure paraissait lointain.

– Enfin, je n'en suis plus sûre. Je crois qu'on se disputait... ou alors je criais quelque chose.

Elle se frottait les bras. D'un geste mécanique, de haut en bas, comme si elle était frigorifiée.

– Tu vas bien ? lui ai-je demandé.

Elle n'a rien répondu. Elle a continué à se frictionner les bras, le regard posé sur rien.

– Est-ce qu'il t'a fait du mal ? ai-je repris d'un ton plus doux.

– Quoi ?

– Ce Luke... est-ce qu'il... enfin... est-ce qu'il t'a fait du mal ?

Elle a secoué la tête.

– Non... non, je ne crois pas. On était juste... enfin, complètement bourrés, tu vois. Je sais même plus si on a fait quelque chose ou pas.

Elle a poussé un long soupir et a levé les yeux vers moi.

– Je me souviens que j'étais dans son lit... et je ne me rendais pas compte de ce qui se passait, ou d'où je me trouvais. Et tout semblait cogner dans ma tête... Puis soudain, Luke s'est levé d'un bond avant de se précipiter vers la fenêtre, en hurlant comme un dingue...

– C'est là que j'ai vu Raymond.

– Où ça ?

– Il était derrière la fenêtre. C'est ça qui a rendu Luke dingue. Il avait vu Raymond nous observer par la fenêtre.

– Il vous observait ?

– Oui...

– Tu es bien certaine que c'était Raymond ?

Elle a acquiescé.

– Je l'ai vu, Pete. Il me fixait... Et moi aussi... Nos regards se sont croisés. C'était bien Raymond.

– Bon Dieu, ai-je murmuré.

– Il ne pensait pas à mal...

– Comment ça ?

– Eh bien, je n'en suis pas certaine, mais j'avais l'impression que ça n'était pas… enfin, que ça n'avait rien de pervers, ou quelque chose comme ça. Je veux dire, il ne nous observait pas d'une manière flippante. Il nous surveillait, simplement. Enfin, surtout moi, je crois.

Alors que je la regardais, les mots de la voyante me sont brusquement revenus : « Tu te préoccupes des autres sans jamais penser à toi-même. »

– Il faisait attention à toi, ai-je marmonné pour moi-même.

– Hein ?

– Quelle heure était-il ?

– Va savoir… une heure, deux heures… peut-être plus tard…

– Qu'est-ce qu'a fait Raymond quand ce Luke s'est mis à hurler ?

– Rien au début. Il n'a pas bougé. Alors, Luke a cogné la vitre… Et Raymond a disparu. Je ne pense pas qu'il se soit enfui, parce que Luke continuait à hurler derrière la fenêtre… Va savoir ce que Raymond fabriquait…

– Il était sans doute derrière la vitre à lui faire une grimace…

Nic' a souri.

– Sans doute, oui… Mais Luke s'est soudain rué vers la porte.

Son sourire s'est effacé.

– Je me suis mise à crier, pour essayer de l'arrêter, de le calmer, mais je pense qu'il ne m'a pas entendue. Il a juste ouvert violemment la porte et s'est précipité dehors.

– Que s'est-il passé ensuite ?

Nic' a secoué la tête.

– Je n'en sais rien. Je l'ai entendu courir et crier, en jurant comme un dingue… Puis, au bout d'un moment, le bruit a semblé disparaître au loin. Je ne crois pas qu'il ait réussi à l'attraper.

– Qu'est-ce qui te fait dire ça ?

– Quand Luke est revenu, sans doute dix minutes plus tard, il jurait toujours en marmonnant des trucs du genre : « Si je l'attrape, je le tue, ce petit salopard. Ce petit merdeux, je vais lui trancher sa putain de gorge… »

– Charmant.

Nic' a eu un mouvement d'impatience.

– Enfin, bref… J'ai pensé que tu voudrais le savoir, c'est tout. Et je suis désolée de ne pas m'en être souvenu plus tôt. Mais comme je te l'ai expliqué, j'étais défoncée, et…

– Oui. Merci quand même. Mais qu'a dit la police quand tu leur as raconté ?

– Pas grand-chose… Ils parleront sans doute à Luke, s'ils mettent la main sur lui.

– Il est avec les forains, non ?

– Oui, mais la plupart d'entre eux sont déjà repartis. Et je ne suis pas certaine que Luke les ait accompagnés. Il ne travaille à la fête foraine que quelques mois par an. Écoute, Pete, je ne voulais pas…

– Est-ce qu'ils t'ont montré la cassette ?

– Quoi ?

– Au commissariat, est-ce qu'ils t'ont montré la vidéo de Stella à la fête foraine ?

– Oui, certains passages. Ils voulaient savoir…

– Nic' !

La voix d'Éric l'a interrompue, nous l'avons aperçu penché à l'une des fenêtres à l'étage.

– Tu viens, Nic' ? On n'a pas toute la journée !

– Oui, j'arrive ! lui a crié Nicole.

Elle s'est retournée vers moi.

– Désolée, Pete. Je dois y aller.

Son sourire avait quelque chose d'un peu triste, et d'un geste très doux, elle a passé la main sur ma joue.

– Tu saignes, a-t-elle dit.

– Ah bon ?

– Rien qu'un peu.

Elle m'a montré une légère trace de sang sur son doigt.

– J'ai dû me couper, ai-je marmonné en me frottant le menton.

Sans doute le cutter de Campbell. Nic' a souri de toutes ses dents.

– En te rasant ?

– Ouais…

– Tu te rases ?

– Je n'ai plus treize ans.

– Non, a-t-elle repris, ses yeux dans les miens. Nous n'avons plus treize ans.

VINGT-DEUX

Le long de Recreation Road, sur le chemin du retour, j'étais obsédé par ce téléphone, dans ma poche. Le téléphone d'Éric. À chaque pas, je le sentais cogner contre ma cuisse, un peu comme si l'objet m'appelait : *Je suis là... je suis là... là, dans ta poche.* Mais je n'avais pas besoin qu'il me le rappelle, je savais qu'il était là. Contrairement à tout ce que j'avais vécu jusque-là, la réalité du téléphone était une certitude. Il existait, au fond de ma poche. Simple, solide, indéniable. Le téléphone ne mentirait pas. Il ne me déstabiliserait pas non plus. Il n'émanerait de lui ni menace, ni poison, ni des myriades de mouches.

Ce n'était qu'un téléphone. Il n'en sortirait que des réponses.

J'avais une envie irrépressible de l'examiner de plus près. Le fourmillement de la curiosité envahissait mes doigts, comme impatients de répondre à un coup de fil inexistant. Mieux valait attendre, cependant. J'avais besoin d'un peu de temps pour me concentrer. D'ailleurs, ma mère devait s'impatienter. Elle me demanderait d'abord d'où je venais, ce que j'avais fait et comment je me sentais...

J'ai donc laissé le téléphone au fond de ma poche et j'ai accéléré le pas.

J'ai trouvé ma mère curieusement calme. Elle a bien cherché à savoir d'où je venais, ce que j'avais fait et comment je me sentais, mais après l'avoir assurée que j'avais simplement marché, et que je me sentais bien mieux, merci beaucoup, elle n'a pas creusé davantage.

Nous avons mangé tous les deux dans la cuisine avant de mettre les infos.

Elle m'a interrogé au sujet de la coupure, sur ma joue. J'ai prétexté m'être griffé en passant sous le cordon qui fermait un côté de la rue.

Je lui ai demandé où était Papa, elle m'a répondu qu'il était parti travailler.

– Est-ce qu'il revient ce soir ?

– Je crois, oui. On lui donne tout ce que les autres n'ont pas le temps de gérer, mais seul, il ne peut pas tout faire. Il fait le plus gros, mais…

Elle a allumé une cigarette.

Je lui ai lancé un regard furibond.

Elle s'est tournée vers la fenêtre.

– Tu n'as pas eu de mal à te débarrasser des journalistes en rentrant ?

– Pas vraiment. J'en ai entendu un ou deux m'appeler alors que je passais sous la bande, mais la police les contenait, et je n'ai pas entendu ce qu'ils me disaient. L'un deux m'a appelé par mon nom.

– Tu veux dire qu'ils t'ont reconnu ?

– J'imagine que oui.

– Tout ça devient ridicule, a-t-elle déclaré.

Après le repas, le téléphone d'Éric m'appelait toujours du fond de ma poche. En grimpant l'escalier pour rejoindre ma chambre, j'avais toujours une folle envie de l'allumer. Mais je ne l'ai pas fait. Je savourais peut-être la satisfaction de l'avoir là, contre moi. Je gardais le meilleur pour la fin. Ou alors, je refusais tout simplement de savoir la vérité. Je ne sais plus. Je ne voulais pas y réfléchir. *Et d'ailleurs*, me suis-je dit, *tu aurais vraiment besoin d'une douche. Tu pues la transpiration. Ta peau est sale. Tes cheveux sont emmêlés, gras, ta tête va exploser...* J'ai pris une douche. J'ai changé de vêtements.

J'ai fermé la porte de ma chambre, je me suis assis sur mon lit et j'ai examiné le téléphone d'Éric... Avant de le ranger dans ma poche et de mettre la chaîne d'info.

La première image que j'ai vue, c'était une photo brouillée de Raymond. Ils l'avaient extraite d'une photo de classe de l'école. Tout le monde est en rang d'oignons, les petits devant, les grands derrière. Tous immobiles, mais il y en a toujours un pour faire la grimace ou faire des oreilles d'âne à un autre... Peut-être des oreilles de lapin...

Les reporters avaient récupéré l'un de ces clichés. Il était flou et granuleux : on aurait dit le portrait d'un fuyard. Dans son uniforme d'occasion, la chemise boutonnée jusqu'au col, mais sans cravate, Raymond avait l'air d'un indigent. Pire : l'objectif l'avait surpris alors qu'il regardait de côté, le sourire figé, les yeux posés sur quelque chose d'invisible. Une vraie tête de *serial killer*.

C'était sans doute voulu.

Car même si les journalistes restaient prudents, et faisaient bien attention à ne pas explicitement rapprocher la disparition de Raymond de celle de Stella, quelque chose dans le ton de leurs phrases, dans leur façon d'accentuer les mots, trahissait leur opinion. Raymond Daggett s'était trouvé à la fête foraine en même temps que mademoiselle Ross. Raymond Daggett avait autrefois été l'élève de la même école que celle de mademoiselle Ross. Si rien ne permettait de supposer que les deux adolescents se connaissaient et bien que la police n'ait pas exclu cette possibilité, l'hypothèse d'un double enlèvement restait fort peu probable...

Ils ont ensuite diffusé une photo du domicile de Stella : le portail sécurisé, le mur d'enceinte, les hectares de pelouse vallonnée. Puis l'image d'une petite maison miteuse (qui n'avait pas été prise dans Hythe Street, ni même à St-Leonard) censée illustrer le taudis dans lequel vivait Raymond. Puis d'autres photos de Stella, apprêtée et superbe, avec celle de Raymond, et son air de dangereux déséquilibré...

J'ai fixé tout ça pendant quelques minutes. Ma colère initiale s'est fanée, pour laisser place à une résignation silencieuse. Finalement, j'ai laissé tomber et éteint la télé. Ça ne servait à rien de gober tout cela. C'était écœurant, rien d'autre. Je n'en tirais ni information ni consolation.

Ça n'était que la télé. Ça n'avait rien de réel.

Rien ne me semblait plus réel. *Même ça*, ai-je pensé en sortant le téléphone d'Éric de ma poche, *me paraît finalement moins réel que je ne l'aurais cru. Rien qu'un bout de plastique, une poignée de machins qui font bip, bip, bip.*

Mais je n'avais rien d'autre. Et il me faudrait en tirer quelque chose.

Je l'ai ouvert, puis allumé... avant de l'éteindre précipitamment en entendant mon père frapper à ma porte et entrer.

Ma mère avait dû lui raconter le déroulement de l'interrogatoire, car la première chose qu'il a faite, c'est m'expliquer pourquoi le commissaire Barry s'était montré aussi brusque avec moi.

– Je ne cherche pas à l'excuser, ni à prétendre qu'en dépit de tout ça c'est un brave type, parce que c'est faux. C'est un salaud sans cœur, depuis toujours, et personnellement, je ne peux pas le supporter. Mais il fait bien son boulot. Il connaît son affaire. Et il obtient des résultats. Alors, quoi que tu penses de lui, Pete, quoi qu'il ait pu te faire ressentir, essaye de ne pas prendre tout cela trop à cœur, d'accord ? C'est le cours normal des choses.

– Oui, il paraît.

– Tu sais, si j'avais été à sa place, j'aurais pu me montrer aussi dur que Barry.

J'ai éclaté de rire.

– Maman t'en aurait empêché.

– C'est vrai, a-t-il concédé, d'un air rêveur. Mais je me serais sans doute montré plus malin qu'elle.

– Ah, tu crois ?

Mon père m'a souri, ce qui m'a un peu remonté le moral. Au fond, j'appréciais ces récentes conversations. Bien sûr, il nous était déjà arrivé de discuter par le passé, mais mon père était souvent très pris, ou très fatigué et il ne pouvait pas toujours m'accorder autant de temps qu'il le souhaitait. Ce jour-là... eh bien, ce jour-là, c'était différent. Nous avions le temps. Et c'était plutôt agréable : rien que moi et mon père, assis dans ma chambre, à discuter tranquillement dans le soleil déclinant de la soirée...

C'était bien. Comme ça devait l'être. Dommage qu'il ait fallu un drame pour nous réunir.

– Ils ont entendu plusieurs personnes aujourd'hui, m'a expliqué mon père. Des amis de Stella, ses gardes du corps, les types qui ont tourné le film...

Il m'a dévisagé.

– Sais-tu où se trouve Paul Gilpin?

– Pourquoi?

– Il n'était pas chez lui lorsque la police est allée le chercher. Apparemment, personne n'est rentré chez lui de la journée et on ignore où se trouve Paul. Tu as une idée?

– Il pourrait être n'importe où... Enfin, tu connais Pauly... il vadrouille toujours dans tous les coins.

Mon père a acquiescé.

– Ça n'a sans doute aucun rapport... Mais s'il ne réapparaît pas très rapidement, il ne fera qu'aggraver son cas. Alors, si tu entends quelque chose...

– Tu sais, on ne se fréquente plus trop... je ne le connais plus.

– Et Éric et Nicole? Est-ce qu'ils le fréquentent toujours?

– Pas vraiment.

Il a de nouveau hoché la tête.

– On les a interrogés aujourd'hui... Éric et Nicole.

– On les a croisés en sortant du commissariat. Ils avaient des choses intéressantes à raconter?

– Concernant Éric, je n'en suis pas certain... John Kesey n'a pas assisté à son interrogatoire et il n'a pas encore écouté la cassette. Mais il était présent à celui de Nicole. John n'a pas eu le temps de me dire grand-chose, mais Nicole serait apparemment restée très vague sur de nombreux points. Elle s'est cependant souvenu de votre tête-à-tête dans la cabane.

– Oui, ai-je marmonné, un peu gêné. Je crois qu'elle avait déjà un peu bu avant que je n'arrive... Enfin, elle semblait tout à fait normale, mais j'imagine qu'elle était déjà...

– Vague ?

– Oui, ai-je répondu en riant.

– Et toi ? Tu étais dans le « vague » aussi ?

– Ça va, Papa… Maman en a déjà passé une couche.

– Oui, je sais.

À son air sévère, j'ai deviné que ma mère lui avait parlé du joint et du reste et je pensais avoir droit à une leçon sur le sujet. Mais curieusement, il n'a rien dit.

– Est-ce que tu as bu de la tequila ?

– Comment tu sais que..

– La police a fouillé votre cabane du Chemin de traverse hier matin. La police scientifique a analysé tout ce qui s'y trouvait.

– Comme quoi ?

– Les bouteilles, les mégots, les joints, les préservatifs…

Mon père a secoué la tête.

– Bon Dieu, Pete, qu'est-ce qui s'est passé là-dedans ?

– Rien de grave, Papa. C'était juste…

– Juste quoi ?

– Je ne sais pas… c'était simplement comme ça.

– Et la tequila ? Est-ce que tu en as bu ?

– Pourquoi ?

– Réponds-moi.

– Eh bien, oui, un peu.

– Qui l'a apportée ?

– Quelle importance ?

– C'est important.

– Pourquoi ?

Il s'est penché vers moi et m'a regardé bien en face.

– La police scientifique a identifié des traces d'une drogue appelée TCI, dans la tequila. Sais-tu ce que c'est ?

– Non, ai-je répondu calmement.

– C'est un hallucinogène synthétique, un phénéthylamine, qui fait partie du même groupe de drogues que l'*ecstasy*. Elle n'est pas encore très répandue, mais elle devient de plus en plus populaire dans les raves et les boîtes de nuit. On l'appelle parfois « glitter » ou « ice », ou encore « jus ».

– Du jus ?

Un flash. Le rictus de Pauly m'est brusquement apparu. Il allumait sa cigarette en ricanant. L'écho de sa voix dans la cabane me revenait soudain… « Du djûûûsse. »

J'ai levé les yeux.

– Ce truc… le TCI, c'était dans la tequila ?

– Tu ne le savais pas ?

– Bien sûr que non ! Je n'aurais jamais touché à ce truc si j'avais su ce qu'il y avait dedans. Je pensais que c'était juste de la tequila.

– Eh bien non, elle contenait autre chose. L'équipe scientifique suppose que le TCI a été mélangé à l'état de poudre. On peut se la procurer sous forme de cachet, apparemment, mais le plus souvent, elle est vendue en poudre d'un blanc éclatant.

– Qu'est-ce qu'elle provoque ? ai-je marmonné en me rappelant la poudre que j'avais aperçue dans le tiroir de Pauly.

– C'est un puissant psychotrope. Elle agit dans l'heure qui suit l'ingestion et ses effets peuvent durer jusqu'à dix heures après la prise.

– Quel genre d'effets ?

– Une plus grande stimulation, des hallucinations, une sensibilité accrue à toutes les images, aux odeurs, aux goûts et, selon la quantité prise et en fonction du sujet, on peut ressentir tout un tas d'autres effets. Des nausées, de l'angoisse, des crampes d'estomac, des maux de tête, des coups de déprime...

Mon père s'est interrompu, inquiet.

– As-tu ressenti ce genre de choses?

J'avais maintenant du mal à me concentrer. Mon esprit passait par tout une gamme de sentiments: le choc, la colère, la prise de conscience, le soulagement... Oui, bizarrement j'étais soulagé. Puisque Pauly avait drogué la tequila (et ça ne faisait aucun doute) tout s'expliquait: toutes ces sensations étranges, ces visions, ces voix, cette folie qui s'était emparée de mon esprit... Ça n'était pas la folie, mais les effets de la drogue.

Mais je n'avais pas envie de partager ce soulagement avec mon père, qui n'y verrait rien de très rassurant. Alors, j'ai menti.

– Je ne me souviens pas de sensations particulièrement étranges. J'étais saoul, bien sûr, donc je me suis senti un peu étourdi et nauséeux, une ou deux fois, mais c'est tout.

– Tu en es certain?

J'ai fait un signe de tête affirmatif.

– Je n'avais jamais bu de tequila, auparavant, et ça ne m'a pas vraiment plu. Je n'en ai bu qu'une petite gorgée.

– Et les autres? Ils en ont bu beaucoup?

Je me remémorais Nicole, dans la cabane, qui avalait gorgée sur gorgée et Pauly, qui ingurgitait ça comme un dingue.

– Peter?

– Oui... pardon. Je ne me rappelle pas vraiment ce qu'ils ont bu. Je suis presque certain que Raymond n'en a pas pris du tout.

– Quelqu'un a bien dû la boire, parce que la bouteille était presque vide. Tu ne te rappelles vraiment pas qui l'avait amenée?

– Elle était là, au milieu du reste… Je n'ai pas vu d'où elle sortait. Et puis lorsque je l'ai remarquée, elle était déjà presque vide… Elle n'était sans doute pas pleine, au départ.

– Peut-être, mais c'était tout de même la chose la plus stupide à faire. Tu ignores qui est le responsable, mais c'est l'un de vous, tu t'en rends bien compte, non ?

– Oui.

– L'un de tes soi-disant copains a tenté de t'empoisonner, Pete. Ni plus ni moins. Alors, si tu essayes de protéger cette personne…

– Non, je t'assure.

– J'espère bien que c'est vrai. Et je veux que tu me préviennes tout de suite si tu ressens des sensations étranges ou n'importe quoi. Les effets de ce TCI peuvent se poursuivre pendant des semaines. Il provoque un état maladif, dépressif, cause des flash-back… Tu sais ce que sont les flash-back ?

– Eh bien, c'est l'impression de revivre un souvenir…

– C'est plus que ça. C'est lorsqu'on se met à ressentir les effets d'une drogue psychédélique sans même l'avoir absorbée. Tu as des hallucinations ou des visions. Alors, si quelque chose de ce genre se produit, si tu te sens soudain bizarre, malade ou autre, je veux que tu m'avertisses tout de suite. Tu m'as bien compris ?

– Oui.

– Bien.

– Est-ce qu'Éric et Nicole ont été prévenus ?

– Pas encore.

– Pourquoi ? Il vaudrait mieux les avertir, non ?

Mon père a froncé les sourcils.

– Qu'est-ce qui te fait croire que ce n'est pas l'un d'eux qui a « corsé » la tequila ? Ou bien tous les deux ?

– Nicole ne ferait jamais une chose pareille.

– Ah non ? Et Éric ? Ou Pauly ? On ne peut pas non plus exclure Raymond…

– Raymond ne sait rien des drogues.

– Tu en es bien sûr ?

– Je le connais, Papa. Je le connais depuis des années et je suis sans doute la personne qui le connaît le mieux.

– Tu savais qu'il épiait Nicole, ce soir-là ?

J'ai dû simuler la surprise et écouter mon père me raconter la rencontre de Nic' et de Raymond devant la caravane de Luke. Il ne m'a donné que les grandes lignes. Il tentait sans doute de m'épargner. Pourquoi pensait-il que je serais gêné, je l'ignore, mais il y avait effectivement de quoi être embarrassé. Mon ancienne « petite amie » s'était mise dans un état lamentable avant de finir la nuit dans le lit d'un forain qu'elle connaissait à peine, et cela juste après avoir tenté de me séduire…

Il devait bien y avoir là-dedans quelque chose d'embarrassant.

D'une certaine manière, j'étais effectivement gêné.

Mais c'était une sorte de honte distante et sans la moindre trace d'amertume. Selon moi, Nic' n'avait rien fait de mal. Je ne lui en voulais pas, j'étais seulement désolé pour elle.

Mon père a terminé son explication et je lui ai demandé ce qu'il en pensait.

– Eh bien, il faut d'abord corroborer le témoignage de Nic', ce qui signifie interroger Luke Kemp et, pour l'instant, il est introuvable. Mais étant donné l'état de Nicole au moment des faits, sa crédibilité, en tant que témoin, est mise en doute. Surtout s'il avère qu'elle a bu de cette tequila droguée. Mais même si elle dit la vérité et que son histoire est confirmée, je crains que ça n'arrange pas les choses pour Raymond.

– Pourquoi ?

– Il les observait, Pete. Il épiait par la fenêtre, au beau milieu de la nuit. Il les regardait faire... ce qu'ils étaient en train de faire.

– À mon avis, Raymond surveillait simplement Nic'. Tu vois, il s'assurait que tout allait bien, qu'elle n'était pas en danger.

– C'est possible, mais les gens ne le verront pas ainsi. Tous verront un gamin instable qui prend son pied en jouant les voyeurs. Ils penseront que Raymond était un garçon névrosé et frustré, qui s'est fait rembarrer et a pu s'en prendre à quelqu'un d'autre.

– Mais ce Luke a pu finir par le rattraper, ai-je suggéré.

– C'est une possibilité. Et si c'est le cas, il restera des traces dans sa caravane, que la police scientifique associera à Raymond. Mais selon Nicole, Luke n'est sorti que quelques minutes, et lorsqu'il est revenu, il ne semblait pas s'être battu.

– Mais puisqu'on a vu Raymond près de cette caravane, ça signifie qu'il n'a rien pu faire à Stella, non ?

Mon père a haussé les épaules.

– C'est une question de chronologie. Nicole n'a pas pu dire avec exactitude l'heure à laquelle elle a aperçu Raymond et le légiste n'a pas encore déterminé l'heure exacte de... Enfin, jusqu'à ce que tous les rapports soient rendus...

Mon père a hésité quelques instants. Son regard a dévié, puis il a semblé réfléchir intensément avant de se retourner vers moi.

– Ils pensent que la voiture est liée à tout ça.

– Quelle voiture ?

– La carcasse qu'on a retrouvée près de la rivière. Il est possible qu'on ait conduit Stella jusqu'à la rive et qu'on ait ensuite mis le feu à la voiture pour détruire toutes les traces. On examine toujours l'épave, mais il y a peu de chance de retrouver quelque chose d'intéressant. Ils continuent de fouiller la caravane de Tom Noyce, aussi.

– Elle est morte, hein ?

Mon père m'a dévisagé et je n'ai pas baissé les yeux.

– C'est ce dont tu parlais, à l'instant… le rapport du légiste, l'heure exacte de la mort. Ils ont retrouvé son corps, c'est bien ça ?

Mon père est resté muet, mais je savais que j'avais vu juste. Son silence le prouvait.

– Quand ont-ils retrouvé le corps ? ai-je insisté.

Mon père a soupiré.

– Tôt, ce matin… Dans la rivière. À environ cent mètres en aval.

– Merde…

– Je suis navré, Pete. Je ne voulais pas que tu l'apprennes de cette façon, mais les équipes d'enquêteurs essayent de contenir l'information le plus longtemps possible et j'avais promis à John Kesey de n'en parler à personne.

Il a pris une profonde inspiration, avant d'expirer lentement.

– Les parents de Stella ont déjà appris la nouvelle, et ils ont accepté de ne pas rendre la chose publique pour l'instant. Il est impératif que tu n'en parles à personne. D'accord ? Pas un mot, à qui que ce soit. Parce que dès que l'info sortira, ça sera le chaos absolu et il deviendra quasiment impossible pour la police d'enquêter.

– Comment est-elle morte ?

– Tu me promets de ne pas en parler ?

– Oui.

– Bon, a-t-il repris en hochant la tête. Eh bien, pour l'instant, il semble qu'une blessure à la tête ait causé le décès. L'autopsie n'est pas encore concluante, ils attendent toujours les résultats d'analyses complémentaires, mais la blessure serait bien une lésion au niveau du crâne.

– Et ses vêtements ? Je veux dire, est-ce qu'elle a été... enfin, tu vois.

– Non, elle n'a pas subi d'agression sexuelle. Son corps était dénudé, mais ne présentait aucune trace d'agression.

Toute l'horreur de notre conversation s'est alors matérialisée, et je crois que jamais je ne m'étais senti si vide et si lugubre. Sans doute étaient-ce les mots « dénudé » et « corps ». Ces deux mots si simples avaient curieusement réussi à faire disparaître la fragile illusion de Stella toujours en vie. Même en visionnant cette vidéo où elle m'était apparue comme un fantôme, quelque chose au fond de moi refusait toujours d'accepter la réalité de sa mort. Mais maintenant... maintenant, elle n'était plus qu'un corps dénudé. Un corps dénudé et sans vie. Pâle, livide, froid, mort. J'ai senti l'odeur sombre des eaux troubles. J'ai frissonné. J'avais l'impression de rétrécir, que mes sens s'évanouissaient, et tout ce que je voulais, c'était rester assis là à ne rien faire. Ne plus parler, ne plus écouter, plus rien... Mais déjà, mon père avait repris le dialogue et me demandait si j'allais bien. Je crois que je l'écoutais. Je me suis entendu lui répondre de ne pas s'en faire, que j'étais juste un peu secoué...

– Tu en es certain ?

– Oui.

Ma voix paraissait lointaine, comme si elle ne m'appartenait plus.

– Et Tom Noyce ? a dit la voix. Il est toujours suspect ?

– Eh bien, il a été entendu et ils analysent toujours le moindre centimètre carré de sa caravane, mais à part le sang de Stella à l'extérieur, ils n'ont rien découvert d'intéressant à l'intérieur. Sa mère lui a d'ailleurs fourni un alibi pour la quasi-totalité de la soirée. Pour l'instant, il a été relâché, mais il est possible qu'ils l'interrogent de nouveau.

– Et j'imagine qu'ils pensent toujours que c'est Raymond le coupable, pas vrai ?

– Pete, leur réaction est logique. Tout le confirme. Ils ont même trouvé des photos d'elle sur son ordinateur. Des images, des vidéos...

– Ça ne veut rien dire, ai-je entendu ce Pete lointain répondre. Tous ceux que je connais ont vu ces photos. Je les ai vues, tout le monde au lycée les a vues, y compris la plupart des profs. Je suis sûr que tu les as vues aussi.

– Certainement pas ! a répondu mon père, outré.

– D'accord, mais tu n'es pas allé à l'école avec elle ! Enfin, Papa, si l'une des filles de ton lycée, une jolie fille, se retrouvait nue sur le Net, est-ce que tu ne serais pas un peu curieux ?

– La question n'est pas là...

– Si, justement.

Ma voix se faisait de plus en plus lointaine. Elle n'avait pas disparu, mais s'échappait. Et pendant quelques minutes, alors que mon père et moi poursuivions notre conversation, j'ai perdu le fil. J'étais absorbé à l'intérieur de moi-même, à penser sans y penser, à autre chose. Des pensées noires, à vif.

« Pauly.

« Poudre.

« Pourquoi ?

« Téléphone.

« Quand ?

« Qui ?

« Stella.

« Corps.

« Nue.

« Morte.

« Stella.

« Corps.

« Nue.

« Morte.

« Lapin.

« Caillou.

« Raymond.

« Mort. »

J'ignore comment je suis revenu à moi, mais lorsque c'est arrivé, assez brusquement, la tête pleine et engourdie, mon père me parlait toujours, mais je ne comprenais plus de quoi.

– ... et lorsque j'ai entré ça dans le système de l'ACC, j'ai trouvé au moins trois incidents ayant des circonstances similaires, et quelques autres qui pourraient valoir le coup d'être approfondis.

– Pardon ?

– Quoi ? a-t-il repris en me fixant.

– J'ai perdu le fil. C'est quoi l'ACC ?

– Je viens de te l'expliquer ! Tu ne m'écoutais pas ?

– Désolé, ai-je répondu avec un sourire, j'ai dû somnoler un peu...

– Tu ferais peut-être mieux de dormir. Je t'en reparlerai demain matin.

– Non, ça va, je ne suis pas fatigué. J'étais seulement déconcentré, c'est tout.

Autre sourire.

– Je t'écoute.

– D'accord, a repris mon père. Tu te rappelles ce que je t'ai dit au sujet du FNP ?

– Du quoi ?

– Du FNP. Fichier national de la police.

En voyant mon expression perdue, mon père a soupiré.

– On recommence depuis le début.

– S'il te plaît.

Je l'ai écouté me raconter sa journée : pour le tenir à l'écart de l'enquête, le commissaire l'avait envoyé à l'étage, dans une salle isolée. Une après-midi à compulser des dossiers et à mettre à jour la base de données, et l'ennui l'ayant rapidement gagné, il avait fini par se connecter au FNP.

– Je n'avais pas l'intention de tenter des recoupements. Mais j'imagine que toute cette histoire me préoccupait et j'ai pensé que ça ne coûtait rien de faire quelques recherches. Alors, j'ai cherché des cas présentant des similarités dans le système de l'ACC. C'est l'Analyse comparative des cas, un genre de base de données à l'échelle nationale qui peut être utilisée afin de comparer et d'analyser des crimes similaires.

– Comme pour les tueurs en série ?

– Les tueurs en série, des séries de crimes… c'est particulièrement utile lorsqu'on veut retrouver un même mode opératoire dans des crimes commis dans différents endroits du pays.

– Mais ça n'est pas…

– Non, je sais que ce cas est très spécifique, mais comme je te l'ai expliqué, je jetais seulement un œil, voir si je repérais des similarités.

– Alors ?

– Eh bien, je ne sais pas, a-t-il répondu en fronçant les sourcils. J'ai peut-être trouvé quelque chose, mais je ne suis pas encore sûr qu'il y ait un lien. Tu vois, le système analyse certains aspects du crime et le met en rapport avec des aspects analogues d'autres crimes. Le problème est que les caractéristiques de cette affaire sont trop vastes pour être exploités.

– Comment cela ?

– Je savais qu'en saisissant des mots-clés trop généraux, comme « adolescent disparu, enlèvement, meurtre », j'obtiendrais des milliers de résultats. Il a donc fallu que je trouve un moyen de réduire les champs de recherche. J'ai essayé avec tous les détails possibles : l'heure de la journée, l'époque de l'année... J'ai réduit par tranche d'âge, par ville, par région... J'ai même entré les mots « rivière, lapin, célébrité », mais les résultats ne menaient nulle part. Lorsque enfin j'ai tenté de réduire encore davantage le lieu, j'ai finalement trouvé quelque chose. Au cours des quatre dernières années, quatorze adolescents ont disparu après avoir assisté à une fête foraine.

– Quatorze ?

Mon père a acquiescé.

– Cinq d'entre eux étaient des fugueurs qui ont fini par rentrer chez eux sains et saufs, mais des neuf autres, six sont toujours portés disparus et trois ont été retrouvés morts. Deux filles, un garçon.

– Morts de quoi ?

– Deux ont été étranglés, l'autre a succombé à des blessures infligées au couteau. Les trois meurtres n'ont toujours pas été élucidés.

– Merde ! Mais Papa, ça voudrait dire que...

– Ça peut signifier beaucoup de choses, Pete. Tout le problème est là. On n'a pu établir aucun mode opératoire clair. Aucun des enfants disparus ne se connaissait, ils n'avaient rien en commun, et aucun parallèle évident ne ressort de ces trois meurtres. La seule chose qui les rapproche, c'est la fête foraine et même cet élément est loin d'être concluant.

– Oui, mais s'il s'avère que les forains sont les mêmes à chaque fois...

– Ça n'était pas le cas. Deux adolescents ont disparu à la foire Bretton, deux à la foire Funderstorm, mais pour les deux premiers, la foire se trouvait dans des villes différentes et les quatre disparitions ne se sont pas produites en même temps. Tous les autres ont disparu dans des foires différentes. Des forains différents, des moments différents, des villes différentes... Alors, s'il y a effectivement quelqu'un qui enlève tous ces gamins, ça n'est probablement pas un forain.

– Sauf s'il bouge souvent et qu'il travaille pour des foires différentes.

– Il faudrait qu'il ait travaillé pour beaucoup de monde...

– Oui, mais ça n'est pas impossible.

– Sans doute que non, mais...

– Et si...

– Écoute Pete, a-t-il coupé d'une voix posée. Ne t'emballe pas. Pour l'instant, c'est une simple conjecture et il est tout à fait probable que ça ne mène à rien. J'ai relayé l'info à John Kesey. Il va demander à quelqu'un d'examiner tout cela plus en détail, mais je ne veux pas que tu y croies trop. Et, oui, je sais que tout ça est contradictoire : je t'offre la possibilité d'espérer et je te dis de ne pas t'emballer... tout cela doit te paraître stupide, j'en suis conscient. Ça l'est sans doute d'ailleurs. Mais je voulais seulement que tu saches...

– Le moustachu, ai-je soudain lâché.

– Quoi ?

– Ça pourrait être lui.

– De quoi tu parles ? Quel homme ?

– En quittant la fête foraine, j'ai vu ce type bizarre près de la sortie, et plus tard, je l'ai aperçu dans le Chemin de traverse.

Mon père a froncé les sourcils.

– Qu'est-ce que tu entends par « bizarre » ? Qu'est-ce qui le rendait bizarre ?

Tapis dans l'ombre, ai-je pensé. Une vision de Raymond sur un manège qui n'existait pas. Au loin, un orgue de Barbarie. Des rires d'enfants. Raymond, sur un cheval noir de jais, un lapin grand comme un coursier, avec des yeux sombres et luisants. Je voulais le rejoindre sur le carrousel... Je voulais que nous montions tous les deux ces lapins-chevaux, comme deux cow-boys égarés qui tournent en rond...

Trop tard.

– Sa moustache, ai-je murmuré.

– Et c'est tout ? Il était bizarre parce qu'il portait une moustache ?

– Non... Il était bizarre parce que... je ne sais pas. Il ne faisait rien de spécial, il traînait juste de ce côté, tu vois. Il se tenait dans l'ombre et observait les gens qui partaient.

– Tu l'as vu parler à quelqu'un ?

– Non.

– As-tu mentionné cet homme ?

– Oui, au commissaire Barry.

– Il a pris son signalement ?

J'ai secoué la tête.

– Ce détail n'a pas vraiment eu l'air de l'intéresser.

– Très bien, a repris mon père en attrapant un carnet et un stylo. À quoi ressemblait-il ?

Tout ce que je me rappelais de ce moustachu – en dehors de sa moustache, évidemment – était ce détail curieux, cette position un peu voûtée, son expression de père trop inquiet, veillant sur sa progéniture… Mais il n'y avait aucun enfant aux alentours à ce moment-là. Tout cela restait très vague. Je n'étais pas certain que mon père m'ait pris au sérieux, mais j'ai décrit de mon mieux cet homme que j'avais cru voir.

Quand j'ai eu fini, il faisait déjà nuit dehors, et je me suis levé pour fermer les rideaux en bâillant et en m'étirant. Mon père s'est levé en traînant les pieds et a suggéré que nous allions tous les deux dormir.

J'ai hoché la tête et souri, en réprimant un autre bâillement. Il m'a rendu mon sourire.

– Ça va aller ? m'a-t-il demandé.

– Oui, je crois.

– Essaye de ne pas trop ruminer. Fais le vide et dors. Tu te sentiras sans doute un peu mieux demain matin.

– Oui…

– Bonne nuit, alors.

– Oui, bonne nuit, Papa.

– À demain.

J'ai attendu qu'il ferme la porte, j'ai écouté ses pas dans l'escalier, puis j'ai sorti le téléphone d'Éric de ma poche et je l'ai posé sur mon lit. Je l'ai ouvert, allumé, et je l'ai réglé sur silencieux.

J'étais plus éveillé que jamais.

VINGT-TROIS

Il ne m'a pas fallu longtemps pour maîtriser le téléphone d'Éric. Première découverte : il avait effacé tous ses SMS. Il pouvait bien sûr ne pas avoir envoyé de message récemment, mais ça ne lui ressemblait pas. Éric avait toujours été un fondu du SMS. Il ne se passait pas un jour sans qu'il en envoie à quelqu'un. Sa boîte de réception était vide elle aussi. Je suis sorti du menu des messages pour consulter son répertoire et j'ai fait défiler toutes les entrées. Certaines étaient des diminutifs : Jo, Mart, Mick, Nic, d'autres étaient des diminutifs du prénom accompagné de l'initiale du nom de famille : Ali F, Pete B, Rob S. Les noms qui m'intéressaient le plus étaient ceux qui ne ressemblaient à rien. Il y en avait trois : Pyg, Amo, et Sal.

Pyg, sans doute Pauly Gilpin. Amo et Sal, en revanche, ne m'évoquaient rien.

Les détails de ces contacts indiquaient des numéros de portables enregistrés en raccourci.

Amo et Sal... ?

J'ai pianoté sur le clavier et fait apparaître la liste des dix derniers appels entrants.

10. Répondeur

9. Pyg

8. Pyg

7. Amo

6. Amo

5. Amo

4. Pyg

3. Répondeur

2. Amo

1. Sal

Les appels 2 à 10 avaient été reçus entre dimanche et aujourd'hui. L'appel de Sal datait de vendredi. La veille de la fête foraine.

Les dix derniers appels sortants étaient :

10. Amo

9. Amo

8. Amo

7. Pyg

6. Amo

5. Pete B

4. Amo

3. Pyg

2. Amo

1. Amo

Tous ces appels avaient été passés au cours des deux derniers jours.

Je suis resté un long moment à fixer ce téléphone, puis le plafond, puis à nouveau le téléphone, puis le vague… Essayer de réfléchir, essayer de comprendre si tout cela signifiait quelque chose… Comment le savoir ? Et que pouvait être ce quelque chose ?

En admettant qu'il existe.

Peut-être qu'il n'y avait rien à comprendre. Même si Éric était en contact régulier avec Pyg, Amo et Sal, qu'est-ce que ça prouvait ? Les appels entrants et sortants vers le numéro de Pauly ne voulaient rien dire. Sauf qu'il m'avait menti en prétendant ne pas avoir le numéro de Pauly. Quant à Amo et Sal... Il aurait pu s'agir de n'importe qui. Des amis d'Éric, d'innocentes connaissances, sans rapport avec Pauly, Stella ou Raymond. Mais je n'y croyais pas.

Éric manigançait quelque chose avec Campbell, samedi soir. Ils étaient dans le coin lorsque Stella a disparu.

Éric m'avait menti.

Campbell m'avait menacé deux fois.

Pauly avait contacté Campbell.

Pauly avait drogué la tequila...

Les mouches noires qui s'agitent... Se connectent et déconnectent, se connectent et déconnectent...

Il y avait bien un sens à tout cela, j'en étais certain. Toute la clé du mystère se cachait derrière les lettres Amo et Sal. Composer leur numéro et voir ce qui se passerait ? C'était tentant, mais aussi terrifiant. Que leur dire ? Que me diraient-ils ? Me démasqueraient-ils ? Les reconnaîtrais-je ? Et si l'un des numéros était celui de Stella ? Et si on localisait mon appel ? Comment m'en expliquerai-je ?

Mais si je n'appelais pas ces numéros...

Fixant le cadran du téléphone, j'ai fait le vide. Puis j'ai pressé le raccourci du numéro de Sal.

La tonalité a résonné pendant quelques instants, avant d'émettre un sifflement strident puis, plus rien. Plus un son. Pas de tonalité, pas de répondeur, rien. Le vide absolu.

J'ai ensuite essayé le numéro d'Amo : message automatique. Le répondeur est saturé, merci de rappeler plus tard ou d'envoyer un SMS.

J'ai raccroché puis tapé le raccourci de Pyg. Le téléphone a enclenché la ligne, quelques sonneries ont résonné puis, après quelques instants, la voix de Pauly :

– Éric, c'est toi ?

Je n'ai rien dit.

– Éric ?

J'ai raccroché et éteint le téléphone.

Pauly semblait inquiet. À l'autre bout de la ligne, il paraissait minuscule. Un peu comme Raymond.

Je le haïssais. Comment osait-il me rappeler Raymond ? Pauly Gilpin n'était qu'un petit salopard manipulateur, un merdeux égoïste et calculateur. Il se servait des gens, abusait d'eux... en plus de les droguer à leur insu. Ce foutu Pauly Gilpin, comment pouvait-il me rappeler Raymond ?

L'idée même était obscène. Mais elle était pourtant réelle et sa réalité me faisait souffrir. Raymond me manquait et son absence était brusquement insupportable. Si seulement il avait pu être là, assis à côté de moi dans ma chambre... J'aurais pu lui parler, en confiance, et lui révéler des choses que je devais taire...

Mais il n'était pas là. J'en prenais soudain conscience.

En fermant les paupières, dans le murmure de l'obscurité, j'ai su que son fantôme n'était pas non plus avec moi. Les fantômes n'existent pas. Les spectres qui me hantaient étaient purement chimiques : des hallucinations, des flash-back... Je le savais. Je savais aussi que j'avais entendu la voix de Lapin Noir vendredi dernier. Dans le jardin de Raymond. Un mouvement insonore puis, en baissant les yeux, j'avais aperçu Lapin Noir, à mes pieds, qui trottinait et sautillait vers sa cage…

« Attention. N'y va pas. »

J'avais essayé de me convaincre du contraire. Mais je l'avais bel et bien entendu. Et c'était vendredi. Avant la fête foraine, avant la cabane, avant ma cuite psychédélique.

Ça n'avait pas de sens. Comment avais-je pu halluciner avant même de consommer cette drogue ?

À moins que… Non. Aucune autre possibilité.

J'avais entendu la voix de Lapin Noir vendredi dernier.

« Attention. N'y va pas. »

Puis dimanche.

« Ramène-moi à la maison… »

Et encore lundi… Ou mardi, peut-être ? Ça n'a pas d'importance.

Et maintenant… dans le silence qui régnait dans ma tête, je l'entendais à nouveau.

« Tu sais qui le sait… »

Des fourmillements sur ma peau.

« Tu sais. »

Sans même ouvrir les yeux, je savais que le lapin en porcelaine m'observait. Je sentais son regard sombre dans l'obscurité, luisant comme des moments de grâce, comme des étoiles tristes…

« La mère le sait. »

– La mère de qui ? ai-je soufflé.

« Observe ses yeux sombres, son teint de porcelaine… elle sait. »

– Qui sait quoi ?

« Tu aimes les animaux. Ils te procurent un certain bien-être. Elle me dessine sur la table noire pour lui montrer qu'elle le connaît. Tu sais qui le sait… »

– La voyante?

« Elle sait. »

Il devait être aux alentours de minuit lorsque je suis descendu sur la pointe des pieds, avant d'ouvrir la porte et de me glisser dans les ténèbres. La chambre de mes parents n'était plus allumée, ils dormaient sans doute, mais je ne voulais pas prendre de risque. J'ai éteint mon téléphone, ainsi que celui d'Éric et j'ai marché à pas de loup.

Je ne me suis pas retourné pour voir si la police était toujours en bas de la rue. J'ai continué mon chemin dans la direction opposée, en espérant que rien dans mon attitude ne me trahirait : je ne sortais pas de chez moi en cachette, je ne suivais pas le conseil d'un lapin noir en porcelaine, et n'allais pas voir une voyante et son fils, avec ses dreadlocks et sa caravane, tachée du sang d'une jeune fille assassinée.

Oh non. Je sortais simplement prendre l'air, faire un tour...

Rien d'autre.

Le silence et l'obscurité enveloppaient le terrain de jeux. Sans les stroboscopes, la musique fracassante, les éclats de rire, les roues tourbillonnantes ou les voix caverneuses résonnant dans les airs, ça n'était plus qu'un terrain de jeux pris dans la nuit. Un vide noir et trouble qui s'étendait au-delà des grilles cadenassées.

Vide? Pas tout à fait. Au loin, dans le noir, je distinguais un petit groupe de lumières et autour d'elles, quelques véhicules. Je n'en reconnaissais aucun, mais j'étais certain que l'un d'entre eux serait la caravane de Lottie Noyce. Son fils venait d'être relâché et les enquêteurs voudraient à coup sûr l'interroger à nouveau. Sa caravane étant toujours sous scellés, il fallait donc qu'il dorme ailleurs.

J'ai escaladé les grilles fermées et j'ai réalisé que les véhicules étaient garés en un demi-cercle, à l'ombre de grands arbres. Un groupe électrogène ronronnait tranquillement dans les parages. Le sol, dur et compact, portait çà et là quelques traces de pneus et j'ai reconnu l'ancien parking des forains. J'avais du mal à me représenter l'agencement de la fête samedi soir, mais je me trouvais sans doute à l'une des extrémités de la foire, là où j'avais croisé Nicole et Luke, titubant dans l'obscurité...

Difficile de tout se remémorer. Les néons, le chaos, la confusion entêtante... Le regard éteint de Nicole et Luke, qui l'entraînait vers le dédale sombre de camions, de remorques, de vans et de caravanes...

Samedi soir, les véhicules s'étaient comptés par dizaine, mais la plupart d'entre eux étaient repartis. Dans le calme gris verdâtre des ténèbres, il ne restait que trois caravanes et un pick-up Toyota où on avait chargé un château gonflable replié. Les fenêtres de deux des caravanes étaient éclairées, mais aucune ne portait d'inscription.

J'espérais sans doute voir une pancarte indiquant « Madame Baptiste », ou peut-être « Noyce et fils ». Mais rien n'indiquait leur propriétaire. Je suis donc resté là, à une dizaine de mètres des caravanes, à écouter, à observer, à essayer de deviner laquelle appartenait à Lottie Noyce. En vain. Les rideaux tirés empêchaient de voir à l'intérieur. L'unique bruit environnant était le doux ronflement du groupe électrogène et la faible rumeur de la brise caressant les arbres. Satisfait de ma position, j'absorbais la quiétude nocturne du parc, j'inhalais le parfum de l'herbe engourdie, j'écoutais le silence...

Le ciel était clair, d'un noir bleuté et tacheté d'étoiles, et pour la première fois depuis plusieurs semaines, le fond de l'air était frais. Je me suis tourné pour mieux observer l'étendue plongée dans les ténèbres. Où était passée la soirée de samedi? Où avait-elle disparu? Où étaient ces visages rieurs, le flot de la foule, les autos tamponneuses, les ours en peluche, les roues tourbillonnantes? Où était Raymond? Le passé? Où était...

J'ai senti quelque chose... Un mouvement insonore. Juste derrière moi.

Un souffle tranquille, le murmure d'une présence.

– Raymond? ai-je murmuré.

En dépit de l'accent optimiste dans ma voix, je ne pensais pas vraiment me retourner sur Raymond. Mon espoir s'est évanoui en apercevant la silhouette altière de Tom Noyce. Il était presque contre moi, immobile, pâle dans sa salopette de travail tachée, l'éclat terni de ses piercings, aux lèvres et aux sourcils, miroitait dans la nuit. Il a baissé les yeux – ses yeux d'un bleu glacé – et m'a regardé au travers d'une jungle de dreadlocks blondes et sales.

– Qui es-tu?

Sa voix ressemblait à un faible grognement

– Je m'appelle Pete Boland. Je suis un ami de...

– Qu'est-ce que tu veux?

Je l'ai dévisagé, en me demandant brusquement comment un type aussi grand et avec une telle tignasse pouvait se mouvoir sans un bruit.

– Qu'est-ce que tu veux? a-t-il répété.

– Va dire à ta mère que je suis là.

– Pourquoi?

– Elle saura pourquoi.

Il m'a dévisagé pendant un long moment et, alors que je fixais ses yeux si bleus, j'essayais de le jauger. Pouvait-il avoir du sang sur les mains ? J'avais l'impression de percevoir quelque chose. La vague sensation qu'il était lié à la vie et à la mort... mais rien de malveillant n'émanait de lui. L'impression était plus terre-à-terre, comme une acceptation. La vie dépend de la mort. Les animaux mangent d'autres animaux. Des vies doivent être prises. Le sang doit être versé.

J'imaginais Tom Noyce capable de pêcher un poisson ou de tuer un poulet, rien d'autre.

– Viens, a-t-il repris simplement, en se dirigeant vers l'une des caravanes. Elle t'attend.

VINGT-QUATRE

Je pensais trouver une Lottie Noyce identique à madame Baptiste. J'imaginais la tresse d'épais cheveux bruns passée autour de sa tête, la robe marron démodée boutonnée jusqu'au cou. Mais Lottie Noyce n'était pas madame Baptiste, la tireuse de cartes. Elle n'était que Lottie Noyce : la quarantaine, de longs cheveux châtains, un simple t-shirt noir sur un jean. Assise à une table au fond de sa caravane, elle sirotait une tasse de thé, une cigarette roulée à la main.

Rien d'autre. Rien qu'une femme d'âge moyen qui fumait sa clope.

Mais alors que Tom me faisait entrer et que sa mère m'observait à travers un nuage de fumée bleutée, j'avais de nouveau du mal à détourner le regard.

– Entre, s'il te plaît, a-t-elle appelé en me faisant signe d'approcher.

La caravane a tangué lorsque j'ai traversé la pièce. Une faible lueur irradiait d'une grande lampe en étain posée dans un coin et dans cette lueur, l'atmosphère paraissait scintiller. Derrière Lottie, le rideau de la fenêtre était tiré. En m'asseyant face à elle, à cette petite table branlante, je sentais sur moi ses yeux, tout comme l'autre soir : elle m'étudiait, lisait mes pensées et perçait mes secrets.

– Veux-tu du thé ? m'a-t-elle proposé avec un sourire.

– Non, merci.

Tom se tenait à l'autre bout de la caravane, dans un coin-cuisine encombré. Il ne faisait rien : il restait là, appuyé nonchalamment contre le réfrigérateur. Il gardait un œil sur moi. Le réfrigérateur datait d'une autre époque. D'ailleurs, tout dans cette caravane semblait sortir d'une autre époque : les casseroles et les poêles accrochées au mur, les meubles sobres et épars, les décorations de porcelaine, les coquillages vernis, les peintures naïves dans leurs cadres de bois brut... tout était d'un autre âge.

– Ou du jus de fruit, si tu préfères, a proposé Lottie.

– Pardon ?

– Du jus d'orange, d'ananas...

– Ça va, merci.

Elle a tiré sur sa cigarette et j'ai vu son regard se poser brièvement sur un jeu de cartes, posé sur la table. Elles ressemblaient à celles dont Lottie s'était servi samedi soir : simple, au dos rouge, sans images ni motifs. Lottie a exhalé une longue traînée de fumée.

– Alors, Peter, a-t-elle repris en souriant. Que puis-je faire pour toi ?

Je l'ai observée sans savoir quoi répondre. Qu'y avait-il à dire ? *Un lapin en porcelaine m'a dit de venir vous voir. Il pense que vous savez ce qui est arrivé à Raymond. Il pense que vous connaissez son destin. Et il pense que vous savez comment le sang de Stella s'est retrouvé sur la caravane de votre fils.*

Alors, je n'ai rien dit.

– Ne t'en fais pas, a repris Lottie d'une voix douce. Je sais que c'est difficile pour toi. Je sais ce que tu ressens, concernant ton ami.

– Ah oui ?

Elle a hoché la tête.

– Tu sais bien que je sais. C'est pour cela que tu es venu.

– J'ignore pourquoi je suis venu. Tout ce que j'essaye de savoir, c'est ce qui est arrivé à Raymond. Je voudrais juste vous demander si vous savez quelque chose. Enfin… si vous savez réellement quelque chose.

– Qu'est-ce que tu entends par « réellement » ?

Je lui ai jeté un regard appuyé.

– Je crois que vous m'avez très bien compris.

Pendant quelques instants, sans baisser les yeux, elle n'a rien répondu, puis elle a semblé sourire pour elle-même avant d'écraser son mégot dans un petit cendrier en métal.

– Tout n'est pas qu'illusion, Peter, a-t-elle répondu d'une voix calme. Les cartes ne signifient rien, évidemment, elles font partie du spectacle. Certaines personnes ont envie d'y croire, tout comme d'autres croient aux dieux, aux démons ou aux miracles.

Elle s'est interrompue, les yeux dans le vague, l'air pensif, puis elle a chassé ses pensées d'un mouvement de tête, avant de reprendre.

– Mais je sais certaines choses, Peter. Peu importe ce que tu crois ou non, je perçois des choses que d'autres ne voient pas. Je gagne ma vie comme ça. En persuadant les gens de croire en moi.

– Quel genre de choses ?

– Des choses simples… Je vois le manque de sommeil dans tes yeux, la petite cicatrice récente sur ton menton, la légère marque sur ton cou.

– Et Raymond ? Qu'est-ce que vous avez vu chez lui ?

– J'ai remarqué quelques poils noirs de lapin sur son épaule.

– Et qu'en avez-vous déduit ?

– Qu'il avait un lapin noir... et qu'il avait l'habitude de le serrer contre lui.

Elle me fixa.

– Et j'ai compris combien il tenait à son lapin, ce qui pour un garçon de son âge... eh bien... suggère un certain type d'existence, une certaine gamme de sentiments.

Elle a tapoté sa tempe.

– Question de perception, Peter. Ça s'apprend, comme le reste. Tu peux t'entraîner à observer, à poser les bonnes questions, à en déduire des choses... et ça devient une seconde nature. La plupart du temps, tu n'y fais même plus attention. Tu vois les choses, tu les entends, tu les sens... et sans même y penser, tu les additionnes et au fond de toi, tu obtiens un résultat, une signification probable.

Elle a souri.

– Et tout ce qu'il te reste à faire, c'est dire aux gens ce qu'ils veulent entendre.

– C'est ce que vous avez fait avec Raymond ? Vous lui avez servi ce qu'il voulait entendre ?

– À ton avis ?

– Je n'en sais rien, ai-je marmonné, réalisant brusquement l'idiotie de ma question. Je pensais simplement que...

– Oui ?

– Ce que vous avez dit à Raymond au sujet de sa gentillesse, de son désintéressement...

– Simple travail d'observation et de déduction, rien d'autre.

– Et tout ce discours, concernant la vie et la mort... ?

– La vie et la mort viennent à chacun d'entre nous.

– Mais vous avez parlé de la mort de quelqu'un...

– Raymond a parlé de la mort de quelqu'un, pas moi.

– D'accord, ai-je concédé, mais à la fin, lorsque Raymond est parti, vous m'avez conseillé de faire attention à lui, de le surveiller, de le ramener chez lui. Pourquoi ?

Elle a hésité quelques instants et quelque chose au fond de ses yeux – un regard, une sensation – m'a fait penser qu'au fond, elle me disait peut-être aussi ce que je voulais entendre. Elle savait que je ne croyais pas aux pouvoirs magiques ou aux dons de perception et elle essayait peut-être de me conforter dans mon scepticisme. De me convaincre que tout cela n'était qu'une arnaque, un spectacle... que j'avais raison de ne pas croire à l'irréel.

Je savais que j'avais raison. Mais je voulais avoir tort.

– T'arrive-t-il de ressentir des choses que tu ne comprends pas ? m'a demandé Lottie.

– Comme quoi ?

– Comme... lorsque tu rends visite à quelqu'un, en ignorant si cette personne est chez elle. Puis, une fois devant sa porte, tu frappes... et tu sais si elle est là ou non. Ton instinct ne te trompe pas.

– Une bonne intuition, ai-je murmuré.

– Eh bien, a-t-elle poursuivi en hochant la tête, c'est ce que j'ai ressenti au contact de Raymond. Une intuition qui ne me trompait pas, mais que je ne parvenais pas à comprendre, qui dépassait toutes mes observations. J'ignore ce que c'était exactement, mais ça ne présageait rien de bon. Il allait lui arriver malheur. Ou alors, il s'apprêtait à commettre une bêtise.

– Savez-vous ce qui lui est arrivé ? ai-je demandé brusquement.

Elle a secoué la tête.

– Je ne pense pas qu'il ait fait du mal à quelqu'un.

– Et Stella Ross ? Que lui est-il arrivé ?

Lottie a jeté un bref regard à son fils. Il n'avait pas bougé, il se tenait toujours là, appuyé sur le réfrigérateur.

– Tom ne sait rien au sujet de Stella Ross, a conclu Lottie en m'observant de nouveau. Il ignorait même qui elle était jusqu'à ce que la police l'interroge.

– Je ne voulais pas dire que…

– Je sais.

– Je pensais que vous pourriez avoir vu quelque chose…

– J'ai déjà répondu aux questions des policiers.

– Moi aussi, ça ne signifie pas que je leur aie tout raconté.

– Tu imagines que j'en sais plus que je veux bien en dire, a-t-elle répondu avec un sourire.

– Je ne sais pas… Vous prétendez voir des choses que les autres ne voient pas. Je doute que vous ayez raconté cela aux enquêteurs.

– Ils ne m'auraient pas crue. Mais toi, pourquoi leur caches-tu des choses ?

– Je l'ignore… Simplement…

– Tu as peur ?

– Peur de quoi ?

– N'importe quoi… C'est souvent la peur qui conduit au mensonge.

– La peur de quoi ? ai-je répété.

– Eh bien, de ce qui t'effraie.

J'ai songé un instant à mes peurs : physiques, morales, émotionnelles, invisibles… L'une d'entre elles était-elle à l'origine de tous mes mensonges ? Mais les idées se bousculaient… Des choses trop effrayantes pour oser y penser.

– Et vous ? ai-je repris. Pourquoi n'avez-vous pas tout raconté à la police ?

– Je te l'ai déjà dit, ils ne m'auraient pas prise au sérieux. Pourquoi écouteraient-ils quelqu'un comme moi ?

– Moi je vous écoute.

Elle m'a encore souri, en mélangeant d'un geste machinal les cartes dans ses mains.

– Je croyais que tu ne croyais pas au pouvoir des cartes ?

– Je n'y crois pas.

– Mais tu crois en moi ?

– Je n'en suis pas sûr. Vous ne m'avez encore rien révélé.

– Je peux seulement te raconter ce que je crois.

Je n'ai rien répondu pendant quelques instants. Je me suis contenté de l'observer, d'essayer de déchiffrer son regard, d'essayer de la cerner… en vain. Ses yeux étaient comme des miroirs. Tout ce que j'y distinguais c'était une étude de moi-même.

– Alors, allez-y, ai-je repris. Dites-moi ce que vous croyez.

– Je crois que c'est une histoire d'amour.

– D'amour ?

– L'amour est un monstre sans-cœur.

Lottie m'a expliqué ce qu'elle avait vu ce soir-là, et la signification qu'elle en tirait. J'ai remarqué qu'elle ne lâchait jamais son jeu de cartes. Au début, elle n'en faisait rien, elle ne paraissait même pas consciente de les avoir en main. Pourtant, elles les tenait serrées entre ses doigts, comme si elles faisaient partie d'elle-même. Et j'imagine que d'une certaine manière, c'était le cas.

– Dès que Raymond est entré dans ma tente, ce soir-là, j'ai su qu'il était différent. Et j'ai vu à son regard qu'il pensait savoir quelque chose de la voyance. J'ignorais s'il y croyait vraiment, mais il semblait savoir à quoi s'attendre. J'ai raison ?

– Je ne sais pas, ai-je admis. Raymond a toujours aimé lire et il lit des livres sur toutes sortes de sujets bizarres. Je ne serais pas surpris qu'il se soit renseigné sur la voyance.

– Il connaissait la symbolique des cartes. Aussi je n'ai pas manipulé leur signification, pour son tirage. Je tire généralement les cartes qui correspondent à ce que je perçois de la personne, mais pour Raymond… eh bien, j'ai pensé qu'il serait intéressant de voir ce qui se passerait sans que je m'en mêle.

– C'est pour ça que vous étiez surprise de voir ses cartes ?

– Oui… Il s'agissait de cartes extrêmement funestes. Jamais je n'en avais choisi de telles auparavant. J'avais beau savoir que de simples couleurs n'ont aucun pouvoir… J'avais beau en être consciente…

Elle a jeté un œil au jeu dans sa main.

– Ce ne sont que des motifs, des chiffres, des formes, des couleurs… Des outils, rien d'autre. Elles peuvent représenter ce qu'on veut.

Elle a lentement retourné la première de la pile et l'a posée sur la table.

– La reine de pique, a-t-elle annoncé. La femme aguicheuse.

Elle a retourné une seconde carte.

– La reine de cœur. La femme déterminée.

Lottie m'a regardé fixement.

– J'ai aperçu Stella Ross après que Raymond et toi êtes partis. Elle est passée devant ma tente, paradant comme une reine entourée de ses serviteurs et de sa cour… Je ne l'ai plus revue ensuite.

– Qu'avez-vous pensé d'elle ?

Lottie a fermé les yeux.

– Elle veut être vénérée, mais méprise ceux qui la vénèrent. Elle manque d'assurance, elle est égocentrique, revancharde, amère... Elle aime les jeux cruels. Elle aime manipuler les gens.

– Un bref coup d'œil a suffi à déterminer tout cela ?

Lottie a souri.

– Nous sommes tous des enchanteurs, Peter. Nous vivons tous dans un monde fantastique, fait de merveilles et de beauté – si seulement nous en prenions conscience.

– Hein ?

– Désolée, a-t-elle répondu en ouvrant ses yeux malicieux. Je passe le plus clair de mon temps à raconter ce genre de foutaises... Une habitude difficile à perdre.

– Je vois. Donc vous n'avez pas revu Stella ce soir-là ?

– Non. Mais comme je te l'ai dit, je suis très douée pour lire les gens et, en la voyant, j'ai eu l'impression qu'elle était obsédée par le fait d'obtenir ce qu'elle ne pouvait pas avoir. Exactement comme ce garçon, qui était assis près de toi, sur le banc.

– Pauly ?

Elle a retourné le quatre de carreau.

– Intoxication, a-t-elle simplement ajouté. Son visage est ravagé par l'alcool et les drogues.

Autre carte.

– Le deux de pique. Il est amoureux d'un mirage.

Autre carte.

– Le sept de pique. Le papillon attiré par la flamme.

Elle a levé les yeux.

– Lui aussi désirait ce qu'il ne possédait pas.

– Qui ? Pauly ?

– Oui.

– Que désirait-il ?

Les yeux plissés, elle paraissait réfléchir.

– J'ai d'abord cru que l'objet de son désir était les deux amants qu'il observait. Il désirait l'un d'entre eux et les voir ensemble le rendait furieux. Mais j'ai ensuite compris : c'était plus compliqué que cela. Il voulait autre chose…

– Attendez un peu, l'ai-je interrompue, perturbé. Vous parlez toujours de Pauly ?

Elle a acquiescé.

– Ce garçon sur le banc, tu l'as observé un moment, puis tu es allé t'asseoir à côté de lui.

– Oui, mais qui étaient ces amants qu'il observait ?

– Tu les as pourtant bien vus, toi aussi.

Je lui ai jeté un regard incrédule.

– Vous voulez parler d'Éric et de Campbell ?

– J'ignore leurs noms, l'un est le frère de cette jeune fille que tu connais, l'autre est légèrement plus âgé, avec une bouche un peu de travers.

– Oui, ai-je murmuré. Éric Leigh et Wes Campbell. Mais ils ne sont pas…

J'allais dire « amants ». Ils ne sont pas amants. Mais soudain, ma tête est entrée en effervescence, comme si tout se mettait enfin en place. Brusquement, tout est devenu évident. Éric et Wes Campbell… ensemble à la fête foraine, ensemble chez Éric, ensemble dans sa chambre… Éric et Campbell étaient ensemble…

Voilà pourquoi Campbell m'avait averti. Voilà pourquoi Éric m'avait menti pour la nuit de samedi… il l'avait passée avec Wes Campbell.

– Tu l'ignorais ? m'a demandé Lottie.

– Oui… Enfin, je savais qu'Éric était gay, mais…

– C'est le frère ?

– Oui. D'ailleurs, tout le monde sait pour Éric. Il y a des années qu'il a fait son *coming-out*. Mais Wes Campbell... ? Vous êtes sûre que...

Lottie a hoché la tête.

– Leur attitude, la façon dont ils se tenaient l'un près de l'autre : tout cela évoquait une familiarité, une intimité... Ils faisaient bien entendu de leur mieux pour le cacher.

Elle s'est interrompue pour mieux m'observer.

– Le plus âgé... Wes Campbell, c'est bien ça ?

– Oui.

– Il est amoureux du frère, mais il est trop fier pour le montrer.

Elle a retourné une carte.

– Le deux de carreau... Il craint que son amour lui apporte la désapprobation et le soupçon.

– Bon Dieu, ai-je lâché en secouant la tête. Merde ! Wes Campbell ! Je n'arrive pas à le croire. Enfin, je ne veux pas dire que... je ne sous-entends pas que les gars comme Wes Campbell ne peuvent pas être gay, c'est juste que je suis un peu surpris, c'est tout.

Lottie a allumé une cigarette.

– Ils étaient tous deux très soucieux de cacher leur relation, mais le frère m'a paru le plus inquiet des deux.

Autre carte : le sept de trèfle.

– La culpabilité. L'embarras. La honte. Ce sont des raisons superficielles qui motivent l'angoisse du frère, et je crois qu'il craint les conséquences bien plus que son ami.

J'ai réfléchi à tout cela quelques instants, en me demandant pourquoi Éric aurait plus peur que Campbell. À ma connaissance, tout le monde ignorait l'homosexualité de Campbell. Je devinais qu'il préférait rester discret. Mais Éric ? Il ne se cachait plus depuis des années et il m'avait toujours donné l'impression de ne pas se soucier du regard des autres...

Mais j'avais sans doute tort.

Peut-être que je l'avais toujours mal jugé.

J'ai regardé Lottie.

— C'est ce que vous sous-entendiez en parlant d'une histoire d'amour ?

— En partie, oui...

Elle a révélé deux cartes : le deux de cœur et le trois de cœur.

— La sœur, a-t-elle repris en levant les yeux vers moi. Celle qui t'observait...

— Nicole, ai-je repris.

Lottie a observé fixement les deux cartes.

— Le dernier amour est toujours le meilleur.

Elle m'a ensuite regardé dans les yeux.

— Elle t'a longtemps aimé.

— Qui ?

— Nicole.

— Elle m'a aimé ?

— Longtemps.

J'ai secoué la tête.

— Non...

— Si.

— Non, ai-je répondu d'un ton ferme. Elle m'aimait bien, avant... peut-être que je lui plais toujours un peu. Mais elle n'est pas amoureuse de moi. Impossible.

Sans cesser de sourire, Lottie a haussé les épaules.

— J'ai dû me tromper.

– Oui.

– J'ai juste pensé, à la manière dont elle te couvait du regard...

– Vous vous êtes trompée.

Lottie a acquiescé.

– Si tu le dis.

– Oui.

Lottie a secoué sa cigarette au-dessus du cendrier.

– Elle ressemble beaucoup à son frère, pas vrai ?

– Ils sont jumeaux.

– Donc proches ?

– J'imagine que oui. Ils ont toujours passé le plus clair de leur temps ensemble : ils sortent tous les deux, ils ont les mêmes activités, ils partagent beaucoup de choses... les vêtements, le maquillage, les bijoux, même les copains de temps à autre...

Je me suis interrompu, soudain frappé par une curieuse pensée.

– Que t'arrive-t-il ? m'a demandé Lottie.

Ils partagent... ai-je pensé. *Ils partagent tout...*

– Peter ?

J'ai levé les yeux vers Lottie.

– Est-ce que vous avez revu Nicole, plus tard dans la soirée ?

– Elle était avec Luke Kemp, a répondu Lottie d'une voix solennelle. Luke travaillait sur l'un des manèges.

– Je sais, oui.

– Il l'a ramenée dans sa caravane.

– Je sais cela aussi.

– Elle n'avait pas envie de se retrouver avec lui. Elle... je crois qu'au début, elle l'a fait pour se venger de toi. Elle n'avait sans doute pas prévu d'aller si loin... Mais Luke s'arrange toujours pour que tout aille plus loin.

– Que voulez-vous dire ?

– Il obtient ce qu'il veut, et peu importe les moyens.

– Où voulez-vous en venir ?

– Il n'y a aucune preuve, ce ne sont que des rumeurs. Mais le bruit a couru que certaines filles qu'il ramène dans sa caravane n'ont pas la moindre idée de ce qu'elles font.

– Vous voulez dire qu'il les drogue ?

– C'est une possibilité, oui.

– Merde.

– Parfois, bien sûr, elles sont simplement saoules.

– Nicole l'était.

– Oui, a repris Lottie en écrasant sa cigarette. Et je crois que c'est pour cela que ton ami Raymond l'a suivie jusqu'à la caravane de Luke. Il s'inquiétait pour elle. Il voulait l'aider.

– Sans penser à lui-même.

– Oui. Il fait preuve d'une immense bonté.

Je l'ai regardée, en me demandant si elle se rappelait avoir déjà prononcé cette phrase... et à la façon dont elle détournait les yeux, j'étais certain qu'elle s'en souvenait.

– Vous avez vu Luke Kemp le poursuivre hors de la caravane ?

– Oui.

– Est-ce qu'il l'a rattrapé ?

Elle a secoué la tête.

– Raymond était trop rapide pour lui. Luke ne l'a même jamais approché.

– Où est parti Raymond ?

– La fête foraine avait déjà fermé ses portes. Les lumières étaient éteintes. J'ai vu Raymond courir à travers le parc, vers la sortie, puis il a disparu dans les ténèbres.

– De quel côté ?

Elle a pointé son doigt au-dessus de mon épaule.

– Vers l'autre extrémité du parc, là où se trouvent les grilles.

– Vous l'avez vu les franchir ?

– Oui.

– De quel côté est-il parti ?

– Vers la droite.

– Et puis ?

– Je l'ignore. Je l'ai perdu de vue.

J'ai baissé les yeux pour observer de nouveau le jeu. Les cartes étaient toutes disposées en cercle, autour de la première carte qu'elle avait tirée, la dame de pique. Celle de Stella. J'ai étudié les cartes : leurs formes, leurs couleurs, leurs visages, essayant de me rappeler qui elles étaient censées représenter, essayant de reformer les connexions... les absences de connexions... les mouches noires, qui pétillent, dans les failles de mon crâne... couleurs, formes, visages...

Les cartes ne veulent rien dire.

J'essayais de retrouver les motifs au-delà des cartes.

– Où est-ce que je me situe, dans tout cela ? ai-je demandé à Lottie.

– Tu es là, a-t-elle répondu en désignant le dessus du paquet.

Je l'ai dévisagée sans comprendre.

– Tu es conscient que ça ne signifie rien, a-t-elle ajouté.

– Oui...

– Tu peux être ce que tu veux.

– Vraiment ?

– Que voudrais-tu être ? a-t-elle suggéré en souriant.

– Je n'en sais rien…

– Quelle est ta carte ?

– Quoi ?

Elle a tapoté le dessus du paquet.

– À ton avis, laquelle est la tienne ?

– Je ne sais pas…

– Si, tu le sais. Dis-moi ce que tu penses.

Elle a souri de nouveau.

– Tu ne risques rien à deviner.

J'ai observé la couleur sous son doigt et je savais que cela ne signifiait rien. Il était impossible de deviner celle dont il s'agissait ou même ce que je voulais être. J'ignorais ce que je voulais être. Alors, j'ai répondu la première chose qui m'est passée par la tête.

– Cinq de pique.

Elle a retourné la carte. Le cinq de pique, évidemment. Ça n'aurait pas pu être autre chose.

– Quel est son sens ? me suis-je entendu dire.

– Ce que tu veux : elle pourrait signifier que tu grandis, que tu commences à penser à toi. À la nature de l'univers, et à la place que tu y occupes. Cela pourrait être un signe favorable. Cela peut aussi symboliser une dispute amoureuse ou présager un été de folie.

– Mais ça ne reste qu'une carte.

– Exactement.

Elle l'a posée sur la table, en dehors du cercle puis elle l'a observée dans un silence rêveur.

Il était tard. C'était presque le petit matin. Dehors l'air était frais, immobile, et le reste du monde dormait encore.

J'étais là.

Maintenant.

J'étais ici.

J'ai jeté un regard aux cartes inertes sur la table. J'étais là, j'étais ici. Tout le monde était là. Tout le monde sauf…

– Où est Raymond, ai-je demandé à Lottie ?

Elle a retourné la carte sur le dessus du paquet et l'a posée sur la table.

Elle était blanche.

VINGT-CINQ

Sur le chemin du retour, le ciel au-dessus de moi, avant l'aurore, était noir et muet. Le monde était endormi. Les maisons, les voitures le long des trottoirs, les murs, les portails, les haies, le bitume, l'atmosphère, tout était figé dans l'aube infinie des lampadaires.

Pas un mouvement. Pas un son. Sauf les miens.

« Tap, tap, tap, tap… », l'écho de mon pas régulier se perdait dans la nuit. « Tap, tap, tap, tap… », mon esprit perturbé essayait de penser.

Une pensée, puis une autre. Un pas, un autre.

Un pas à la fois. Une pensée à la fois.

Éric et Wes Campbell, les deux amants.

Stella et ses jeux cruels.

Pauly et son désir d'impossible.

Quel désir?

Éric? Wes Campbell?

Stella?

Un pas, un autre…

Nicole n'est pas amoureuse de moi.

Stella méprise ceux qui l'adulent.

C'est une histoire d'amour.

Une pensée à la fois.

C'est une histoire d'amour.

Tout n'est pas qu'illusion.

Les cartes ne veulent rien dire.

Les dieux et les démons.

Pauly vénérait Stella.

Une pensée.

Ils partagent... Éric et Nic'... ils partagent toujours tout.

Les vêtements.

Le parfum.

Les bijoux.

Je me suis arrêté, mon esprit soudain encombré par l'image d'un collier cassé. Un court morceau de chaîne en or à l'intérieur d'un petit sachet en plastique... on l'a retrouvé dans la poche briquet du short de Stella. Des chaînes en or pendues à un crochet au-dessus de la coiffeuse de Nic'. Chaînes, enchaînements...

Stella, Nicole. Nicole, Éric. Ils partagent toujours tout.

Les images ricochaient dans ma tête comme des cailloux en apesanteur, qui rebondissent sur la surface noirâtre d'une mare profonde. Les connexions se sont faites : « Clic, clic, clic », effleurant la surface, comme les oiseaux qui l'été baisent la surface de l'eau pour boire. Je voyais des flèches, des fléchettes, des étoiles, des crochets, des galets parfaitement plats, tous trop rapides pour être vus. Je percevais les rides sur l'onde noire de la nuit, témoin d'un mouvement imperceptible. Des cercles, des traces, des formes... ils se rejoignaient puis se séparaient.

Je savais que tout cela avait un sens, mais j'ignorais lequel. J'ai fermé les yeux avant de les rouvrir. J'étais près de la vieille usine, sur Recreation Road. Au loin, j'apercevais les lumières de la ville. Une odeur de ferraille et de poussière émanait de l'usine. Ferraille, poussière. Béton, chair. Je sentais...

Les ténèbres. La chaleur. Une présence.

Un cliquetis, à peine audible, a retenti de l'autre côté de la route et en me retournant, pour scruter l'obscurité, j'ai vu deux phares s'allumer brusquement. Aveuglé, j'ai protégé mes yeux avec ma main, puis j'ai entendu un moteur démarrer. L'accélérateur a rugi une ou deux fois, les pneus ont crissé et avant que je comprenne ce qui se passait, la voiture fonçait sur moi, dans un éblouissement de lumière blanche.

Mon corps s'est figé. Ma tête s'est vidée.

Je ne pouvais que rester là, vissé sur place, hébété, à fixer ce bolide vrombissant qui arrivait droit sur moi dans un ralenti cauchemardesque. Un instant, je me suis posé des questions stupides : pourquoi je ne ressentais rien ? Pourquoi je ne tentais rien ? Pourquoi je n'essayais pas de m'écarter et, surtout, pourquoi ma vie ne défilait pas devant mes yeux ?

Juste au dernier moment, alors que la voiture allait me renverser, elle a fait un brusque écart vers la gauche, m'évitant de quelques centimètres à peine, avant de s'arrêter dans un grincement de pneus strident. D'un seul coup, le reste du monde a paru reprendre vie. J'entendais les battements de mon cœur. J'humais l'odeur de caoutchouc brûlé laissée par les pneus sur le bitume. Je sentais mes mains trembler. Et j'ai vu Wes Campbell me toiser à travers la vitre ouverte d'un petit coupé noir.

– Monte ! a-t-il ordonné.

Je l'ai dévisagé sans réagir.

Il s'est penché vers le siège passager et a ouvert la portière.

– Monte.

J'ai secoué la tête. Il m'a souri.

– Je veux juste qu'on parle. Rien d'autre.

– À quel propos?

– Monte, a-t-il répété, et je t'expliquerai.

– Non, je ne crois pas.

J'ai reculé et j'ai longé l'arrière du véhicule. Mais avant que j'aie eu le temps de filer, Campbell avait fait craquer la marche arrière et fait grimper la voiture sur le trottoir pour m'empêcher de passer. Je l'ai regardé pendant quelques instants, puis je suis reparti en sens inverse, pour longer l'avant de la voiture. Campbell a passé la première et fait rugir le moteur, dirigeant le capot droit sur moi. J'ai dû bondir pour l'éviter.

– Tu n'iras nulle part, m'a-t-il lancé à travers la vitre. Alors, tu ferais aussi bien de monter.

– Qu'est-ce que tu veux? lui ai-je demandé, le souffle court.

– Je veux te voir grimper dans cette putain de bagnole! a-t-il beuglé.

J'ai fait un pas en arrière et jeté un regard par-dessus mon épaule. La route était complètement déserte. Pas un chat, personne à qui demander de l'aide. Le monde dormait toujours. Les maisons, les voitures le long des trottoirs, les murs, les portails, les haies, le bitume, l'atmosphère...

– Bon, a repris Campbell d'un ton posé. Écoute, tu vas me donner ce téléphone, OK? Tu me le rends et je te laisse rentrer chez toi.

Je me suis tourné vers lui.

– Quel téléphone?

– Ne déconne pas, Boland. Je te donne une dernière chance. Il te suffit de lâcher le portable à travers la vitre...

– Je ne vois pas de quoi tu parles.

– Tu imagines qu'il va se passer quoi, là?

– Hein ?

– Si tu me fais descendre de cette voiture, comment tu crois que ça va se passer ?

Je n'ai rien dit. Campbell a éclaté de rire.

– Tu vas te mettre à courir, voilà ce qui va se passer. Tu vas détaler et moi, je vais te rattraper. Et je serai vraiment énervé, parce que tu m'auras fait descendre et courir le long de ces petites rues merdiques, et vu que tu m'as déjà pas mal énervé aujourd'hui, je vais au minimum t'éclater la gueule. Et pour finir, d'une manière ou d'une autre, je récupérerai ce portable. Alors, tu vois, ça nous épargnerait beaucoup d'embêtements à tous les deux si tu me le donnais tout de suite.

– C'est toi, Amo ?

– Quoi ?

– Amo... pour Amour.

– Qu'est-ce que tu racontes ?

J'ai dévisagé Campbell.

– Vous êtes ensemble, Éric et toi. Tu es Amo.

Campbell est devenu livide et un instant, il était quelqu'un d'autre : fragile, humain, presque pitoyable. Mais aussitôt, la fureur l'a gagné, avec une colère physique, intense et froide qui n'avait plus rien d'humain. Un tueur glacé et dur comme la pierre qui, d'un geste réfléchi, a ouvert la boîte à gant pour en tirer son cutter. Il est sorti de la voiture et s'est approché de moi avec la démarche mesurée d'un homme qui sait exactement ce qu'il fait et se moque des conséquences.

J'ai reculé, déjà prêt à courir... Lorsque quelqu'un m'a saisi par-derrière.

Je ne l'ai pas reconnu tout de suite. Je n'ai senti que deux mains me maintenir fermement par les épaules, qui m'ont cloué sur place, et la présence imposante d'une silhouette derrière moi. Je me suis tortillé, luttant pour me libérer, pour voir qui se trouvait derrière moi, puis j'ai entendu la voix grave de Tom Noyce.

– Pas de panique, a-t-il murmuré. Ne bouge pas. D'accord ?

– Oui.

Tom m'a lâché et s'est lentement tourné vers Campbell. Celui-ci s'était arrêté à environ trois mètres de nous et regardait Tom par-dessus mon épaule.

– T'es qui, toi ?

– Tom Noyce.

– Ah ouais ? Écoute-moi bien, Tom Noyce…

– Remonte dans la voiture, a articulé Tom d'une voix calme.

– Hein ?

– Remonte dans la voiture et rentre chez toi.

Campbell l'a fusillé du regard.

– Et tu comptes faire quoi si je n'obéis pas ?

Tom n'a rien répondu, il a juste poussé un léger soupir et s'est avancé vers Campbell. Wes a hésité un moment, en clignant des yeux, puis il a brandi son cutter et l'a agité sous le nez de Tom.

– Je vais t'entailler, l'a-t-il menacé, en reculant. Si tu t'approches, je vais te faire une putain d'entaille… et ne t'imagine pas que j'hésiterai.

Tom a continué à avancer, sans un mot, les yeux fixés sur Campbell. Celui-ci a soudain semblé réaliser que Tom Noyce n'était pas seulement immense (bien trop immense pour le petit cutter qu'il brandissait), mais aussi courageux. Campbell était surpris.

– Bon, ça va, a lâché Campbell en reculant vers la voiture. Bon Dieu, ça va, je m'en vais... OK ?

Tom s'est arrêté.

Campbell m'a toisé d'un air mauvais en ouvrant la portière.

– On se voit plus tard, Boland.

Il a jeté un coup d'œil à Tom, puis s'est retourné vers moi en souriant.

– La prochaine fois, je m'arrangerai pour te voir sans ton yéti apprivoisé.

Tom a fait un autre pas dans sa direction. Campbell a éclaté de rire en grimpant dans la voiture. Le moteur a démarré, les gaz d'échappement sont montés dans l'air immobile de la nuit et, avant même d'avoir claqué la portière, Campbell avait passé la première et écrasé la pédale d'accélérateur. Les pneus ont crissé bruyamment, puis le coupé a rugi le long du trottoir, avant de virer vers la droite et de filer sur Recreation Road.

Je l'ai vu disparaître, avant de me tourner vers Tom Noyce, qui fixait toujours la route.

– Merci.

– Pas d'quoi.

– C'était Wes Campbell, lui ai-je expliqué. L'un des types dont ta mère me parlait.

– Je sais, je l'ai vu tout à l'heure dans le parc. Il te suivait.

– Quoi ?

Tom a acquiescé.

– Il s'était garé de l'autre côté de la rue, quand tu étais dans la caravane. Il a redémarré lorsque tu es parti.

– Alors, tu m'as suivi jusqu'ici ?

Il a confirmé d'un geste de la main.

– Je pensais que tu aurais besoin d'aide.

Je ne savais plus quoi dire. Évidemment, je voulais savoir pourquoi: pourquoi cherchait-il à m'aider alors qu'il me connaissait à peine? Mais ma question semblait ridicule. Alors, je lui ai souri en le remerciant de nouveau. Il s'est contenté de faire bringuebaler ses dreadlocks en répétant qu'il n'y avait pas de quoi. Et ça n'avait rien de bizarre.

– Bon, ai-je repris, je crois que je ferais mieux de rentrer chez moi.

– Est-ce que tes parents savent où tu es?

– Non.

– Tu habites loin?

– Hythe Street.

Il a hoché la tête.

– Je te raccompagne.

– Ça va aller, ai-je répondu. Je vais me débrouiller.

– Comme tu veux, a-t-il dit. Si tu préfères rentrer seul… Mais je ne serais pas surpris que Campbell t'attende dans un coin.

J'y ai réfléchi, imaginant Campbell au volant de sa voiture, garée dans une rue perpendiculaire, à attendre que je passe, seul…

Puis j'ai pensé à Tom et je n'ai pas pu m'empêcher de m'interroger sur ses motivations. Pourquoi m'aidait-il? Pourquoi gardait-il un œil sur moi? Pourquoi lui faire confiance? Après tout, on avait retrouvé le sang de Stella sur sa caravane. Et elle était garée près de la rivière. Et maintenant, il me proposait de me raccompagner chez moi, jusqu'à Hythe Street… à quelques centaines de mètres de la rivière. Et même s'il prétendait m'avoir suivi jusqu'ici après avoir vu Campbell partir à ma poursuite, s'il prétextait avoir pensé que j'aurais besoin d'aide… Après tout, pourquoi le croire? Peut-être m'avait-il suivi et sauvé des griffes de Wes Campbell pour d'autres raisons ?

Je l'ai dévisagé avec un sourire crispé et alors qu'il soutenait mon regard de ses yeux d'un bleu glacé, je me surpris à me demander de quoi il était capable. J'ignorais qui était Tom Noyce. Je n'en avais pas la moindre idée.

– Est-ce que ça va ? a repris Tom. Tu n'as pas l'air en forme. Veux-tu que je...

– Ta mère a déjà travaillé avec la foire de Bretton ? me suis-je entendu lui demander.

– Quoi ?

– Ou les foires Funderstorm ?

– Je ne comprends pas ce que...

Il s'est soudain interrompu, alors que le hurlement strident d'une sirène retentissait derrière lui. Tom s'est retourné pour voir d'où elle provenait et j'ai aperçu le gyrophare bleu d'une voiture de police, qui accélérait en remontant la rue. Appels de phare, mugissement de la sirène... puis le véhicule s'est arrêté, les portières se sont ouvertes et deux agents en uniforme en sont descendus et se sont dirigés vers nous d'un pas décidé.

– Et merde, a marmonné Tom. C'est reparti.

Mes parents m'attendaient au commissariat. Ils se trouvaient au bureau d'accueil lorsque l'un des deux policiers m'a fait entrer. Assis sur un banc en métal avec le commissaire Barry, ils paraissaient épuisés. En m'apercevant, ma mère s'est levée d'un bond pour se précipiter vers moi.

– Pete ! s'est-elle écriée en écartant sans ménagement l'officier pour me serrer dans ses bras. Bon sang, Pete... j'étais tellement inquiète ! Où étais-tu parti ? On t'a cherché partout !

Elle m'a lâché et m'a repoussé à bout de bras pour m'examiner d'un œil inquiet.

– Est-ce que tu vas bien ? Il ne t'est rien arrivé ? Est-ce que...

– Je vais bien, Maman, je t'assure, je...

– Où diable étais-tu passé ? a-t-elle pesté, s'autorisant un moment de colère.

C'était le genre de colère soulagée qu'éprouvent les parents lorsque tout se termine bien, mais que ça aurait pu mal tourner.

Mon père et le commissaire Barry se sont approchés. Mon père paraissait curieusement calme, mais j'avais appris à ne pas m'y fier. Dans les situations tendues, il restait impassible.

– Je suis désolée, Maman. Je ne voulais pas vous faire peur. Je pensais que vous dormiez...

– Tu étais avec lui ? s'est enquis ma mère en jetant un œil à Tom Noyce alors que le second policier le conduisait à travers les portes sécurisées.

– Je suis navré, madame Boland, est intervenu le commissaire, mais nous allons devoir poser quelques questions à votre fils.

Ma mère l'a ignoré, sans cesser de me dévisager.

– Que se passe-t-il, Pete ? Qu'est-ce que tu as fabriqué cette nuit ?

– Rien, j'étais juste...

– Je vous en prie, Madame, je sais que la nuit a été longue pour vous, et je sais que vous préféreriez être avec votre fils, mais nous devons d'abord lui poser quelques questions.

– Pas sans moi, a décrété ma mère.

– Bien entendu, a répondu Barry avant de se tourner vers mon père. Il faut que nous lui parlions, Jeff. Et le plus tôt sera le mieux.

Mon père m'a regardé.

– Tout va bien, Pete ? m'a-t-il demandé d'une voix posée.

– Oui...

– Tu te sens de répondre ?

– Je crois que oui, ai-je marmonné.

– Tu n'es pas obligé de le faire si tu n'en as pas envie, mais il le faudra, tôt ou tard. Donc autant t'en débarrasser tout de suite.

– Est-ce que tu peux m'accompagner ? lui ai-je suggéré.

Mon père a interrogé Barry du regard.

– Navré, Jeff.

Mon père s'est retourné vers moi.

– Ta mère va t'accompagner. Ça te va ?

– Il va falloir te contenter de moi, a-t-elle lancé avec un sourire.

– Je ne voulais pas dire que...

– Je sais. Je plaisantais.

– J'essayais simplement de...

– Ne t'en fais pas, Pete, a-t-elle coupé d'un ton rassurant. Ça n'a pas d'importance.

– Désolé...

Mon père a posé une main sur mon épaule.

– Finissons-en le plus vite possible, d'accord ? Plus vite ce sera fait, plus vite on rentrera à la maison.

– Je ne voulais pas causer d'ennuis, ai-je expliqué. J'essayais seulement de...

– Plus tard, Pete, m'a interrompu mon père. Nous en parlerons plus tard.

Dans cette même salle d'interrogatoire, je me suis assis, comme la première fois, à côté de ma mère et face à Barry. Le voyant rouge de l'enregistreur clignotait dans un coin et plus loin, l'équipement vidéo était toujours installé sur une table, contre le mur. Seule différence, John Kesey, avait pris la place de l'inspecteur Gallagher. Ça ne plaisait guère à ma mère et elle ne s'en cachait pas.

En la voyant entrer, il s'était levé.

– Bonsoir, Anne, avait-il soufflé en tendant la main. Nous sommes tous ravis que Pete soit sain et sauf...

– Oui, a coupé ma mère en ignorant son geste. Est-ce qu'on pourrait en finir assez rapidement ? Il est tard et tout le monde est fatigué.

Elle a fusillé Barry du regard.

– Vous avez vingt minutes. Ensuite nous rentrons chez nous, alors vous feriez mieux de commencer à poser vos questions.

Barry s'est exécuté.

– Où es-tu allé, ce soir, Peter ?

– Je suis allé voir Lottie Noyce.

– Pourquoi ?

– Je voulais lui parler.

– À quel propos ?

– Raymond, Stella... je pensais qu'elle saurait peut-être quelque chose.

– C'était le cas ?

– Pas vraiment.

– Pas vraiment ?

– Elle ne m'a rien dit que je ne sache déjà.

– Comme quoi ?

Je lui ai raconté ce dont nous avions parlé : les choses qu'elle avait devinées à propos de Raymond, le fait qu'elle le pensait perturbé, et qu'elle avait compris pourquoi je me faisais du souci pour lui.

– Elle m'a expliqué avoir vu Raymond suivre Nicole lorsque Luke Kemp l'a ramenée dans sa caravane. Elle pensait qu'il s'inquiétait pour elle.

– Raymond s'inquiétait pour Nicole ?

– Oui.

– Pourquoi cela ?

– Parce qu'il tenait à elle. Parce qu'elle était saoule et qu'elle ne savait plus ce qu'elle faisait... et Raymond se méfiait sans doute de Luke Kemp.

J'ai levé les yeux vers Barry.

– Vous saviez qu'il est soupçonné de droguer les filles ?

– Nous enquêtons là-dessus. Tom Noyce était-il dans la caravane de Lottie ce soir ?

J'ai jeté un œil à Kesey, qui prenait des notes.

– Est-ce que vous avez commencé à enquêter sur ces disparitions dans diverses fêtes foraines ? lui ai-je lancé.

Kesey a souri, révélant ses dents tachées par le tabac.

– Nous enquêtons sur tout, Pete.

– Réponds à ma question, s'il te plaît, Peter, a repris Barry. Tom Noyce était-il présent ?

– Oui.

– L'avais-tu déjà rencontré ?

– Je l'avais vu une fois, c'est tout. Je vous l'avais dit, je l'ai croisé samedi soir...

– Donc tu ne l'avais jamais rencontré auparavant ?

– Non.

– Tu lui as parlé, ce soir ?

– À quel sujet ?

– N'importe quoi.

– Nous n'avons pas parlé dans la caravane... enfin, il m'a aperçu dehors et m'a demandé ce que je faisais là, mais après cela, il n'a rien dit pendant ma conversation avec Lottie.

– Alors comment vous êtes-vous retrouvés ensemble sur Recreation Road ?

– Il m'a dit qu'il s'était inquiété... Il avait vu quelques gamins de Greenwell Estate traîner dans le coin lorsque je suis parti et il a pensé qu'ils me suivaient. Ils étaient en voiture.

– Pourquoi t'auraient-ils suivi ?

J'ai eu un mouvement d'ignorance.

– J'étais seul et il était tard...

– Et pourquoi Tom Noyce se serait-il inquiété pour toi ?

– Aucune idée. Vous devriez lui poser la question.

– Ce sera fait, a répondu Barry avec un demi-sourire. Alors, il comptait te suivre jusque chez toi ?

– Je n'avais pas remarqué sa présence, jusqu'à ce que ce type en voiture s'arrête à ma hauteur et commence à me chercher des histoires.

– Où était-ce ?

– Sur Recreation Road, près de la veille usine. Ce type s'est arrêté et m'a demandé s'il pouvait se servir de mon téléphone et quand j'ai voulu savoir pourquoi, il s'est brusquement mis en rogne.

– C'est-à-dire ?

– Il m'a menacé, il voulait que je lui donne mon téléphone... Puis il est sorti de la voiture en agitant un cutter. Et c'est là que Tom Noyce est intervenu.

– Et qu'a-t-il fait ?

– Il a dit au type de remonter dans sa voiture et de rentrer chez lui.

– Comme ça ?

– Oui.

– Et que s'est-il passé?

– Le type est remonté dans sa voiture puis il est reparti.

– Une chance pour toi.

– Oui.

– Tu le connaissais? Le type dans la voiture?

– Non.

– Et si tu nous le décrivais?

La personne que j'ai décrite aurait pu être n'importe qui: la vingtaine, les yeux foncés, les cheveux bruns et courts. Je n'ai pas décollé le regard de la table tandis que John Kesey prenait ce signalement par écrit. Barry se doutait que je mentais, mais si j'avais mentionné Wes Campbell, Barry serait devenu plus curieux: comment on se connaissait et pourquoi je n'avais rien dit à son sujet auparavant... J'étais incapable d'affronter ces questions maintenant.

– Donc, a repris Barry, après que Tom Noyce a effrayé ce type, qu'est-ce que tu as fait?

– Pas grand-chose... Je l'ai remercié, je lui ai demandé ce qu'il faisait là et c'est tout. J'allais poursuivre mon chemin lorsque la voiture de police est arrivée.

– Où allais-tu?

– Chez moi.

– Et Tom Noyce, t'a-t-il dit où il allait?

– Non.

– Tu ne lui as pas posé la question?

– Non.

– Où crois-tu qu'il se rendait?

– Je n'en sais rien. J'imagine qu'il retournait chez sa mère.

Barry a fixé la table en silence pendant quelques instants, puis il a poussé un soupir avant de lever les yeux vers moi.

– Très bien, Peter... laisse-moi te poser une autre question.

Il a marqué une pause, en me dévisageant.

– Et si je te disais que nous avons trouvé tes empreintes sur la caravane de Tom Noyce ?

La question m'a surpris – c'était sans doute le but – et j'ai jeté un regard instinctif à ma mère. Elle s'est tourné vers moi, tout aussi surprise puis s'est tournée vers Barry.

– Si vous voulez poser des questions, posez-les. Ne commencez pas avec ces « et si je te disais que... ». Avez-vous trouvé les empreintes de Peter sur la caravane, oui ou non ?

– Oui, sur la poignée de la porte.

– Et vous voudriez savoir comment elles sont arrivées là ?

– En effet.

– Alors, posez-lui la question.

Barry m'a dévisagé, en essayant de dissimuler son embarras.

– Alors, Peter. Tes empreintes sont sur la poignée de la porte de la caravane de Tom Noyce. Peux-tu m'expliquer comment elles sont arrivées là ?

Il ne m'a pas fallu longtemps pour tout expliquer : j'étais parti à la recherche de Raymond dimanche matin, j'avais aperçu la caravane près de la rivière et je m'étais demandé si Raymond se trouvait à l'intérieur, j'avais frappé à la porte, appelé, et lorsque personne n'avait répondu, j'avais tenté d'ouvrir la porte. Aussi simple que ça. La vérité. La vérité dans toute son évidente simplicité. Mais j'étais certain que Barry ne me croyait pas.

– Est-ce que quelqu'un t'a vu, près de la caravane ?

– Je ne crois pas.

– Pourquoi n'en avais-tu pas parlé avant ?

– Je pensais que ça n'était pas important.

– Tu n'as pas vu de sang sur la caravane ?

– Non.

– As-tu aperçu les vêtements de Stella ?

– Non.

– Depuis quand connais-tu Tom Noyce ?

– Je ne le connais pas.

– Que faisais-tu à la fête foraine lorsque Stella a disparu ?

– Rien.

– Pourquoi étais-tu assis sur ce banc, près des toilettes ? Tu attendais quelqu'un ?

– Je vous l'ai déjà dit !

– Bon, a coupé ma mère, ça suffit.

– Qu'est-ce que tu caches, Peter ? a repris Barry d'une voix calme.

– Il ne répond plus à aucune question, a déclaré ma mère en se levant. Viens, Pete, a-t-elle ajouté. On s'en va.

– Asseyez-vous, Madame, je vous prie.

Elle l'a fusillé du regard.

– Est-ce que Peter est en état d'arrestation ?

– Non, mais…

– Vous comptez l'arrêter ?

– Nous essayons simplement de savoir…

– Allez-vous l'arrêter, oui ou non ?

– Non, a répondu Barry avec un soupir.

– Alors, il est libre de s'en aller ?

– Oui.

– Bien, a conclu ma mère en me tirant presque de ma chaise. Allez, on s'en va.

VINGT-SIX

En rentrant du commissariat, enfoncé dans le siège arrière, je n'éprouvais plus qu'une fatigue paralysante et un désir désespéré de remonter le temps et de tout recommencer.

Je voulais me retrouver assis sur mon lit, ce jeudi soir brûlant, au coucher du soleil, être occupé à ne rien faire, ne me préoccuper de rien... Me contenter de ne rien faire. Et lorsque le téléphone sonnerait et que j'entendrais ma mère crier : « Pete ! Téléphone ! », je resterais là où j'étais, allongé sur mon lit, à observer le plafond, et laisserais mon esprit vagabonder sur du vide...

Je devais m'obliger à rester là. À me contenter de ne rien faire.

J'ai regardé à travers la vitre. Mon père laissait le centre-ville derrière lui et j'ai réalisé qu'il faisait un détour. Les journalistes et les équipes de télé campaient probablement toujours sur le parking de l'ancienne usine. Le soleil se levait, montant lentement au-dessus de l'horizon bleuté, dans un orangé infernal. Déjà, son infatigable lumière filtrait à travers les vitres de la voiture et je ressentais les prémices d'une nouvelle journée brûlante.

Ma nuque ruisselait de sueur. Et je n'avais même pas la force de l'éponger.

– Est-ce qu'on a des nouvelles de Raymond ?

Mon père m'a regardé dans le rétroviseur.

– Tu ne t'en rends peut-être pas compte, Pete, mais nous avons eu d'autres choses à penser, cette nuit.

Le ton s'est durci.

– Tu imagines que nous avons papoté au sujet de Raymond toute la nuit ?

– Non, bien sûr, mais...

– Tu veux savoir ce qu'on a fait ? On a tenté de ne pas paniquer, de ne pas imaginer le pire... Nous avons appelé ton portable, puis la police, tes amis... On a passé la nuit à se faire un sang d'encre. Voilà ce qu'on a fait de notre soirée.

– Je suis désolé...

– Ne recommence jamais ça ! Tu m'as bien compris ?

– Oui...

– Et où que tu ailles, a ajouté ma mère, garde toujours ton téléphone allumé.

– Oui, je suis désolé.

– Bon Dieu, a soufflé mon père. Est-ce que tu pourrais une fois dans ta vie faire ce qu'on te demande ?

J'ai observé ses yeux dans le rétroviseur.

– Tu m'a dit que parfois, on doit faire ce qui est nécessaire. Ce qu'on pense être juste.

– Je sais, mais...

– Je faisais ce qui me semblait juste.

– Peut-être, a soupiré mon père, cependant...

– C'est ce que tu m'as dit !

– Je sais, mais je ne t'ai pas encouragé à...

– Pas maintenant, l'a interrompu ma mère en posant une main sur son bras. Rentrons chez nous. Nous sommes tous épuisés et nous avons besoin de dormir. Nous aurons tout le temps de parler de cela plus tard.

Mon père s'est tu. Ma mère l'a observé quelques instants, puis elle s'est tournée vers moi en souriant.

– Tu dois avoir faim.

– Pas vraiment.

– Que penses-tu de deux œufs avec du bacon ?

– J'en grésille d'avance.

Ma mère souriait toujours.

Je me suis enfoncé dans mon siège, et j'ai regardé par la fenêtre.

J'ignore quelle mouche m'a alors piqué. Et quand je repense à ce que mon père venait de me dire, à l'angoisse et à la panique que j'avais causées, je crois que je ne réalisais pas vraiment ce que je faisais. Je me cherche peut-être des excuses... ou j'essaye de me convaincre que j'étais incapable de me contrôler.

Je n'en sais rien.

Mais alors que mon père garait la voiture et qu'il a coupé le contact, je me suis entendu leur dire :

– Il faut que j'aille quelque part. Je suis désolé, mais tout ira bien. Il faut vraiment que j'y aille.

Mon père et ma mère se sont retournés, trop interloqués pour réagir. J'en ai profité pour bondir hors de la voiture et me mettre à courir.

Parfaitement conscient de chacun de mes mouvements, j'ai dévalé Hythe Street et filé dans la ruelle : mes pieds endoloris frappaient le macadam, l'air vif fouettait mon visage, les voix de mes parents, étranglées par la surprise et l'angoisse, résonnaient derrière moi... J'ai sauté sur une poubelle pour franchir le mur qui donnait dans la cour de l'ancienne église, et à cet instant, je savais très bien ce que je faisais. J'entendais maintenant le pas de mon père, qui s'était lancé à ma poursuite dans la ruelle et qui me hurlait de revenir. Mais j'étais déjà loin.

Ma conscience ne m'appartenait plus. Je ne pouvais plus faire demi-tour.

Il fallait que je continue à courir : à travers la cour de l'église, le long de St-Leonard Road puis droit vers les docks : je devais rejoindre cet endroit qui m'attirait. Je devais revenir au début, pour trouver la clé de la fin.

J'ignore combien de temps j'ai mis pour rejoindre le Chemin de traverse, mais je suis presque certain d'avoir couru tout le long. En arrivant, à bout de souffle et en nage, j'avais l'impression que mon corps s'écoulait par mes chaussures. Mes jambes étaient en feu, mes bras me brûlaient... et j'inhalais une telle quantité d'air que j'en devenais saoul. L'oxygène bourdonnait dans ma tête et me donnait des vertiges. Pendant quelques minutes, j'ai bien cru que j'allais vomir. Mais curieusement, cette nausée ne me dérangeait pas. Elle semblait saine, comme une curieuse sensation de flottement, comme si quelque chose de doux planait sur mon estomac. Comme un petit nuage de gaz bénins.

Lorsque j'ai atteint le petit sentier qui montait jusqu'à la cabane, je n'ai même pas pensé à reprendre mon souffle : j'ai continué à grimper le long de la berge, laissant derrière moi les vieilles souches, la barrière de ronces, jusqu'au passage envahi par les herbes... et enfin, j'étais à nouveau devant la cabane. J'étais de retour là où tout avait commencé. De retour à ces ronces, ces vieilles planches de bois, ce vieux toit bleu écaillé...

Mais de retour quand ? ai-je songé. *Quand tout cela avait-il commencé ?*

Quatre jours plus tôt ?

Quatre ans plus tôt ?

Quatre amis plus tôt ?

Je me suis dirigé vers l'entrée et j'ai poussé la porte en me demandant si, finalement, tout cela ne se résumait pas à cela. Les amitiés. Les gens qu'on connaît. Les gens qu'on connaissait. Les gens qu'on pense un jour avoir connus, mais qu'au fond, on ne connaît jamais vraiment. On n'en connaît qu'une partie, la fraction d'eux-mêmes qui partage votre amitié. Et pour le reste, pour toutes celles qu'on ne soupçonne pas, les fractions sournoises, fausses, celles dont on prend conscience plus tard... Sur l'instant, on choisit de les ignorer. Et puis un jour, ça n'est plus possible. Aujourd'hui, avec le recul, je réalise qu'à l'époque, tout n'était pas aussi fantastique et innocent qu'on l'imaginait. C'était un endroit, un moment, parmi une multitude d'autres endroits et d'autres moments. Seule différence : aujourd'hui, ces choses et ces gens appartiennent au passé et n'existent plus. Or les choses qui n'existent plus ne peuvent pas vous faire de mal.

Les seules choses qui font mal existent seulement dans le présent.

Je me suis accroupi et je me suis adossé contre le mur, au fond de la cabane. L'air était frais.

Sur ma peau, la sueur séchait lentement.

J'ai jeté un œil à la cabane. Les bouteilles avaient disparu, tout comme les mégots et les traces de la soirée. J'ai songé que tout se trouvait probablement dans un laboratoire de la police à l'heure qu'il était : tranché en échantillons, embouteillé dans des tubes, passé au scalpel, au microscope, liquéfié, puis fourré dans des machines intelligentes, qui tournent à l'infini pour analyser ce genre de conneries.

À ma droite, l'un des murs de la cabane était défoncé. Quelqu'un – probablement l'un des policiers – avait dû perdre l'équilibre ou donner un coup de pied à cet endroit. Une ronce se glissait dans un interstice. Bientôt d'autres branches pénètreraient lentement à l'intérieur, creusant l'écart entre les planches jusqu'à ce qu'elles s'effondrent, laissant les ronces maîtresses du lieu qui tomberait en décrépitude. Ça ne serait pas long.

« Ça ne fait rien… »

Le murmure d'une voix. Un murmure sorti de nulle part, quelque part, devant moi. Qui flottait sans flotter, à environ un mètre du sol. Mais le sol n'était pas là et Lapin Noir non plus, avec sa fine chaîne d'or autour du cou et l'unique fleur rouge en pendentif, comme une perle de sang douceâtre. Le Lapin Noir qui n'avait pas le visage de Raymond. J'ai vu Raymond cligner des yeux en silence, ses yeux d'un noir luisant. Une larme d'un rouge parfait a glissé de la fleur pour s'écraser sur le sol.

« Tout se rapporte à Pauly, pas vrai ? a-t-il demandé.

« Tout se rapporte à tout le monde.

« Mais Pauly est la clef de l'énigme.

« Peut-être.

« La clef de la fin. »

J'ai sorti le téléphone d'Éric de ma poche.

Mes mains tremblaient lorsque je l'ai allumé. Mes doigts semblaient avoir doublé de volume, j'ai donc mis un moment à trouver le menu des messages et plus longtemps encore à taper mon SMS. Mais après avoir tout effacé, recommencé et beaucoup juré, j'ai fini par y arriver.

Voilà ce que j'ai tapé :

« Pauly – ils sav ce kil c paC sam soir. fo kon parle, vit. RDV à Kbane de ChT. Dis rien O otres. Vien seul. Éric »

Éric ayant effacé tous ses messages envoyés, je n'avais aucune idée de la façon dont il rédigeait ses SMS. Impossible de savoir si mon message tromperait Pauly. Pendant quelques minutes, j'ai réfléchi, et tenté de deviner quel genre de « textoteur » était Éric : est-ce qu'il employait un langage SMS ? Des majuscules ? Est-ce qu'il signait Éric, E ou EL ? Mais je perdais mon temps. Je ne pouvais qu'espérer que les SMS d'Éric ressemblent à tous les autres. Ou, si ça n'était pas le cas, que Pauly ne soit pas en état de le remarquer.

Si Pauly parvenait à lire entre les lignes du message, il serait dans un tel état de panique qu'il ne remarquerait rien du tout.

J'ai relu une dernière fois mon message, pour être certain qu'il ne pourrait pas être mal compris et j'ai appuyé sur OK, sélectionné Pyg comme destinataire et pressé « envoyer ».

La réponse de Pauly a été quasi immédiate.

« sui la ds 15mn »

Et voilà.
Je n'avais plus qu'à attendre.

Les quinze minutes n'en finissaient plus. Alors que je profitais de la fraîcheur de la cabane, seul dans ce silence de bois, j'essayais d'imaginer ce que Raymond ressentait en venant ici, tout seul, assis tranquillement parmi les ronces, à humer l'air moite chargé d'humus, les paupières mi-closes, la tête pleine de rien... Caché dans cet endroit secret. Personne ne savait où il se trouvait.

Est-ce que tu étais heureux, me suis-je entendu penser. *Lorsque tu venais ici tout seul... est-ce que ça te rendait heureux ?*

« Heureux, ça, je ne sais pas.

« Mais tu aimais ça ?

« Je me sentais calme. Je ne me souciais plus de rien.

« Qu'est-ce que tu faisais, ici ?

« Rien.

« Tu réfléchissais ?

« Non.

« Tu devais bien penser à quelque chose.

« Pourquoi ça ?

« Parce que...

« Parce que quoi ?

« Je ne sais pas, parce que c'est comme ça.

« Tu t'embrouilles, Pete. Tu commences à croire que tu es moi.

« Pas faux, ai-je dit avec un sourire.

« Du moins, c'est ce que tu imagines. Mais au fond, tu penses à quelqu'un d'autre, pas vrai ?

« Hein ?

« C'est à Pauly que tu penses.

« Ah oui ?

« Oui, tu te rappelles toutes les fois où tu l'as surpris, assis seul dans son coin, et tu lui en voulais de te faire penser à moi, et maintenant, tu commences à comprendre pourquoi il m'en voulait lui aussi : parce que je lui renvoyais une image de lui-même. Il se reconnaissait en moi. Et ça lui fichait une trouille bleue.

« Je ne comprends pas…

« Mais si. Tu refuses simplement de l'admettre.

« D'admettre quoi ?

« Que les frontières soient si floues. Toi et moi. Toi et Nicole. Éric et Campbell, Pauly et moi… nous aurions tous pu être les uns ou les autres. Au fond, si les choses avaient été rien qu'un peu différentes, tu aurais pu être moi, j'aurais pu être Nic', Campbell aurait pu être Éric, Pauly aurait pu être moi…

« Non.

« Tu te contredis toi-même, c'est idiot.

« Je ne contredis rien. Je veux seulement…

« Il arrive.

« Hein ?

« Écoute… »

Je l'entendais, à présent. Pauly remontait la berge, luttant contre les fourrés. Il glissait, trébuchait, jurant à voix basse.

– Tu crois que ça va marcher ? ai-je murmuré à Raymond.

Il ne m'a pas répondu.

– Raymond ?

Il était déjà parti, je le savais. La porte de la cabane venait de s'ouvrir et Pauly se glissait à l'intérieur… et pendant une seconde, j'ai vraiment vu Raymond : l'expression incrédule, le regard perdu, une mimique exprimant la peur soudaine et le doute.

– Salut, Pauly.

– Pete ? a-t-il murmuré en jetant un œil autour de lui. Où est Éric ?

– Éric n'est pas là.

Il m'a alors dévisagé, réalisant peu à peu qu'on l'avait peut-être trompé. Lentement, sous l'effet de la colère grandissante, il a plissé les yeux et la ressemblance avec Raymond s'est évanouie.

– Qu'est-ce qui se passe ? J'ai reçu un message...

– C'est moi qui l'ai envoyé.

– Quoi ?

J'ai tiré le téléphone d'Éric de ma poche pour le lui montrer.

– C'est moi qui t'ai envoyé le SMS.

Il a fixé le portable en clignant lentement des yeux.

– Où est-ce que tu as trouvé...

– Assieds-toi, Pauly.

– Où est Éric ?

– Assieds-toi.

Pauly a secoué la tête et a reculé vers la porte.

– Non, pas question. Je vais chercher Wes...

– Je sais ce qui est arrivé à Stella.

Pauly s'est figé.

– Quoi ?

– Éric m'a tout raconté.

– Non... Non, il n'aurait pas fait ça.

– Comment je saurais, alors ?

– Non, a-t-il répété, toujours en secouant la tête. Tu mens. Tu ne sais rien...

– La voiture, ai-je repris. Je sais que vous êtes descendus à la rivière en voiture pour vous débarrasser du corps de Stella. Je sais que vous avez étalé son sang sur la caravane de Tom Noyce. Je sais pour Éric et Wes.

Je l'ai fixé sans ciller.

– Tu veux que je continue ?

Il n'a rien répondu. Il est resté là, en me jetant un regard désespéré qu'il me fallait soutenir. J'avais pris un risque énorme, en lui parlant de la voiture, de la rivière et du reste, et si je m'étais trompé sur un détail... eh bien, c'était la fin. Mais à voir la réaction de Pauly, je ne m'étais pas trompé, et j'étais soulagé. Je me suis senti bien... pendant un millionième de seconde. Et puis la réalité m'a soudain frappé : je faisais plus que deviner, je voyais toute la vérité. Et la vérité était ignoble. Pauly Gilpin, ce garçon qui se tenait face à moi, ce garçon que je connaissais depuis des années, Pauly était présent, il avait assisté à la mort de Stella... Il était là.

– Assieds-toi, ai-je dit une troisième fois.

– Qu'est-ce que tu comptes faire ?

– Je veux juste qu'on parle, c'est tout.

– Est-ce que tu as raconté tout ça à quelqu'un ?

– Bon Dieu, tu vas t'asseoir, oui ?

Flageolant, il a fait un pas en avant et s'est installé au milieu de la cabane. Assis en tailleur, oscillant légèrement, son regard vitreux braqué sur moi, j'ai compris qu'il n'était pas seulement choqué et effrayé, il était défoncé jusqu'à la moelle. Son visage était livide, sa peau semblait tendue, ses mains tremblaient. Trempé de sueur, les orbites creusées et ombrées de noir. Il semblait n'avoir pas dormi depuis des jours.

– Ça va ? Tu n'as pas l'air en forme.

– Qu'est-ce que ça peut te faire ?

– Depuis combien de temps tu en prends ?

– De quoi ?

– Du « jus », du TCI... le truc que tu as mélangé à la tequila.

– Tu es au courant ?

J'ai hoché la tête.

Il m'a fait un grand sourire.

– Alors ? T'en as pensé quoi ? Ça t'a plu ? Je peux t'en avoir si tu…

– Pourquoi tu as fait ça ?

– Fait quoi ?

– Pourquoi tu as drogué la tequila ? Pourquoi ne pas nous avoir demandé si on voulait essayer le TCI ?

Pauly a éclaté de rire.

– Vous êtes tous trop trouillards pour prendre ce genre de trucs. Vous êtes tous trop propres sur vous. Et puis, a-t-il ajouté avec son rictus habituel, c'était plus marrant comme ça.

– Marrant ?

– Ouais… marrant, a-t-il répondu en me dévisageant. C'est pas un concept qui te parle.

– Et maintenant ? Tu te marres toujours, là ?

Indifférent, il a détourné le regard.

– Tu sais que la police te cherche ?

– Et alors ?

– Tu ne pourras pas te cacher éternellement.

Il a levé les yeux vers moi avec un étrange sourire.

– Tu crois ça ?

– Ils vont te retrouver.

– Ils ne savent rien. Ils ne peuvent rien prouver…

Sans répondre, je me suis contenté de l'observer. Il tentait de conserver son attitude légendaire : Pauly, le type qui en a vu, Pauly le blagueur, Pauly qui ne se soucie de rien. Mais il n'y parvenait plus. Son visage était plein de tics, ses lèvres tremblaient, et ses yeux partaient dans tous les sens : Pauly, le type qui s'effondre.

– Qu'est-ce que t'a raconté Éric ? a-t-il soudain demandé, les yeux exorbités. Est-ce qu'il t'a dit que c'était moi ? Ça n'était pas seulement moi… il a dit que c'était moi ?

– Et si tu m'expliquais ce qui s'est passé ? ai-je repris d'une voix posée, pour tenter de le calmer.

– Tu vas le répéter ? Hein ?

Il bafouillait, à présent.

– Il t'a dit quoi, Éric ? Est-ce qu'il a raconté à la police que...

– Écoute, l'ai-je interrompu, la seule chose qui m'intéresse, c'est de savoir si Raymond est mêlé à tout ça. Je ne cherche pas à te balancer. Je veux seulement savoir pour Raymond.

– Raymond ? a repris Pauly en fronçant les sourcils. Qu'est-ce qu'il vient faire là-dedans ?

– C'est ce que j'essaye de savoir.

– Éric t'a raconté que Raymond était là ?

– Non, mais je crois qu'Éric m'a menti sur pas mal de choses. Je crois qu'il essaye de tout te mettre sur le dos.

– Non, a gémi Pauly d'une voix éperdue. Ça n'était pas seulement moi... C'était Éric et Wes. C'était leur idée. Pas la mienne. C'était eux et Stella. Je ne savais même pas ce qu'ils fabriquaient.

Il m'a jeté un regard suppliant.

– Et puis, c'était un accident... Ça n'était pas de ma faute. Si Stella n'avait pas... si elle n'avait pas...

Il a fondu en larmes.

– Pauly ? ai-je dit d'une voix douce.

Il a reniflé en levant les yeux vers moi.

– C'est de sa faute à elle... tout. C'est Stella qui a commencé.

– Qu'est-ce que tu veux dire ? Qu'est-ce qu'elle a commencé ?

Il s'est essuyé le nez du revers de sa main et m'a regardé, avec son rictus couvert de morve.

– Tu veux vraiment savoir la vérité ?

– Oui.

– Tout ?

– Oui.

– Tu me promets de ne rien répéter ?

– C'est promis.

– Croix de fer ?

– Si je mens, je vais en enfer.

Pauly m'a dévisagé un moment, ses orbites creusées, pleines de larmes, puis il a de nouveau essuyé son nez et baissé la tête. Et il s'est mis à parler.

VINGT-SEPT

Samedi soir. Il est tard. Presque minuit, mais la fête foraine bat son plein. Les allées sont bondées, les néons clignotent et cette musique de fou retentit toujours. Deux garçons sont assis sur un banc, coincé entre un stand de hamburgers et une rangée de bidons débordant de déchets. Alors que l'un d'eux semble perdu et perturbé, l'autre se lève et traverse à grandes enjambées l'une des allées. Ses yeux, aux pupilles largement dilatées, cherchent les deux autres garçons. Où sont-ils ? Où sont-ils partis ? Que fabriquent-ils ensemble ? Pauly doit savoir. Il le faut.

Pourquoi ? Parce que Wes Campbell n'a rien à faire avec Éric, voilà pourquoi. C'est avec Pauly que Wes Campbell devrait passer du temps. Wes et Éric n'ont rien à faire ensemble. Ça n'est pas normal. C'est bizarre. Et injuste.

Pauly ignore d'où lui viennent ces sentiments, mais il ne cherche pas à les comprendre. Il cherche juste à y remédier.

Alors, il se glisse dans la foule pour rejoindre ce carré de terrain plongé dans l'obscurité, près des sanisettes, puis il s'arrête et regarde autour de lui. Il remarque les camions des forains, les groupes électrogènes qui ronronnent, les câbles, noir et épais, qui serpentent sur le sol et slaloment entre les détritus, il aperçoit ces visages fermés, cachés sous leurs capuches, voûtés dans l'ombre... mais il n'aperçoit ni Éric ni Wes. Il se remet à marcher, en direction des barrières qui délimitent le parc et donnent sur une ruelle faiblement éclairée. Pauly sait qu'une grille se trouve par là, une grille qui ouvre sur cette ruelle. Il presse le pas. Maintenant il court, contourne un semi-remorque, suit les rambardes, passe la grille et déboule dans la ruelle... S'arrête à nouveau. Un coup d'œil à gauche, à droite, en haut de la route, en bas de la route, en face, puis il les aperçoit. Ils sont de l'autre côté de la rue, à sa droite, à une vingtaine de mètres. Ils montent dans une voiture. Une Ford *Focus*. Les portières sont ouvertes et la lumière du plafonnier luit dans la nuit. Wes Campbell monte à la place du conducteur. Éric se tient devant la portière du passager. Et à l'arrière, appuyée nonchalamment contre la portière ouverte, en pleine discussion avec Éric, Stella Ross.

Elle sourit, elle rit, elle ébouriffe les cheveux d'Éric. Il écarte sa main.

Elle éclate encore de rire.

Pauly l'observe pendant quelques instants, songeant à toutes les fois où il l'a secrètement convoitée, sur Internet... Il chasse ces images de son esprit et se remet à courir.

– Hé, Éric ! crie-t-il. Éric, c'est moi...

Les trois silhouettes se tournent vers lui. Ils le voient traverser la route en sprintant pour les rejoindre, crier et agiter le bras.

– Attends, Éric... une seconde ! Attends-moi !

– Merde, lance Wes Campbell, qu'est-ce qu'il fout là, ce petit con ? Montez, vite !

Éric et Stella grimpent, claquent les portières et crient à Campbell de démarrer, mais Pauly les a déjà presque rejoints et Wes vient de comprendre ce que cela signifie.

– Dépêche-toi, Wes, le presse Éric. Démarre !

Mais Wes secoue la tête.

– Trop tard. Il nous a vus. Si on le laisse en plan, il va parler.

– On ne peut quand même pas l'emmener !

– On n'a pas le choix ?

– Merde, lâche Éric, en fusillant Pauly du regard, alors que celui-ci s'arrête devant la vitre. Pauvre con, articule-t-il en silence à l'attention de Pauly.

– Hein ? dit Pauly, qui regarde Stella.

Elle aussi le toise avec dégoût.

– C'est quoi, ça ? lâche-t-elle, comme si Pauly était une infection ambulante.

– Pauly, lui répond Éric. Pauly Gilpin. Il était à l'école avec nous, tu te rappelles ?

Stella secoue la tête en grimaçant.

Pauly tapote la vitre.

– Vous allez où, Wes ? Qu'est-ce qui se passe ?

– Laisse-le monter, soupire Wes.

– Pas question, réplique Stella. Il va tout foutre en l'air.

– Il va tout foutre en l'air si on ne le laisse pas monter !

– Je t'avais pourtant prévenu, bon Dieu, rétorque Stella. Personne d'autre ! Je te l'avais dit. Tu ne peux pas lui foncer dessus, non ?

– Bien sûr, répond Wes, on va l'écraser. Ça n'attirera pas du tout l'attention.

Il se retourne et regarde Stella bien en face.

– Ouvre la portière et laisse-le monter. Plus on attend, plus on risque de se faire remarquer.

– Pourquoi il ne s'assoit pas à l'avant ?

– Stella, nom de Dieu, ouvre cette putain de portière !

Stella soupire et ouvre à contrecœur la porte. Pauly se baisse pour se glisser à l'intérieur et la star se pousse sur le siège, mettant autant de distance que possible entre elle et lui.

– Salut, lui lance Pauly, en souriant comme un gamin qui tombe de la lune.

Elle reste muette.

Éric se tourne vers lui.

– Qu'est-ce que tu fabriques, Pauly ?

– Rien... je... enfin, tu sais.

Il éponge la sueur sur son front et, enthousiaste, s'adresse à Campbell.

– Alors, où on va, Wes ? À une soirée ?

– C'est ça, marmonne Wes, en démarrant. À une soirée.

La voiture s'éloigne de la fête foraine, à environ cinq minutes de la ville, puis Wes fait demi-tour pour reprendre St-Leonard Road. Pauly a remarqué qu'ils tournent en rond, et une partie de lui-même se demande pourquoi. Mais au fond, ça lui est égal. Il est avec eux, c'est tout ce qui compte. Il est avec Éric et Wes dans une voiture – qu'il devine volée – et il suit le mouvement. En plus, il est assis à côté de Stella Ross.

Ça lui va.

Il la dévisage.

– Je t'ai vu dans ce clip de rap, commence-t-il.

– Quoi ? lâche-t-elle avec humeur.

– Tu sais, celui avec ce chanteur black... Comment il s'appelle ? Il est dans cette énorme voiture blanche, avec toutes ces filles, et ils boivent du champagne, et...

– Limousine, lâche-t-elle.

– Voilà, c'est lui.

– Non, réplique-t-elle d'un ton sarcastique. Limousine, ça n'est pas son nom, c'est celui de la voiture, la grande voiture blanche... ça s'appelle une limousine.

– Oui, bien sûr... c'est ce que je voulais dire.

Il lui sourit.

– Tu es celle qu'il ramasse dans la rue, non ? Parce qu'il a toutes ces autres filles dans la limousine, qui se tortillent dans tous les sens, mais c'est là qu'il te voit, à un carrefour, et tu as l'air vraiment cool et il fait arrêter la voiture et vire toutes les autres...

– Ah oui ? demande-t-elle d'un ton moqueur.

– Oui et ensuite, tu montes dans sa voiture et...

– Figure-toi que je sais ce qui se passe, dans ce putain de clip.

– Oui, je sais... enfin je...

Il passe la main dans ses cheveux.

– Tu étais vraiment super dans ce clip.

– Ah oui ? demande-t-elle avec un sourire glacial. Ça t'a plu hein ?

– Oui, c'était génial.

– Alors, qu'est-ce que tu as préféré ? Mes seins ? Mon cul ? Mes jambes ? C'est quoi qui t'a emballé ?

Pauly rougit.

– Non, ça n'est pas ce que je voulais dire. Ça ne m'a pas plus dans ce sens...

– Bien sûr que si, ça plaît à tout le monde dans ce sens.

Elle sourit, avec un signe de tête vers Éric et Wes.

– À tout le monde sauf à eux, bien sûr...

Pauly jette un œil à Éric et Wes puis se retourne vers Stella.

– Comment ça ?

Stella éclate de rire.

– Tu ne devines pas ?

En levant les yeux, Pauly aperçoit l'expression de Wes dans le rétroviseur. Une moue rageuse, menaçante, figée, glaciale, mais il y quelque chose d'autre. Quelque chose que Pauly ne lui connaissait pas et qui ressemble à de la peur.

– Tu comptes le lui dire ? demande Stella à Éric. Ou tu préfères que je le fasse ?

– Ça ne le regarde pas, répond Éric. Il n'a pas besoin de savoir…

– Mais il finira par l'apprendre, de toute façon. Une fois qu'on sera là-bas, lorsqu'on commencera, il va se mettre à poser des questions.

– Et alors ? On n'est pas obligé d'y répondre.

– S'il ne sait pas ce qu'il se passe, il va se montrer curieux. Et il va finir par en parler. Et ça, il n'en est pas question. Alors soit on lui explique la situation, soit on le tue.

Elle a jeté un regard à Pauly, avec un grand sourire, avant de s'adresser à Éric.

– C'est toi qui vois, chéri. Qu'est-ce que tu préfères ?

– Salope. Ça t'amuse, hein ?

Stella adresse un clin d'œil à Pauly.

– Il s'imagine que je lui en veux. Il pense que je fais ça uniquement parce qu'il m'a humiliée.

– Je n'avais pas l'intention de t'humilier, nom de Dieu, coupe Éric. J'étais un gamin à l'époque… j'étais perdu. Je ne savais pas que j'étais…

– Mais quand on a commencé à faire des trucs, siffle Stella, tu t'en es soudain rendu compte, pas vrai ?

– Ça n'avait rien à voir avec toi… combien de fois faudra-t-il que je te le répète ? J'ai simplement réalisé que…

– Oui, je sais. J'étais là, tu te rappelles ? J'étais la gentille petite fille, une main glissée dans ton pantalon et tu t'es soudain rendu compte que tu étais gay. Tu t'imagines que j'allais l'oublier ? Tu crois que je peux digérer le moment où tu as grimpé sur cette putain d'estrade pour annoncer au monde entier que Stella Ross t'avait fait virer de bord ?

– Je n'ai jamais dit ça...

– C'est ce que tout le monde a pensé.

– Non.

Stella se retourne vers Pauly, les yeux brûlants de folie.

– Tu le prendrais comment, si quelqu'un te faisait une chose pareille ?

Pauly hausse les épaules.

– Je ne sais pas...

– Alors, reprend Stella, imagine ça : imagine que quelqu'un te plaise vraiment. Ce type te plaît vraiment et tu es contente de faire des choses avec lui. Des choses que tu n'as jamais osées auparavant. Puis ce type te fait un coup vraiment pourri, qui te donne l'impression d'être moche, idiote et humiliée. Tu me suis ?

– Heu.. oui, répond Pauly avec hésitation.

– Bien. Alors ensuite, environ un an après que ce type t'a pourri la vie, tu le surprends un jour à faire quelque chose qu'il voudrait garder secret.

– Du genre ?

– Oh, je sais pas, ironise Stella avec un regard vicieux en direction de Wes. Imaginons que tu le surprennes dans un placard, dans le sous-sol du théâtre de l'école, avec cet autre type. À faire des trucs que tu n'oserais pas imaginer. Et comme tu as justement ton téléphone sur toi, évidemment, tu ne peux pas ne pas prendre de photos...

– Ça va, Stella, intervient Éric en gardant son calme. Il n'a pas besoin d'en savoir plus.

– Et le pire, poursuit Stella, c'est que ce n'est pas ce qu'il fait avec cet autre type, qu'il veut garder secret… c'est le type avec qui il le fait.

À présent, elle fixe Wes.

– Parce que cet autre type ne donne pas dans le genre grande folle, tu vois. C'est un dur, un mec du quartier. Il s'exprime mal, il est lourdaud. Son truc, c'est de faire mal aux gens…

– Ça tu l'as dit, réplique Wes.

– Il est embarrassant.

Stella se tourne vers Éric.

– Tu as honte de lui.

– Je n'ai honte de rien, intervient Éric. C'est juste que…

– Donc, reprend Stella, ce type, qui garde ce secret gênant depuis des années… oh et j'oublie de préciser : l'autre type préfère ne rien ébruiter non plus, parce qu'il a une réputation à soigner. Les voilà tous les deux. Ils vivent leur petit secret, se cachent comme deux vieux pervers, et un beau jour, l'un d'entre eux reçoit un coup de fil de la gentille petite fille, qui depuis, n'est plus si gentille. Et elle n'est plus vraiment petite. Elle est riche, célèbre et elle peut faire tout ce qui lui chante. Elle lui apprend qu'elle a besoin d'un service. Lui dit : « Quoi ? » Et elle répond : « Je voudrais que tu me kidnappes. »

– On y est, annonce Éric.

Pauly regarde par la vitre et s'aperçoit qu'ils se trouvent sur Recreation Road. Wes ralentit, éteint les phares et prend à gauche sur un chemin truffé de nids-de-poule qui longe l'entrée principale de la vieille usine.

– Où est-ce qu'on va ? lance Pauly.

Personne ne lui répond.

Il jette un œil à la vitre et aperçoit l'ombre sinistre des tours, des cheminées et des entrepôts en décrépitude. Les lumières de sécurité éclairent le parking de l'entrée principale, mais ils l'ont déjà dépassé. Ils continuent sur ce chemin défoncé, et tout autour d'eux semble se fondre en une masse de ruines obscures. Les bâtiments abandonnés, les allées, les formes rouillées des machines immobiles… tout est là, inerte et muet, comme une immense carcasse noire, de pierre et de métal.

– Par ici.

Éric fait signe à Wes à travers la vitre. La voiture cahote sur une bande de terrain envahie par les hautes herbes, puis ils roulent sur une étendue de béton en direction d'un ensemble de bâtiments pâles aux toits de tôle ondulée. Au-delà des bâtiments, la vague silhouette de la cime des arbres se dessine sur le ciel noir. Pauly ne sait plus vraiment où il se trouve, mais il se demande si ces arbres sont ceux qui bordent la rive le long du Chemin de traverse.

Wes tourne près d'un tas de vieux pneus et immobilise la voiture. Il éteint le moteur.

Le silence est total.

Éric ouvre la portière et sort. Wes le suit.

Stella dévisage Pauly.

– Je parie que tu préférerais te trouver ailleurs, finalement.

Pauly dégaine son rictus. Oh non, nulle part ailleurs.

Ils se dirigent à tâtons vers les bâtiments lorsqu'Éric et Stella commencent à se disputer. Instinctivement, ils murmurent. Wes les laisse faire en secouant la tête. Pauly le rattrape et lui tend la bouteille qu'il sort de sa poche.

– Qu'est-ce que c'est ?

– Vodka améliorée.

– Avec quoi ?

– Peut-être bien un peu de jus, répond Pauly avec son rictus.

– Pauvre con, lâche Wes.

– J'ai de la dope, si tu préfères.

Wes ne répond pas.

Pauly hausse les épaules et avale une gorgée de son mélange. Devant lui, Éric et Stella entrent dans l'un des bâtiments.

– C'est quoi le plan ? demande-t-il à Wes.

– Il se passe que cette nana est cinglée.

– C'est vrai… tout ce qu'elle a dit à propos d'Éric et toi ?

Wes s'arrête et dévisage Pauly.

– Et alors ? Qu'est-ce que ça pourrait bien te foutre ?

– Rien, répond Pauly. Enfin,… tu fais ce que tu veux. Ça ne me regarde pas…

– Exactement. Ni toi ni personne d'autre, pigé ?

– Oui… Oui, bien sûr…

Wes saisit Pauly par les cheveux et le secoue.

– Tu sais ce qui t'arrivera si tu tiens pas ta langue, hein ?

– Oui… marmonne Pauly en grimaçant. Je ne répéterai rien, je te jure.

Wes attire le visage de Pauly vers le sien, plonge ses yeux dans les siens puis le lâche soudain avant de le gifler violemment.

Pauly reçoit la gifle sans broncher. Il se tient là, immobile, en se frottant la joue, puis il suit Wes sans un mot jusqu'au bâtiment.

Une fois à l'intérieur, Wes allume une petite lampe de poche. L'endroit est vide, les fenêtres sont condamnées. Une armoire rouillée se dresse dans un coin. Ses tiroirs ont été forcés et sont à moitié remplis d'eau. Le sol est jonché de canettes de bières, de bouteilles, de préservatifs, de seringues, et de lambeaux informes de vêtements tachés, devenus des chiffons trempés. L'un des murs est constellé de traces de coups de marteau, l'autre est tagué.

Au fond de la pièce, Éric déplace une étagère en métal posée contre un mur. Stella se tient à côté de lui. Derrière se trouve un passage, aussi grand qu'une porte. Éric tire une lampe de sa poche et éclaire le trou. Pauly aperçoit des marches en béton qui mènent jusqu'à un sous-sol.

Stella s'adresse à Wes.

– Attends-nous ici une minute, il faut que je parle à Éric.

Wes la dévisage quelques instants, puis regarde Éric avant d'acquiescer.

Éric et Stella se glissent derrière l'étagère en métal et descendent l'escalier.

Pauly, curieux, se tourne vers Wes.

Wes secoue encore la tête.

– Cherche pas.

– Qu'est-ce qu'elle voulait dire quand elle parlait de kidnapping ?

D'abord, Wes ne répond pas. Les yeux perdus dans l'obscurité, il inspire profondément avant de soupirer.

– Elle a appelé Éric il y a environ deux semaines, explique-t-il à contrecœur. Elle a eu l'idée complètement dingue d'organiser son propre kidnapping pour obliger ses parents à payer la rançon. Elle voulait qu'Éric s'occupe de tout.

– Pourquoi ?

– Parce qu'elle le déteste.

– Non, je voulais dire : pourquoi un kidnapping ? Elle doit déjà être blindée !

Wes secoue la tête.

– Aucune idée… Je crois que c'est à cause de ses parents. Elle a un problème avec eux. Ils ont toujours été riches à millions, mais ne lui ont jamais donné d'argent. Ils ne l'ont pas non plus aidée quand elle essayait de percer, ils l'ont inscrite dans une école publique… ce genre de conneries. Elle essaye peut-être de se venger. Ou alors, ajoute-t-il, elle cherche à faire la une des journaux… Va savoir.

– Pourquoi vous l'aidez ?

– À ton avis ?

– Je n'en sais rien.

Wes fait face à Pauly et le fusille du regard.

– Elle a une photo de moi et d'Éric ensemble, pigé ? Elle la fera circuler sur Internet si on ne fait pas ce qu'elle nous demande. Alors, on n'a pas vraiment le choix.

Wes crache par terre.

– T'as encore beaucoup de questions, comme ça ?

– Non, répond Pauly.

Wes observe le trou dans le mur.

– Hé ! crie-t-il dans le vide. Qu'est-ce que vous foutez, là-bas ?

Éric répond. Il lui dit de descendre. Et alors que Pauly suit Wes dans l'escalier vers le sous-sol, il sent la vodka piquée au jus pétiller dans ses veines.

À ce qu'en déduit Pauly, les choses vont se dérouler ainsi : Éric appellera les parents de Stella pour leur demander la rançon. Il leur donnera rendez-vous à la vieille usine avant l'aube, où ils devront laisser l'argent dans le coffre de la voiture, à l'extérieur et s'ils ne suivent pas les instructions à la lettre, on leur renverra leur fille en morceaux sous cellophane. Pauly ignore à combien se monte la rançon, mais, à en croire Stella, ça ne posera aucun problème. Son père, explique-t-elle, garde une certaine somme en liquide dans un coffre blindé, au grenier.

Voilà ce qui est censé se passer.

Mais pas tout de suite. Pauly ne sait pas pourquoi ils attendent. Au fond il s'en moque. Il est ravi d'être dans ce sous-sol, à la faible lueur de la lampe électrique, au milieu des immondices et des poutrelles en métal rouillé… Il est contenté. Il fait frais, sa tête bourdonne, sa peau fourmille… il est dans un sous-sol avec Stella Ross. Que demander de plus ? Il suffit de la regarder, appuyée contre contre le mur, à discuter avec Éric… Elle adopte ses moues, ses poses, elle sort le grand jeu. C'est encore mieux que les photos que Pauly connaît si bien, celles qui circulent sur Internet, celles qu'il a accrochées aux murs de sa chambre. Cette chose merveilleuse, là-bas, n'est pas enfermée à l'intérieur d'un ordinateur, affichée sur un écran ou scotchée à un mur… elle est vraiment là. Elle bouge, elle respire, elle vit, de chaque partie de son être. Le ventre plat, sa peau, ses lèvres, ses jambes, ses yeux, sa nuque, ses seins, et même la lingerie fine qui dépasse légèrement…

Bon Dieu, pense Pauly.

Bon Dieu. Le TCI l'enflamme, le gonfle à bloc… Il peut sentir chacune des cellules de son corps se gorger de sang.

– Qu'est-ce que tu regardes, toi ? lui lance Stella.

– Quoi ?

– T'as rien de mieux à faire que de mater ma poitrine ?

Pauly cligne des yeux. Elle le fixe, la main fermement posée sur sa hanche, son corps pivotant vers lui.

– Non je…, marmonne-t-il en se levant. Je ne matais rien du tout…

– C'est ça, coupe-t-elle, lui faisant face. Je sais bien ce qui te passe par la tête.

Pauly prie pour que l'obscurité cache ses joues écarlates.

– Je ne pense à rien du tout.

– Ah non ? dit-elle en baissant les yeux vers l'entrejambe de Pauly. J'aurais juré le contraire.

Pauly commence à halluciner et en fixant Stella, il voit soudain son vrai visage sur un corps nu imprimé sur une feuille de papier, puis sa vision se modifie soudain, pour révéler sa moue suggestive de papier sur un corps en chair et en os. Il sourit pour lui-même.

– Alors, tu vas te contenter de fantasmer ? demande Stella en s'avançant vers lui.

– Hein ?

Elle passe sa langue sur ses lèvres, fait glisser ses mains sur ses hanches et adopte une pose, une moue. Elle l'allume.

– Tu as envie d'essayer pour de vrai ? souffle-t-elle.

– D'essayer quoi ?

– Mais, tout ce dont tu as rêvé…

Elle lui fait un clin d'œil.

– Tu peux essayer si tu veux.

Pauly a le souffle court, et tente de se contrôler. Mais il sait qu'il n'en a pas envie.

– Viens là, susurre Stella.

– Moi ? lance Pauly, ahuri.

– Oui, toi. Viens par là.

Il avance prudemment vers elle, s'attendant à ce qu'elle lui rie au nez. Mais elle ne rit pas. Elle reste là, comme une vision palpitante dans l'obscurité de ce sous-sol, avec son regard d'ingénue plongé dans le sien. Pauly se rapproche, la bouche desséchée, le cœur battant, le ventre bouillonnant.

– N'aie pas peur, lui murmure Stella d'une voix enfantine, je ne vais pas te mordre.

Son visage est l'image même de l'innocence virginale. Elle adopte l'attitude d'une timide petite fille, la tête légèrement penchée, les mains jointes devant elle, et elle sait que Pauly est incapable d'y résister.

Elle a raison. Il s'arrête devant elle, tremblant de tous ses membres.

– Plus près, souffle-t-elle.

Il se glisse encore vers elle, jusqu'à ce que sa joue touche presque celle de Stella. Il sent la chaleur de son souffle sur sa peau. Il sent ses bras contre son torse, le touché léger de ses mains passives… en bas. Il est gêné, mais il s'en fiche. Il y est. Il se penche vers elle, les lèvres frémissantes, et son cœur semble s'arrêter quand les mains de Stella glissent contre lui. Il se raidit, attendant sans oser respirer cette caresse inespérée…

Stella approche alors la bouche de son oreille et lui murmure :

– Même… pas… en… rêve.

Une fraction de seconde plus tard, une horrible douleur à l'aine lui soulève le cœur et il tombe à genoux, plié en deux, grognant, gémissant, les larmes aux yeux, la main pressée en vain entre ses jambes. C'est la douleur la plus ignoble du monde… C'est insupportable, c'est à peine croyable. Il a tellement mal…

À genoux par terre, la tête dans la saleté, il hurle, il pleure, il gémit… et il les entend rire. Éric, Wes et Stella… Elle rit, et il comprend maintenant qu'elle se moquait de lui depuis le début.

– Tu l'as cherché, espèce de sale petit pervers.

– Bien joué, ajoute Wes, admiratif. T'as fait quoi ? Tu l'as chopé par les couilles ?

– Même pas… Rien qu'un petit coup de pouce. Comme ça.

Pauly lève la tête et à travers ses larmes, il la voit agiter le pouce. Et cela lui semble si dérisoire, rien qu'un stupide petit coup de pouce… comme s'il ne valait pas plus. Et il la regarde s'éloigner de lui, comme s'il n'était rien, comme s'il était quelque chose dont on rit, quelque chose à qui on donne un coup de pouce dans les couilles. Puis il s'aperçoit qu'elle ne rit même plus. Elle l'a déjà oublié. Quelques secondes de moqueries : il ne mérite pas davantage.

Alors, Pauly pète les plombs.

Il rejette la tête en arrière, comme pour bloquer la douleur. Il s'assoit. Son sang bouillonnant vient gonfler ses veines.

Il ne pense plus à rien.

Il se remet sur ses pieds, vacillant légèrement, et il observe Stella. Elle marche au ralenti, la lumière forme un halo autour de son corps. Ses longues jambes n'ont pas de peau, comme deux morceaux de viande crue, pendus à la vitrine d'une boucherie. Ses cheveux sont un nid grouillant de serpents.

Pauly court vers elle.

Quelqu'un crie.

– Non !

Stella se retourne, voit Pauly qui fond sur elle, les dents découvertes par un rictus monstrueux. Elle fait un pas en arrière, paniquée. Elle perd l'équilibre, trébuche, et Pauly est presque sur elle. Un curieux cri rauque s'échappe de sa gorge et il lève les mains… Mais Éric est là, et se jette sur lui, le ceinturant pour l'éloigner de Stella. Mais Pauly est incontrôlable, sa force est décuplée par la colère et la drogue, et d'un mouvement violent, il s'arrache de l'étreinte d'Éric, le saisit par les épaules et le repousse violemment. Éric chancelle en arrière, agite les bras pour tenter de retrouver l'équilibre, mais il ne voit pas où il va. Il ne voit pas où ses pieds l'entraînent, ni Stella derrière lui, qui lutte pour se dégager. Il l'entend crier, mais en jetant un œil par-dessus son épaule pour voir où elle se trouve, il perd l'équilibre. Dans sa chute, son bras part en arrière et heurte le visage de Stella. Elle fait un pas en arrière, une main sur son visage, et c'est là qu'elle trébuche sur quelque chose, ou glisse le pied dans un trou, ou butte sur une brique… personne ne le sait. Elle part en arrière et retombe lourdement sur le sol, où son crâne émet un bruit sourd lorsqu'il heurte cette poutrelle rouillée.

Silence.

Aucun mouvement.

Pauly, Éric, Wes. Tous trois la fixent, attendant qu'elle se redresse. Attendant qu'elle gémisse ou qu'elle pleure. Ou qu'elle se retourne sur le sol et se mette à jurer… Quelque chose. N'importe quoi.

Mais rien.

Elle reste allongée là, morte, au milieu des détritus.

VINGT-HUIT

Alors que Pauly me racontait cela, tout chez lui semblait se rétrécir et se flétrir : sa voix faiblissait, son regard s'éteignait, ses épaules se voûtaient... même sa respiration paraissait moins profonde. Son récit terminé, il ne restait plus rien de lui. Il était assis là, à fixer le sol, vidé de tout sentiment. J'avais l'impression de voir quelqu'un mourir.

– Qui a eu l'idée de jeter le corps de Stella dans la rivière ?

– Hein ?

– Son corps... comment s'est-il retrouvé dans la rivière ?

Il a levé lentement les yeux vers moi.

– La rivière ?

– Oui... Vous avez mis le corps dans la voiture et vous l'avez descendu à la rivière, non ?

Pauly a hoché la tête.

– C'est Éric qui t'a raconté ça ?

– Peu importe la version d'Éric.

– Il a dit que c'était moi ?

– Quoi ?

– Est-ce qu'il a dit que c'était moi qui avais poussé Stella ? Je suis sûr qu'il l'a fait. Il ment. Ça n'était pas moi...

– Qu'est-ce qui s'est passé lorsque vous êtes arrivés à la rivière ?

Pauly m'a jeté un regard furieux, puis d'un seul coup son visage est redevenu inexpressif.

– C'est Wes qui a eu cette idée. Il a prétendu que si on la déshabillait, on croirait à un crime sexuel. Éric lui a enlevé ses vêtements, a poursuivi Pauly en clignant des yeux. J'imagine que ça ne lui faisait rien... enfin, il n'avait pas envie de la voir comme ça... Il lui a retiré ses vêtements et après, je ne sais plus. J'étais complètement défoncé. Je ne savais pas... Je voulais juste... Je ne sais plus. Je n'ai pas fait grand-chose. Éric et Wes l'ont jetée dans la rivière. Wes a fait flamber la voiture... Il y avait un bidon d'essence dans le coffre. Et puis, c'est tout.

– Qui a mis le sang sur la caravane ?

– C'est Wes. Il y avait du sang sur la chemise de Stella. Il l'a frottée sur la caravane, avant de jeter les fringues dans les fourrés.

– Pourquoi ?

– Wes est malin. Il sait ce qu'il fait.

– Ah, tu crois ?

– Wes n'avait rien à voir là-dedans. Toute cette histoire... c'était entre Éric et Stella. Wes voulait juste l'aider.

– Comment la chaîne d'Éric a atterri dans la poche de Stella ?

– Quoi ?

– La police a retrouvé un morceau de chaîne en or dans la poche de Stella. Ils me l'ont montré. Je pense qu'elle appartenait à Nic' et qu'Éric la lui avait empruntée.

– Et c'était dans la poche de Stella ? a ajouté Pauly en fronçant les sourcils.

– Oui.

– Elle a dû la lui arracher lorsqu'ils se sont battus, a-t-il suggéré d'un ton hésitant.

– Tu ne m'as pas dit qu'ils s'étaient battus.

– Ah non ?

– Tu m'as raconté qu'Éric avait titubé en arrière, droit sur Stella, qu'il lui avait donné un coup dans la figure et qu'elle était tombée la tête la première sur une poutre. C'est bien ça ?

– Oui...

– Alors, quand lui a-t-elle arraché le collier ?

– Je n'en sais rien... elle l'a peut-être attrapé au moment où elle tombait...

– Mais quand l'a-t-elle mis dans sa poche ?

– Après être tombée j'imagine, a repris Pauly en haussant les épaules.

– Je croyais qu'elle n'avait plus bougé.

– Je me suis peut-être trompé...

– Attends, tu es en train de me dire qu'elle n'est pas morte sur le coup ?

Pauly m'a jeté un œil mauvais.

– J'étais bourré, OK ? J'étais défoncé, j'avais la tête complètement ailleurs. Je ne peux pas me rappeler de tout.

– D'accord, ai-je répondu, pour le calmer. J'essaye simplement de tirer tout ça au clair.

Il s'était remis à fixer le sol.

– Et Raymond ? lui ai-je demandé.

– Eh bien quoi, Raymond ?

– Est-ce qu'il avait quelque chose à voir dans tout ça ?

– Non.

– Rien du tout ?

– Non.

– Tu l'as vu après être arrivé à la fête foraine ?

Pauly s'est frotté les yeux.

– Est-ce que tu l'as vu, Pauly ?

– Vu qui ?

– Raymond.

Pauly a secoué la tête.

– Tu ne diras rien, au sujet de Stella, hein ?

– Je ne sais pas encore…

Il a ouvert les yeux tout grands.

– Comment ça, tu ne sais pas ? Tu avais promis que tu garderais ça pour toi. Tu l'as promis, putain.

– J'ai menti.

Il a secoué la tête violemment de droite à gauche.

– Non, non, non ! Tu ne peux pas faire ça… Tu ne peux pas…

– Allez, calme-toi. Je n'ai pas dit que j'allais répéter…

– Croix de fer, putain !

– Écoute, ai-je repris d'un ton calme, si je n'explique rien à la police et s'ils ne comprennent pas ce qui s'est passé, ils croiront que c'est Raymond qui l'a tuée.

– Et alors ?

Je l'ai fixé, muet de stupéfaction. Il me dévisageait aussi, les yeux brillants d'un espoir fou.

– Bon Dieu, c'est Raymond, tout le monde s'en fout. Il est probablement déjà mort de toute façon, a poursuivi Pauly avec son rictus. Et même s'il ne l'est pas, ça ne changera rien pour lui s'il est pris, pas vrai ?

– Et pourquoi ça ?

– Enfin, Pete. On parle de Ray le Barge, là…

Pauly a de nouveau souri, en tapotant son index sur sa tempe.

– Lorsqu'ils comprendront à quel point il est cinglé, ils ne s'embêteront même pas à faire de procès. Ils se contenteront de l'enfermer dans une usine à dingues, et le gaveront de petites pilules. Ça ira pour lui. De toute façon, ce type n'aurait jamais eu de vie normale. Qu'est-ce qu'il a pour lui ? Personne ne voudra lui donner de travail. Il passera le reste de son existence chez ses alcoolos de parents, à faire la causette à son lapin toute la journée... Il aurait probablement fini chez les barges, de toute façon...

À ce stade, j'essayais vainement me contenir : je respirais lentement, je me tenais immobile, je me répétais de rester calme, de ne pas me mettre en boule, de ne pas le laisser m'agacer. Et j'avais raison : c'était inutile de me mettre en colère. Pauly était un crétin, un malade, un idiot, un égoïste et un lâche. Il n'y pouvait rien. Je savais tout cela.

Mais j'avais toujours envie de lui dévisser la tête. Je me suis retenu.

Je suis resté assis en silence, à le regarder bredouiller tout en laissant ma haine se dissiper. Et alors que tous ces sentiments malfaisants s'échappaient de ma peau, j'ai compris que ma haine n'était pas uniquement dirigée contre Pauly : je m'en réservais une bonne part. Car j'avais toujours su comment était Pauly... il n'avait jamais changé. Et je n'avais jamais essayé de le changer. Pourquoi ? Parce que c'était Pauly, l'un d'entre nous. Et nous étions tous amis, non ? Éric, Nic', Pauly, moi... nous avions grandi ensemble. Nous avions tout fait ensemble. Nous avions passé nos étés ensemble. Nous avions construit des cabanes ensemble. Nous étions amis.

Avions-nous jamais eu de véritables sentiments les uns pour les autres ?

Certains d'entre nous peut-être... De temps à autre. Mais ça ne suffit pas.

Ça n'est pas de l'amitié, ça : juste du temps passé ensemble. Les uns avec les autres. Et le seul d'entre nous qui n'avait jamais été « l'un d'entre nous » était aussi le seul pour qui j'avais des sentiments. Et maintenant que Raymond avait disparu, il était trop tard pour y remédier. Tout ce que je pouvais faire, c'était de me haïr et même ça, c'était une perte de temps.

– Alors ? a repris Pauly.

– Quoi ?

– Tu vas répéter ce qui s'est passé, oui ou non ?

– Je ne sais pas encore… Il faut que j'y réfléchisse.

– Allez, Pete, suppliait-il. Je t'ai expliqué que c'était un accident… Enfin, ça n'est pas comme si nous l'avions fait exprès.

– J'ai dit que j'allais y réfléchir.

– Moi, je le ferais pour toi.

– Non, c'est faux.

– Si ! Enfin, on a toujours été copains, non ? On a toujours été…

– Tais-toi.

– Tout ce que tu as à faire, c'est de…

– Tu préfères que je les appelle tout de suite ? l'ai-je coupé en tirant mon téléphone de ma poche.

Il n'a rien répondu, il est resté assis là, à me toiser comme un petit garçon vexé. Pendant quelques secondes, j'ai pensé qu'il allait se mettre à pleurer et j'ai presque eu de la peine pour lui. Mais ma pitié avait des limites.

– Rentre chez toi, lui ai-je conseillé.

– Oui, mais…

– Rentre chez toi, d'accord. Je vais réfléchir à ce que je vais faire, et quand j'aurai décidé, je viendrai chez toi pour t'avertir. Je ne dirai rien à personne avant de t'avoir prévenu.

– Et si la police vient me chercher ?

– Est-ce que tes parents sont chez toi ?

– Non.

– Alors, n'ouvre pas la porte. Contente-toi de rester dans ta chambre et de m'attendre.

– Alors, tu viendras, c'est sûr ?

– Oui.

– Quand ?

– Quand je serai prêt.

– Cet après-midi ?

Je l'ai dévisagé.

– Quoi ? a-t-il lancé.

J'ai soupiré en dégainant mon téléphone.

Pauly a paru surpris, puis il a compris ce que j'étais en train de faire, et il s'est vite levé. Il a manqué de tomber, mais il s'est rattrapé puis, avec un regard curieusement déterminé, il a tourné les talons, baissé la tête et s'est faufilé hors de la cabane.

Épuisé, mon corps était engourdi et lourd... et je n'avais plus envie de rien faire. Je refusais de penser à Pauly. Pas question de rentrer à pied chez moi. J'avais même la flemme de me lever. Je voulais seulement fermer les yeux et tout oublier, pour glisser dans un sommeil sans rêves. Et alors que les pas de Pauly s'évanouissaient en contrebas de la berge, je fixais d'un œil trouble le téléphone dans ma main et m'imaginais appeler mon père. J'aurais pu tout lui raconter immédiatement. Je pouvais lui répéter ce que m'avait dit Pauly. Lui dire qu'il rentrait chez lui. Lui dire où je me trouvais, m'excuser de m'être enfui, mais que j'étais trop fatigué pour bouger alors, s'il pouvait venir me chercher...

Mais mon téléphone ne captait pas. Je l'ai rangé dans ma poche et je me suis forcé à me redresser.

Mes jambes étaient lourdes comme des pierres. Quelque chose cognait dans ma tête.

J'ai rempli mes poumons de cet air au parfum de terre et j'ai glissé d'un pas hésitant vers la sortie.

Le soleil était haut dans ce ciel d'un bleu électrique. J'ai suivi le Chemin de traverse et pendant quelques secondes, je me suis vraiment demandé si j'aurais suffisamment d'énergie pour poursuivre ma route. Après avoir descendu la berge, j'étais déjà en nage, et maintenant, cette nausée vaporeuse, qu'on ressent lorsqu'on manque de sommeil, me gagnait. J'avais l'impression que j'allais vomir, mais pas le contenu de mon estomac: celui de ma tête. Je me suis arrêté pour prendre quelques grandes inspirations, essayant de calmer les spasmes. Soudain, quelque chose devant moi a remis la nausée en perspective.

Au début, j'ai cru à un autre flash-back, un autre effet du «jus» et pendant une seconde qui a duré une éternité, j'étais revenu à samedi soir. Je me tenais sur le chemin, à côté de Raymond qui, figé par la peur, regardait droit devant lui.

«Raymond?

«Tu m'avais dit qu'il ne viendrait pas.

«Mais qui?

«Tu avais dit que...»

Mais samedi soir était passé. Nous étions mercredi matin et les quelques types de Greenwell que j'apercevais debout sur le chemin n'étaient pas un flash-back. Ils étaient bel et bien là, maintenant, à moins d'une vingtaine de mètres. Six paires d'yeux globuleux et injectés de sang me dévisageaient à m'en faire dans le pantalon.

J'ai fait demi-tour. Et je me suis de nouveau arrêté.

Face à moi, Éric. Et Wes Campbell. Et Pauly.

Éric était le plus proche, à une quinzaine de mètres. Campbell et Pauly se tenaient juste derrière lui. Le visage d'Éric était hagard et il avait les traits tirés. Il me toisait d'un air las, les mains dans les poches, les épaules voûtées. Il ne semblait pas conscient de ce qui se tramait dans son dos, ou peut-être refusait-il de se l'avouer. Et pourtant… Je n'ai pas entendu ce que Campbell disait à Pauly, mais il le dominait. Leurs visages se touchaient presque. Campbell, son cutter à la main, montrait les dents, sifflant et postillonnant dans les yeux pétrifiés de Pauly.

J'ai vu Éric jeter un regard par-dessus son épaule et dire quelque chose à Campbell. Celui-ci s'est tourné vers lui, m'a jeté un œil mauvais et s'est avancé vers moi en souriant. Éric a posé une main sur son bras. Campbell s'est immobilisé un instant et malgré l'absence de sourires ou de signes affectifs, l'intimité qui les unissait était évidente. Maintenant qu'elle me sautait aux yeux, je me demandais comment elle avait pu m'échapper jusque-là.

Ça n'avait plus beaucoup d'importance.

Campbell s'approchait, Éric sur ses talons et Pauly les suivant timidement à quelques mètres.

– Dégage, Gilpin, lui a lancé Campbell, sans cesser de me lâcher des yeux.

Pauly s'est arrêté.

– Allez, barre-toi, a craché Campbell avec dédain. Rentre chez toi.

Pauly est resté immobile quelques instants, tout en clignant mécaniquement des yeux, le visage livide et troublé. Puis il a fait demi-tour et s'est mis en route d'un air abattu. Même sans voir son visage, j'imaginais son expression… la solitude, la noirceur, la tristesse…

Mais je n'avais plus vraiment le temps de songer à Pauly.

J'ai regardé derrière moi. Les types de Greenwell me barraient toujours le chemin. Impossible de m'enfuir. Nulle part où aller.

– On dirait que t'es tout seul, cette fois-ci, Boland. Finis les coups de bol, a lancé Campbell, avec son sourire de travers.

Je l'ai dévisagé quelques instants puis j'ai observé Éric par-dessus son épaule. Je me suis retourné et je me suis mis à courir vers les types de Greenwell.

Je les voyais déjà m'observer avec un grand sourire : hilares de me voir si stupide, prêts à s'amuser un peu, leurs pieds impatients, leurs épaules voûtées, leurs poings serrés. Ils savaient qu'ils auraient peu de temps pour s'amuser avant qu'Éric ou Campbell ne les rappellent. Je les voyais s'avancer vers moi, en se bousculant, chacun essayant de prendre la tête, histoire d'être le premier à me balancer un ou deux coups de pied au passage.

Mais je ne leur en laisserais pas l'occasion.

J'ai continué à courir droit sur eux – les bras battants, les jambes foulant durement le sol… et au tout dernier moment, j'ai pris la tangente. Le premier d'entre eux écartait les bras pour m'arrêter, et j'ai bondi de côté, en grimpant dans les broussailles. Il n'y avait pas de sentier, rien qu'une large barrière de ronces, d'herbes folles et de souches recouvertes de mousse. La berge était bien plus escarpée de ce côté de la rive. Je manquais de tomber à chaque pas et je n'essayais même pas de retrouver l'équilibre. Je me contentais de ramper et de me traîner, de me hisser le long de la berge. Les ronces me déchiquetaient la peau. Mes vêtements étaient en lambeaux et mes bras en charpie, mais je n'y faisais plus attention. Les types de Greenwell préféreraient mourir plutôt que de griffer leurs fringues. Je les entendais, plus bas, s'esclaffer en me voyant lutter à travers ces fourrés de plus en plus épais. Ils savaient que je n'irais pas plus loin.

Et je le savais aussi.

D'ailleurs, je n'essayais même plus de m'enfuir. Je me contentais de me rouler dans ces broussailles, à chercher une cachette : un trou dans le sol, un fossé, une souche suffisamment large. N'importe où aurait fait l'affaire, pourvu que je puisse y disparaître quelques secondes.

– Boland ! a crié Campbell. Tu ferais mieux de descendre... tu ne peux aller nulle part.

Un vieux chêne se dressait face à moi. La foudre l'avait frappé, il était calciné. Ses branches étaient nues et son tronc creux. Un animal – sans doute un blaireau – avait gratté la terre à la base de ses racines. J'ai jeté un œil autour de moi, essayant de mémoriser le paysage qui m'entourait : à mi-hauteur de la berge... plus haut, quelques bâtiments de l'usine... à droite, un bosquet rabougri de houx... à une dizaine de mètres à droite, un chemin envahi par la végétation...

– Boland !

J'ai roulé dans le fossé, au pied du chêne. Allongé sur le dos, j'ai sorti mon portable. Toujours pas de réception. J'ai tiré le téléphone d'Éric de mon autre poche.

– T'as trente secondes pour descendre. Après, je monte ! C'est compris ? a hurlé Campbell.

Je n'ai même pas vérifié la réception du téléphone d'Éric, je l'ai déposé dans le creux de la souche, à l'abri des regards.

J'ignorais si cela changerait quelque chose, mais le téléphone d'Éric était l'unique preuve matérielle dont je disposais. Les noms, les lieux, les heures et les SMS. Tout se trouvait là-dedans, quelque part. Éric avait peut-être effacé ses messages, mais ça ne signifiait pas pour autant qu'ils aient complè-tement disparu. Et ses appels pouvaient être identifiés. Ses appels à Amo et Sal... Campbell et Stella. Amour. Salope. Amour. Salope. Amour.

« C'est une histoire d'amour. »

– Le temps est écoulé, Boland. Tu as eu ta...

– Je descends, ai-je crié en me relevant.

En sortant du fossé, j'ai jeté un regard en contrebas.

Ils étaient tous là : Campbell, Éric, les gars de Greenwell. Ils me fixaient tous dans le contre-jour, les yeux plissés. Ils m'attendaient.

De là-haut, ils paraissaient minuscules.

Mais, alors que je redescendais le long de la berge, je savais qu'ils ne tarderaient pas à me sembler de nouveau immenses.

VINGT-NEUF

Arrivé en bas, j'étais trempé, couvert de boue, et le moindre centimètre de ma peau était égratigné, ou dévoré par les moustiques. Les griffures me brûlaient et les piqûres me démangeaient.

– Le téléphone, a aboyé Campbell en tendant la main.

Derrière Campbell, j'ai observé Éric. Il se tenait à l'écart, sur le chemin. À sa droite se trouvait le groupe de Greenwell, qui s'éloignait en traînant les pieds. Ils avaient fait leur boulot et n'avaient plus leur place ici.

– Le téléphone! a craché Campbell.

J'ai sorti mon portable et l'ai ouvert.

– Je viens d'appeler mon père. Il sait où je suis et il a prévenu la police, ils seront là dans quelques minutes...

– Ah ouais? a dit Campbell en saisissant le téléphone et en regardant l'écran. Il a appuyé sur plusieurs boutons, observé l'écran quelques instants avant de me faire un grand sourire.

– Pas de réception... Pas de coup de fil à Papa...

Il a cassé le téléphone en deux et l'a jeté par-dessus la grille du terrain vague.

– Maintenant, file-moi le portable d'Éric.

– Je ne l'ai pas sur moi. Il est chez moi...

Campbell a avancé d'un pas et m'a saisi par les épaules avant de me faire un croche-pied. Un léger coup sur le torse, et je me suis retrouvé allongé par terre. Campbell a posé un pied sur ma poitrine, m'immobilisant au sol.

– Éric, amène-toi.

Éric s'est exécuté.

– Fouille-le, lui a lâché Campbell.

Éric s'est agenouillé auprès de moi et s'est mis à retourner mes poches. Je le fixais en silence, pour tenter d'accrocher son regard, mais il évitait soigneusement le mien.

– Éric, je sais ce qui s'est passé, ai-je repris calmement. Je sais que c'était un accident…

– Ta gueule, m'a coupé Campbell en écrasant un peu plus ma poitrine.

Je n'ai pas répondu et je me suis tenu bien immobile, tout en essayant de faire entrer un peu d'air dans mes poumons. Éric a continué à me fouiller.

– Rien, a-t-il finalement annoncé.

– T'es sûr ?

Éric a hoché la tête.

– Il ne l'a pas sur lui.

– Il l'a peut-être balancé quelque part.

Éric a jeté un œil à la berge.

– On n'a pas le temps de le chercher… Il pourrait être n'importe où…

– Bon, a conclu Campbell. On l'oublie pour le moment.

Il s'est tourné vers Éric.

– Eh merde ! Si tu avais fait comme je t'avais dit…

– Eh bien, je ne l'ai pas fait, point.

– Il te suffisait de…

– Je sais, Wes. Mais ça ne sert à rien de me le répéter.

Il s'est relevé.

– Ça ne changera rien.

– T'as raison, a admis Campbell en retirant son pied. Toi, debout, m'a-t-il ordonné.

Je me suis redressé. Il a sorti son cutter et m'a tiré par le bras pour me faire descendre de la berge.

– Ne bouge pas, m'a-t-il lancé avant de se tourner vers Éric. Tu passes le premier.

Éric a quitté le talus pour suivre le chemin en direction de St-Leonard Road. Campbell m'a poussé et j'ai trébuché pour suivre Éric.

– Je suis derrière toi, a murmuré Campbell dans mon cou. Si tu veux t'amuser à courir, pas de problème. On verra jusqu'où tu iras, avec un cutter planté dans le cou.

Je n'ai rien répondu. J'ai continué à marcher, aussi attentivement que possible, en suivant Éric le long du chemin. Je tentais de ne pas imaginer la sensation du cutter dans ma nuque, mais plus j'essayais de ne pas y penser, plus ma nuque fourmillait. Et plus ma nuque fourmillait, plus j'avais du mal à rester calme et à ne faire aucun mouvement qui puisse être interprété comme une tentative de fuite. Ce n'était pas simple... D'autant qu'une autre partie de moi réfléchissait à l'endroit où nous allions, à ce qui risquait de se produire, une fois là-bas, et à quel moment je devrais me mettre à courir. Mais alors que je commençais sérieusement à considérer mes options, Éric s'est immobilisé devant moi et pour observer le sommet de la berge.

Je me suis arrêté aussi, en baissant la tête d'un geste instinctif.

– C'est là ? a demandé Éric à Campbell, sans cesser de scruter la butte.

– Je crois, oui.

Je distinguais à présent le contour d'un sentier, une piste à peine visible, qui serpentait au sommet de la berge.

Éric a observé le bout du chemin.

– Il y en a un autre par là...

– Non, est intervenu Campbell, c'est celui-là. On a déjà essayé l'autre, tu te rappelles ? C'est barré plus haut.

J'ai reconnu le sentier envahi par la végétation que j'avais aperçu près du vieux chêne.

Campbell m'a donné une claque sur la nuque.

– Qu'est-ce que tu regardes, toi ?

Éric gravissait déjà ce côté de la berge, le long du sentier exigu. Campbell m'a de nouveau poussé. Sur la berge, sur le sentier, à travers les ronces... et Campbell sur les talons, respirant difficilement.

À travers les ronces.

Entre les arbres.

Je transpirais, je titubais...

Je glissais, je trébuchais...

Ce sentier et ce sous-bois environnant me paraissaient vaguement familiers. Un souvenir... un sentiment, une peur enfantine, une attente. Ou était-ce l'impression qui m'était familière ? Difficile à dire, mais il me semblait qu'il s'agissait du chemin que j'avais emprunté, à treize ans, en suivant Nicole d'un pas nerveux, jusqu'à la vieille usine, avant que mon père ne nous surprenne et ne pète les plombs...

Ou alors ?

L'avais-je imaginé ?

Nous avions atteint le sommet de la berge, je voyais le complexe de l'ancienne usine s'étendre devant nous. Un passage terrassé étroit suivait la clôture en métal qui séparait la berge de la fabrique et, alors que nous nous arrêtions pour reprendre notre souffle, j'ai remarqué un trou dans le grillage. Quelqu'un avait coupé les fils de fer. L'ouverture n'était pas suffisamment large pour qu'on la voie de loin, mais elle était assez grande pour s'y glisser.

Je me tenais là, en nage et à bout de souffle, à regarder les bâtiments à travers cette grille et j'essayais de me rappeler dans quelle partie Nicole et moi étions entrés, il y a si longtemps... en vain. J'étais probablement trop occupé à penser à autre chose. Un bâtiment restait un bâtiment, et à l'époque, je n'avais pas besoin d'en savoir davantage. C'était un endroit où nous pouvions être seuls. Il aurait pu s'agir d'une tour rose fluo, je ne l'aurais sans doute pas remarquée...

Mais il n'y avait aucune tour rose fluo devant moi. Je ne voyais que les ateliers et les bureaux délabrés, les machines abandonnées, les cheminées et les tours en ruines, les entrepôts en décrépitude, un carré de béton, un empilement de vieux pneus et, à ma gauche, un ensemble de constructions grisâtres aux toits de tôle...

Maintenant, je savais où nous allions.

– Après toi, a ironisé Campbell en me faisant entrer dans le bâtiment abandonné.

Je l'ai regardé quelques instants, puis j'ai poussé la porte. L'endroit était, à peu de choses près, tel que Pauly l'avait décrit : les fenêtres condamnées, les meubles de bureau rouillés, des déchets partout. Campbell m'a saisi par le bras et m'a mené à l'autre bout de la pièce. Nous nous sommes arrêtés devant l'étagère en métal dont Pauly m'avait parlé.

– Pousse-la, m'a ordonné Campbell.

J'ai attrapé l'étagère et l'ai poussée le long du mur. Il a sorti sa lampe de poche et promené le faisceau à travers l'ouverture.

– Tout va bien ? lui a demandé Éric.

Il a hoché la tête et s'est tourné vers moi.

– Allez, on descend.

En découvrant le sous-sol, j'ai compris que là non plus, Pauly ne m'avait pas menti. L'endroit était tel qu'il l'avait décrit : la poussière, l'air confiné, les murs de pierre, les machines démembrées, l'empilement de poutres rouillées. Derrière moi, en haut des marches, Éric a tiré l'étagère. Je l'ai entendu grincer contre le mur et la pénombre s'est installée.

– Viens par là, a grommelé Campbell en me poussant vers les poutres.

Il avait orienté sa torche dans cette direction, mais la pièce n'était pas entièrement plongée dans l'obscurité. Un faible jour filtrait par l'une des grilles de ventilation en haut du mur et, traînant les pieds à travers la pièce, j'y voyais suffisamment pour réaliser où j'allais. Je me suis arrêté devant la pile de poutres.

– Assieds-toi, m'a dit Campbell.

Je me suis assis sur la poutre la plus proche et j'ai baissé les yeux. Par terre, une tache d'un rouge fané. Elle avait la forme d'un croissant de lune, comme un premier quartier voilé par les nuages et un instant, j'ai vu Stella, allongée par terre, le crâne fendu, le regard vitreux, grand ouvert, sa chevelure blonde et si parfaite maculée de sang…

J'ai levé les yeux vers Éric et Campbell. Ils se tenaient contre le mur opposé et discutaient à voix basse. Éric fumait une cigarette tandis que Campbell lui murmurait quelque chose à l'oreille. Il a secoué la tête.

Campbell a posé la main sur son bras.

Éric l'a dévisagé. Campbell a souri. Éric a soupiré.

Ils se sont dévorés du regard pendant quelques instants, comme s'il n'y avait plus qu'eux au monde et enfin, Éric a hoché la tête.

Campbell lui a tapoté le bras, puis s'est tourné vers moi.

– Ça roule, Boland ? T'es bien installé ?

Je l'ai fixé.

Il m'a souri.

– Tout va bien, ne fais pas cette tête. Personne ne te fera de mal. On veut juste te poser quelques questions, c'est tout.

– Tu n'aurais pas eu besoin de m'amener jusqu'ici pour me poser quelques questions.

Il n'a rien répondu, il m'a seulement observé un moment. Son visage était pâle et inexpressif, puis il a plongé la main dans sa poche pour en sortir son cutter.

– Qu'est-ce que Gilpin t'a raconté ? a-t-il repris d'une voix calme.

– Tu ne lui as pas posé la question ?

– Si, je lui ai posé la question. Et maintenant c'est à toi que je la pose. Qu'est-ce qu'il t'a dit ?

Je ne voyais que le cutter dans sa main.

– Je croyais que tu ne voulais pas me faire de mal ?

Il a haussé les épaules.

– J'ai menti.

Alors qu'il avançait vers moi, j'implorais Éric du regard pour qu'il intervienne. Cela me paraissait tellement faux, tellement hypocrite… faire appel à une amitié qui n'avait jamais existé – mais ça n'avait plus d'importance. Mieux valait avoir honte qu'être mort.

– Attends une seconde, Wes, a prononcé Éric à contrecœur.

– Ça fait des jours que ce petit merdeux se paye ma tête. Il est grand temps qu'il...

– On a besoin de lui, a affirmé Éric. Tu as oublié ? On a besoin de lui.

Campbell a hésité, me toisant avec froideur. Je le voyais lutter intérieurement : devait-il suivre son instinct et me découper en rondelles ou écouter Éric ? J'ai soutenu son regard, le souffle court, priant pour qu'il écoute Éric.

Après m'avoir dévisagé pendant ce qui m'a paru une éternité, il a craché par terre et reculé de quelques pas.

J'ai recommencé à respirer.

– Écoute Pete, m'a dit Éric avec un soupir, ça n'est pas la peine de faire empirer les choses. Tout ce qu'on veut, c'est savoir ce que Pauly t'a raconté. Fais-le et tout ira bien.

J'ai failli lui répondre : tout ira bien ? Qu'est-ce que tu entends par « tout ira bien » ? Mais ça n'aurait pas servi à grand-chose. Quel que soit le sort qu'ils m'aient réservé, je ne pouvais plus rien y changer. Et il était inutile de leur cacher ce qu'ils voulaient savoir...

J'ai réfléchi, en fixant le sol... puis je leur ai répété tout ce que Pauly m'avait raconté.

– Il t'a dit ça ? m'a demandé Campbell, une fois mon récit terminé.

– Oui, ai-je répondu en observant Éric. C'est bien comme ça que ça s'est passé ?

– Pas exactement, a répondu Éric en se tournant vers Campbell.

– Ce salaud de Gilpin ! a repris Campbell en secouant la tête. Ce petit menteur de merde... Je t'avais prévenu qu'on ne pouvait pas lui faire confiance. Je te l'avais dit.

– Je n'ai jamais touché Stella, Pete, m'a assuré Éric. C'était Pauly… Il a perdu la boule et lui a sauté dessus. Tout ce qu'il t'a dit… que j'aurais essayé de l'arrêter et heurté Stella… c'est que des conneries. Je ne l'ai pas touchée.

– Tu n'as pas essayé de l'arrêter ?

– Je n'ai pas eu le temps ! Il se traînait à genoux par terre et une seconde plus tard, il a foncé sur elle et l'a poussée dans le dos. Tout était fini avant que j'aie eu le temps de faire quoi que ce soit.

– Et le reste ? Le faux kidnapping, les menaces de Stella, ce qu'elle a fait à Pauly… c'est vrai ?

– Oui, à peu près tout.

Il a soupiré.

– Stella m'a contacté il y a environ deux semaines. Si je ne l'aidais pas pour son kidnapping, elle menaçait de faire circuler la photo de Wes et moi sur Internet.

– Alors, tu as accepté ?

– Je ne pensais pas qu'elle irait jusqu'au bout ! Je pensais que c'était encore l'un de ses petits jeux pervers, pour se venger de moi, pour se moquer, pour me contrôler… C'est comme ça qu'elle s'amuse, Pete. Elle joue à ce genre de jeux. Elle t'embrouille l'esprit. Elle veut te foutre en l'air émotionnellement. Alors, j'ai accepté. Je ne pensais pas qu'il se passerait quoi que ce soit…

– Mais Pauly s'en est mêlé.

– Oui… a soupiré Éric. Bon Dieu, tu aurais dû le voir, Pete. Enfin, il a toujours été dingue de Stella. Même avant qu'elle soit célèbre, il la suivait, il ne parlait que d'elle, il bavait chaque fois qu'il l'apercevait. Alors, tu imagines l'état dans lequel il était lorsqu'il a cru qu'elle lui faisait des avances, surtout vu la quantité d'alcool et de drogues qu'il s'était enfilée. Il a dû s'imaginer au pays des rêves. Et puis il a fallu qu'elle lui donne un coup de pouce dans les couilles, devant Wes et moi, en plus. Il se traînait par terre et gémissait comme un môme, et on se fichait tous de lui, bien sûr... Merde, rien d'étonnant à ce qu'il ait perdu la boule.

– Tu sous-entends qu'il l'a tuée ?

Éric a soufflé, indécis.

– Je ne pense pas qu'il en ait eu l'intention... il a juste perdu les pédales. Il a pété les plombs. Il s'est jeté sur elle, en hurlant comme un fou, et l'a poussée vraiment violemment. Elle n'a pas compris ce qui lui arrivait. Elle a décollé du sol et a atterri la tête la première sur une poutre et puis...

– Flac ! a lancé Campbell, en frappant du poing dans le plat de sa main.

Je me suis tourné vers lui et il m'a souri.

J'ai baissé les yeux vers cette tache de sang sur le sol, revoyant le regard éteint de Stella, puis j'ai de nouveau observé Campbell.

– Tu as balancé son corps dans la rivière ?

– Et alors ?

– Pourquoi ?

– Qu'est-ce qu'on était censés faire d'autre ? Ramener le cadavre à papa et maman en disant : « On est désolés » ?

– Vous auriez pu la laisser ici.

– Mais quelqu'un aurait fini par la retrouver, non ? Les flics se seraient mis à fouiner et ils auraient découvert que nous étions venus là.

– Mais c'était un accident.

– Ça changeait quoi, putain ? s'est énervé Campbell. Et puis au fond, qu'est-ce que ça peut te foutre ?

Bonne question. Et en me tenant là, dans cette obscurité poudreuse, je réalisais peu à peu que Campbell avait raison : je me fichais totalement de ce qu'ils avaient fait. Je n'étais pas concerné. Maintenant, je savais que Raymond n'avait pas tué Stella et le reste n'avait plus aucune importance. Je me fichais de savoir qui l'avait tuée, si c'était ou non un accident, ou pourquoi ils avaient essayé de maquiller sa mort. Ça ne m'intéressait pas. Je passe sans doute pour un insensible, mais la vérité, c'est que je n'aimais pas Stella Ross. Je ne l'avais jamais appréciée. Et je me fichais pas mal de Pauly et d'Éric, aussi. Évidemment, je n'étais pas dénué de tout sentiment, et si, en claquant des doigts, j'avais pu faire revivre Stella Ross, je l'aurais fait.

Mais Stella avait disparu pour toujours.

Raymond, lui, était peut-être encore vivant.

Éric et Campbell se tenaient tous deux face à moi. Au sol, la lumière qui filtrait par la ventilation nimbait leurs silhouettes d'une lumière irisée.

– Qu'est-ce que tu comptes faire ? ai-je demandé à Éric.

– Et toi ? Tu comptes faire quoi ? est intervenu Campbell.

– Rien, ai-je répondu en levant les yeux vers lui.

Il a éclaté de rire.

– Y'a plutôt intérêt…

– Écoute, ce qui s'est passé ici ne m'intéresse pas vraiment…

– Lève-toi, a coupé Campbell.

– Fais ce qu'il te dit, Pete, a ajouté Éric.

Campbell m'a obligé à me lever en m'attrapant par les cheveux. J'ai instinctivement tendu la main pour essayer de lui faire lâcher prise, mais il a resserré le poing et, d'un coup sec et brutal, m'a arraché une poignée de cheveux. Les yeux ronds, j'ai gémi, laissant échapper un petit cri étouffé et pathétique.

Il examinait les cheveux dans sa main en y passant son pouce pour mieux les sentir.

– Bien, a-t-il déclaré d'une voix lointaine, peut-être un peu mouillés...

Il m'a souri.

J'en suis resté bouche bée. J'ai frotté mon cuir chevelu endolori, observant avec curiosité Campbell me contourner et répandre les cheveux sur le sol. Il s'est frotté les mains pour tous les éliminer.

– Qu'est-ce qu'il fabrique ? ai-je demandé à Éric.

– Désolé, Pete, a répondu Éric en s'avançant vers moi, mais il n'y a pas d'autre moyen.

Il a regardé par-dessus mon épaule et en me retournant, j'ai vu Campbell s'avancer et m'envoyer le plat de la main droite sur le nez. Mon crâne a paru rugir, hurler de douleur et j'ai titubé en arrière droit sur Éric. Je sentais le sang couler de mes narines. Éric m'a attrapé, me ceinturant et me plaquant les bras le long du corps.

– Ça va ? l'ai-je entendu dire à Campbell.

– Oui. Allonge-le par terre.

J'ai senti une douleur aiguë derrière le genou, et alors que mes jambes se dérobaient sous moi, Éric m'a poussé vers le sol et s'est appuyé de tout son poids sur moi. Je mordais littéralement la poussière. Éric, à cheval sur mon dos, me maintenait à terre... Trop choqué pour réagir, je suis resté quelques secondes immobile et le souffle coupé. Je ne pouvais rien faire d'autre que de cracher un mélange filandreux de sang et de morve, tout en essayant de respirer... Mais Campbell s'est agenouillé près de moi et a pris mon visage à deux mains, je me suis mis à me débattre comme un fou : je me tortillais, je gigotais dans tous les sens, je donnais des coups de pieds, je hurlais en secouant violemment la tête de tous les côtés, en essayant de me dégager, de me relever...

– Lâche-moi, lui ai-je craché à la figure, va te faire flllll-ghhhh...

J'avais de la terre plein la bouche : Campbell venait de presser mon visage contre le sol. Je ne souffrais pas vraiment, mais son geste m'a vidé de toute mon énergie, et en tournant la tête, en toussant du sang, j'étais sur le point d'abandonner la lutte et de laisser Campbell faire ce qu'il voulait.

Mais à ma grande surprise, je l'ai entendu grogner :

– Ça ira.

Il m'a lâché et quelques instants plus tard, Éric s'est relevé... et d'un seul coup, tout n'était plus que silence, immobilité et je restais là, par terre, à faire de mon mieux pour ne pas pleurer.

D'abord, je n'ai pas bougé. Le visage dans la boue, les yeux clos, le cœur battant, la tête me tournait, abasourdie par le choc. Mon nez bouillonnait, mais la douleur me paraissait curieusement sourde. Elle était bien présente, mais moins lancinante que les sensations qui l'accompagnaient. Des sentiments dérisoires et puérils : l'apitoiement, la honte, l'humiliation... le genre de sentiments qui donnent envie de se rouler en boule et de pleurer. Mais je n'allais pas craquer. J'avais seize ans, bon Dieu ! Je n'étais plus un enfant. Et quand bien même, j'aurais été la chose la plus frêle au monde, je me serais interdit de pleurer.

Pas tout de suite, en tout cas.

Lentement, je me suis assis. J'ai épongé mon visage. A priori, je ne saignais plus, mais le sol était maculé de rouge.

Des taches d'un rouge fané, déjà sèches. Du sang et de la salive. Et des cheveux… mes cheveux, au milieu du sang et de la poussière.

– Est-ce que ça va, Pete ? s'est inquiété Éric.

J'ai levé les yeux vers lui. Il se tenait près de Campbell, une cigarette à la main. Ses yeux exprimaient tant de choses différentes qu'il m'était impossible de deviner ses sentiments. Je crois que même lui n'aurait pas su l'expliquer. Je me suis laborieusement mis debout, prenant quelques secondes pour conserver l'équilibre, puis je l'ai de nouveau regardé. Il m'adressait maintenant un semblant de sourire… comme s'il voulait m'offrir un semblant d'aide, sachant qu'il ne pourrait que faire semblant.

– Je suis désolé, Pete, a-t-il lâché d'un ton incertain. Je ne voulais pas que les choses se passent comme ça. Aucun de nous ne le voulait… mais nous n'avions pas le choix. Il fallait qu'on le fasse. C'était le seul moyen.

Je n'ai pas répondu. Il s'est tourné vers Campbell pour l'appuyer.

– Explique-lui, Wes.

– Lui expliquer quoi ?

– Eh bien, c'est fini, maintenant, non ? Il peut s'en aller.

Campbell m'a dévisagé.

– Ton vieux est flic, non ?

– Et alors ?

– Alors, tu dois savoir comment ça marche.

Il a fait un signe de tête vers le sol.

– Là c'est ton sang. Et là tes cheveux. Tes empreintes sont sur la poignée de la porte et sur l'étagère. Il y a encore tout un tas de saloperies qui t'appartiennent, dans le coin : la sueur, la salive, des morceaux de peau, des trucs comme ça.

Il m'a fait un grand sourire.

– Tu vois où on veut en venir ?

– L'ADN, ai-je répondu.

– Exactement. Ton ADN est partout. Bien sûr, tu pourrais toujours essayer de faire disparaître les traces, mais tu ne parviendras pas à tout éliminer. Il restera toujours un peu de toi, ici. Donc, tu vois, si tu décidais d'ouvrir ta grande gueule à propos de Stella et que les flics débarquaient ici avec leur attirail de laboratoire, ils sauraient que tu es venu ici. Ton sang… celui de Stella. Tes empreintes… celles de Stella. Ton ADN et le sien.

– Et le tien. Et celui d'Éric.

– Oui, mais ça ne changera rien pour toi. Tu seras mêlé à tout ça. Et on ne démentira pas. Éric et moi, on n'a rien à perdre, et Pauly non plus. Ça sera ta parole contre la nôtre. Trois contre un. À ton avis, les flics croiront qui, quand on sera trois à leur dire que c'est toi qui a tué Stella ?

– Ils savent déjà qui l'a tuée.

Campbell n'a même pas cillé.

– C'est ça…

– Ils ont trouvé un morceau de la chaîne d'Éric dans sa poche.

Le regard de Campbell s'est voilé.

– Quoi ?

Je me suis tourné vers Éric.

– La chaîne en or que tu portais samedi soir, celle que tu as empruntée à Nic'…

– De quoi est-ce qu'il parle ? a lancé Campbell à Éric.

– Je croyais m'en être débarrassé, a marmonné Éric.

– T'être débarrassé de quoi ?

Éric a soupiré.

459

– Stella l'a cassée. Quand elle m'a fait descendre ici tout seul, tu te souviens ? Elle a dit qu'elle voulait me parler en privé...

– Oui je me souviens. Qu'est-ce qu'elle a cassé ?

– La chaîne de Nic', tu sais, celle que tu adores. Celle en or. Stella l'a cassée.

– Comment ?

Éric a posé une main sur le bras de Campbell.

– Écoute, je ne voulais pas t'en parler... Je ne voulais pas que tu t'emballes. Et c'était tellement pathétique, de toute façon. Elle essayait de...

– Essayait de quoi ?

– Elle... enfin, elle essayait de me draguer, de m'embrasser... a-t-il bredouillé d'un ton écœuré.

– Elle a dit qu'elle voulait me « convertir », cette pauvre conne.

– Quoi ?

– Ça ne fait rien...

– Non, ça ne fait pas rien. Pourquoi tu ne m'en as pas parlé ?

– Parce qu'il ne s'est rien passé, Wes ! Elle voulait s'amuser, elle s'est pendue à mon cou et a essayé de me coller sa langue dans la bouche. Je l'ai repoussée, je lui ai dit d'aller se faire foutre... et c'est là que le collier s'est cassé. Elle s'est jetée sur moi et... quelque part dans la bagarre, le collier lui est resté dans la main. Je le lui ai arraché, je pensais que seul le fermoir était cassé, mais un morceau de la chaîne a dû se briser.

Campbell a pris une profonde inspiration pour tenter de se calmer.

– Qu'est-ce que tu as fait du morceau de collier qu'il te restait ?

– Je m'en suis débarrassé.

– Où ?

– Je l'ai jeté dans le feu.

– Tu l'as brûlé ?

– Oui. Tu m'as dit de tout brûler : les vêtements…

– Bon Dieu, Éric, je t'avais dit de brûler les vêtements, oui. Pas tes putain de bijoux.

Il était furieux.

– Le métal ne brûle pas dans un feu de jardin ! Eh merde ! Si les flics le retrouvent, ils feront le lien avec le morceau dans la poche de Stella…

Il s'est interrompu quelques instants, en pleine réflexion.

– Je croyais que tu avais fouillé ses poches !

– Je l'ai fait !

– Alors pourquoi tu ne l'as pas repris ?

– Elle était dans la poche à briquet, suis-je intervenu.

Campbell s'est tourné vers moi, le visage tendu comme un tambour.

– Comment tu le sais ?

– La police me l'a appris. Ils m'ont montré la chaîne.

– Tu leur as dit qu'elle appartenait à Éric ?

– Non, mais…

– Alors, ils ne savent rien !

Un sourire de travers a illuminé son visage.

– Tant que tu la boucleras et si Éric retrouve sa putain de chaîne carbonisée avant que les flics ne viennent fureter dans le coin, on est tous tranquilles.

– Tu ne m'as pas vraiment l'air tranquille.

– Quoi ?

– Si tout s'est passé comme tu le prétends : qu'est-ce que tu as à craindre ? Stella faisait chanter Éric. Le kidnapping était son idée. Et tu n'es pas concerné : c'est Pauly qui l'a tuée.

– Rien à craindre? On était là quand elle est morte! On n'a prévenu personne. On l'a déshabillée et on l'a jetée dans la rivière. On a essayé de faire porter le chapeau au type de la caravane.

– Mais pourquoi?

– Pourquoi quoi?

– Pourquoi avoir fait tout ça? Pourquoi n'avez-vous pas simplement dénoncé Pauly?

J'ai dévisagé Éric.

– Vous aviez peur qu'il trahisse votre petit secret?

Anxieux, Éric s'est tourné vers Campbell.

– Ne l'écoute pas, a répondu celui-ci. Il essaye juste de t'emmerder.

– Je ne comprends pas.

– Ne comprends pas quoi? m'a demandé Éric.

– Wes et toi… Tu as vraiment autant honte de lui?

Éric m'a dévisagé. Dans le noir, ses yeux étaient laiteux et froids. J'ai soutenu son regard, le cœur battant.

– Tu imagines qu'il se passerait quoi, si les gens réalisaient que tu es amoureux de lui? Tu crois qu'on va en parler dans les journaux? Un garçon gay issu des classes moyennes amoureux d'une petite frappe de la cité? Bon sang, Éric, tu crois vraiment que ça intéresse les gens?

– Tu ne comprends pas, m'a-t-il répondu calmement.

– Ah non?

– Ça n'a rien à voir avec la honte…

– Tu étais content de toi, l'ai-je coupé. Tu te souviens lorsque tu as fait ton *coming-out*, et ce t-shirt « Gay Pride » que tu portais, sans arrêt? Tu n'as plus l'air si fier, aujourd'hui.

– Je ne vois pas de quoi tu parles.

– Et toi, ai-je renchéri en me tournant vers Campbell, tu as peur de ne plus ficher la trouille à tout le monde? Si les gens apprennent que tu es gay, ils ne te prendront plus pour le caïd?

J'ai eu un petit sourire mesquin, provocateur.

– Les types durs comme toi, ils ne sont pas censés être homos, hein? Les durs ne tombent pas amoureux de petites précieuses comme Éric. Les précieuses, ils leur collent une raclée. Ils sont censés les détester! Ils sont dégoûtants, non? Ces espèces de folles, ils sont malades...

Campbell m'a frappé: un méchant coup dans la mâchoire. Un craquement sourd, et je suis parti en arrière. Tout en essuyant le sang sur ma lèvre, je l'ai observé... et j'ai vu ce que j'espérais voir. Une haine absolue. En dépit de la douleur insupportable dans ma bouche et de la peur tranchante qui me tailladait le cœur, je jubilais intérieurement. Je l'avais eu. Il perdait les pédales. J'ai craché du sang et j'ai éclaté de rire.

– Un vrai petit dur!

Son regard s'est vidé. Il a tiré le cutter de sa poche et je savais, alors qu'il avançait vers moi, qu'il n'avait plus aucune conscience. Plus rien ne le retenait: ni les sentiments, ni les émotions, ni la peur. Il ne me haïssait même plus. Je n'étais rien qu'une chose qu'il fallait réduire au silence. Une chose à réduire en poussière. Aussi simple que ça. Et je ne pouvais plus rien faire pour l'en empêcher.

Je misais sur Éric. Mais alors que Campbell se rapprochait dangereusement, je notais qu'Éric ne faisait rien. Je réalisai soudain que j'avais peut-être fait une erreur. Une grossière erreur. Éric ne tenterait rien pour arrêter Campbell. Pourquoi le ferait-il? Puisqu'il l'aimait.

Aussi simple que ça.

Campbell me regardait de haut, la main droite serrant son cutter, la main gauche tenant toujours sa lampe électrique...

et il était trop tard pour tenter quoi que ce soit. Je ne bougeais plus. Je n'avais nulle part où aller. Il était trop près, trop grand, trop déterminé. *Il va me découper en morceaux*, ai-je pensé. *Il va vraiment le faire. Il va vraiment me tuer.* Cloué sur place, je le fixais, dans un ébahissement engourdi, alors qu'il levait déjà la lame...

Et d'un seul coup, Éric s'est jeté sur lui. Il l'a ceinturé, l'a éloigné de moi... Campbell se débattait comme un fou : il se démenait en jurant et en grognant. Il a laissé tomber sa torche pour mieux le repousser. La lumière se projetait curieusement à travers la lueur poussiéreuse de la pièce, profilant d'étranges ombres sur les murs. Et alors que je me tenais là, à observer cette scène, j'ai senti un soudain craquement obscur se produire à l'intérieur de ma tête, comme le son du verre qui se brise et, pendant quelques instants, j'ai pu tout voir en même temps. Tout et tout le monde. J'étais Stella Ross, celle du récit de Pauly. J'étais un mensonge. J'étais Campbell, qui luttait comme un dingue. Raymond était Pauly. Pauly était Campbell, incontrôlable, dopé aux drogues et à l'alcool. Éric était Nicole, Éric était Campbell, Éric était Éric. Mercredi matin était samedi soir. Dehors, il faisait nuit. La tempête arrivait. Dehors, il faisait beau, le soleil brillait. J'étais mort. J'étais vivant... Mon cerveau chauffait à blanc.

J'étais vivant.

J'étais *là*.

J'étais Pete Boland.

Éric était Éric et Campbell était Campbell, et ils valsaient tous les deux au centre de la pièce... Non, ils ne valsaient pas. Ils s'agrippaient dans un mouvement de colère. Le visage cramoisi, leur calme perdu, ils s'enlaçaient passionnément dans une querelle d'amoureux. Ils hurlaient.

– Tu ne peux pas…

– Je voulais juste le blesser, bon Dieu !

– Ça ne sert à rien…

– On s'en fout, a hurlé Campbell en repoussant violemment Éric. Et puis merde ! On n'en serait pas là si tu m'avais écouté…

– Écouté pour quoi ?

– Pour tout ! Je t'avais dit de balancer le téléphone.

– J'allais m'en occuper !

– Oui mais tu ne l'as pas fait. Et maintenant, ce merdeux l'a planqué quelque part. Et tu as tout foutu en l'air avec la chaîne.

– Je ne l'ai pas fait exprès non plus ! J'ai commis une erreur…

– Toute cette putain d'histoire était une erreur. Tu aurais dû envoyer balader Stella dès le début.

– Mais je ne pouvais pas !

– Et pourquoi ?

– Tu sais très bien pourquoi !

– Ah, oui, évidemment, a ironisé Campbell. Il ne faudrait surtout pas qu'on sache, pour nous deux, pas vrai ?

Éric a secoué la tête et s'est détourné.

– Ne recommence pas avec ça. Ça devient grotesque…

– Ne me tourne pas le dos ! a craché Wes, en le saisissant par l'épaule pour le forcer à lui faire face. Je t'ai posé une question !

Éric l'a dévisagé.

– Qu'est-ce que tu veux, Wes ? Me casser la figure ?

Il n'a pas fallu plus d'une seconde à Campbell pour sortir son cutter et saisir Éric à la gorge, mais aussitôt, il s'est figé, comme s'il venait de réaliser la portée de son geste. Je l'ai vu regarder Éric, les yeux écarquillés par l'horreur, et je suis certain que si Éric avait attendu une seconde de plus, tout serait rentré dans l'ordre. Campbell se serait excusé. Éric lui aurait pardonné. Ils se seraient calmés et auraient cessé leur dispute.

Mais Éric n'a pas attendu : il s'est mis à rire. Un rire méchant, froid et moqueur et lorsqu'il a ouvert la bouche, ses mots l'étaient tout autant.

– Tu vas me taillader, c'est ça ? a-t-il lancé d'un ton railleur. Tu comptes me découper, moi aussi ?

Campbell tentait de garder la tête froide. Il fixait Éric, comme pour lui signifier : « Tais-toi, assez, ça suffit ! » Mais Éric n'était plus capable de se contrôler. Campbell venait de le menacer avec son cutter... un cutter !

– Va te faire foutre, Wes, a-t-il sifflé, en se libérant d'un coup sur le bras de Campbell. Tu ferais mieux de retourner d'où tu viens.

Il s'est retourné, furieux, et il s'est dirigé vers l'escalier.

Campbell l'a suivi de son regard, noir.

– Hé, hé ! À qui tu crois parler, là ?

Éric l'a ignoré.

Campbell l'a suivi, sans un mot, ne cherchant plus qu'à l'arrêter. Éric avait gravi les premières marches lorsque Campbell l'a rattrapé. Éric a accéléré le pas, mais Campbell avait déjà le bras tendu. Il l'a presque attrapé par la ceinture, mais Éric a esquivé. Campbell a grimpé les marches et a cherché de nouveau à l'attraper, mais cette fois, Éric l'attendait. Il avait six marches d'avance sur Campbell, les pieds à la hauteur de sa tête et sa seule option était le coup de pied. Il l'a tenté, en se retournant, visant la tête de Campbell... mais Campbell était prêt. Il s'est penché en avant et a saisi la jambe d'Éric, en le repoussant. Et puis soudain, Éric a poussé un cri perçant, et a glissé péniblement sur le côté, une main sur la cuisse.

Au début, j'imaginais que ce n'était rien. J'ai pensé à une crampe, un faux mouvement…

Et puis j'ai vu le sang.

TRENTE

Campbell n'avait sans doute pas visé Éric. J'imagine qu'il voulait juste l'attraper et qu'il a oublié le cutter dans sa main, ou alors qu'Éric avait voulu lui faire lâcher prise avec un coup de pied, je ne sais pas. Je les regardais lutter – cherchant à en profiter pour m'enfuir – et une seconde plus tard, Éric était affalé sur les marches, le sang jaillissant de sa cuisse. Il gémissait et Campbell, penché sur lui, tentait désespérément de le réconforter.

– Merde, Éric… Je suis désolé… Je suis désolé…

– C'est rien, a marmonné Éric. Mais ça ne s'arrête pas de saigner. Bon Dieu…

– Fais-moi voir.

J'ai traversé le sous-sol pour les rejoindre, et Campbell a étendu la jambe d'Éric sur ses genoux. Le cutter avait atteint Éric à l'intérieur de la cuisse, entre le genou et l'aine. La coupure, peu profonde, ne semblait pas grave, mais la quantité de sang qui s'en écoulait était impressionnante.

– Il faut appuyer sur la plaie.

Campbell a levé les yeux vers moi.

– Quoi ?

Sous l'effet du choc, il me dévisageait sans réagir. J'ai retiré ma chemise, déchiré l'une des manches et je me suis approché des marches. Éric paniquait. Je le voyais à ses mains tremblantes, ses yeux blancs et son visage livide.

– Il faut stopper l'hémorragie, d'accord?

Il a hoché la tête.

J'ai replié la manche et l'ai placée sur la plaie.

– Donne-moi ta main, ai-je dit à Campbell.

Il m'a regardé sans comprendre.

J'ai saisi sa main et l'ai plaquée sur la manche repliée.

– Maintiens ça, en appuyant sur sa cuisse. Comme ça… Pas trop fort… tiens-le et ne lâche pas.

– Pourquoi est-ce qu'il saigne autant?

– C'est peut-être une veine ou une artère qui est sectionnée.

Je me suis décalé et j'ai glissé mes bras sous ceux d'Éric.

– Aide-moi à l'allonger par terre.

– Il faut qu'on le sorte d'ici…

– Non! ai-je répondu d'un ton ferme. Si on commence à le trimballer, ça ne fera qu'empirer les choses. Aide-moi d'abord à arrêter le saignement et ensuite, j'appellerai une ambulance. D'accord? Wes?

– Oui…

– Alors? Tu m'aides oui ou non?

Non avons descendu Éric de l'escalier, et nous l'avons allongé sur le sol. Très doucement, j'ai relevé sa jambe blessée pour la poser sur l'une des marches et dit à Campbell de continuer la pression sur la plaie.

– Et fais bien attention à surélever sa jambe, ai-je ajouté. Ça aidera à ralentir le saignement. Essaye de rester calme, ai-je dit à Éric.

Il a hoché la tête. Son visage était pâle comme la mort.

Je me suis levé puis me suis tourné vers Campbell.

– Donne-moi ton téléphone.

Il a secoué la tête.

– Je m'en suis débarrassé.

– Merde. Et celui de…

Et celui d'Éric ? ai-je pensé.

– Et merde ! ai-je répété.

– Il saigne toujours, a gémi Campbell. Il faut faire quelque chose !

Toujours penché sur Éric, il pressait la plaie. Il avait les mains rouges de sang et le visage aussi blafard que celui d'Éric. Il n'avait plus rien d'effrayant. On aurait dit un petit garçon apeuré. Et pendant quelques secondes, je me suis demandé pourquoi je n'en tirais aucun plaisir. Campbell souffrait. Moi, je le haïssais. Je l'avais toujours haï. Et j'avais toujours voulu qu'il en bave. Mais maintenant que c'était le cas, ça n'avait plus aucune importance.

Éric avait les yeux mi-clos.

– Donne-moi son briquet, ai-je lancé à Campbell.

– Quoi ?

– Son briquet. Donne-le-moi.

Campbell a sorti le briquet de la poche d'Éric et me l'a tendu. J'ai grimpé l'escalier.

– Reste ici. Garde sa jambe surélevée et maintiens la pression sur la plaie.

– Où tu vas ? m'a crié Campbell.

– Attends ici l'ambulance. Quand tu entendras la sirène, sors et montre-toi. Je fais aussi vite que possible.

J'ai poussé l'étagère de métal et je me suis précipité dehors.

Après l'humidité glaciale du sous-sol, l'air brûlant de l'après-midi a manqué de me faire tomber dans les pommes.

J'étais fatigué. Épuisé, éreinté. J'ai parcouru à toute allure la cour de béton, en ramassant des brindilles et de vieux morceaux de papier. La sueur ruisselait sur mon dos nu et je me déshydratais.

Je me suis rué sur le tas de vieux pneus en fourrant le papier et les brindilles dans un trou en-dessous et j'ai sorti le briquet d'Éric pour y mettre le feu. Le tas regorgeait d'autres papiers : journaux, sacs en plastique, papiers de bonbons, et tout était si sec qu'en quelques secondes, les pneus se sont embrasés. J'ai attendu quelques instants que les flammes se propagent et que la fumée, noire et âcre, s'élève dans les airs, puis je me suis mis à courir.

Franchir le trou dans la grille, redescendre ce chemin envahi par la végétation... Il ne me rappelait plus rien à présent. Aucun souvenir, aucune émotion ne me revenaient. Il ne me renvoyait plus à une époque où tout était merveilleux et excitant...

Ce n'était qu'un chemin. Comme il l'avait toujours été.

Après en avoir parcouru la moitié, je me suis arrêté pour reprendre mon souffle. J'ai jeté un rapide regard autour de moi. Il serait plus rapide de couper à travers les buissons que de redescendre entièrement la berge, pour remonter ensuite à travers les ronces jusqu'au vieux chêne. Je le voyais d'ici. J'ai mémorisé la direction à prendre, puis je suis sorti du sentier pour m'enfoncer dans les buissons.

Les fourrés étaient épais, surtout épineux, mais je ne pouvais plus reculer. J'ai serré les dents en continuant mon chemin. Je sentais maintenant l'odeur des pneus brûlés et en me retournant, j'ai vu la colonne d'épaisse fumée s'élever vers le ciel. Pourvu que quelqu'un la voie ! Au moins, l'ambulance comprendrait de quel côté se diriger.

Je suis sorti des ronces, en dessous du chêne et pendant quelques secondes, alors que je soufflais, épuisé, j'étais incapable de me rappeler ce que je faisais là. Où était ma chemise ? Pourquoi avais-je mal à la mâchoire ? Qu'est-ce que je faisais devant ce tronc ?

Ah, oui… me suis-je entendu penser.

J'ai roulé dans le fossé et j'ai passé la main dans le creux du tronc, essayant de me rappeler où j'avais lâché le téléphone d'Éric. Je ne sentais que de la terre, des feuilles mortes, des brindilles, encore de la terre…

Du plastique !

Je l'ai saisi et je me suis adossé au chêne. Le souffle court, j'ai allumé le portable et j'ai attendu. J'ai fixé l'écran, à travers la sueur qui ruisselait sur mon visage… j'ai attendu… j'ai prié pour obtenir une réception. Le téléphone a émis un bip. J'ai épongé les gouttes sur l'écran et j'ai regardé l'indicateur de réception. Trois barres. J'ai composé le numéro et plaqué le téléphone contre mon oreille.

Mon père a répondu tout de suite.

– Allô ?

– Papa, c'est moi…

– Pete ! Bon Dieu, où es-tu ? Est-ce que tu vas bien ? Qu'est-ce que tu…

– Écoute-moi, Papa, ai-je dit précipitamment. Je vais bien…

– Où es-tu ?

– S'il te plaît, écoute-moi. Ça pourrait couper d'un moment à l'autre. Tu m'écoutes ?

Je l'ai entendu soupirer.

– Oui, je t'écoute.

– Je sais ce qui est arrivé à Stella. Je sais qui l'a tuée. C'était Pauly, Éric et un autre type nommé Wes Campbell…

– Répète. Je ne t'entends plus. Éric et qui ?

– Ça ne fait rien, je t'expliquerai plus tard. Éric a besoin d'une ambulance. Il a reçu un coup de couteau à la cuisse et il saigne énormément. Il se trouve au sous-sol de l'un des bâtiments de l'ancienne usine. Dis aux pompiers de suivre le feu. Quelqu'un les attendra à l'entrée.

– Tu es avec Éric ?

– Non, Wes Campbell est avec lui, mais je ne suis pas loin. Je vais retourner là-bas et attendre l'ambulance.

– J'y serai dans cinq minutes. Tu as besoin d'autre chose ?

– Non, mais viens aussi vite que possible.

– Je pars tout de suite.

Il a raccroché.

J'ai poussé un long soupir et j'ai fermé les yeux en m'appuyant contre le tronc. Je pouvais me reposer, rien qu'une minute ou deux. Je n'avais plus à penser à Éric ou à Campbell, je n'avais plus à penser à Stella. C'était fini. Terminé. Ça ne me concernait plus. J'avais besoin de souffler, une minute. Ensuite, je pourrais retourner à la vieille usine, rentrer avec mon père, essayer de tout lui expliquer... prendre un bain, dormir un peu... et puis je serais prêt à repenser à Raymond.

Raymond...

J'ai ouvert les yeux sur le ciel bleu noirci par la fumée.

Je n'y voyais rien. Pas de lapin, pas de visage, pas de visions.

J'ai à nouveau fermé les yeux.

Puis le téléphone d'Éric a bipé deux fois.

Oublie ça, me suis-je dit. *Tu n'as plus à penser à Éric. C'est fini, c'est terminé. Ça ne te concerne plus...*

Mais j'ai quand même ouvert les yeux et regardé le téléphone.

L'écran affichait :

« Un nouveau message de Pyg. »

Sans réfléchir, j'ai instinctivement pressé « lire ». Je pensais que Pauly avait envoyé un message à Éric. Le message s'est affiché, et j'ai soudain réalisé : Pauly savait que j'avais le téléphone d'Éric. Il savait que je verrais ce message.

Qui n'était pas destiné à Éric, mais à moi :

« petepete, suimauvé suimal suifoutu ah ! peupa mé fo lefer, me tué tué ayé sui mor. »

Au début, je n'ai pas compris. Je pensais que Pauly faisait encore son Pauly. Qu'il était saoul, défoncé à ses cocktails au jus, et qu'il s'était allongé quelque part, le cerveau en compote, pour m'envoyer ce charabia.

Mais j'ai alors ressenti autre chose. Quelque chose clochait…

J'essayais de comprendre quoi, et un souvenir vague m'est brusquement revenu : Pauly, dans la cabane, ce matin, le visage plein de tics, les lèvres tremblantes, et les yeux qui partent dans tous les sens.

« Tu ne pourras pas te cacher éternellement », lui avais-je dit.

Et il m'avait regardé, avec ce curieux petit sourire.

« Tu crois ça ? »

L'écho de ses paroles résonnait encore dans ma tête et j'ai relu son message…

« Suis mauvais.

« Faut le faire. »

… qui me paraissait soudain moins idiot.

« Me tuer.

« Suis mort. »

Intérieurement, je visualisais sa maison : le vide, la froideur, l'obscurité. J'imaginais la saleté qui y régnait :

une odeur de transpiration et de renfermé, les mouches qui bourdonnent autour des assiettes sales… le sol crasseux, les meubles poussiéreux, et ces ignobles photos scotchées aux murs…

« Suis mauvais. »

Et Pauly, au milieu de tout, qui cache son visage dans ses mains.

« Me tuer.

« Ça y est, je suis mort. »

– Merde !

J'ai couru comme un fou jusque chez Pauly et avant même d'avoir parcouru la moitié du chemin, j'ai cru que je n'y arriverais pas. Mes jambes pesaient comme le plomb et ma poitrine était sur le point d'exploser. J'avais les poumons en feu, le cœur en compote. Je n'imaginais même pas pouvoir marcher, alors courir… Mais impossible de m'arrêter. Si je m'arrêtais, la douleur s'évanouirait. Et sans cette douleur, je me remettrais à penser. Et je ne voulais pas penser, j'aurais trop mal.

Alors, j'ai couru.

J'ai traversé le terrain vague, franchi la grille, remonté la route des docks et je suis entré dans la cité de Greenwell…

Je ne m'en rappelle plus, maintenant. Je n'étais plus nulle part. Mais j'étais partout.

Et le monde se désagrégeait.

La maison de Pauly m'a paru morte lorsque je suis arrivé. Les fenêtres étaient fermées, les rideaux tirés. Toute la maison semblait immobile et silencieuse. Devant la porte d'entrée, j'ai pressé la sonnette.

Pas de réponse. J'ai tambouriné à la porte. Toujours pas de réponse.

Je me suis agenouillé et j'ai poussé la trappe du courrier.

– Pauly ! Pauly !

Rien.

J'ai fait un pas en arrière et j'ai levé la tête vers la fenêtre de la chambre.

– Pauly ! Tu es là ? Pauly !

La porte de la maison voisine s'est alors ouverte brusquement et une femme m'a lancé d'un ton rageur :

– Qu'est-ce que tu fabriques ? J'aimerais bien regarder la télé tranquille, moi.

– Est-ce qu'il est là ? Vous l'avez vu ? l'ai-je coupé.

– Qui ?

– Pauly. Pauly Gilpin. Vous l'avez vu ?

– Non, je ne l'ai pas vu. Et tant mieux d'ailleurs… Attends, qu'est-ce que tu fais, là ?

J'avais saisi un morceau de béton qui s'était détaché du trottoir. J'ai entendu cette femme me crier quelque chose alors que je levais le projectile au-dessus de ma tête, mais je ne l'écoutais plus. Je ne pouvais plus rien faire d'autre. J'étais seulement obsédé par l'idée d'entrer dans cette maison.

J'ai jeté le morceau de béton contre la fenêtre. Le verre de la vitre a volé en éclats. J'ai grimpé sur une palette de bois appuyée sur le mur pour déverrouiller la fenêtre et je me suis glissé dans le salon.

À l'intérieur, tout baignait dans le noir et l'humidité. L'écran d'une petite télé s'agitait dans un coin et l'atmosphère morne était oppressante. J'ai pensé à crier, mais curieusement, cela ne semblait plus nécessaire. La pièce, trop silencieuse, n'aurait pas supporté un cri, trop étouffée. Ça n'allait pas.

J'ai traversé le salon, j'ai ouvert la porte sur l'entrée. L'escalier se trouvait à ma gauche. Je me suis arrêté un instant dans cette obscurité, en essayant de me convaincre que je n'avais pas besoin de monter, que ça ne changerait plus rien… mais j'avais atteint le point de non-retour, je le savais.

En gravissant les marches étroites, le silence de la maison a semblé se refermer sur moi. Je le sentais peser dans l'air, glisser sur ma peau comme le film huileux d'une eau grisâtre.

En haut, je me suis arrêté.

La feuille de papier journal souillée était toujours par terre. Je l'ai contournée et je suis arrivé face à la chambre de Pauly. Elle était fermée. Je suis resté un moment debout, immobile, attentif au moindre bruit et l'espace quelques secondes, j'ai cru entendre quelque chose. Un faible grincement… une fois, deux fois, et puis il s'est arrêté. J'ai expiré. Inspiré. L'odeur était désagréable. Âcre, fétide… La sueur, la crasse… et quelque chose de pire. Un autre effluve était présent, une odeur épouvantable.

J'ai fermé les yeux.

J'ai pris une profonde inspiration.

J'ai ouvert la porte.

L'odeur qui m'a frappé en premier : la puanteur de la merde. J'avais déjà des hauts le cœur lorsque j'ai vu Pauly, pendu au plafond. Une ceinture passée autour du cou. Suffoquant, la gorge serrée, j'ai regardé le plafonnier grinçant s'entortiller sur lui-même, et le visage bouffi de Pauly m'est apparu. Il gardait son rictus, le dernier, un rictus d'agonie et sa langue enflée pointait entre ses dents. Ses yeux étaient exorbités et injectés de sang. Son cou était gonflé. Ses intestins s'étaient vidés, souillant son jean, et par terre, une flaque d'urine s'était formée.

J'ai fermé les yeux.

Je ne respirais plus.

Mon Dieu, faites que ce ne soit pas vrai.

Mais lorsque j'ai rouvert les yeux, tout était encore là : le corps, les mouches, les emballages vides de hamburgers, la crasse, la douleur, la puanteur de la culpabilité, la chaise renversée sur le sol... et, posée sur le lit, gisait une photo imprimée de Stella Ross, le visage griffonné et un stylo bic planté dans le cœur.

– Bon Dieu, Pauly, ai-je murmuré.

J'étais trempé de sueur. Mes jambes tremblaient, mon sang s'était figé, et je me suis laissé glisser maladroitement le long du cadre de la porte. Je me suis assis par terre, submergé par la détresse, les yeux pleins de larmes.

J'ai enfoui mon visage dans mes mains et j'ai éclaté en sanglots.

TRENTE ET UN

Combien de temps dure un instant? Une seconde? Une demi-seconde? Un millionième de seconde? Et comment l'intemporalité d'un instant peut prendre possession de votre esprit et se transformer en un souvenir éternel? Je l'ignore. Mais je sais que je n'oublierais jamais ce que j'ai vu dans cette chambre. Je voudrais l'oublier. Je voudrais ne pas le revoir chaque nuit, chaque fois que je ferme les yeux, chaque fois que je crois l'avoir oublié. Mais je ne peux pas. L'image est gravée dans ma mémoire, marquée au fer rouge dans mon esprit: son horreur aussi présente et intolérable maintenant qu'elle ne l'était il y a plusieurs mois.

Pauly Gilpin.

Mort.

J'ignore toujours pourquoi il l'a fait. Et je crois que je ne le saurai jamais. Car je pense qu'au fond, je n'ai jamais su qui il était.

Ça n'a plus beaucoup d'importance.

Peu importe la raison de son suicide, ou qui il était vraiment, Pauly est mort. Stella aussi. Ils ont tous les deux disparu.

Et nous?

Eh bien, nous sommes toujours là.

Nous vivons toujours nos instants.

Éric Leigh et Wes Campbell ont été arrêtés ce jour-là, à l'ancienne usine. Les policiers ont immédiatement placé Campbell en garde à vue, mais Éric est parti à l'hôpital. Il a perdu beaucoup de sang et a dû rester quelque temps en observation, mais l'artère n'avait pas été touchée. Le cutter avait sectionné deux veines et sa blessure était superficielle. La police l'a interrogé alors qu'il était encore à l'hôpital et l'a entendu plus tard, lorsqu'il a pu marcher de nouveau.

J'ignore ce qu'il leur a dit, ou ce que Campbell a pu raconter, mais ils ont tous les deux été libérés et placés sous contrôle judiciaire, en attendant la suite de l'enquête. Que va-t-il leur arriver ? J'imagine qu'ils seront accusés de plusieurs choses, quant à savoir s'il y aura un procès…

Je n'en ai pas la moindre idée.

Et au fond, je m'en fiche.

Depuis ce jour-là, je n'ai revu aucun d'eux et j'espère ne jamais les revoir. Je ne garde aucune amertume particulière, et ils ne me font plus peur… D'ailleurs, je ne ressens plus grand-chose à leur égard. Je n'ai simplement pas envie de les revoir.

Jamais.

Ça sera sans doute difficile, surtout pour Éric, car j'ai recommencé à voir Nicole.

À la suite de toute cette histoire, ses parents ont finalement repoussé le déménagement à Paris, et Nicole a décidé de changer elle aussi de lycée. Elle m'a raconté tout cela lorsque nous nous sommes croisés à la cantine, le jour de la rentrée.

– J'essaye de m'inscrire aux cours de théâtre et d'art dramatique, mais je m'y prends un peu tard…

– Ah oui? ai-je répondu maladroitement, ne sachant pas quoi dire.

Sur l'instant, nous n'avions pas le courage d'aborder ce dont nous voulions vraiment discuter et nous avons trouvé un prétexte pour nous quitter. Et lorsque je l'ai revue, deux semaines plus tard, à l'arrêt de bus, c'était un peu pareil. Quelques mots marmonnés, des regards gênés, des sourires forcés, des pieds qui ne savent plus comment se positionner…

Le lendemain soir, elle m'a appelé.

Et nous avons parlé.

Un peu pleuré, aussi.

Et depuis, nous nous voyons souvent. Nous avons vidé notre sac et dépassé le stade de l'embarras. Nous sommes redevenus de bons amis… peut-être même un peu plus que ça…

Mais c'est difficile.

Du moins, c'est agréable, très agréable quand nous sommes ensemble. Et je pense qu'au final, ça marchera pour nous deux. Mais ça reste souvent difficile. Pour de nombreuses raisons. D'abord, il y a Éric. Quoi que Nicole et moi pensions de lui, c'est son frère jumeau. Il fait toujours partie de sa vie. Et ça compliquera sans doute les choses pour nous deux. Et puis il y a Raymond…

Il y aura toujours Raymond.

Raymond et moi…

Enfin, je ne sais pas.

C'est dur.

Car bien souvent, je me moque de tout: Pauly, Éric, Campbell, Stella, la police, Nicole, mes parents, le reste du monde… tout est là, quelque part: l'horizon, le ciel, les jours, les nuits – je refuse juste de m'en préoccuper.

Tout ce que je veux, c'est parler à Raymond.

Mais il n'est plus là. Il a disparu.

Envolé.

Personne ne sait où il se trouve, personne ne sait ce qui lui est arrivé, personne ne sait s'il est mort ou vivant.

Il n'est plus là, c'est tout.

La police a mis du temps à considérer Raymond comme une victime, et non comme un suspect. Mais après avoir entendu Éric et Campbell, le commissaire Barry s'est décidé à lancer une enquête d'envergure. Les parents de Raymond ont lancé un appel larmoyant à la télévision, à grand renfort de sanglots et de regards angoissés, et je ne doute pas qu'ils étaient sincères... mais je continue à penser que tout cela arrive bien trop tard. Si la police s'était mise à sa recherche plus tôt... si monsieur et madame Dagget lui avaient témoigné tous ces sentiments lorsqu'il en avait besoin... Car c'est bien joli de se montrer à la télé, de faire savoir au monde entier combien on aime son fils disparu, mais si on le lui avait dit à *lui*, de temps à autre ? *Avant* qu'il ne disparaisse...

Enfin, ils ont lancé leur appel, la police a continué à le chercher partout : la rivière, la vieille usine, le terrain vague, les bois autour du Chemin de traverse, mais pour l'instant, ils n'ont rien trouvé. La seule chose utile qui soit sortie de cette médiatisation, c'est une avalanche de cas d'animaux mutilés : des chats égorgés, un chien perdu retrouvé en morceaux dans un parc, des poulets décapités... Tous ces incidents se sont produits il y a moins d'un an et tous ont été signalés aux abords de St-Leonard. Ce qui pourrait signifier quelque chose. Qu'il existe un fou, quelque part, un cinglé assoiffé de sang qui serait mêlé à la disparition de Raymond.

Ou qu'il existe un fou, quelque part qui a tué Lapin Noir et l'a décapité avant d'accrocher sa tête sur le portail, mais qui n'avait rien à voir avec la disparition de Raymond. Une simple coïncidence, barbare et inutile…

La police enquête toujours.

Elle suit aussi la piste d'un lien avec d'autres enfants, disparus dans des fêtes foraines et selon eux, un ou deux cas pourraient aboutir, mais rien n'est certain.

Ce ne sont que des possibilités.

Des théories.

Des soupçons.

Des peut-être.

Peut-être qu'on a enlevé Raymond.

Peut-être qu'il s'est simplement enfui.

Peut-être qu'il est toujours là, quelque part.

Peut-être qu'il est toujours vivant.

Je n'en sais rien…

Mais il est là. Quelque part, au fond de ma tête. Dans un coin de mon cœur.

Et il sera toujours là.

Quoiqu'il arrive.

DANS LA MÊME COLLECTION

MILAN

Manhattan macadam
d'Ariel et Joaquin Dorfman

Traduit de l'anglais (États-Unis)
par Nathalie M.-C. Laverroux

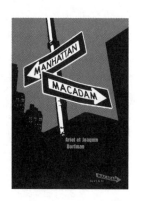

New York.

Une ville monstrueuse, sans état d'âme. Une ville qui avale les gens sans aucune pitié. Chacun vit dans son coin, vaque à ses petites affaires... Et quand les mauvaises nouvelles arrivent, plus personne n'est là pour tendre la main. Sauf Heller, ce garçon anonyme qu'on ne remarque pas, mais qui rappelle à chacun ce qu'il y a d'humain en lui.

Extrait :

« Le monde entier va fondre », se dit Heller.

C'était le 4 juillet, et tout Manhattan transpirait. La sueur suintait des rues, des immeubles, des robinets. Toutes les radios parlaient d'un temps inhabituel. Les couples se réveillaient dans des draps humides. Les ouvriers du bâtiment travaillaient torse nu, et les agents de change desserraient leurs cravates avec un soupir d'envie. Les touristes se plaignaient, les vendeurs de glaces souriaient, et le mercure menaçait de faire exploser le thermomètre.

Heller Highland voyait tout ça, et ce qu'il ne pouvait pas voir, il le savait, tout simplement.

Entre chiens et loups
de Malorie Blackman

Traduit de l'anglais
par Amélie Sarn

Imaginez un monde. Un monde où tout est noir ou blanc. Où ce qui est noir est riche, puissant et dominant. Où ce qui est blanc est pauvre, opprimé et méprisé. Un monde où les communautés s'affrontent à coups de lois racistes et de bombes.

C'est un monde où Callum et Sephy n'ont pas le droit de s'aimer. Car elle est noire et fille de ministre. Et lui blanc et fils d'un rebelle clandestin…

Et s'ils changeaient ce monde ?

Extrait :

Callum m'a regardée. Je ne savais pas, avant cela, à quel point un regard pouvait être physique. Callum m'a caressé les joues, puis sa main a touché mes lèvres et mon nez et mon front. J'ai fermé les yeux et je l'ai senti effleurer mes paupières. Puis ses lèvres ont pris le relais et ont à leur tour exploré mon visage. Nous allions faire durer ce moment. Le faire durer une éternité. Callum avait raison : nous étions ici et maintenant. C'était tout ce qui comptait. Je me suis laissée aller, prête à suivre Callum partout où il voudrait m'emmener. Au paradis. Ou en enfer.

La Couleur de la haine
de Malorie Blackman

Traduit de l'anglais
par Amélie Sarn

Imaginez un monde. Un monde où tout est noir ou blanc. Où ce qui est noir est riche, puissant et dominant. Où ce qui est blanc est pauvre, opprimé et méprisé.
Noirs et Blancs ne se mélangent pas. Jamais. Pourtant, Callie Rose est née. Enfant de l'amour pour Sephy et Callum, ses parents. Enfant de la honte pour le monde entier. Chacun doit alors choisir son camp et sa couleur. Mais pour certains, cette couleur prend une teinte dangereuse… celle de la haine.

Extrait :
J'ai compris que je ne savais rien de la manière dont je devais m'occuper de toi, Callie. Tu n'étais plus une chose sans nom, sans réalité. Tu n'étais plus un idéal romantique ou une simple manière de punir mon père. Tu étais une vraie personne. Et tu avais besoin de moi pour survivre.
Callie Rose. Ma chair et mon sang. À moitié Callum, à moitié moi, et cent pour cent toi. Pas une poupée, pas un symbole, ni une idée, mais une vraie personne avec une vie toute neuve qui s'ouvrait à elle.
Et sous mon entière responsabilité.

Le Choix d'aimer
de Malorie Blackman

Traduit de l'anglais
par Amélie Sarn

Imaginez un monde. Un monde où tout est noir ou blanc. Où ce qui est noir est riche, puissant et dominant. Où ce qui est blanc est pauvre, opprimé et méprisé.

Dans ce monde, une enfant métisse est pourtant née, Callie Rose. Une vie entre le blanc et le noir. Entre l'amour et la haine. Entre des adultes prisonniers de leurs propres vies, de leurs propres destins.

Viendra alors son tour de faire un choix. Le choix d'aimer, malgré tous, malgré tout...

Extrait :

Voilà les choses de ma vie dont je suis sûre :

Je m'appelle Callie Rose. Je n'ai pas de nom de famille.

J'ai seize ans aujourd'hui. Bon anniversaire, Callie Rose.

Ma mère s'appelle Perséphone Hadley, fille de Kamal Hadley.

Kamal Hadley est le chef de l'opposition – et c'est un salaud intégral. Ma mère est une prima – elle fait donc partie de la soi-disant élite dirigeante.

Mon père s'appelait Callum MacGrégor. Mon père était un Nihil. Mon père était un meurtrier. Mon père était un violeur. Mon père était un terroriste. Mon père brûle en enfer.

L'Affaire Jennifer Jones
d'Anne Cassidy

Traduit de l'anglais
par Nathalie M.-C. Laverroux

Alice Tully. 17 ans, jolie, cheveux coupés très court. Étudiante, serveuse dans un bistrot. Et Frankie, toujours là pour elle. Une vie sans histoire.

Mais une vie trop lisse, sans passé, sans famille, sans ami. Comme si elle se cachait. Comme si un secret indicible la traquait...

Extrait :

Au moment du meurtre, tous les journaux en avaient parlé pendant des mois. Des dizaines d'articles avaient analysé l'affaire sous tous les angles. Les événements de ce jour terrible à Berwick Waters. Le contexte. Les familles des enfants. Les rapports scolaires. Les réactions des habitants. Les lois concernant les enfants meurtriers. Alice Tully n'avait rien lu à l'époque. Elle était trop jeune. Cependant, depuis six mois, elle ne laissait passer aucun article, et la question sous-jacente restait la même : comment une petite fille de dix ans pouvait-elle tuer un autre enfant ?

Prisonnière de la lune
de Monika Feth

Traduit de l'allemand
par Suzanne Kabok

Il y a les Enfants de la lune. Comme Maria et Jana. Elles suivent les règles, aveuglément. Pour elles, pas de bonheur possible hors de la communauté.
Et il y a les autres. Ceux du dehors. Comme Marlon, un garçon normal, avec une vie normale.
Des jeunes gens destinés à ne jamais se rencontrer.
À ne jamais s'aimer...

Extrait :
– Que doit faire un Enfant de la lune qui s'est écarté de la Loi ? demanda Luna avec son sourire compréhensif.
– Se repentir, répondit Maria.
– Et qu'est-ce qui favorise le repentir ? poursuivit Luna.
– La punition, dit Maria.
Les membres du Cercle restreint entourèrent Luna.
– Je vais maintenant t'annoncer ta punition, dit Luna. Es-tu prête ?
– Oui, répondit Maria d'une voix étrangement absente.
– Trente jours de pénitencier, annonça Luna. Use de ce temps à bon escient.

La Promesse d'Hanna
de Mirjam Pressler

Traduit de l'allemand
par Nelly Lemaire

Pologne, 1943. Malka Mai avait tout pour être heureuse. Une mère médecin, Hanna, une grande sœur complice, Minna, une vie calme et sans histoire, dans un paisible village. Bonheur fragile, car la famille Mai est juive. Et lorsque les Allemands arrivent pour rafler les juifs, tout bascule. Mère et filles doivent fuir en Hongrie, à pied, à travers la montagne, vers une promesse de liberté. Mais Malka est brutalement séparée de sa mère et doit revenir de force en Pologne. Un seul refuge possible : le ghetto.

Extrait :
La rafle eut lieu le lendemain. Au petit matin, des voitures passèrent dans le ghetto avec des haut-parleurs, et des voix retentissantes donnèrent l'ordre à tous de rester à la maison. Les Goldfaden rassemblèrent toute la nourriture possible et ficelèrent leurs couvertures. Malka les regardait faire.
– Nous ne pouvons pas te prendre avec nous, dit Mme *Goldfaden en évitant de la regarder. Nous n'avons pas assez de place ni assez de nourriture. Sors d'ici, tu entends, sors d'ici et va te cacher quelque part.*

La Face cachée de Luna
de Julie Anne Peters

Traduit de l'anglais (États-Unis)
par Alice Marchand

Le frère de Regan, Liam, ne supporte pas ce qu'il est. Tout comme la lune, sa véritable nature ne se révèle que la nuit, en cachette. Depuis des années, Liam « emprunte » les habits de Regan, sa sœur. Dans le secret de leurs chambres, Liam devient Luna. Le garçon devient fille. Un secret inavouable. Pour la sœur, pour le frère, et pour Luna elle-même.

Extrait :
En me retournant, j'ai marmonné :
– T'es vraiment pas normale.
– Je sais, a-t-elle murmuré à mon oreille. Mais tu m'aimes, pas vrai ?
Ses lèvres ont effleuré ma joue.
Je l'ai repoussée d'une tape.
Quand je l'ai entendue s'éloigner d'un pas lourd vers mon bureau – où elle avait déballé son coffret à maquillage dans toute sa splendeur –, un soupir de résignation s'est échappé de mes lèvres. Ouais, je l'aimais. Je ne pouvais pas m'en empêcher. Cette fille, c'était mon frère.

XXL
de Julia Bell

Traduit de l'anglais
par Emmanuelle Pingault

Le poids a toujours été un sujet épineux pour Carmen. Rien de surprenant : sa propre mère lui répète comme une litanie qu'être mince, c'est être belle ; c'est réussir dans la vie ; c'est obtenir tout ce que l'on veut… Alors c'est simple : Carmen sera mince. Quel qu'en soit le prix.

Extrait :
– Si j'étais aussi grosse qu'elle, je me tuerais, dit Maman en montrant du doigt une photo de Marilyn Monroe dans son magazine.
Je suis dans la cuisine, en train de faire griller du pain. Maman n'achète que du pain danois à faible teneur en sel, le genre qui contient plus d'air que de farine. Son nouveau régime l'autorise à en manger deux tranches au petit déjeuner.
– Tu me préviendrais, hein ? Si j'étais grosse comme ça ?
Je me tourne vers elle, je vois ses os à travers ses vêtements.
Je mens :
– Évidemment.

Trop parfait pour être honnête
de Joaquim Dorfman

Traduit de l'anglais
par Nathalie M.-C. Laverroux

Sebastian est l'ami parfait ! Toujours prêt à donner un coup de main, toujours là pour soulager les angoisses existentielles, dénouer les situations inextricables. LE copain sur qui on peut compter. Alors le jour où Jeremy, son meilleur ami, lui demande de retrouver son père, Sebastian fonce, comme d'habitude. Et comme d'habitude, il a un plan imparable : retrouver ce père jusque-là inconnu et se faire passer pour Jeremy. Juste pour préparer le terrain, afin que son ami ne soit pas déçu. Sauf que, cette fois, Sebastian joue un peu trop bien son rôle.

Extrait :
Jeremy examina de nouveau la photo.
– Il a l'air un peu brut de décoffrage…
Il tapota le cliché du bout des doigts.
– Un sacré bonhomme, apparemment. Est-ce que je serai capable de faire une impression quelconque sur un type comme lui ?
Je haussai les épaules.
– Je n'en sais rien. C'est pour ça que nous avons prévu de permuter nos noms. Pour en apprendre le plus possible en courant le moins de risques possible. Ce qui nous donne aussi une sortie de secours béton, au cas où ton père ne serait pas clair.

Comment j'ai tué mon père...
sans le faire exprès
de Kevin Brooks

Traduit de l'anglais
par Laurence Kiéfé

Un cadavre. Un héritage. Une petite amie un peu trop sympa.
Un flic fouineur. De quoi faire un parfait roman policier. Sauf
que là, c'est pas de la littérature, mais la vraie vie de Martyn,
17 ans. Et depuis que son père s'est fracassé la tête contre la
cheminée, cette vie tournerait plutôt au cauchemar…

Extrait :

*J'ai sauté de côté et son poing m'a loupé d'un cheveu.
Emporté par son élan, il m'a dépassé et je l'ai poussé dans le
dos. Poussé, tout simplement. Un geste instinctif de défense.
Rien de plus. Je l'ai à peine touché. Ensuite, il a valdingué
dans la pièce et s'est cogné la tête contre la cheminée, puis
il est tombé et n'a plus bougé. J'entends encore ce bruit. Le
bruit de l'os qui s'est brisé sur la pierre. Je savais qu'il était
mort. Je l'ai su tout de suite.*

La couleur de la peur
de Malorie Blackman

Traduit de l'anglais
par Amélie Sarn

Chacun de nous a son cauchemar. Une histoire de créatures monstrueuses, de poursuites infernales ou d'effroyables tortures, qui revient inlassablement dans nos nuits les plus noires... Un seul cauchemar, toujours le même, qui n'appartient qu'à nous. Lors d'un accident de train, Kyle, lui, se découvre l'étrange pouvoir de vivre les cauchemars des autres. De l'intérieur. Comme s'il y était. En attendant les secours, tandis que la mort rôde parmi les victimes inconscientes, Kyle plonge ainsi au cœur de l'horreur...

Extrait:

Comment avais-je fait ça? Comment avais-je pu arrêter d'être moi pour me glisser dans la vie de Steve? Comment était-ce possible? J'ai regardé mes mains. Elles tremblaient. C'était dingue! Le rêve de Steve était si réel. Car ce ne pouvait être que ça: un rêve. Mais d'où venait-il? J'avais mes propres cauchemars. Mais aucun ne ressemblait à ça. Aucun n'était si intense et aucun ne m'avait fait pénétrer dans la tête de quelqu'un d'autre.

Achevé d'imprimer en Italie par Canale
Dépôt légal: 2e trimestre 2009

Genesis Alpha
de Rune Michaels

Traduit de l'anglais
par Nicole Hesnard

Josh et Max. Max et Josh. Deux frères, presque jumeaux.
Deux frères, qui partagent tout. En particulier leur passion
pour Genesis Alpha, leur jeu vidéo, leur seconde vie. Mais
lorsque Max est arrêté pour le meurtre d'une jeune fille, il ne
s'agit plus de jouer…

Extrait :
Max est en détention provisoire depuis trois semaines.
Presque un mois.
Il peut se passer beaucoup de choses en un mois.
Mon anniversaire, par exemple ; même si personne ne s'en ai
rappelé. J'ai treize ans maintenant. J'en avais douze quand
la fille est morte.